Sterbenslang

Burkhard Rüth, Jahrgang 1965, ist Unternehmensberater und betriebswirtschaftlicher Fachautor. Er schreibt eine in Südtirol angesiedelte Krimireihe, in der bislang drei Bände erschienen sind, und legt mit »Sterbenslang« nun seinen ersten Emsland Krimi vor. Im Spannungsfeld zwischen der norddeutschen Ebene und dem Südtiroler Hochgebirge fühlt er sich beiden Regionen eng verbunden. Der Autor lebt in Kiel.

Dieses Buch ist ein Roman. Handlungen und Personen sind frei erfunden. Ähnlichkeiten mit lebenden oder toten Personen sind nicht gewollt und rein zufällig.

BURKHARD RÜTH

Sterbenslang

EMSLAND KRIMI

emons:

Bibliografische Information der Deutschen Nationalbibliothek
Die Deutsche Nationalbibliothek verzeichnet diese Publikation in der Deutschen Nationalbibliografie; detaillierte bibliografische Daten sind im Internet über http://dnb.d-nb.de abrufbar.

MIX
Papier aus verantwortungsvollen Quellen
FSC® C083411
FSC
www.fsc.org

Umschlagmotiv: photocase.com/benicce
Umschlaggestaltung: Tobias Doetsch
Gestaltung Innenteil: César Satz & Grafik GmbH, Köln
Lektorat: Julia Seuser
Druck und Bindung: CPI – Clausen & Bosse, Leck
Printed in Germany 2014
ISBN 978-3-95451-296-6
Emsland Krimi
Originalausgabe

Es gibt kein angenehmeres Geschäft,
als dem Leichenbegräbnis eines Feindes zu folgen.

Heinrich Heine

Prolog

Irgendwann hatte ich jegliches Zeitgefühl verloren. Ich kann wirklich nicht sagen, wie lange ich dort schon stand, ohne bewusst wahrzunehmen, wie der beständige Winterregen mich ganz allmählich durchnässte. Ich bemerkte nur, dass ich immer stärker fror.

Es war einer dieser Tage, an denen man am liebsten nur zu Hause geblieben wäre. Seit den frühen Morgenstunden hatte es ohne Unterbrechung geregnet, nicht sintflutartig, aber mit enervierender Gleichförmigkeit. Wie so oft in der Eifel hingen tiefe Wolken in den Bäumen, die Wege waren voller Pfützen, und Nebel waberte über die Wiesen. Es gibt eine Reihe von Menschen, dachte ich mir, während ich zusammengekauert zwischen den Bäumen verharrte, die das Haus gar nicht mehr verlassen sollten, ganz unabhängig vom Wetter. Am klügsten wäre es, sie würden sich für immer einschließen, immer auf der Hut sein. Niemand konnte vor seiner Vergangenheit fliehen.

Als ich wach geworden war und der Regen auf das Fenster der Dachschräge prasselte, hatte ich mich entschlossen, an diesem tristen Tag in die Voreifel zu fahren, die bei jener kleinen Stadt begann, die mein Schicksal werden sollte. Ich fuhr nicht dorthin, um spazieren zu gehen. Oh nein, mich trieben andere, bedeutendere Gründe immer wieder an diesen Ort. Ich stand am Rand des dichten Laubwaldes, dessen Blätter den Boden vollständig überzogen hatten. Vor einigen Wochen noch war die ganze Landschaft bunt gefärbt gewesen, aber nachdem das Laub erbarmungslos vom Regen ertränkt worden war, hatte es sich in eine glitschige gräuliche Masse verwandelt, ein Spiegelbild meiner Stimmung. Vor mir öffnete sich die große Wiese, die zu allen Seiten von Wald umgeben war. Der Wellnesstempel ragte dunkel in den Himmel. Welch beeindruckender Anblick, so imposant, so majestätisch, eingebettet in die Natur wie ein Nest in einen Baum. Die flachen Satteldächer, die Gauben, die weichen mediterranen Farben und all die anderen edlen Details. Nur wenige waren in der Lage, etwas so Erhabenes zu planen. Linker Hand des Gebäudes schmiegte sich ein verträumter Biergarten wie von selbst zwischen die großen Buchen. Zwar konnte ich ihn von meinem Versteck aus nicht sehen, aber ich wusste genau, wie es dort aussah. Niemand wusste das besser als ich!

Warum hatte ich bloß nicht daran gedacht, einen Regenschirm mitzunehmen? Mir war so schrecklich kalt. Es ging nur ein ganz leichter Wind, aber er schien immer kälter zu werden. Vielleicht legte sich gegen Abend ja zum ersten Mal nasser Schnee auf die weitläufigen Dächer des Wellnesstempels. Ja, der Wellnesstempel ... Ich hätte es nie für möglich gehalten, dass so viele Beamte dieser Stadt lügen würden, und das vor einem hohen Gericht. Aber auch das Gericht war kein Gericht, sondern eine Farce. Es machte Zeugen, die die Wahrheit sagten und nichts als die Wahrheit, zu Lügnern und Lügner zu falschen Wächtern der Wahrheit. Wer im Namen des Gesetzes lügt, wird gewinnen. Doch wer im Namen der Gerechtigkeit die Wahrheit sagt, wird verlieren. Und so stand ich hier im Regen und betrachtete mit meinen eigenen Augen, was aus der einstmaligen Wiesenoase geworden war.

Plötzlich störte ein Geräusch die erhabene Stille des Augenblicks. Es näherte sich von links, kam aus dem Wald. Instinktiv duckte ich mich hinter einen Baum. Keinesfalls durften sie mich hier zu Gesicht bekommen. Ein großes Auto fuhr auf den Parkplatz vor, der so früh am Morgen noch leer war. Eine kleine Zufahrt durch den Wald führte dorthin, gesäumt von pittoresken weißen Laternen, die an frühere Zeiten erinnerten. Dieses Auto kannte ich gut. Ich wusste, wem es gehörte und wer gleich aussteigen würde. Und da war er auch schon, der erfolgreiche Unternehmer aus der Nachbarstadt. Wie interessant, er hatte den Ersten Beigeordneten bei sich, eine seiner Marionetten. Aber was war denn das? Der für das Gesetz verantwortliche Herr des hohen Gerichts stieg aus dem Fond, öffnete den Kofferraum und förderte eine große Sporttasche zutage.

Viel Spaß im Wellnesstempel! Genieße die Sauna, die Massagen und auch den Champagner, den dir dein Puppenspieler sicherlich dazu reichen wird, damit er auch zukünftig die Fäden nach Belieben ziehen kann. Genieße, solange du noch genießen kannst!

Seite an Seite stiegen sie die breiten Stufen zu dem herrschaftlichen Eingangsportal empor. Gleich würden sie in der Vorhalle mit den wunderschönen Kassettendecken und den pompösen Kronleuchtern stehen. Wahrscheinlich würden sie sich gegenseitig beweihräuchern und versichern, dass ihr Projekt allerhöchsten Ansprüchen genügte. Wie sie lachten, so als wären sie die dicksten Freunde. Doch es war ein falsches Lachen, ein Lachen der Gier und der Heimtücke. Ich wusste, was ein Freund ist! Hätten sie mich hier stehen sehen, wäre ihnen ihr widerwärtiges Lachen im Halse stecken geblieben.

Ich blickte mich um. Die Eifel konnte so einsam sein, so deprimierend, unheimlich und düster. Langsam ging ich zurück durch den Wald. Ganz weich trat ich auf, weil das Laub so dick war. Meine Schritte federten, obwohl sie unendlich schwer hätten sein müssen. Tropfen fielen von den Bäumen, verfingen sich in meinen Haaren und liefen mir ins Gesicht wie Tränen. Die Gedanken rasten durch meinen Kopf. Ich hatte eine Vergangenheit und hoffte auf eine Zukunft. Doch ich hatte nicht einmal eine Gegenwart. Ich hatte das Reich Satans betreten und mit ihm Bekanntschaft gemacht. Nie hätte ich für möglich gehalten, in welcher Gestalt er sich zu tarnen vermochte.

Das Böse war mir begegnet. Es hatte meine Wege gekreuzt, meine Zukunft verstellt und mir gezeigt, wie mächtig es sein konnte. Doch ich wusste, welches Gericht man am besten kalt genießt!

1

Bonn, Mai 2006

Mit bloßen Händen hatte Dieter Chorweiler den Anwalt aus seinem protzigen Designerstuhl gerissen und ihn am Kragen an der Rückwand des Büros hochgedrückt. Jetzt baumelte der Jurist, der keinerlei Widerstand geleistet hatte, mit seinen Füßen bald einen halben Meter über dem Boden, den Blick auf das zornesrote Gesicht seines Klienten gerichtet. Chorweilers Attacke hatte sein Markenhemd zerrissen. Die Fetzen hingen über den Gürtel seiner Anzughose. Da er weder ein Unterhemd noch ein T-Shirt darunter trug, wurde seine glatt rasierte Brust jetzt nur noch von einer weinroten Krawatte bedeckt. Chorweiler drückte den Mann immer wieder mit Wucht gegen die Wand. Dabei schrie er wie von Sinnen: »Du mieses Stück Scheiße! Wenn meinem Jungen irgendwas passiert, mache ich dich alle. Hast du das kapiert, du dreckiges Arschloch?«

Doch der Anwalt blieb gelassen und völlig regungslos. Er sagte nichts. Stattdessen ließ er blitzartig sämtliche Spannung aus seinem schmächtigen Körper weichen, der dadurch plötzlich schwer wie ein Sack an der Wand herunterhing. Dadurch erhöhte sich der Widerstand, den Chorweiler gegen die Schwerkraft nach oben drücken musste. Erschöpft ließ er den Anwalt los, der mit der Geschmeidigkeit einer Katze auf die Füße fiel. Dann schob er Chorweiler mit provokanter Geste zur Seite und setzte sich, begleitet von dessen wütenden Blicken und Flüchen, in seinen Bürostuhl, als wäre nichts geschehen.

»Das hast du nicht umsonst gemacht. Du bist ein Verbrecher, schlimmer als ein Mörder! Der ist im Vergleich zu dir ein Heiliger. Denn du verschanzt dich hinter deinen Scheiß-Gesetzbüchern. Ein Menschenleben bedeutet dir gar nichts. Hauptsache, du kannst deine verdammte Kohle abzocken. Nur deshalb hast du das gemacht, du widerliches Schwein!«

Der Anwalt betrachtete sein zerrissenes Hemd und deutete

ein Klatschen an. »Bravo, Chorweiler, das hat zweihundertfünfzig Euro gekostet. Soll ich's mit auf die Rechnung setzen?« Er stand auf und ging an dem fassungslos dreinblickenden Chorweiler vorbei zu einem Schrank, in dem sich diverse Hemden und Anzüge befanden. Er betrachtete die großzügige Auswahl und entschied sich schließlich für ein dezent rosafarbenes Hemd mit Tabkragen. Nachdem er sich umgezogen hatte, setzte er sich wieder an den Schreibtisch.

Chorweiler hatte neue Angriffsenergie gesammelt und baute sich drohend vor dem Anwalt auf. »Das wirst du bereuen, hörst du? Wenn meinem Jungen etwas passiert, mach ich dich alle, glaub mir!«

Doch da die martialischen Drohungen gegen seinen Anwalt offensichtlich völlig wirkungslos verpufften, verlor auch Chorweiler mehr und mehr an Aggression. Sie fand einfach kein Ziel.

Der Anwalt griff zum Telefon. »Frau Hansen, bitte begleiten Sie Herrn Chorweiler nach draußen, unsere Unterredung ist beendet. Und seien Sie so gut und bringen Sie mir einen Latte macchiato mit.«

Erst als seine Sekretärin mit dem Kaffee erschien, begann der Jurist auf Chorweiler einzureden, der angesichts der Gleichgültigkeit und demonstrativen Gelassenheit seines Anwalts inzwischen gänzlich verstummt war. »Herr Chorweiler, Ihnen dürfte klar sein, dass Sie sich gleich mehrerer Straftatbestände schuldig gemacht haben. Und das auch noch in Gegenwart einer Zeugin. Das war wirklich sehr dumm von Ihnen. Wenn ich wollte, könnte ich Sie ins Gefängnis bringen. Aber wissen Sie was? Weil auch ich Vater bin, kann ich Ihr Verhalten bis zu einem bestimmten Punkt sogar nachvollziehen. Auch wenn Sie sich für Ihre Aggressionen den Falschen ausgesucht haben. Da sollten Sie lieber mal in den Spiegel schauen. Nichtsdestotrotz, unter Berücksichtigung Ihrer begrenzten intellektuellen Möglichkeiten und Ihres unterentwickelten Reflexionspotenzials, verzichte ich auf eine Anzeige. Allerdings werden Sie jetzt augenblicklich mein Büro verlassen und hier nie wieder erscheinen. Und ich verbiete Ihnen, mich zu duzen. Das ist eine Respektlosigkeit sondergleichen. Haben Sie das verstanden?«

Chorweiler wollte zu einem schwachen Protest ansetzen, doch der herablassende Blick des Anwalts reichte aus, um ihn wortlos aus der Kanzlei stürzen zu lassen. Er stieg in seinen alten angerosteten GTI, das einzige Fahrzeug, das ihm aus der Insolvenzmasse noch geblieben war, und raste zurück in sein beschauliches Dorf am Rhein.

Er wusste, dass er mit seinem Auftritt zu weit gegangen war. Aber ihn hatte nichts anderes gesteuert als blanker Hass. Hass auf diesen verlogenen, hinterhältigen Rechtsverdreher. Die Sache lag zwar schon ein paar Tage zurück, aber erst sein heutiger Besuch in der Waldklinik hatte ihn endgültig aus der Fassung gebracht. Der Arzt hatte ihm mit ernster Miene erklärt, dass Kevin mit hoher Wahrscheinlichkeit Spätfolgen davontragen würde. Aufgrund der Hirnblutung, die sich nach Rückgang der ersten Schwellung als schlimmer herausgestellt hatte als zunächst angenommen, schwebe er sogar weiterhin in akuter Lebensgefahr. Wäre er nur zehn Minuten früher untersucht worden, hätte man die Schwellung rechtzeitig behandeln können, bevor sie so heftig wurde, dass sie Teile des Gehirns abquetschte. Jetzt aber half nur noch beten. Kevin lag immer noch auf der Intensivstation, angeschlossen an zahllose Tropfe und Schläuche. Der zarte, kleine Körper verschwand förmlich darunter. Was für ein deprimierender, unendlich trauriger Anblick! Sein Sohn lag im künstlichen Koma, konnte weder sehen noch fühlen, dass sein Vater weinend an seinem Bett saß und seine Hand hielt.

Als er in seine Rostbeule gestiegen war, hatte ihn von einem Augenblick zum anderen diese ohnmächtige Wut überfallen. War all sein Denken und Fühlen zuvor nur auf Kevin konzentriert gewesen, eine Mischung aus Vaterliebe, Angst, Mitleid und Trauer, richtete es sich nun gegen den, dem sie dieses Drama zu verdanken hatten: diesen dreckigen Winkeladvokaten. Als er schließlich mit hundertfünfzig Sachen über die Bundesstraße Richtung Bonn gebrettert war, die Anlage mit den zwei Verstärkern und acht Lautsprechern bis zum Maximum aufgedreht, war er sich sicher gewesen, dass er dieses Schwein totschlagen würde. Das änderte sich auch nicht, als er an der verdatterten Sekretärin vorbei ins

Büro des Anwalts gestürmt war. Im Gegenteil, als er ihn da hatte sitzen sehen in seinem Protzsessel und an einem Schreibtisch, der größer war als sein eigener Esstisch, in diesem sündhaft teuren Anzug und mit einem arroganten, herablassenden Gesichtsausdruck, hatte er ihn gedanklich schon bluten sehen. Doch die völlig ungerührte Reaktion des Anwalts hatte Chorweiler sofort den Wind aus den Segeln genommen. Ob leider oder rechtzeitig, konnte er nicht sagen. Sein Anwalt hatte ihn gelangweilt angesehen und ohne erkennbare Regung gesagt:

»Herr Chorweiler, was führt Sie zu mir? Sie wirken aufgeregt.«

Er hatte den eingebildeten Affen am Kragen gepackt und gegen die Wand gedrückt, wollte ihm eigentlich sofort ins Gesicht schlagen. Aber irgendetwas hatte ihn daran gehindert. Jetzt wusste er, dass es die abgeklärte Reaktion seines Anwalts gewesen war. Wahrscheinlich kannte er solche Situationen zur Genüge. Warum sollte er auch nur ihn, Dieter Chorweiler, ruiniert haben?

Irgendwann wird es sich rächen, dann wirst du für deine Verbrechen büßen müssen, du Ausgeburt der Hölle, lachte er gehässig in sich hinein und fühlte sich bei diesem Gedanken innerlich befreit. Doch schon im nächsten Augenblick sah er wieder den blutenden Kevin regungslos auf dem Steinfußboden liegen. In seinem ganzen Leben würde er diesen Anblick nicht vergessen können.

Thorsten war zu Besuch gewesen, der Nachbarsjunge, mit dem Kevin auch in eine Klasse ging. Jeder für sich war ein Wildfang, und wenn die beiden zusammen waren, gab es kein Halten mehr.

Auch an diesem Tag tobten sie kreischend oben in Kevins Zimmer umher, während Dieter zusammen mit Karin, seiner Frau, im Wohnzimmer saß und rauchte. Im Kinderzimmer herrschte das Chaos, aber die beiden Jungs sollten ihren Spaß haben, sie waren doch gerade erst sieben Jahre alt.

Da erklang von oben Kevins Stimme. Er fragte, ob er und sein Freund einen Schokoriegel haben dürften. Karin und Dieter grinsten sich breit an.

»Klar, komm und hol sie dir, für jeden zwei. Wer so herumtollt, braucht auch etwas im Magen«, rief Karin nach oben. Daraufhin hörte sie ein lautes »Hurra« und das Gepolter von Kevins Schritten, der im Affenzahn die Steintreppe herunterrannte. So wie immer. Doch plötzlich ertönte ein kurzer, lauter Aufschrei, gefolgt von einem noch heftigeren Poltern. Dann war es still. Die beiden Erwachsenen sahen sich an, sprangen entsetzt auf und liefen in den Flur. Dort sahen sie ihren Sohn auf den Fliesen liegen, regungslos und mit einer dicken Platzwunde am Kopf. Am oberen Treppenabsatz stand Thorsten und wimmerte leise vor sich hin.

Nach zehn Minuten, die ihnen wie eine Ewigkeit vorgekommen waren, fuhr endlich der Rettungswagen auf dem gekiesten Vorplatz vor. Mit sorgenvoller Miene hoben die Sanitäter den bewusstlosen Kevin auf eine Trage und brachten ihn mit Blaulicht in die nahe gelegene Waldklinik.

In der Notaufnahme war die Hölle los. Doch mit Hilfe eines Sanitäters, den Dieter aus dem Schützenverein kannte, kamen sie schnell an die Reihe.

Sie sprachen mit einer Schwester, die mit gereizter Stimme nach Dieters Versichertenkarte fragte. Er gab sie ihr, und sie hielt sie vor den Scanner. Überrascht blickte sie einen Moment lang auf den Bildschirm, dann schob sie die Karte über den Empfangstresen zurück. »Damit kann ich nichts anfangen.« Als sie ohne weitere Erklärung »Der Nächste, bitte!« rief, war Dieter kurz davor, die Beherrschung zu verlieren. Aber Karin hielt ihn zurück. Selbst in extremen Situationen verlor sie selten die Ruhe.

Als ein Mann im weißen Kittel an ihnen vorbeieilte, hielt sie ihn fest. Es handelte sich um den Chefarzt der Abteilung, und als sein Blick auf das immer noch bewusstlose Kind auf der Trage fiel, redete er auf die Schwester ein.

»Wir dürfen keine weitere Zeit verlieren«, sagte er, nachdem er Kevin noch am Empfang notdürftig untersucht hatte. Schließlich bedeutete er den Sanitätern, ihm auf die Intensivstation zu folgen.

Das ganze Durcheinander, die Ankunft in der Klinik, die Auseinandersetzung mit der Schwester und die Diskussion mit dem Arzt hatten über eine Viertelstunde gedauert. Eine entscheidende Viertelstunde, wie Dieter Chorweiler nun wusste.

Auf dem Weg zur Intensivstation bot sich ihm die Gelegenheit, den Arzt danach zu fragen, warum die Schwester sie abgewiesen hatte. Schließlich ging es doch um das Leben eines Kindes.

Der Mediziner blickte Dieter von der Seite an. »Ein Vermerk Ihrer Krankenkasse. Wie es aussieht, hat Ihr Insolvenzverwalter Ihre Krankenversicherung gekündigt. Und ich glaube kaum, dass er das darf.«

2

Köln, Oktober 2012

Peter Schmitz, Richter am Landgericht Köln, nutzte den Samstag, um auszuschlafen und sich ein ausgiebiges Frühstück zu gönnen. Seine Frau war mit den Kindern bei ihrer Mutter. Somit lag ein Wochenende vor ihm, an dem er es sich so richtig gut gehen lassen konnte. Aber nicht nur deshalb war er gut gelaunt. Seit einiger Zeit entwickelten sich die Dinge zu seinem Vorteil.

Während des Studiums war er sich lange unsicher gewesen, ob er seinen Schwerpunkt eher auf Straf- oder auf Zivilrecht legen sollte. Das Strafrecht war sicherlich spannender und abwechslungsreicher. Man musste zwar hartgesotten sein, wenn man alltäglich mit menschlichem Abschaum und dessen Taten zu tun hatte, aber dafür konnte man gegenüber diesen Verbrechern das Gefühl von Macht genießen. Nicht dass ihm das jemals wichtig gewesen wäre, aber wenn es um solche niederträchtigen Kreaturen ging … Letztlich hatte er sich aber doch für das Zivilrecht entschieden. Denn er hatte das untrügliche Gefühl, dass es nicht von Nachteil sein konnte, direkten Einfluss auf Entscheidungen zu haben, bei denen es um viel Geld und hohe Streitwerte ging. Das konnte mitunter ein beachtlicher Kuchen sein, der sich in erfreulich viele Stücke aufteilen ließ. Natürlich musste man in seinem Beruf darauf achten, überaus diskret und verschwiegen zu sein. Aber dann, so hatte er zumindest in jungen Jahren gedacht, ließe sich vielleicht das eine oder andere Zusatzsümmchen für die Altersversorgung verdienen.

Zunächst hatten sich seine Hoffnungen nicht erfüllt. Er hatte vor allem kleine Fälle, Nachbarschaftsstreitigkeiten, irgendwelche Kündigungen, eine unbedeutende Scheidung. Aber vor nicht allzu langer Zeit war der entscheidende Anruf gekommen. Mit unterdrückter Nummer, zu Hause auf seinem privaten Telefon. Seine Frau war da gerade mit den Kindern zum Kaffeetrinken bei den Nachbarn.

Im Nachhinein war ihm etwas unheimlich zumute gewesen, weil klar war, dass der Anrufer gewusst haben musste, dass er allein zu Hause war. Sein Haus war also vermutlich beobachtet worden. Aber das war ihm schnell egal, denn das, was ihm der Anrufer angeboten hatte, war zu verlockend, um über solch unbedeutende Details nachzudenken. Er hatte angenommen, der Anrufer Wort gehalten. Auch hinsichtlich des Versprechens, dass es keine menschlichen Opfer geben werde. Ein gebrochener Arm oder ein kleines Feuerchen waren okay, wenn es um so viel Geld ging. Aber mehr nicht.

Nachdem die Sache glatt über die Bühne gegangen war, hatte man ihm in Aussicht gestellt, zukünftig häufiger »gezielt eingesetzt zu werden«, wie es der Anrufer schon beim ersten Gespräch ausgedrückt hatte.

Anfangs hatte sich sein Gewissen geregt. Denn er war Richter und stand damit für das Rechtssystem ein. Immerhin war jemand wegen dieser Sache in psychiatrischer Behandlung, ein anderer hatte einen Prozess verloren, den er nie und nimmer hätte verlieren dürfen. Das war der Preis für eine zusätzliche Altersversorgung. Aber er war in sich gegangen, hatte sich das genau überlegt. Was hieß schon Rechtssystem? Nichts, denn es war nur eine leere Worthülse. Wenn sich zwei Parteien vor Gericht um viel Geld stritten, hatte doch nie eine Seite eindeutig recht. Vielleicht in der Sache, gut, aber dann versuchten doch die meisten Kläger, in finanzieller Hinsicht aus einer Mücke einen Elefanten zu machen. Sie ließen ihre Anwälte, die ihre Klienten allerdings auch nicht ganz uneigennützig in diese Richtung drängten, den Streitwert künstlich in schwindelerregende Höhen treiben. Das Gesetz kannte da je nach Sachlage erfreulich viele Erfolg versprechende Möglichkeiten. Und wenn der Beklagte diesen Prozess verlor, war das dann gerecht? Gerecht im Sinne der vom Gesetz verfolgten Absicht? Nein. Und deshalb war es absolut in Ordnung, dass auch er, Richter Peter Schmitz, versuchte, in Streitwerten zu denken.

Er vernahm das vertraute Geräusch, das entstand, wenn der Postbote die Post durch den Schlitz in der Eingangstür warf und diese dann mit einem Knall auf dem Fliesenboden der großen Diele landete. Sie hatten bewusst auf einen Briefkasten verzichtet, denn sie alle fanden es schön, wenn sie die Post auf den Boden fallen hören konnten. Ein bisschen schrullig vielleicht, aber wer war das nicht?

Er erhob sich und bemerkte dabei, dass seine große Frühstückstasse leer war. Ohne eine Spur von Hast stellte er sie erneut unter die Kaffeemaschine und betätigte den Knopf für eine doppelte Portion Kaffee. Dann ging er in den Flur und hob die Post auf. Noch auf dem Rückweg in die Wohnküche begann er, sie neugierig durchzublättern. Darunter war eine Postkarte von einem Richterkollegen am Landgericht, der gerade in Frankreich war. Er las sie auf die Schnelle. Nur das übliche unbedeutende Blabla. Gutes Wetter, leckeres Essen, feine Weine … Was auch sonst? Er nahm die Kaffeetasse aus der Vorrichtung der Maschine. Herrlich, wie das immer duftete, wenn der Kaffee so frisch gemahlen aus der Maschine kam. Er goss ein wenig heiße Milch in die Tasse und setzte sich wieder an den Tisch aus massivem Buchenholz. Er trank einen Schluck und blätterte weiter in der Post. Eine Arztrechnung, vermutlich für die Impfung der Kinder. Noch eine beschissene Rechnung, diesmal von der Werkstatt für die Reparatur des Wagens. Er überlegte, ob nicht der richtige Zeitpunkt gekommen war, über die Anschaffung eines neuen Autos nachzudenken. Geld war jetzt ja genug da. Werbung, Werbung, noch eine Werbung. Das wurde von Tag zu Tag schlimmer. Wenn das so weiterging, würde er bald an der Tür ein Schild anbringen mit der Bitte, keine Werbung mehr einzuwerfen. Dass er das nicht schon längst getan hatte, lag nur daran, dass seine Frau jede Wurfsendung akribisch studierte, immer auf der Suche nach verlockenden Sonderangeboten. Als ob sie so etwas noch nötig hätten!

Was war denn das? Ein großer gepolsterter Umschlag, adressiert an ihn persönlich und ohne Absender. Er tastete ihn vorsichtig von allen Seiten ab. Man konnte nie wissen. Etwas Weiches war darin, es fühlte sich an wie kleine Tüten. Oder war das etwa Geld? Er spürte eine erwartungsvolle Erregung in sich aufsteigen. War das vielleicht schon eine Anzahlung für den nächsten »gezielten Einsatz«? Er trank noch einen großen Schluck Kaffee, denn er mochte ihn am liebsten heiß. Dann nahm er das Käsemesser und öffnete den Briefumschlag sehr vorsichtig, um den Inhalt nicht zu beschädigen. Diesen ließ er sogleich auf den Tisch gleiten. Zum Vorschein kamen ein paar kleine Tüten und ein weiterer Umschlag. Er las die Aufschrift auf den Tüten: »Rattengift – einfach in der Anwendung, erfolgreich in der Bekämpfung«. Was um alles in der Welt sollte denn das? Hatte seine Frau das Gift bestellt? Aber sie hatten doch gar kein Problem mit Ratten.

Irritiert öffnete er den zweiten Umschlag. Er enthielt ein Anschreiben, das ebenfalls an ihn persönlich adressiert war.

Sehr geehrter Herr Richter Peter Schmitz,
als Eigentümer eines Einfamilienhauses wissen Sie, dass Sie jederzeit Ratten heimsuchen können. Ihr Erscheinen, ihre Existenz an sich ist bedauerlicherweise nicht zu verhindern. Deshalb ist es umso wichtiger, zu versuchen, sie wenigstens an ihren Untaten zu hindern.
Im übertragenen Sinne haben auch Sie als Richter alltäglich mit Ratten zu tun. Wenn Sie mit diesen Ratten konfrontiert werden, können Sie nicht mehr verhindern, dass sie Unrecht tun, da sie es ja bereits getan haben. Aber Sie können – und selbstverständlich beherzigen Sie das auch, oder? – zweierlei tun. Sie können sie hart für ihr begangenes Unrecht bestrafen, und Sie können sie davon abhalten, weiteres Unrecht zu begehen. Dabei ist es wichtig, dass Sie selbst immer das bleiben, was Sie sein müssen: ein Mensch auf der Seite des Gesetzes, ein Mensch, dem es um Gerechtigkeit geht, ein Richter, geradlinig, ehrlich, unbestechlich. Denn nur so können Sie erfolgreich Ratten bekämpfen. Würden Sie selbst zu einer Ratte mutieren, würde sich diese Heimsuchung in kürzester Zeit wie eine Seuche ausbreiten und die Gerechtigkeit im Keim ersticken. Unser kleines Kennenlerngeschenk soll Sie daran erinnern. Und es soll Ihnen helfen, Ihre ganz persönlichen Ratten zu bekämpfen.
In diesem Sinne wünschen wir Ihnen nur das Beste!
Ihr freundliches Team von der Rattenbekämpfung

Er legte den Umschlag beiseite und betrachtete nachdenklich seine Kaffeetasse mit dem Aufdruck der Insel Sylt, dem Standardreiseziel der Familie in den Herbstferien, die schon wieder vor der Tür standen. Was war das bloß für ein schwachsinniges Schreiben! Gift zur Bekämpfung von Ratten! Und was hatte es mit den »persönlichen Ratten« auf sich? Dann noch dieser gestelzte, abgehobene Sprachstil! Er untersuchte beide Umschläge noch einmal genauer. Auf keinem stand ein Absender, ebenso wenig wie auf dem Anschreiben. Keine Adresse, keine Internetseite, nicht einmal der Name dieses angeblichen Teams von der Rattenbekämpfung.

Es war wohl nichts weiter als ein selten dämlicher Scherz, vielleicht von ein paar Jungs aus der Nachbarschaft. Obwohl der Stil dafür eigentlich zu hochgestochen war. Aber es gab in dieser Gegend auch genug erwachsene Kindsköpfe.

Er zerriss Anschreiben und Umschläge und schmiss sie samt Rattengift in den Restmüll. Auf dem Rückweg zu seinem reichlich gedeckten Frühstückstisch tippte er eine Nummer in sein Handy. »Barbara? Hallo, ja, ich bin's, Peter. Ich bin wieder ganz allein, ich Armer. Das ganze Wochenende. – Ja, das finde ich toll, wie gut du mich verstehst. – Ich dich auch, natürlich. Und, wie sieht's denn heute Abend bei dir aus?«

3

Köln, März 2013

Konsterniert starrte Hans Arens auf den langen Schnürsenkel und das seltsame Anschreiben auf seinem Schreibtisch. Weil er heute Morgen aufgrund eines Termins beim Landgericht in Eile gewesen war, hatte er die Post, die in seinem Veedel immer sehr zeitig kam, zusammengerafft und in seine Aktentasche gepackt. Nach der Verhandlung hatte er eine Kleinigkeit beim Italiener gegessen und sich dazu ein Glas Chianti gegönnt, dann war er zurück in die Kanzlei gefahren, um in aller Ruhe die Tagespost zu sichten. Darunter befand sich ein großer brauner Umschlag ohne Absender, der an ihn persönlich adressiert war.

Er hatte keine Ahnung gehabt, was darin enthalten sein mochte, aber was er schließlich fand, hinterließ in seinem Kopf nichts als Fragezeichen. In dem Brief, den ein »Team für die meditative Stressbewältigung« unterschrieben hatte, stand eine ganze Reihe von Anleitungen für diverse Knoten, allesamt mit entsprechenden Fotos. Dieses merkwürdige Team empfahl ihm, immer dann, wenn ihm seine Fälle besonders viel Stress bereiteten, das kleine Seil, ein Kennenlerngeschenk des Teams, zu nehmen und sich in der Knotentechnik zu üben. Das sei ein außerordentlich meditativer und damit beruhigender Akt. Darüber hinaus wurde erklärt, welche Knoten sich bei welcher Art von Stress besonders gut eigneten. »Bucht« und »Auge« waren demnach die wirksamsten Knoten bei kleinen Durchhängern oder Prozesspausen. Sie waren einfach und schnell zu knoten. Der »Achtknoten« wurde empfohlen, wenn besondere Konzentration und Achtsamkeit gefragt waren. So ging das über eine ganze Seite. »Kreuzknoten«, »Palstek«, »Schotstek«, »Slipstek« und eine ganze Reihe weiterer Knoten für jeden erdenklichen Anlass.

Von den meisten Knoten hatte er noch nie etwas gehört. Das war das einzig Interessante an diesem Anflug von Irrsinn. Was ihn allerdings schockiert hatte, war der letzte Knoten. Wörtlich stand da:

Ihn sollten Sie knoten, wenn Ihnen der personifizierte Abschaum begegnet, Eigenschaften, die verabscheuungswürdig sind: Habgier, Betrug, Hinterlist, Bestechlichkeit, Erpressung, Missbrauch des Berufsstandes, Rechtsbeugung … All dies sind menschliche Abgründe, werter Herr Arens, die Ihnen in Ihrem Beruf viel zu oft begegnen. Aber das wissen Sie besser als wir. Nehmen Sie unser Geschenk und knoten Sie es zu dem Knoten, der Ihnen immer dann, wenn Ihnen solch abstoßende Eigenschaften begegnen, unendliche meditative Entspannung bereiten wird: der Henkersknoten. Denken Sie dabei immer daran, dass die charakterlichen Verfehlungen, bei denen er zum Einsatz kommen soll, solche sind, die Sie niemals bei sich selbst zulassen dürfen. Aber wir gehen sicherlich recht in der Annahme, dass Sie schon damals, als Sie sich für den Beruf des Rechtsanwalts entschieden haben, wussten, dass Sie den Eid, den Sie leisten werden, bis ans Ende Ihres Lebens befolgen werden: »Ich schwöre bei Gott, dem Allmächtigen und Allwissenden, die verfassungsmäßige Ordnung zu wahren und die Pflichten eines Rechtsanwalts gewissenhaft zu erfüllen, so wahr mir Gott helfe.« Oder haben Sie den Eid ohne die religiöse Beteuerungsformel geleistet? Das Ergebnis ist aus Sicht Ihrer Klienten dasselbe …

Er spürte ein flaues Gefühl in der Magengegend. Bislang hatte er das Schreiben für einen wenig originellen Scherz gehalten. Aber der Hinweis auf die Verfehlungen und den Berufseid, dazu die meditative Wirkung eines Henkersknotens, machte ihn stutzig. Das hörte sich eher nach einer Drohung an. Aber von wem und warum? Selbstverständlich hatte er den Eid geleistet, und zwar *mit* religiöser Beteuerungsformel. Und ebenso selbstverständlich setzte er sich für das Recht seiner Klienten ein. Doch was war das hierzulande für ein Recht? Das ganze Rechtssystem war im Grunde eine einzige Grauzone, überall gab es Schlupflöcher und Möglichkeiten für vertrackte Winkelzüge. Wenn die anderen Methoden der Gesetzesauslegung nicht weiterhalfen, war er als

Anwalt angehalten, den Sinn und Zweck einer Norm zu erkennen, sie auszulegen und sich vorzustellen, was sich der Gesetzgeber seinerzeit dabei gedacht hatte. Teleologische Gesetzesauslegung nannte man das. Mein Gott, was war das naiv! Als ob der Mensch dazu in der Lage wäre, sich irgendeinen theoretischen Zweck zu überlegen, wenn ihm sein eigenes Ziel am nächsten war. Dann legte er eben die Norm so aus, wie es ihm am besten half. Dabei ging es doch nicht um Recht, sondern darum, wer es am besten auslegen und sich selbst am überzeugendsten darstellen konnte. Ein guter Anwalt war kein Rechtsheiliger, sondern ein brillanter Rhetoriker und wandelbarer Schauspieler, der jeden Zeugen nach Belieben manipulieren und unter Druck setzen konnte.

War es nicht so, dass dieses komplizierte System eine gigantische Maschine war? Und musste nicht jede Maschine gelegentlich geölt werden, um wieder rund zu laufen? In solch einem Umfeld musste man zusehen, wo man blieb. Dazu gehörte auch, dass man sich das Recht je nach Fall in einem bestimmten Maß selbst machte. Die hehren Vorstellungen so mancher Kollegen endeten in der Insolvenz, weil sie tagelang arbeiteten und nur einen unbedeutenden Stundensatz abrechneten, anstatt sich am Streitwert zu orientieren, was unvermeidlich war, wenn man die hohen Kosten decken wollte, die eine Anwaltskanzlei mit sich brachte. Darüber hinaus konnte niemand ernsthaft bestreiten, dass die gesellschaftliche Wertigkeit eines Rechtsanwalts fast auf einer Stufe mit der der Ärzte zu sehen war. Er, Hans Arens, vertrat das Recht. Er schaffte Gerechtigkeit, wo zuvor Chaos geherrscht hatte, ohne ihn würde die Gesellschaft gar nicht funktionieren. Er war das Recht! Nein, es war mehr als recht und billig, dafür einen angemessenen Lohn einzufahren, zumal die meisten Menschen ohnehin keine Vorstellung davon hatten, was ein Rechtsanwalt tatsächlich leisten musste. Und er hatte sich definitiv nie etwas zuschulden kommen lassen. Trotz Henkersknoten musste es sich um einen Scherz handeln.

Er betrachtete den Schnürsenkel, der vermutlich von einem Wanderschuh stammte. Was aber, wenn es kein Scherz war? Wenn er es mit einem Irren zu tun hatte? Sicherlich war es keiner seiner Klienten, die waren allesamt begeistert von ihm und seiner Loyalität. Aber vielleicht ein Spinner, der sich vom Rechtssystem als Instanz verfolgt fühlte und deshalb wahllos solch einen Quatsch an irgendwelche Anwälte verschickte?

Er entschied sich, heute etwas früher Schluss zu machen und diesen Vorfall der Polizei zu melden. Sicherheitshalber.

4

Emsland, 9. November 2013

Er musste seine Augen gegen das gleißende Licht schützen, dessen Quelle er nicht ausmachen konnte. Er hatte keine Ahnung, wie lange er zuvor in der Dunkelheit zugebracht hatte, aber zumindest lange genug, sodass das wiederkehrende Licht einen stechenden Schmerz durch seine Augen jagte. Er blinzelte gegen die Lichtquelle. Erst als er versuchte, seine Hand zu heben, um sie schützend vor die Augen zu halten, merkte er, dass er gefesselt war. Er schrie auf, als sich das Seil noch tiefer in sein Fleisch eingrub. Gegen den Schmerz begann sein Hirn zu arbeiten. Wie war er hierhergekommen? Wo war er überhaupt? Und warum?

Nur schemenhaft kehrte die Erinnerung zurück. Voller Stolz war er aus Bonn in Richtung Norden aufgebrochen, um in einem Kaff namens Papenburg, das es ohne die große Werft vermutlich gar nicht gäbe, seine Ehrung entgegenzunehmen, inklusive der lukrativen Prämie von immerhin fünfzigtausend Euro. Aber als viel wichtiger als das Geld hatte er die Tatsache empfunden, dass endlich jemand seine Verdienste anerkannte. Jahrelang war er ein Aushängeschild seines Berufsstandes gewesen. Auf seinem Gebiet war er bundesweit einer der Besten. Davon war er überzeugt. Dutzende von Klienten hatte er abgewickelt, die in die Insolvenz geraten waren. Und warum war es so weit mit ihnen gekommen? Weil sie kenntnislose Ignoranten waren. Zumeist kleine Gewerbetreibende mit einem deutlichen Hang zur Selbstüberschätzung, die keine Ahnung von Betriebsführung hatten, aber dicke Autos fuhren und mit dem Geld um sich schmissen. Er verachtete diese Typen. Wenn ihre Existenz nach der Pleite zusammenbrach, war es ihre eigene Schuld, nicht seine. Er war stolz darauf, in den meisten Fällen vernünftige Regelungen mit den Gläubigern gefunden zu haben. Sicherlich, sein eigenes Honorar konnte er stets bevorzugt abrechnen, es der Insolvenzmasse entnehmen. Erst dann kamen Krankenkassen, das Finanzamt und die Banken an die Reihe. Doch er war jeden Cent seines Honorars wert!

Wie oft musste er sich allerdings von den gescheiterten Existenzen anhören, er benutze sie, um sich an ihnen zu bereichern. Diese Unwissenheit und Einfältigkeit der Menschen war der einzige Wermutstropfen in seinem ansonsten angesehenen und ehrwürdigen Beruf. Fünfzigtausend Euro und ein Eintrag ins Who's Who der Anwälte. Das war der gerechte Lohn für seine aufopferungsvolle Arbeit. Er hatte für seine Ehrung eine hervorragende, nahezu heroische Rede vorbereitet, voller Dank und Anerkennung für die Organisation, die gleichzeitig aber auch eine Hommage an seinen Berufsstand war. Über sich selbst wollte er kaum reden, höchstens den einen oder anderen Hinweis streuen auf seine Erfolgsquote, die Zufriedenheit der Gläubiger und die Loyalität und Treue seiner Mitarbeiter, die in ihm stets ihr leuchtendes Vorbild sahen. Ansonsten aber war die Rede so wie er selbst: zutiefst bescheiden.

Aber warum saß er jetzt gefesselt auf einem – ja, worauf eigentlich? War das ein Stuhl? Er spürte im Rücken eine Art Lehne. Seine Hände waren schmerzhaft nach hinten verdreht und an etwas Kühles gefesselt. Es fühlte sich an wie Metall. Er konnte sich keinen Reim darauf machen. Was war passiert? Hatte ihn jemand entführt, um ihn zu erpressen? Sollte er am Ende in eine Falle gelaufen sein? Nein, unmöglich, so etwas würden seine Weitsicht und seine Intelligenz niemals zulassen. Und erst recht nicht seine hervorragende Menschenkenntnis. Die beiden Herren vom Förderverein waren ohne Fehl und Tadel, über jeden Zweifel erhaben. Jemand musste die Sache mit der Einladung spitzgekriegt und ihm nach der Ehrung in dem Kaff aufgelauert haben, in dem ihn niemals jemand finden würde. Wobei er sich an die Ehrung gar nicht mehr erinnern konnte. Nur noch an den Champagner und den merkwürdigen Auftritt dieses Mannes namens Chevalier. Nach dem Moment ihrer ersten Begegnung klaffte eine riesige Gedächtnislücke in seinem Kopf.

Er blinzelte gegen das Licht, das ihm direkt in die Augen schien. Wenn er nach links und rechts blickte, konnte er nur Dunkelheit wahrnehmen. Und noch etwas fiel ihm plötzlich auf: Es war still, totenstill. Er schloss die Augen und lenkte all seine Konzentration auf seine anderen Sinne. Er hörte nur seinen eigenen Atem. Aber jemand musste doch das verdammte Licht angemacht haben! Er hielt für einen Moment die Luft an und lauschte in die Stille. Doch, da war noch etwas anderes. Ganz leise, eher unterschwellig. Aber gleichmäßig. Er spürte, wie ihn Panik erfasste. Sein ganzer Körper begann zu frösteln, obwohl die Luft in diesem Raum oder was auch immer das war, eigentlich unerträglich stickig war. Merkwürdigerweise fiel ihm aber auch das erst jetzt auf.

Leise, wie von weiter Ferne und doch ganz nah, drang das Geräusch an sein Ohr. Warum sagte dieser Mensch nichts? Saß oder stand er einfach nur da und betrachtete sein Opfer?

Denk nach, zwang er sich zur Besonnenheit. Es gab nur zwei Möglichkeiten. Jemand wollte Geld oder sich an ihm rächen. Letzteres erachtete er als eher unwahrscheinlich, denn all die gescheiterten Existenzen, die er vertreten hatte, hielt er für zu dumm, um einen gestandenen Rechtsanwalt wie ihn in eine solche Falle zu locken. Er war ihnen haushoch überlegen. Also musste es um Geld gehen. Gut, das bedeutete, dass ihm keine unmittelbare Gefahr drohte. Dann hatte das Schweigen des Entführers lediglich den Zweck, ihm Angst einzuflößen und ihn damit gefügig zu machen. Jetzt waren seine Empathie und seine Diplomatie gefragt. Jene Eigenschaften, die er immer als die Grundpfeiler seines Erfolgs angesehen hatte. Abgesehen von seinen profunden juristischen Kenntnissen.

Er öffnete die Augen, die sich inzwischen halbwegs an das grelle Licht gewöhnt hatten. Wenn ihn nicht alles täuschte, bewegte sich etwas hinter der Lichtquelle. Oder eher jemand. Natürlich, eine ganz klassische Entführung. Es war wichtig, das Vertrauen des Entführers zu gewinnen, ihm klarzumachen, dass Geld kein Problem sei. Sobald er aus seinem Gefängnis raus war, würde er diesen Verbrecher ohnehin fertigmachen, ihn lebenslang hinter Gitter bringen. Er fühlte, wie trotz der Fesseln sein Gefühl von Überlegenheit zurückkehrte.

Er räusperte sich kaum vernehmlich. »Sie haben mich entführt, so viel habe ich verstanden. Ich nehme an, Sie wollen Geld für meine Freilassung, habe ich recht? Nun, wenn Sie mich entführt haben, wissen Sie ja wahrscheinlich auch um meine finanzielle Situation. Dann wissen Sie, dass ein Lösegeld in einem moderaten Rahmen kein Problem ist. Sie und ich, wir beide befinden uns in einer Extremsituation, in der wir uns kooperativ verhalten sollten. Ich schlage Ihnen deshalb vor –«

Weiter kam er nicht. Der Verursacher des Atemgeräuschs sprang wie ein Raubtier auf ihn zu. Sekunden später hörte er einen Knall und spürte einen brennenden Schmerz im Gesicht. Er hatte einen metallischen Geschmack im Mund. Seine Zunge fühlte wie ferngesteuert über seinen Backenzahn, der ihm nach dieser sanften Berührung endgültig ausfiel. Der Zahn erzeugte in seinem Mund den Eindruck eines Fremdkörpers. Automatisch spuckte er ihn aus, zusammen mit einem kleinen Schwall Blut, der auf seiner eleganten Stoffhose landete, die er sich eigens für seine Ehrung besorgt hatte. Plötzlich erfasste ihn ein Gefühl von Todesangst. Während ihm das Blut in rasch abnehmender Menge auf die Hose tropfte, richtete er seinen Blick gegen das Licht. Wer immer ihn geschlagen hatte, schien wieder an seine Ausgangsposition zurückgekehrt zu sein.

»Hören Sie, wer Sie auch sind und was Sie auch von mir wollen, wir finden bestimmt eine Lösung. Hören Sie? So sagen Sie doch etwas! Bitte!«

Augenblicke, die ihm wie eine Ewigkeit vorkamen, geschah nichts. Nur das grelle Licht, ansonsten Stille. Weil er selbst aufgrund seiner Panik und der Schmerzen heftig atmen musste, vernahm er auch das Atmen seines Gegenübers nicht mehr, das sich unmittelbar hinter dem Licht befinden musste. Plötzlich wurde das Licht ganz langsam gedimmt. Ebenso langsam konnte er Formen und Strukturen wahrnehmen. Er vermutete, dass es die totale Stille gewesen war, die ihm das Gefühl vermittelt hatte, er befinde sich in einem großen Raum oder gar in einer Halle. Doch jetzt stellte er fest, dass er in einem kleinen Raum und mit Händen und Füßen an einen Metallstuhl gefesselt war. Zudem erkannte er einen Betonboden, Betonwände und vor ihm einen Metalltisch, auf dem sich drei Dinge befanden: ein Halogenstrahler, so etwas wie eine Akte und ein Laptop. Die Gestalt befand sich direkt hinter dem Licht, das nicht mehr weiter gedimmt wurde, und schwieg.

Sein Blick scannte den kleinen Raum in der Hoffnung, einen Hinweis oder Anhaltspunkt zu finden, der ihm irgendeine Erklärung liefern konnte. In der Mitte der hinteren Betonwand, die vielleicht sechs Meter breit sein mochte, befand sich eine geschlossene Metalltür. Einen weiteren Zugang konnte er nicht erkennen. Doch etwas irritierte ihn. Er wusste nur nicht, was es war. Sein Blick erfasste mehrere Betonsäulen, die sich in zwei Reihen von der Tür bis hin zu der Gestalt erstreckten. Ganz so klein war der Raum also doch nicht, er war nur relativ schmal, aber in der Länge maß er sicherlich an die zwölf Meter. Durch die Säulen wirkte er jedoch viel kleiner. Und dort hinten, zwischen den beiden letzten Säulen vor der Tür, saß da nicht noch jemand? Oder ließ ihn seine Angst schon halluzinieren? Da fiel es ihm wie Schuppen von den Augen. Jetzt wusste er, was ihn irritiert hatte. Der Raum war gänzlich fensterlos. Wohin in Gottes Namen hatte man ihn nur verschleppt?

Er wollte gerade zu einem weiteren Versuch ansetzen, die Gestalt in ein Gespräch zu verwickeln, als diese das Licht erneut dimmte. Nur ein wenig, gerade so viel, dass er erkennen konnte, wer oder was auf der anderen Seite des Tisches saß, keine zwei Meter von ihm entfernt. Sein Gegenüber trug die Robe eines Richters, und sein Gesicht wurde vollständig von einer venezianischen Maske mit spitz zulaufendem Schnabel verdeckt. Die Person hatte die Beine übereinandergeschlagen und die Hände im Schoß gefaltet. War das etwa Chevalier? Unmöglich, er hatte ihn und den Verein doch selbst überprüft. Chevaliers Auftreten war überzeugend und sympathisch gewesen, auch wenn die Maske und die Richterrobe, die der freundliche Gastgeber bei seiner Begrüßung getragen hatte, ihn anfangs verunsichert hatten. Nein, es konnte nur so sein, dass sie alle überfallen worden waren und der oder die Täter Chevalier … Um Gottes willen, hatten sie ihm etwas angetan? Wie sonst sollte dieser Mensch an Chevaliers Robe und Maske gekommen sein? Das Gefühl von Panik steigerte sich bis zur Unerträglichkeit. Warum sollte sich ein Entführer Chevaliers Richterrobe überstreifen? Die Maske machte natürlich Sinn, um nicht erkannt zu werden, aber wozu die Robe?

»Wenn Sie mir die Fesseln abnehmen würden –«

Wieder machte die Gestalt einen Satz. Doch diesmal blieb der Richter mit der Maske vor ihm stehen. Bevor er nach der Akte auf dem Tisch griff, um darin zu blättern, drückte er mit dem Finger auf eine Taste des Laptops.

Während er die Gestalt beim Blättern beobachtete, bemerkte er sein eigenes Konterfei auf dem zuvor schwarzen Monitor. Und zum ersten Mal sprach die Gestalt mit einer merkwürdig entfremdeten Stimme, die ihm in keinster Weise bekannt vorkam. Das war nie und nimmer Chevalier.

»Rechtsanwalt Hermann Lehm aus Bonn? Ist das richtig?«

»Warum sehe ich mich dort auf dem Monitor?«

Drohend baute sich der Richter vor ihm auf. »Ich habe Sie etwas gefragt!«

»Ja, ja, der bin ich. Aber warum –?«

»Die Öffentlichkeit hat ein Recht, an diesem Prozess teilzuhaben. Da eine Liveübertragung von hier aus leider nicht möglich ist, zeichne ich ihn mit Hilfe einer Webcam auf.«

»Was für ein Prozess? Ich verstehe nicht!« Seine Angst fraß sich mehr und mehr in seine Eingeweide. Allmählich begriff er, dass es nicht um Geld ging.

Die Gestalt mit der Maske zog ihren Stuhl heran und setzte sich ihm gegenüber in einem Winkel, in dem sie nicht von der Webcam erfasst wurde. Von der Größe und Statur her musste es sich um einen Mann handeln. Der Schnabel der Maske senkte sich auf die Akte. »Ich verlese Ihnen jetzt Ihre Klageschrift und das Urteil. Sie werden schweigen, bis ich Sie auffordere zu sprechen. Haben Sie das verstanden?«

Obwohl er leise und langsam sprach, lag etwas Bedrohliches in seiner Stimme. Hermann Lehm nickte schwach.

Die Gestalt nickte ebenfalls. »Gut. Also, Rechtsanwalt Hermann Lehm, Sie werden beschuldigt, sich unzählige Male unrechtmäßig und unehrenhaft an Ihren Klienten bereichert zu haben. Hierbei haben Sie sich krimineller Methoden bedient. Das Schicksal Ihrer Klienten war Ihnen gleichgültig. Eine Liste der Betroffenen findet sich in Ihrer Akte. Im Zentrum Ihres Interesses stand stets Ihr Gewinn und nichts als Ihr Gewinn. Leugnen Sie die Ihnen zur Last gelegten Vergehen?«

Lehm ließ alle größeren Fälle der letzten Zeit vor seinem geistigen Auge Revue passieren. Wen hatte ein solch schweres Schicksal ereilt, dass er glaubte, dafür Rache nehmen zu müssen? Ihm fiel niemand ein. Wer immer da vor ihm saß, musste geistesgestört sein.

»Rechtsanwalt Lehm, in diesem Prozess haben Sie kein Aussageverweigerungsrecht. Nur dieses eine Mal weise ich Sie darauf hin, dass entsprechendes Fehlverhalten mit einer Strafe belegt wird. Ich wiederhole meine Frage: Leugnen Sie die Ihnen zur Last gelegten Vergehen?«

Lehm schüttelte den Kopf. »Von welchen Vergehen sprechen Sie? Ich habe meinen Job gemacht. Mehr nicht.«

»Ja«, sagte der Richter mit einem Hauch von Resignation in der Stimme, »das behaupten sie alle.«

Alle? Wovon sprach dieser Mensch?

»Bestreiten Sie, Rechtsanwalt Lehm, dass Sie in Ihrer Funktion als Insolvenzverwalter ausschließlich darauf bedacht waren, aus der Insolvenzmasse Ihre Honorarforderungen zu bedienen? Wollen Sie dem Gericht weismachen, dass Ihnen nicht bekannt ist, dass mindestens zwei Ihrer Klienten im Rahmen der *Betreuung* durch Sie den Freitod gewählt haben, weil Sie sie in unzumutbare Jobs gedrängt oder in massiver Form unter Druck gesetzt haben?«

Wieder dachte er angestrengt nach. Den Freitod gewählt? Sicher, da war vor einigen Jahren dieser Obsthändler. Aber der hatte sich umgebracht, weil ihn seine Frau wegen der Insolvenz verlassen hatte. Damit hatte er, Lehm, doch nichts zu tun. War der Maskierte am Ende ein Verwandter dieses Mannes? »Sprechen Sie von diesem Obsthändler? Der wurde von seiner Frau –«

»Hören Sie auf, das Gericht für dumm zu verkaufen! Ist es nicht so, dass Sie den Obsthändler, Fritz Lauterbach hieß er übrigens, selbst in die Insolvenz getrieben haben? Oder soll ich Ihrem Gedächtnis auf die Sprünge helfen? War es nicht so, dass ein anderer Ihrer bedauernswerten Klienten noch eine offene Forderung gegen Lauterbach hatte? In Wirklichkeit aber hatten Lieferant und Kunde sich längst darauf verständigt, die Forderung wegen Mängellieferung unter den Tisch fallen zu lassen. Mündlich, weil es außerhalb Ihres Berufsstandes noch Menschen gibt, für die ein

Wort zählt. Wollen Sie abstreiten, dass Sie die nur noch auf dem Papier existierende Forderung gegen Lauterbach mit allen Mitteln eintreiben wollten? Für Ihr eigenes Honorar? Und weil er sie nicht zahlen konnte, musste er schließlich einen Insolvenzantrag stellen. Und wurde ausgerechnet Ihnen als Insolvenzverwalter zugewiesen. Ausgerechnet? Dem Gericht liegen Zeugenaussagen vor, nach denen Sie Ihre Fälle nicht zufällig bekommen haben. Aber darum geht es hier nicht. Also, geben Sie zu, den Mann vorsätzlich in die Insolvenz getrieben zu haben?«

Was ging hier vor? Was wollte dieser Kerl von ihm? Vorsätzlich in die Insolvenz getrieben. Blödsinn, seinen Job hatte er gemacht, und zwar gut! Konnte man es ihm ankreiden, wenn dieser Lauterbach so dämlich war, sich den Forderungsverzicht nicht schriftlich bestätigen zu lassen? Zu seiner Angst gesellte sich nun auch eine Form von Wut. »Was soll dieser Schwachsinn? Glauben Sie –?«

Auch der zweite Schlag traf ihn völlig unerwartet. Doch diesmal war er weniger heftig. Die Gestalt schmiss die Akte auf den Tisch. »Das kommt mir alles bekannt vor. Sie treiben Menschen in den Ruin, ja in den Tod und verschanzen sich hinter Paragrafen und Urteilen. Was Sie als Recht verkaufen, ist nichts anderes als Ihre Gier nach Streitwerten. Sie sind ein Parasit der Gesellschaft, Lehm. Ebenso wie zig andere Ihres Berufsstandes, die allein wegen der Aussicht auf Streitwerte Jura studieren. Muss ich Sie an den kleinen Jungen erinnern, der gestorben ist, weil er zu spät behandelt wurde, nachdem Sie die Krankenversicherung seines Vaters, Ihres Klienten, gekündigt hatten?«

Daher also wehte der Wind. Vor ihm saß ein traumatisierter Vater, der seinem Insolvenzverwalter die Schuld dafür gab, dass er selbst seine Aufsichtspflicht verletzt hatte. Wahrscheinlich hatte sich der Gram darüber inzwischen so tief in ihm eingegraben, dass er keinen anderen Ausweg mehr sah als Rache. Gefährlich, aber beherrschbar, denn jetzt wusste er, mit wem er es zu tun hatte. »Hören Sie, Herr Chorweiler, da haben Sie damals einiges in den falschen Hals bekommen. Das war ein komplettes Missverständnis –«

Die Wucht der dritten Ohrfeige war so heftig, dass Lehm dachte, sein Genick würde brechen. Einen Moment war er zu benommen, um mitzubekommen, was der Mann sagte. Nur Wortfetzen drangen an sein Ohr. »... ergeht folgendes Urteil ...«, »... sofort zu vollstrecken ...« Er registrierte, dass der Maskierte aufstand und langsam zu den letzten Säulen an der Tür ging, dorthin, wo Lehm eine weitere Person bemerkt zu haben meinte. Aber er war sich nicht sicher. Wer sollte das sein? Chorweilers Frau?

Als der Richter zurückkam und sich vor ihm aufbaute, hielt er etwas in der Hand.

Lehms Wut wich wieder purer Angst. »Ich habe Sie nicht verstanden«, wimmerte er. »Was haben Sie eben gesagt?«

Der Richter ließ sich auf seinen Stuhl fallen und legte den Gegenstand auf dem Tisch ab. Lehm erkannte darin eine Art Spritze. Das war's, fuhr es ihm durch den Kopf, während die Gestalt erneut die Akte nahm und das abstruse Urteil verlas:

»Im Namen des Volkes ergeht folgendes Urteil: Aufgrund seiner fortgesetzten Missachtung der Menschenrechte, der wiederholten Anstiftung zum Selbstmord, wegen zigfachen Betrugs und nicht zuletzt seiner unermesslichen Gier wird der Rechtsanwalt Hermann Lehm zum Tode verurteilt. Die Möglichkeit einer Berufung besteht nicht. Das Urteil wird sofort vollstreckt.«

Der selbst ernannte Richter legte die Akte ab, nahm die Spritze vom Tisch, stand auf und ging langsam auf ihn zu.

»Hören Sie, Chorweiler, noch ist es nicht zu spät. Es ist nichts wirklich Schlimmes passiert. Aber wenn Sie das tun, sind Sie ein Mörder! Machen Sie sich das bewusst. Wenn Sie mich jetzt laufen lassen, werde ich schweigen. Dann haben wir beide eine Zukunft.«

Diesmal blieb die Ohrfeige aus. Lehm hatte den Eindruck, dass ihn der Richter durch seine bizarre Maske hindurch beobachtete. Schließlich schüttelte er den Kopf.

»Selbst in seinem letzten Augenblick ist der Anwalt nicht zur Reue fähig. Sie hätten lieber Ihren Frieden mit Gott machen sollen, Lehm.« Er packte ihn an den Haaren und riss seinen Kopf zurück. Mit der anderen Hand setzte er die Spritze an seinen Hals und stach zu.

Lehm fühlte, wie eine Flüssigkeit in seinen Körper eindrang.

Sie schien sich in atemberaubendem Tempo in seinem Organismus zu verteilen. Ihm wurde warm, es war fast angenehm. War das vielleicht nur ein Betäubungsmittel? Der Richter verschwamm vor seinen Augen, schien eins zu werden mit dem Beton. Nach einer Weile durchzuckten Krämpfe seinen Körper. Dann spürte er, wie seine Gliedmaßen erlahmten. Er konnte weder seine Hände bewegen noch seine Füße. Vor sich sah er den Richter mit der venezianischen Maske, der regungslos auf seinem Stuhl saß. Für einen Moment glaubte Lehm, ohnmächtig zu werden, doch das Schicksal verweigerte ihm diese Gnade. Mehr und mehr versteiften sich seine Gliedmaßen. Wenigstens hatte er keine Schmerzen. Eher das Gegenteil war der Fall. Er konnte seinen ganzen Körper nicht mehr spüren. Warum aber war er trotzdem bei vollem Bewusstsein?

Die Atemaussetzer häuften sich und führten zu immer schwereren Erstickungsanfällen. Allmählich sah er nur noch das Licht. Und Tanja. Sie war eine Kommilitonin, mit der er während des Studiums eine Weile zusammen gewesen war. Er hatte Zukunftspläne mit ihr geschmiedet. Sie wollten sich zusammentun und sich mit ihrem Wissen für Opfer des Rechtssystems einsetzen. Brotlose Kunst, wie ihm schnell klar geworden war. Als Insolvenzverwalter hingegen konnte man richtig gut verdienen. Tanja war seines Wissens ihren Plänen treu geblieben. Komisch, dass er ausgerechnet jetzt an sie denken musste …

Irgendwann verweigerte seine Lunge ihren Dienst, und seine Atmung setzte endgültig aus.

5

Teufelssteine, 10. November 2013

Nebelschwaden waberten über die Moore und die vom Raureif überzogenen Wiesen des Emslandes, das an eine einzige Parklandschaft erinnerte. Seit Tagen schon stieg die Feuchtigkeit aus der in weit ausschwingenden, natürlichen Mäanderbögen dahinfließenden Ems und aus den nassen Böden und Sümpfen auf. Der Nebel verdichtete sich immer weiter und lichtete sich nur noch vorübergehend an den Nachmittagen. Milchig schien die Sonne durch den Nebel hindurch und tauchte die verlassene Landschaft in ein mystisch anmutendes, weiches Licht. Nur ein paar Kühe waren hier und da auf den Wiesen zwischen den Nebelbänken zu sehen. Keine Menschenseele weit und breit, absolute Stille, kein Geräusch, kein Vogelgezwitscher, nichts. Wäre nicht aus dem ein oder anderen Schornstein der weit auseinanderliegenden Höfe Rauch aufgestiegen, hätte man annehmen müssen, das ganze Gebiet sei ausgestorben.

Genauso erschien es auch Familie Henkemeier, die an diesem Wochenende die quer durch das Emsland und die angrenzenden Gebiete verlaufende Straße der Megalithkultur besuchte. Mit ihren gut erhaltenen Hügel- und Großsteingräbern war sie ein beeindruckendes Zeugnis der jüngeren Steinzeit und der Bronzezeit.

»Wahnsinn, das ist uralt. ›Zwischen 3.400 und 2.800 vor Christus‹, steht da. Stellt euch das mal vor, das sind über fünftausend Jahre. Und da drin sind tatsächlich Leute begraben. Ich komme mir vor wie in einem Film über die Steinzeit, so wie in ›Am Anfang war das Feuer‹.« Volker Henkemeier drehte sich erwartungsfroh zu seiner Familie um, die hinter ihm vor der Informationstafel stand.

»Ach Papa, wen interessiert das denn? Wenn du Gräber sehen willst, besuch doch Oma, da muss ich wenigstens nicht mit. Außerdem ist es arschkalt.« Ungeduldig hüpfte Bastian von einem Bein aufs andere. Ihn beeindruckten die Steine offenbar nicht im Geringsten. Er war wohl immer noch enttäuscht, dass sie bei dieser Kälte nicht ins Kino gegangen waren.

Hannelore Henkemeier bedachte ihren Sohn mit einem vorwurfsvollen Blick. »Wie oft muss ich dir noch sagen, dass du nicht solche Wörter gebrauchen sollst? Nur weil deine Freunde damit um sich werfen, musst du es noch lange nicht. Und es würde dir nicht schaden, wenn du dich ein wenig mehr für Geschichte interessieren würdest. Du stehst hier vor echten Zeitzeugen.«

»Zeitzeugen?«, maulte Bastian. »Die sind doch schon alle tot. Tote können keine Zeugen sein, oder? Und wenn wir schon nicht ins Kino gehen, hätten wir wenigstens ins Phantasialand fahren können. Da kann man auch richtig Spaß haben.«

Mareike knuffte ihren jüngeren Bruder in die Seite. »Nörgel hier nicht so rum. Mama hat doch recht, das ist irre spannend! Lies mal.« Sie wies mit dem Finger auf die Informationstafel. »Allein diese Grabkammer da unten ist größer als dein Kinderzimmer. Und im Phantasialand ist es davon abgesehen genauso kalt.«

Aber Bastian ließ sich nicht besänftigen. »Das ist jetzt schon der achte Steinhaufen, den ich mir ansehen muss. Die sehen alle gleich aus. Das ist so was von öde! Ich will nach Hause.«

Da platzte Volker Henkemeier der Kragen. »Wenn du nicht augenblicklich Ruhe gibst, gehst du sofort ins Bett, wenn wir wieder im Hotel sind, verstanden? Du bist hier nicht allein. Allen außer dir macht es Spaß, aber den musst du uns natürlich vermiesen. Es ist jedes Mal das Gleiche mit dir!«

Im Grunde liefen alle ihre Familienausflüge so ab. Bastian war selten zu etwas zu motivieren, brauchte ständig irgendeine Zerstreuung. Wenn er zu etwas keine Lust hatte oder sie verlor, konnte er unausstehlich werden. Ganz anders Mareike. Sie war aufgeweckt, wissbegierig und anpassungsfähig. Ihr war auch aufgefallen, wie reizvoll die Landschaft war, durch die sie fuhren und spazierten.

Sie waren frühmorgens in Wanne-Eickel aufgebrochen, hatten ihre Sachen in ihr Hotel in Meppen gebracht und waren sofort wieder losgefahren. Sie wollten sich die interessantesten Gräber zwischen Meppen und Vrees ansehen, ganz entspannt und ohne Zeitdruck.

Ins Emsland fuhren sie oft. Man war in gut zwei Stunden da und fand dort etwas, das insbesondere Volker und Hannelore Henkemeier sehr schätzten: Ruhe. Meistens fuhren sie ins Ferienzentrum Schloss Dankern in Haren an der Ems. Der See, das Freibad, die Burg Drago oder das Spielland waren ein Paradies für Kinder und Erwachsene. Um den Kindern auch die Kultur dieses Landstrichs näherzubringen, hatten sie sich an diesem Wochenende für einen Ausflug zur Straße der Megalithkultur entschieden. Da es jedoch nasskalt war, hatten sie bisher nur an einer der acht Stationen eine andere Familie getroffen, nämlich an den Poldenhünensteinen bei Spahnharrenstätte. Ansonsten war ihnen weder an den Großsteingräbern bei Deymanns Mühle zwischen Klein Stavern und Klein Berßen noch an den Schlingsteinen bei Lindern eine Menschenseele begegnet. Und auch hier war vor ihnen heute noch niemand gewesen, sonst hätten sie Fußspuren im Raureif sehen müssen.

Zu einigen Gräbern musste man vom Parkplatz aus noch ein kurzes Stück laufen. Zumeist auf schmalen, idyllischen Pfaden durch Wiesen und kleine Wälder. Einige Gräber lagen allerdings direkt an der Straße, wie die Teufelssteine bei Vrees, ihrer letzten Station. Sofern man überhaupt von einer Straße sprechen konnte. Eigentlich handelte es sich um einen gepflasterten Weg, der einige kleine Ansiedlungen und verstreute Höfe mit den umliegenden Bundesstraßen verband. Abgesehen von ein paar Traktoren, Radfahrern und den wenigen Anwohnern fuhr hier wahrscheinlich nie jemand umher. Dabei war die Fahrt über diese verlassenen Wege durchaus beschaulich, in gewisser Weise pittoresk. Kerzengerade fuhr man durch Wiesen und Wälder hindurch. Die Teufelssteine lagen rechter Hand inmitten eines kleinen Buchenwaldes, der immerhin so dicht bewachsen war, dass man die Grabstätte von der Straße aus nicht auf Anhieb sehen konnte.

Sie hatten den Wagen vor dem Schaukasten mit der großen Übersichtskarte abgestellt und waren über den kleinen Erdwall dahinter gestiegen. Nach ein paar Schritten standen sie vor dem großen Hünengrab, das jetzt, im fahlen Licht der allmählich untergehenden Herbstsonne, eine fast schon unheimliche Aura verströmte, so als würden sie von den Geistern der seit Jahrtausenden hier Begrabenen beobachtet.

»Echt cool!«, rief Mareike, die zusammen mit ihrer Mutter um die Grabanlage herumgegangen war und jetzt auf der anderen, dem Parkplatz abgewandten Seite stand. Bastian war bei seinem Vater geblieben und schmollte.

»Was ist echt cool?«, rief Volker Henkemeier über die großen Gesteinsblöcke zu seiner Tochter hinüber.

»Die haben schon einen schrägen Humor im Emsland«, sagte Hannelore lachend. »Auch wenn ich das fast schon ein wenig makaber finde.«

»Was ist makaber? Wovon sprecht ihr?«

Mareike rannte um das Steingrab herum zurück zu ihrem Vater und ihrem Bruder und zerrte sie an den Händen mit auf die andere Seite. »Kommt, das müsst ihr euch ansehen. Du musst das fotografieren, Papa, das ist voll gruselig!«

Als ob Alfred Hitchcock persönlich Regie führen würde, zog in diesem Moment ein Nebelfeld durch den Wald. Die Sonne stand schon so tief, dass sich die Feuchtigkeit aus den Böden rasch wieder zu einer zähen Nebelbrühe verdichten konnte. Die Luft nahm einen gasigen Geruch an.

»Krass!«, rief plötzlich auch Bastian in einem für ihn ungewöhnlichen Überschwang an Begeisterung.

Durch die Dunstschwaden hindurch sah der etwas langsamer folgende Volker Henkemeier, dass seine Frau und die Kinder um etwas herumstanden, was aus der Erde ragte. Als er sie schließlich erreicht und sich hinter seine Kinder gestellt hatte, erblickte auch er den Grund der Aufregung. Die in zwei bis drei Schichten teils längs, teils quer gestapelten Gesteinsbrocken öffneten sich ungefähr in der Mitte der Grabanlage so, dass man durch sie hindurchkriechen konnte. Direkt vor dem schmalen Durchlass ragte ein Holzkreuz aus dem Boden. Fast mannshoch reichte es bis zum oberen Rand der geschichteten Megalithen. Die Erde um das Kreuz herum war deutlich aufgewühlt, so als wäre hier erst vor Kurzem gegraben worden. Noch viel auffälliger jedoch war das Schild, das an der Querlatte des Kreuzes angebracht war. Da die untergehende Sonne schwach durch die Bäume hindurchschien, konnte man sogar noch ohne Hilfe einer künstlichen Lichtquelle erkennen, was darauf stand.

In einer Schrift, die den Inschriften auf Grabsteinen ähnelte, prangte dort der Satz:

Dies ist das Grab
des Teufelsadvokaten Heiner Darb.

Obwohl Volker Henkemeier nicht die leiseste Ahnung hatte, was es mit dieser seltsamen Grabstätte auf sich hatte, begriff er, dass dies wahrscheinlich mehr als ein makabrer Scherz war.

Als Hannelore Henkemeier die versteinerte Miene ihres Mannes sah, verstummte sie ebenso wie die Kinder. Sie tauschten einen besorgten Blick, dann zog Volker Henkemeier sein Handy aus der Gesäßtasche seiner Jeans.

***

Ratlos standen Kriminalmeister Uwe Schwanbeck und Kriminalobermeister Dietmar Dietrichkeit vor dem merkwürdigen Kreuz. Eine halbe Stunde war seit dem Anruf der Familie Henkemeier vergangen, die Sonne versank glutrot im langsam aufsteigenden Nebel. Nur mit Hilfe ihrer Taschenlampen konnten die beiden Polizisten entziffern, was auf dem Kreuz geschrieben stand.

»Meinst du, da liegt wirklich einer, Dietmar?«, fragte Uwe Schwanbeck seinen ranghöheren Kollegen.

»Hier, bei uns im Emsland? Ich weiß nicht, das kann ich mir nicht vorstellen. Vielleicht hat einer der Anwohner ja seinen Hund hier begraben.«

Schwanbeck sah den Kollegen argwöhnisch von der Seite an. »Seinen Hund? Hast du je von einem Hund gehört, der Rechtsanwalt ist? Und einen Vor- und Zunamen hat? Ich denke, da liegt wirklich einer. Oder es ist ein Scherz. Vielleicht von ein paar Jugendlichen oder irgendwelchen besoffenen Halunken.«

Dietrichkeit nickte nachdenklich. »Ja, da hast du allerdings recht. Hol doch mal eine Schaufel aus dem Wagen.« An Volker Henkemeier gewandt sprach er weiter: »Ist Ihnen sonst nichts aufgefallen? Ist Ihnen vielleicht auf dem Weg hierher jemand entgegengekommen? Hier im Wald oder zuvor auf der Straße?«

Aber Volker Henkemeier konnte nicht mehr sagen, als dass sie das Kreuz genau so vorgefunden hatten, wie es jetzt dort in der Erde stand.

Schwanbeck kam mit grimmiger Miene zurück. »Fehlanzeige.«

»Was heißt hier ›Fehlanzeige‹?«

»Wir haben keine Schaufel im Auto.«

»Mist«, ärgerte sich Dietrichkeit. »Wir hätten besser vorher mal nachsehen sollen. Andererseits glaube ich auch nicht, dass es klug wäre, wenn wir hier rumgraben.«

»Warum nicht?«

»Spuren, mein Lieber, Spuren. Mal angenommen, da unten ruht einer in Frieden, dann ist das mit ziemlicher Wahrscheinlichkeit ein Mordopfer. Und dann brauchen wir die Spurensicherung.«

»Gut, aber was machen wir dann stattdessen? Willst du deswegen in Lingen anrufen? Die drehen dir den Hals um, wenn du sie umsonst rufst.«

»Wenn hier einer liegt, und wir rufen sie nicht, dann drehen sie uns genauso den Hals um. Also ist es egal, was wir machen. Deshalb gehen wir auf Nummer sicher.«

»Eine Frage, meine Herren«, ergriff Volker Henkemeier das Wort. »Müssen wir jetzt die ganze Zeit hier rumstehen, oder dürfen wir zurück ins Hotel? Die Kinder müssen bald ins Bett. Außerdem sollten sie nicht dabei sein, wenn Sie hier … nun, wenn Sie hier etwas finden.«

Kriminalobermeister Dietrichkeit musste nicht lange überlegen. »Kein Problem, Sie haben gesagt, was Sie zu sagen hatten. Uwe, nimm ihre Personalien auf, ich rufe in der Zwischenzeit in der Höhle des Löwen an.«

***

Kriminalhauptkommissar Matthias Altrogge hatte es sich vor seinem Kamin in seinem Haus in Sögel gemütlich gemacht und ging, wie jeden Sonntag und seit zwei Wochen sogar täglich, seinem neuen Hobby nach. Ein eher gemächliches Hobby, denn wenn draußen die Sonne schien und es warm war, bekam er oft ein schlechtes Gewissen. Eigentlich, sagte er sich dann, müsste ich mich mal wieder bewegen, eine Runde auf dem Hümmling joggen oder Fahrrad fahren. Er wusste, dass er Übergewicht hatte. Achtundneunzig Kilo bei einer Größe von einem Meter achtzig, das war definitiv zu viel. Nicht viel zu viel, aber genug, um über ein wenig mehr Bewegung nachzudenken. Allerdings war allein die Überlegung eine Farce, denn genau genommen bewegte er sich nie. Jedenfalls nicht im Sinne von Sport. Gelegentlich machte er einen Spaziergang an der Nordradde oder zum Schloss Clemenswerth, manchmal sogar beides an einem Tag. Das waren dann immerhin an die fünf Kilometer. Das strengte ihn zwar an, aber dafür schmeckte ihm danach sein Bierchen noch besser.

Gerade eben erst hatte er sein erstes Bier aufgemacht, allerdings ohne vorherigen Spaziergang. Bei Temperaturen unter dem Gefrierpunkt fühlte er sich zu Hause an seinem Kamin einfach wohler. Außerdem hatte er sich eine Gewichtsgrenze gesetzt: niemals hundert Kilo! Die Hundert war seine magische Grenze, so viel wollte er niemals wiegen. Denn das wäre dann ja eine dreistellige Zahl, und das ging gar nicht! Allerdings hatte er sich das vor zwei Jahren schon einmal vorgenommen, da aber noch mit der Neunzig als Obergrenze. Aber seit ihn seine Frau Natalia verlassen hatte, gab es niemanden mehr, für den er auf sich achten musste. Höchstens für sich selbst, doch setzte er im Allgemeinen andere Prioritäten, jenseits von Gewichtseinheiten.

Ach ja, Natalia. Angeblich kam sie mit seinen Dienstzeiten nicht zurecht. Den Dienstzeiten, die sie seit ihrem Kennenlernen begleitet hatten und die niemals zuvor ein Thema zwischen ihnen gewesen waren. Ebenso wenig wie die Gefahr, dass er jederzeit bei einem Einsatz ums Leben kommen könnte. »Darling, du kannst dir nicht vorstellen, wie das ist, andauernd mit solch einer Angst zu leben«, hatte sie ihm eines Tages plötzlich eröffnet. »Ich werde irgendwann verrückt, gerade weil ich dich so liebe. Glaub mir, es ist das Beste für uns beide, wenn wir uns trennen.«

Während er sich noch überlegt hatte, ob er ihr das Gesülze abkaufen sollte, hatte er sie eines Abends mit einem seiner Kollegen knutschend im Clemenswerther Hof gesehen. Davon abgesehen, dass es ein Hammer war, so etwas in einem kleinen Ort wie Sögel zu riskieren, wo man Gefahr lief, von Bekannten gesehen zu werden, war es der blanke Hohn, dass sie sich ausgerechnet einen Polizisten ausgesucht hatte. Der Typ sah zwar verdammt gut aus, war durchtrainiert, nicht ohne Charme, und er wirkte auf Frauen. Aber im Unterschied zu Altrogge hatte er sich bei einem Banküberfall in Meppen schon eine Kugel gefangen. Zwei Wochen hatte er im Koma gelegen. Wie schön für Natalia, dass sie sich fortan niemals wieder würde Sorgen machen müssen!

Auf dem Weg zum Kühlschrank überlegte sich Altrogge, ob er demnächst nicht lieber die großen Flaschen kaufen sollte. Die 0,33er waren immer so schnell leer. Dabei fiel ihm ein, dass heute Abend der Neue ankommen würde, Kriminalhauptkommissar Ulrich von Ritterswürden aus Dortmund. Von Ritterswürden, was für ein abgefahrener Name! Klang nach uraltem Adel. Nach den Telefonaten mit dem Kollegen aus dem Ruhrgebiet konnte er sich allerdings kaum vorstellen, dass er tatsächlich von adeliger Herkunft war. Hatte der ihn doch allen Ernstes im klassischen Slang des Ruhrgebietlers gefragt, ob es in der Nähe seiner neuen Stelle ein Skigebiet gebe. Ein Skigebiet, ausgerechnet im Emsland, einer der flachsten und schneeärmsten Regionen Deutschlands! Was für eine abstruse Vorstellung! Altrogge war sich immer noch nicht ganz sicher, ob ihn von Ritterswürden mit dieser abwegigen Frage nicht auf den Arm nehmen wollte. Konnte ein Mensch der Neuzeit, der mit dem Internet und den Neuen Medien aufgewachsen war und diese Dinge für seine Arbeit brauchte, im Brustton der Überzeugung wirklich solch eine dämliche Frage stellen?

Er konnte es kaum erwarten, von Ritterswürden in Empfang zu nehmen, um genau das herauszufinden. Er hatte extra dafür gesorgt, dass der Dortmunder erst abends ankam, wenn es schon dunkel war. Er hatte ihm weisgemacht, dass er wegen der vielen Skitouristen auf keinen Fall vor neunzehn Uhr im Clemenswerther Hof einchecken könne. Keineswegs sollte er auf seiner Fahrt nach Sögel die Landschaft erkennen können, durch die er fuhr. Hoffentlich legte der Nebel noch ein wenig zu. Altrogge hatte dem Dortmunder in den Telefonaten ausführlich erklärt, dass der Windberg der höchste Gipfel des Hümmlings sei und der Hümmling wiederum der bekannteste und beliebteste Gebirgszug im gesamten, von hohen Bergen durchzogenen Emsland. Und selbstverständlich könne man da Ski fahren! Was, genau genommen, nicht gelogen war. Der Hümmling eignete sich theoretisch wunderbar für den Skilanglauf. Es gab schnurgerade, ebene Wege, kaum befahrene Sträßchen und keinerlei Hindernisse. Ein wahres Langlaufparadies! Sofern genug Schnee lag, was allerdings höchstens einmal in hundert Jahren vorkam.

Warum er sich denn nicht im Internet über das Emsland schlaumache, hatte Altrogge von Ritterswürden gefragt. »Weil ich mich kein bisschen für diesen Rotz interessiere«, hatte der Dortmunder in unnachahmlich charmanter Weise erklärt. Damit hatte er seinen Freifahrtschein für einen ganz besonderen Empfang gebucht.

Immerhin hatte Altrogge ihm ein hübsches, kleines Fachwerkhäuschen besorgt, in dem er zumindest übergangsweise wohnen konnte. Mit einem schönen Grundstück, auf dem man wunderbar in der Sonne sitzen und mit den sympathischen Nachbarn, die zugleich die Vermieter waren, grillen konnte. Viel Platz brauchte von Ritterswürden ohnehin nicht, denn er hatte sich versetzen lassen, nachdem ihn seine Frau verlassen hatte. Er suchte räumlichen Abstand, wie er es ausgedrückt hatte. Wobei es Altrogge erstaunt hatte, dass sich ihm ein Mensch, den er gar nicht kannte, dermaßen anvertraute. Immerhin hatten sie damit schon mal eine Gemeinsamkeit. Ganz anders sah es hingegen wieder in Bezug auf Fußball aus. Altrogge interessierte sich dafür nicht im Geringsten. Zwanzig Männer, die wie die Irren hinter einem Ball herliefen! Er hatte nie begreifen können, was man daran toll oder spannend finden konnte. Seine Chefin, Jorina Danneboom, sah das freilich anders. Sie war leidenschaftlicher Fan von Werder Bremen und fuhr gern mal zu einem Heimspiel. Es hatte eine Weile gedauert, bis Altrogge begriffen hatte, warum Jorina seit einiger Zeit oft schlecht gelaunt war, vor allem montags. Werder verlor ein Spiel nach dem anderen. Noch ein Grund, sich nicht für Fußball zu interessieren. Allerdings würde Jorina Freude an dem Neuen haben, denn auf die Frage nach einem Skigebiet folgte sogleich die nach einer Kneipe mit einem Pay-TV-Sender, der die Bundesligaspiele live übertrug. Von Ritterswürden hatte sich schon beim ersten Telefonat mit Altrogge als flammender BVB-Fan geoutet. »Und meine Ex arbeitet bei Schalke! Können Sie sich das vorstellen, Kollege Altrogge? Das allein ist schon ein Scheidungsgrund.« Ein Ski fahrender, getrennt lebender, Internet verachtender BVB-Fan im Emsland mit einer Vorgesetzten, deren Herz für Werder Bremen schlägt. Altrogge ahnte, dass ihm unterhaltsame Zeiten bevorstanden.

Mit dem Bier in der Hand auf dem Weg zum Kamin spürte Altrogge wieder seinen Rücken. Der Ischias machte sich seit einiger Zeit verstärkt bemerkbar. Noch ein Grund mehr für Bewegung, zumindest theoretisch. Aber momentan half noch ein Abstecher ins Badezimmer. Er drückte eine Schmerztablette aus der Packung und spülte sie mit einem großen Schluck Bier hinunter. Dabei betrachtete er sich im Spiegel. Eigentlich sah er für einen Zweiundfünfzigjährigen gar nicht so schlecht aus. Gut, da war ein bisschen Bauch, aber den hatte doch jeder in seinem Alter. Aber sonst. Er hatte blonde, noch nicht einmal angegraute Haare, blaue Augen, ein markantes Gesicht und ein Lächeln, das ihn für die eine oder andere Frau sicherlich unwiderstehlich machte. Was ihm allerdings egal war, weil er sich seit Natalias unrühmlichem Abgang nicht mehr für Frauen interessierte. Außer vielleicht für Jorina, die hatte was. Blonde Haare, blaue Augen, sportlich, extrovertiert und dennoch zugleich in faszinierender Weise unterkühlt. Manchmal hatte er den Eindruck, dass er ihr auch gefiel. Allerdings war ein Tête-à-Tête unter Kollegen ein absolutes No-Go, das wussten sie beide, dafür waren sie professionell genug. Außerdem war er sich nicht sicher, ob sie ihn und seinen Charme zwar mochte, insgeheim aber vielleicht doch eher auf Frauen stand. Er wusste nicht, wie er darauf kam, da es keine konkreten Hinweise gab, aber es war so ein Gefühl.

Mit der Feststellung, dass er trotz seines Gewichts eigentlich ein ganz attraktiver Mann war, setzte er sich zufrieden in seinen gemütlichen Chesterfield-Sessel, ein Erbstück seiner Oma väterlicherseits, die er allerdings nie kennengelernt hatte. Sein Vater hatte ihm das antike Möbelstück vermacht, nachdem auch er verstorben war. Beide Elternteile waren schon tot, und er hatte keine Geschwister, was ihn zuweilen traurig stimmte.

Er stellte das Bier ab und griff nach seinem Werkzeug, um an dem Geschenk für Jorina weiterzuarbeiten. In diesem Moment klingelte sein Diensthandy. Nicht jetzt, bitte nicht jetzt, flehte er. Wenn er nämlich bis zum »Tatort«, heute mit den Münsteranern, ungestört weitermachen konnte, würde sein Geschenk noch rechtzeitig zu ihrem runden Geburtstag am Mittwoch fertig werden.

6

Teufelssteine, derselbe Tag

Als Altrogge bei den Teufelssteinen ankam, war es schon dunkel. Der Mond, nur noch eine schmale Sichel, schien durch die zähe Dunstschicht hindurch. Auf der Fahrt waren ihm keine zehn Autos entgegengekommen. Obwohl er im Emsland geboren war, fragte er sich in solchen Momenten, ob er es wirklich bis zu seinem Lebensende hier aushalten würde. Sicherlich, diese Stille und Einsamkeit krochen einem in die Seele. Wenn man sich über irgendetwas aufgeregt hatte, musste man nur ein paar Minuten über eine Emsländer Straße fahren oder sich vor die Tür stellen, die Augen schließen und die Stille aufnehmen. Schon war man wieder ruhig und ausgeglichen. Andererseits hatte es, wenn Altrogge ehrlich zu sich selbst war, in den vergangenen Jahren außer Natalia eigentlich nichts gegeben, worüber er sich hätte aufregen müssen. Seit sie ihn verlassen hatte, liefen seine Tage immer nach dem gleichen Muster ab. Er stand auf, duschte, frühstückte ausgiebig, las dabei die Ems-Zeitung, dann fuhr er zum Zentralen Kriminaldienst nach Lingen. Das waren zwar fast fünfzig Kilometer, aber die Strecke, die ihm mehr zusagte als die großen Bundesstraßen, war wenig befahren. Er schaffte sie meist in gut einer halben Stunde.

Spektakuläre Fälle hatte es in letzter Zeit nicht gegeben. Im Grunde floss sein Arbeitsalltag genauso gleichförmig dahin wie sein ganzes Leben. Aber er fühlte sich wohl, jedenfalls meistens. Die Kollegen waren alle in Ordnung, Jorina eine gute Chefin. Wenn er abends nach Hause kam, widmete er sich inzwischen täglich seinem Hobby. Dann kochte er oder bestellte sich eine Pizza, sah fern oder legte eine DVD ein. Lesen war nicht sein Ding. Er hatte es ein paarmal versucht, aber jedes Buch war nach wenigen Tagen verstaubt. Hin und wieder spürte er eine gewisse Lust auf eine Frau. Weil er sich aber geschworen hatte, nie wieder solch eine Erfahrung zu machen wie mit Natalia, begnügte er sich damit, sich ein paar Pornos im Internet anzuschauen.

Als er in die schmale Straße zu den Teufelssteinen abbog, fiel ihm auf, dass er seit Jahren keinen richtigen Urlaub mehr gemacht hatte. Mit einer Ausnahme, letztes Jahr im Mai. Da war er samstags ganz früh wach geworden und hatte sofort Unternehmungslust verspürt. Er hatte ein paar Sachen zusammengerafft und war, ohne zu frühstücken, in seinen Wagen gestiegen und nach Dagebüll gefahren, einfach so. Er hatte die nächste Fähre genommen und sich auf der Insel Föhr für eine Woche in eine Ferienwohnung eingemietet. Da es zu dieser Zeit im Emsland ruhiger gewesen war als sonst, war klar, dass er keine Probleme kriegen würde, wenn er sich am Montag telefonisch Urlaub nahm. Jorina war in solchen Dingen ziemlich locker.

Die Insel hatte ihm gefallen. Er war am Strand spazieren gegangen, hatte gut gegessen und die Sonne genossen. Mit Natalia war er nie dort gewesen, die wollte immer große Reisen machen. In die USA waren sie geflogen, einmal nach Australien, öfters mal nach Mallorca oder Ibiza. Sie liebte es, sich schick zu machen und auszugehen, zog sich gern einen ihrer Miniröcke an und genoss die Blicke der Männer. Er war stets einer von ihnen gewesen. Nur musste er dafür nicht erst stundenlang in einem Flugzeug sitzen. Ihm hätte ein Sommerurlaub auf Borkum oder einer der holländischen Inseln völlig gereicht. Schiermonnikoog musste eine ganz süße Insel sein. Aber das war nichts für Natalia. Föhr war in gewisser Weise sogar zu einem Meilenstein für ihn geworden, denn dort war ihm zum ersten Mal sein faszinierendes Hobby begegnet.

Als er nach einer Woche wieder zu Hause gewesen war, hatte er sich wie neugeboren gefühlt. Die Insel hatte ihm gutgetan. Aber war das wirklich nun schon wieder über ein Jahr her, dass er sich eine Auszeit genommen hatte? Wahnsinn. Sein Leben plätscherte dahin, glitt ihm wie Sand durch die Finger. Nicht einmal richtige Freunde hatte er, wenn er es sich recht überlegte. Seine sozialen Unternehmungen beschränkten sich auf gelegentliche Feierabendbierchen mit den Kollegen oder ein gemeinsames Grillen am Wochenende. Wobei auch das stark nachgelassen hatte, seit er der magischen Anziehungskraft seines Hobbys verfallen war. Wer weiß, vielleicht brachte ja der neue Kollege ein wenig Zerstreuung mit. Er war gespannt, wie von Ritterswürden morgen reagieren würde, wenn er mit ihm auf dem Weg zur Arbeit in Werpeloh anhielt und ihm den Windberg zeigte, mit seinen unglaublichen, selbst für tollkühne Bergsteiger unerreichbaren dreiundsiebzig Metern Höhe. Der Skifahrer Ulrich von Ritterswürden am Fuße des Windbergs – welch köstliche Vorstellung!

Rechts vor ihm tauchte der Einsatzwagen der Kollegen, die ihn angerufen hatten, im Nebel auf. Er parkte direkt dahinter, stieg aus, holte die Schaufel aus dem Kofferraum und stieg über den kleinen Erdwall. Dahinter sah er durch den Nebel die Silhouetten der beiden Kollegen von der Streife, die vor einem der großen Steine standen und sich aufgeregt unterhielten.

Als einer von ihnen Altrogge erblickte, rannte er auf ihn zu. »Mensch, Altrogge, da sind Sie ja endlich. Es ist arschkalt, meine Füße sind nur noch Eisklumpen. Und das mit dem Kreuz –« Weiter kam er nicht. Der Kollege, es war Schwanbeck, hatte in der Dunkelheit einen großen Zweig übersehen, über den er stolperte. Er machte einen Satz nach vorn und landete auf dem Bauch direkt vor Altrogges Füßen. Dabei fluchte er laut.

Altrogge verdrehte die Augen. Das war typisch Schwanbeck. Ein Chaot, wie er im Buche stand. Wortlos reichte er ihm die Hand und zog ihn hoch.

Schwanbeck wischte sich Erde und Laub von seiner Uniform. »Langsam reicht mir das hier. Und das an einem Sonntag. Der pure Stress. Was ist jetzt? Wollen Sie sich das Kreuz ansehen?«

Altrogge ging vor dem Holzkreuz in die Hocke und richtete den Strahl der Taschenlampe auf die Querlatte. Deutlich konnte er die makabre Aufschrift lesen: *»Dies ist das Grab des Teufelsadvokaten Heiner Darb.«* Er beleuchtete den Boden rings um das Kreuz. Die Erde war aufgewühlt, nur wenig von Raureif überzogen.

»Höchstens vierundzwanzig Stunden«, sagte er mehr zu sich selbst als zu den beiden Streifenbeamten.

»Was meinen Sie, Kollege Altrogge? Dass da seit vierundzwanzig Stunden einer liegt?«, erkundigte sich Kriminalobermeister Dietmar Dietrichkeit.

Altrogge stand auf und drückte Dietrichkeit den Spaten in die Hand. »Nein, ich gehe davon aus, dass das Kreuz innerhalb der letzten vierundzwanzig Stunden hier aufgestellt worden ist. Vorletzte Nacht war der Nebel besonders dicht, da ist eine ganze Menge Raureif zusammengekommen. Das bisschen ringsum und auf dem Kreuz kann nur von letzter Nacht stammen.«

Dietrichkeit nickte. »Das habe ich mir auch schon gedacht. Was machen wir denn jetzt?«

»Graben.«

»Graben? Jetzt?«

»Wann sonst?«

»Sollten wir nicht vorher noch die Jungs von der Spurensicherung holen?«

Altrogge schüttelte den Kopf. »Auf keinen Fall. Schlimm genug, dass wir drei uns hier den Arsch abfrieren müssen. Da muss nicht auch noch die Kavallerie anrücken. Oder glauben Sie allen Ernstes, dass da ein Mensch begraben ist?«

»Nein«, bestätigte Dietrichkeit Altrogges Einschätzung.

Hinter den beiden ertönte die Stimme von Schwanbeck. »Also ich schon.«

Dietrichkeit bedachte seinen Kollegen mit einem spöttischen Blick. »Uwe, du siehst zu viel fern. Hier haben sich ein paar Jugendliche einen makabren Scherz erlaubt, das ist alles.« An Altrogge gewandt fragte er: »Aber macht es dann überhaupt Sinn, hier rumzugraben? Ich meine, bei der Kälte, und der Boden ist doch bestimmt auch gefroren. Das ist echte Knochenarbeit.«

Altrogge sah Dietrichkeit finster an. »Ich sagte: Graben! Machen Sie schon!«

Der Kriminalobermeister drückte Schwanbeck den Spaten in die Hand. »Fang schon mal an mit Graben, Uwe. Ich muss mal.« Ohne eine Antwort abzuwarten, drehte Dietrichkeit sich um und verschwand durch den Nebel hinter den Bäumen.

Verdutzt sah ihm Schwanbeck nach, dann wandte er sich mit einem Achselzucken Altrogge zu. Der lächelte und nickte. Schwanbeck verstand und hieb den Spaten mit Wucht in den Boden, der lediglich leicht angefroren war. Er kam rasch voran.

»Rufen Sie mich, wenn Sie was finden.« Altrogge ging langsam um das Großsteingrab herum und richtete dabei Taschenlampe und Blick konzentriert auf den Boden. Wenn hier allen Ernstes jemand begraben ist, dachte er sich, dann müsste er bis zum Kreuz über den Boden geschleift worden sein. Aber obwohl er jeden Quadratzentimeter des Geländes und sämtliche möglichen Zugänge von der Straße her absuchte, konnte er keine derartigen Spuren finden. Er ging zurück zu dem Kreuz und dem grabenden Schwanbeck, zu dem sich inzwischen auch Dietrichkeit wieder gesellt hatte, ohne jedoch Anstalten zu machen, dem Kollegen den Spaten abzunehmen.

»Ich glaube, da können Sie lange graben, Schwanbeck«, stellte Altrogge fest. »Nirgendwo sind hier Spuren zu finden. Und weil Tote nicht fliegen können, bin ich mir inzwischen sicher, dass wir es mit einem makabren Scherz zu tun haben.« Er strahlte mit der Taschenlampe in das beachtliche Loch, das Schwanbeck in der kurzen Zeit ausgehoben hatte. »Noch fünf Minuten. Wenn wir dann nichts gefunden haben, rücken wir ab, nehmen das Kreuz mit und verbrennen es. So ein Humbug! Wenn ich die Rotzlöffel erwische, die mir den Sonntag versaut haben!«

Gerade als Dietrichkeit feststellte, dass ein potenzielles Opfer theoretisch von mehreren Leuten hätte getragen oder auch hier, an Ort und Stelle, ermordet werden können, was erklären würde, warum sich nirgendwo Schleifspuren finden ließen, stieß Schwanbeck einen kurzen Schrei aus. »Mann, da ist tatsächlich etwas!« Er stocherte mit dem Spaten umher. »Ganz eindeutig. Etwas Weiches.«

Altrogge entriss ihm den Spaten. »Mensch, Schwanbeck, Sie dürfen doch nicht mit der Schaufel da draufhauen. Gehen Sie mal zur Seite.« Er leuchtete in das inzwischen über einen halben Meter tiefe Loch. Zwischen der lockeren Erde war Stoff zu erkennen. Er kniete sich davor und begann, die Erde vorsichtig mit den Fingern beiseitezuwischen. Zum Vorschein kam eine Decke aus einem dunklen groben Stoff. Sie ließ sich nicht anheben, da an den Seiten noch zu viel Erde darauf lag. »Schwanbeck, legen Sie das ganz behutsam mit der Schaufel frei. Ich befürchte, das ist doch kein Scherz.«

Wenig später lag die Decke frei. Die beiden Streifenpolizisten hoben sie nur mit den Fingerspitzen an beiden Enden an, während Altrogge in das Loch leuchtete.

Dietrichkeit pfiff durch die Zähne. »Verdammter Mist, da liegt echt einer.«

Im Schein der Taschenlampe konnten sie das schmerzverzerrte Gesicht eines Mannes erkennen, dessen Augen weit aufgerissen waren. Auch ohne Rechtsmediziner und Spurensicherung erkannten sie, dass das Opfer mehrere Verletzungen aufwies.

Altrogge zog sein Handy aus der Gesäßtasche seiner Jeans. »Jetzt brauchen wir wohl doch die Kollegen. Und wir rühren hier nichts mehr an.«

***

Die Blaulichter der beiden Einsatzwagen leuchteten gespenstisch durch den Nebel, der inzwischen so dicht geworden war, dass man die Silhouette des gegenüberliegenden Wäldchens nicht einmal erahnen konnte. Feine Tröpfchen rieselten aus dem Nebel und gefroren sofort auf den Scheiben. Die Kollegen von der Spurensicherung waren nur wenige Minuten vor Dr. Oswald Ossenkopp aus Oldenburg eingetroffen. Rasch hatten sie den gesamten Bereich großräumig mit rot-weißem Absperrband gesichert.

»Können Sie schon irgendetwas sagen, Doktor?«, fragte Altrogge, der so schnell wie möglich hier wegwollte. Weg von diesem schrecklichen Anblick, raus aus dieser feuchten Kälte, nach Hause zu seinem Bier und seinen Nadeln.

Ossenkopp bewegte vorsichtig die Gliedmaßen des Toten, in dessen Augen Altrogge auch jetzt, post mortem, einen Ausdruck von Panik meinte erkennen zu können.

»Die Leichenstarre hat sich nahezu vollständig gelöst«, resümierte der Doktor. »Ich würde sagen, der Tod ist vor vierundzwanzig bis achtundvierzig Stunden eingetreten. Angesichts der Kälte und weil ich noch nicht sagen kann, wie lange er hier in der Erde gelegen hat, würde ich eher zu Letzterem tendieren. Außerdem vermute ich, dass das Einschussloch unter der linken Brustwarze zum Tod geführt hat, wahrscheinlich ein Schuss mitten ins Herz. Aber das werden wir ja dann bei der Obduktion sehen.

Wenn ich mir die anderen Verletzungen so ansehe, die allesamt stark geblutet haben, würde ich außerdem behaupten, dass sie dem Opfer vor seinem Tod zugefügt wurden. Das sind alles Schussverletzungen, eine in jeder Schulter und noch eine im linken Knie. Das war eine ziemlich schmerzhafte Angelegenheit. Und weil ich hier nirgendwo weitere Blutspuren entdecken kann, auch nicht in diesem Horrorgrab, ist davon auszugehen, dass der Fundort nicht der Tatort ist. Ich halte es eher für wahrscheinlich, dass der Mann schon ein paar Stunden tot war, ehe er hier vergraben wurde. Außerdem kann ich auf den ersten Blick Schürfwunden an Hand- und Fußgelenken erkennen, selbst jetzt im Dunkeln. Der Mann war höchstwahrscheinlich gefesselt.«

Ein Moment des betretenen Schweigens folgte, der schließlich von Schwanbeck unterbrochen wurde. »Wer macht denn bloß so was?«

»Ein ganz böser Mensch.«

Erschrocken drehten sich Altrogge und Schwanbeck um. Unbemerkt hatte sich ihnen Alexander Mertens, der engagierte Leiter der Lingener Spurensicherung, genähert. Er war wie Altrogge im Emsland geboren, allerdings fünf Jahre später. Und das sah man ihm an, ebenso wie seine Sportlichkeit. Er lief Marathon, war eins vierundachtzig groß, schlank und drahtig und trug die blonden Haare stets kurz geschnitten. Seine Augenfarbe war eine beeindruckende Mischung aus Blau, Grün und Grau. Je nach Lichteinfall und, wie es Altrogge schien, auch Temperatur trat eine dieser Farben stärker in den Vordergrund. Mertens war irgendwie immer gut gelaunt, hatte meistens einen lockeren Spruch auf den Lippen und war ein echter Frauentyp. Das interessierte ihn aber nicht. Er war schon seit zwanzig Jahren verheiratet und hatte drei Kinder, von denen eines schon studierte. Insgeheim beneidete Altrogge ihn. Er hatte eine richtige Familie, war ein treuer Ehemann, absolut zuverlässig im Job und trotzdem alles andere als ein Spießer.

»Alex, musst du dich immer so klammheimlich von hinten anschleichen?«, schimpfte Altrogge. »Irgendwann kriege ich noch einen Herzschlag. Habt ihr wenigstens was gefunden?«

»Es ist zu dunkel. Die Strahler allein reichen nicht. Wir müssen warten, bis es hell wird. Dann tragen wir Erdschicht für Erdschicht ab. Wir nehmen das Kreuz mit, vielleicht finden wir darauf etwas. In dem Erdloch haben wir im ersten Anlauf nichts entdeckt, was uns weiterbringen würde. Es hat den Anschein, als ob jemand das Loch hier gegraben, den Mann hineingelegt und es dann wieder zugeschüttet hat. Leider hat er uns nicht seine Visitenkarte dagelassen.«

Altrogge sah auf die Uhr. Schon fast sieben. Um acht war er mit von Ritterswürden im Clemenswerther Hof verabredet. Wahrscheinlich hatte er schon eingecheckt, schaute aus dem Fenster seines Hotelzimmers und fragte sich, wo wohl der Windberg sei. »Also können wir im Moment hier nichts mehr ausrichten. Fahren wir nach Hause. Ab morgen kommt eine Menge Arbeit auf uns zu.« Sein Blick erfasste das Kreuz, das vor ihm auf dem Boden lag. »›*Dies ist das Grab des Teufelsadvokaten Heiner Darb*‹. Ein Mörder, der in Reimen spricht? Und heißt das, dass unser Opfer Rechtsanwalt war?« Er wandte sich Ossenkopp zu. »Haben Sie irgendetwas in seinen Taschen gefunden? Einen Ausweis oder so?«

Ossenkopp hatte sich aufgerichtet und seinen Mitarbeitern bedeutet, den Leichnam zum Wagen zu bringen. »Nein, nichts. Außer ein paar Tempotaschentüchern habe ich gar nichts gefunden. Aber wenn der Mann wirklich Heiner Darb heißt, müsstet ihr schnell herausfinden können, um wen es sich handelt. Der Name ist alles andere als alltäglich. Ich fahre jetzt nach Hause. Ich habe Hunger. Morgen früh werde ich ihn als Erstes obduzieren.«

Nachdenklich blickte Altrogge Ossenkopp hinterher, der über den kleinen Erdwall und dann in den Notarztwagen stieg. Er fragte sich, wer einen solchen Aufwand betrieb, um jemanden aus dem Weg zu räumen. Und warum den Mann zunächst quälen, ihn dann erschießen und zu guter Letzt in einem abgelegenen Waldstück verbuddeln, wo es zu dieser Jahreszeit durchaus Tage oder Wochen hätte dauern können, bis ihn jemand fand? Das ergab keinen Sinn, es sei denn, jemand war sehr, sehr wütend auf diesen Heiner Darb und wollte sich auf fürchterliche, unmenschliche Weise an ihm rächen.

»Wie machen wir das mit der Tatortsicherung?«, ertönte die Stimme von Alexander Mertens in Altrogges Rücken.

»Kannst du zwei von deinen Leuten Nachtwache schieben lassen? Wir haben hier eine Leiche gefunden, da reicht kein Absperrband.«

Mertens schnaubte vernehmlich durch die Nase. »Erst die Brandstiftung, dann die Überwachung wegen der angeblichen Entführung und jetzt auch noch eine Eisnacht in der Pampa? Was soll ich meinen Jungs denn noch alles zumuten?«

Altrogge sah sich um. Sein Blick fiel auf Dietrichkeit und Schwanbeck, die sich etwas abseits postiert hatten. Mertens folgte Altrogges Blick, dann sahen sich die beiden Männer an. Der Spurensicherer nickte und entfernte sich wortlos.

Altrogge schlenderte zu den Streifenbeamten hinüber und winkte ihnen zu. Noch im Gehen erklärte er ihnen, was sie in der kommenden Nacht vorhatten. »Meine Herren, was halten Sie von einem kleinen Abenteuer heute Nacht?«

***

»Noch ein großes Pils, Matthias?«

»Ja, und bring mir einen Doppelkorn, den brauche ich heute.« Altrogge saß pünktlich um acht im Clemenswerther Hof, aber von Ritterswürden ließ auf sich warten. Inzwischen schon seit fast zwanzig Minuten. Vielleicht hatte es sich der feine Dortmunder ja anders überlegt, nachdem er bemerkt hatte, dass das mit dem Skifahren im Emsland so eine Sache war, und er saß längst wieder in seinem Auto, um dahin zurückzukehren, wo er hergekommen war.

Lucky, der Wirt, stellte Pils und Korn auf den Tisch. »Du wolltest doch eigentlich keine scharfen Sachen mehr trinken. Woher rührt denn dein plötzlicher Sinneswandel?«

Altrogge trank den Schnaps in einem Zug. »Wir haben heute eine Leiche gefunden, drüben in Vrees bei den Teufelssteinen. In den nächsten Tagen werden die Zeitungen voll davon sein.«

»Ein Mord etwa? Hier bei uns? Das kann ich kaum glauben.«

»Ist aber so. Der hat sich nicht selbst erschossen und dann über einen halben Meter tief eingegraben. Kein schöner Anblick, das kannst du mir glauben. Bringst du mir noch so einen, Lucky?« Altrogge hielt das Schnapsglas in die Höhe. Als Lucky schon gehen wollte, hielt Altrogge ihn zurück. »Sag mal, hat der Dortmunder eigentlich heute bei euch eingecheckt?«

»Ja, der ist erst vor einer guten halben Stunde angekommen. Ein komischer Kauz, wenn du mich fragst. Hat geflucht und sich über die Baustelle bei Fürstenau beschwert. Er habe sich deswegen in der Pampa verfahren. Und dann hat der mich nach einem Skigebiet gefragt. Verstehst du das?«

Altrogge verstand. Und auch, warum von Ritterswürden ihn warten ließ. Der stand wahrscheinlich noch unter der Dusche. Das würde sicherlich noch ein lustiger Abend werden. Der arme Teufel! Keine Berge, kein Skigebiet, aber dafür gleich ein Mord. Plötzlich hörte er vom Eingang her eine laute, etwas schrille Stimme.

»Wo ist der verdammte Kerl?«

Er sah, wie jemand händefuchtelnd auf Lucky einredete, der nicht wusste, wie ihm geschah. Ulrich von Ritterswürden. Schon jetzt wusste Altrogge, dass er völlig anders war, als er ihn sich vorgestellt hatte. Wobei er eigentlich gar keine konkrete Vorstellung von ihm gehabt hatte. Es war eher so, dass er beim Anblick vieler Männer gedacht hatte, dass er das sein könnte. Aber der Typ am Eingang, der passte gar nicht in sein imaginäres Raster. Eines war klar: Eine Schönheit war er nicht, aber er fiel auf. Er war ungefähr so groß wie Altrogge, aber schlank, dadurch wirkte er größer. Er hatte zwar lichtes blondes Haar, aber das, was noch davon übrig war, wucherte wild um seinen Kopf herum. Jetzt, da sich von Ritterswürden mit seinem Blick Luckys Zeigefinger folgend zu ihm umdrehte, erkannte Altrogge ein längliches Gesicht, das irgendwie schief wirkte. Seine Augen waren so schmal wie seine Lippen. Wobei das auch ein Ausdruck von Wut sein konnte, denn in diesem Moment lief von Ritterswürden zu Altrogges Tisch, baute sich vor ihm auf und begrüßte ihn mit den Worten:

»Wollen Sie mich verarschen, Altrogge?«

Altrogge lächelte jovial. Der Mann schien Temperament zu

haben, das verhieß beste Unterhaltung. »Ulrich von Ritterswürden, nehme ich an?«

»Wer sollte ich sonst sein?«, giftete ihn der Neue an.

Altrogge erhob sich würdevoll, streckte die Hand aus und begrüßte den Dortmunder. Auf diesen Moment hatte er sich gefreut. »Angenehm. Matthias Altrogge mein Name. Wir beide teilen uns ab morgen ein Büro. Wollen Sie nicht Platz nehmen?« Er wandte sich Lucky zu, der die Begegnung der Männer grinsend beobachtet hatte. »Lucky, bringst du meinem Gast auch ein großes Pils und einen Doppelkorn? Und für mich auch noch mal das Gleiche.«

Als Altrogge sich wieder von Ritterswürden zuwandte, sah er, dass dieser sich bereits gesetzt hatte. In diesem Moment führte er Altrogges Schnapsglas an seine Lippen und trank es aus. »Arschloch«, entfuhr es ihm.

Altrogge setzte sich ihm gegenüber. Irgendwie war ihm der Kerl doch tatsächlich sympathisch. Er konnte nicht sagen, warum, schließlich überhäufte er ihn mit Schimpfwörtern. Vielleicht aber lag es daran, dass er so gar nicht in irgendeine Schublade zu passen schien und dass er nicht im Entferntesten dem vagen Bild entsprach, das Altrogge in seinem Kopf hatte. »Worüber regen Sie sich eigentlich so auf?«

Lucky kam mit der ersten gemeinsamen Runde der zukünftigen Kollegen an den Tisch. »Her damit!«, herrschte von Ritterswürden ihn an, griff sich beide Korn von Luckys Tablett und trank sie in einem Zug hintereinander aus. »So«, sagte er zu Altrogge, »jetzt können wir anfangen, uns zu unterhalten. Also, was sollte das mit dem Skigebiet?«

Altrogge erhob sein Pilsglas. »Erst mal herzlich willkommen im Emsland. Prost, Kollege!«

Widerwillig stieß von Ritterswürden mit ihm an. »Ich habe Sie etwas gefragt.«

Altrogge wusste, dass von Ritterswürden nicht nach Scherzen zumute war. Er bemühte sich um eine sachliche Antwort. »Mein lieber Ulrich von Ritterswürden, wenn Sie mich ernsthaft fragen, ob es im Emsland, kurz vor der deutschen Nordseeküste, ein Skigebiet gibt, ist das so, als würden Sie einen Eskimo fragen, ob es am Nordpol immer unerträglich heiß sei. Außerdem hätten Sie nur mal ›Emsland‹ bei Google eingeben müssen, dann hätten Sie Bescheid gewusst. Mal ganz davon abgesehen, dass Sie den Windberg ja noch nicht gesehen haben.«

Von Ritterswürden sah Altrogge eine Weile misstrauisch an. »Ich habe Ihnen doch erklärt, warum ich mich nicht im Internet schlaugemacht habe. Das ist noch lange kein Grund, mich dermaßen auf den Arm zu nehmen. Ich habe gerade eine Grundsatzentscheidung darüber getroffen, wo ich die nächsten Jahre leben werde. Und Skifahren ist nach Fußball meine größte Leidenschaft. Ich frage Sie das nur ein Mal, Altrogge: Wie hoch ist der Windberg, und wie weit ist das von hier?«

Altrogge war sich im Klaren darüber, dass er sein Spielchen genau jetzt beenden sollte. Er sollte dem Dortmunder reinen Wein einschenken, ihm in schillernden Farben ausmalen, warum das Emsland auch ohne Skigebiete ganz phantastisch war, und darauf hinweisen, dass der schneereiche Harz zumindest nicht so weit entfernt war, dass sich ein Wochenendtrip dorthin nicht lohnen würde. Aber er konnte es nicht. Er fand die Situation so herrlich abstrus und anregend. Da saß ihm ein Ulrich von Ritterswürden gegenüber, der die Nutzung des Internets komplett verweigerte in einer Zeit, in der fast jeder einen Internetzugang hatte. Und dieser Mann hatte seine finsterste Miene aufgesetzt, so als stünde der Weltuntergang bevor. Wie sollte man in solch einer Situation ernst bleiben? Außerdem pöbelte der Dortmunder seinen neuen Kollegen andauernd an und trank ihm zuerst seinen Korn weg und jetzt auch noch das Pils. Nein, das konnte Altrogge nicht durchgehen lassen. Der Mann brauchte eine Lektion.

»Ganz nah«, antwortete er. »Der Windberg ist am besten vom Nachbarort aus zu erreichen, über den Südgrat. Morgen fahren wir als Erstes daran vorbei, dann können Sie den höchsten Gipfel des Hümmlings selbst bewundern. Und danach geht es direkt zu unserem Arbeitsplatz nach Lingen, dem Zentralen Kriminaldienst. Denn pünktlich zu Ihrem Erscheinen ist hier ein Mord geschehen. Genau darüber sollten wir uns jetzt beim Essen unterhalten.«

7

Sögel, 11. November 2013

Ulrich von Ritterswürden hatte kein Auge zugetan. Einerseits hatte er feststellen müssen, dass Emsländer noch mehr vertrugen als Dortmunder. Andererseits ärgerte er sich noch immer maßlos über Altrogges selbstgerechte Haltung. Dabei schien Altrogge eigentlich ein sympathischer Typ zu sein. Vielleicht ein bisschen eigenbrötlerisch, aber das waren sie auf dem Land ja alle.

Jetzt im Morgengrauen konnte man die Umgebung halbwegs erkennen. Zwar befand er sich im Zentrum, na ja, wohl eher Dorfkern, dennoch musste man doch irgendwo Berge sehen können. Hochhäuser suchte man in diesem Dorf vergebens. Kein Wunder, Fläche gab es hier allem Anschein nach genug. Aber dort, wo es nur niedrige Häuser gab, musste man über den Dächern in der Ferne doch Berge sehen können. Wenn es sie denn hier gab!

Weil er Kopfschmerzen hatte, schlenderte er in aller Frühe durch das Dorf, wobei er auf den Schaukasten eines hiesigen Maklers aufmerksam wurde. Er hatte immer davon geträumt, irgendwann ein eigenes Haus zu besitzen. Vielmehr hatten er und Sabine davon geträumt, vor allem nachdem ihr zweites Kind, Tabea, auf die Welt gekommen war. Sie war inzwischen zehn, Ben schon zwölf. Mit angehenden Teenagern war es in der Mietwohnung in Herdecke allmählich eng geworden. Monatelang hatten sie Zeitungen und Aushänge bei Maklern studiert in der Hoffnung, irgendeine Immobilie zu finden, die sie kaufen konnten. Vielleicht ein Reihenhäuschen mit einem kleinen Garten. Doch es war ein hoffnungsloses Unterfangen. Wenn man nicht bereit war, unmittelbar an einer Autobahn, Bundesstraße oder einer Bahnlinie zu wohnen, und auch die weniger schönen Ecken mied, war bei seinem Einkommen nicht an ein Haus zu denken. Sabine hatte zwar kurz vor der Trennung den Job auf Schalke angenommen, aber viel kam dabei nicht herum. Und so würden sie wohl heute noch in ihrer schnuckeligen Achtzig-Quadratmeter-Wohnung auf der Syburg wohnen, wenn … ja, wenn Sabine ihn nicht vor die Tür gesetzt hätte. Und das nur, weil er bei einer Betriebsfeier besoffen mit einer Kollegin geknutscht hatte. Einige Kollegen meinten zwar am nächsten Tag, es sei schon etwas mehr passiert als nur Geknutsche, aber wenn er sich selbst schon beim Aufwachen nur schemenhaft daran erinnern konnte, konnte es wohl nicht so schlimm gewesen sein. Er hatte seinen unbeabsichtigten Fehltritt sofort gestanden und war davon ausgegangen, dass Sabine enttäuscht sein würde, wütend, fassungslos. Fünfzehn Jahre waren sie schon zusammen, und nie hatte sich einer von beiden etwas zuschulden kommen lassen. Von daher hatte er selbst seinen alkoholbedingten Ausrutscher als harmlos und einmalig eingestuft. Er hatte sich auch ganz ehrlich gefragt, wie er das umgekehrt gesehen hätte. Er war sich sicher, dass er zwar sauer gewesen und vielleicht ein paar Wochen auf Distanz gegangen wäre, aber danach wäre die Sache schnell vergessen gewesen. Sabine sah das freilich anders. Eiskalt hatte sie ihn abserviert.

Wenigstens lief es mit den Kindern gut. Er konnte sie sehen und sprechen, sooft er wollte. Und wenn er sie abholte, war auch Sabine nett zu ihm. Sie wollte keinesfalls die Kinder in die Probleme der Eltern mit reinziehen. Deshalb war ihm die Stelle als Kriminalhauptkommissar in diesem Emsland gerade recht gekommen. Weit genug weg von Sabine, um nicht von morgens bis abends an sie denken zu müssen, aber nahe genug, um am Wochenende nach Dortmund zu fahren und die Kinder zu sehen.

Als er jetzt vor dem Schaukasten stand, wurde er ein bisschen wehmütig. Da wurde ein riesiger, schicker Bungalow angeboten, mitten im Ort, mit sage und schreibe zweihundertdreißig Quadratmetern Wohnfläche, achthundert Quadratmetern Grundstück, sechs Zimmern und gerade mal sieben Jahre alt. Und das Ganze für zweihundertdreißigtausend Euro. Das war unglaublich. Für das Geld konnte man in halbwegs guten Lagen in Herdecke und Dortmund gerade mal ein Minihäuschen mit Minigrundstück kaufen. Das war dann aber nicht sieben Jahre alt, sondern fünfzig. Da konnte man gleich noch mal ein paar zehntausend Euro reinstecken. Das Einzige, das ihn tröstete, war die Tatsache, dass er sich auch den Bungalow in Sögel nicht leisten konnte. Er ließ den Blick weiter nach unten wandern. Er stutzte, sah genauer hin. Das gab es doch gar nicht. Unmöglich. Ein Haus mit hundertvierzig Quadratmetern und ebenfalls sechs Zimmern, inklusive siebenhundert Quadratmetern Grundstück und einer Doppelgarage. Genau das, was Sabine und ihm vorgeschwebt hatte. Dieses Haus war fünfzig Jahre alt. Und kostete neunzigtausend Euro! Auf den Bildern sah es nett aus, keineswegs heruntergekommen. Am liebsten hätte er zum Hörer gegriffen und Sabine angerufen. »Rehlein, schnapp dir die Kinder, pack deine Sachen zusammen und kommt zu mir. Ich kauf uns hier ein Haus, genau so eines, von dem wir immer geträumt haben.« Natürlich rief er nicht an. Wenn sie miteinander telefonierten oder sprachen und die Kinder nicht in der Nähe waren, war sie ihm gegenüber immer noch distanziert und unterkühlt. Dabei lag sein Ausrutscher inzwischen bald ein Jahr zurück. Als er ihr von seiner freiwilligen Versetzung erzählt und insgeheim gehofft hatte, dass sie versuchen würde, ihn davon abzuhalten, hatte sie nur mit den Achseln gezuckt.

Er löste sich von den Gedanken, die nichts anderes brachten als Frust, und dachte stattdessen an Altrogge. Über den konnte er sich wenigstens aufregen. Denn weit und breit waren keine Berge zu sehen, nicht einmal Hügel. Wenn sich dieser Windberg gleich nicht als echter Berg erwies, zumindest als solch einer wie die Nordhelle bei Herscheid im Sauerland, wo er häufiger am Wochenende Ski gefahren war, weil er von Herdecke aus in einer guten halben Stunde dort war, dann hatte dieser Herr Altrogge ein Problem. Hatte der doch tatsächlich beim dritten Bier gesagt: »Ich heiße übrigens Matthias. Bei uns im Emsland sind wir nicht so förmlich wie ihr in der Stadt. Wie soll ich dich anreden? Ulrich? Uli? Mich kannst du Matthes nennen.« Beim Gedanken daran verdrehte er die Augen. Wie konnte sich jemand nur Matthes nennen? Was für ein bescheuerter Spitzname, voll daneben!

Das Handy meldete sich, eine SMS. Von Sabine! Er drückte das SMS-Symbol.

Hallo, Puffelchen, Tabea hat Fieber, liegt im Bett. Würde sich sicher freuen, wenn Papa mal anruft. S.

Er steckte das Handy in seine Jackentasche und ging zurück ins Hotel. Ein leichter Wind war aufgekommen und hatte den Nebel vertrieben. Es war auch milder geworden. Bestimmt würde es bald regnen. Er war traurig.

***

»So, Altrogge, was zu viel ist, ist zu viel. Sie hätten das gestern Abend aufklären können, als ich Sie direkt darauf angesprochen habe. Vielleicht wäre unser Einstieg dann nur unterkühlt verlaufen. Aber dass Sie meinen, noch einen draufsetzen zu müssen, schlägt dem Fass den Boden aus. Das ist eine Frechheit, eine Riesensauerei, eine Provokation sondergleichen! Das hat Konsequenzen!«

Kurz nachdem von Ritterswürden die Angebote des Maklers gesichtet hatte, hatte Altrogge ihn abgeholt mit den Worten: »Jetzt fahren wir zwei nach Werpeloh, dann zeige ich dir unseren berüchtigten Windberg. Vielleicht haben wir noch Zeit, ein Stück raufzufahren. Hoffentlich schafft mein alter Escort das.«

Auf der kurzen Fahrt hatte der Emsländer die ganze Zeit gegrinst. Da war von Ritterswürden schon klar gewesen, was er sehen würde. Nichts, absolut nichts. Sie waren in diesem Kaff rechts abgebogen und ein Stück in Richtung eines Waldes gefahren. »Wir befinden uns jetzt im Kern des Hümmlinger Gebirges, am Fuß des höchsten Gipfels, dem Windberg«, hatte Altrogge ihm erklärt, war rechts rangefahren und ausgestiegen. Von Ritterswürden hatte es ihm gleichgetan, stand neben ihm und folgte seinem Blick – ins Nichts. Da waren ein paar große, ebene Felder, dahinter schloss sich ein flacher Wald an. Und aus dem Wald ragte ein Turm hervor. Das war alles.

»Uli«, philosophierte Altrogge, der sich entschieden hatte, ihn beim Spitznamen zu nennen, »es mag sein, dass die Alpen ein bisschen höher sind. Aber glaub mir, wenn du auf dem Windberg in der Nähe des Turms stehst, kannst du den ganzen Hümmling überblicken. Und dort steht ein Sandstein, den Carl Friedrich Gauß höchstpersönlich als Hauptpunkt bei der berühmten hannoverschen Landesvermessung benutzt hat. Wie so vieles hier atmet der Windberg Geschichte. Nicht weit von hier gibt es übrigens noch einen berühmten Gipfel, den Lüttker Sand. Der ist nur einen Meter niedriger als der Windberg. Und jetzt hör endlich auf rumzumaulen und schau dich lieber mal um.«

»Und Sie hören endlich auf, mich zu duzen!« Von Ritterswürden ging ein paar Meter die Straße entlang, betrachtete die Umgebung und ließ sie auf sich wirken. In Herdecke, dort, wo er mit seiner Familie gewohnt hatte, war es auch eher ruhig. Ringsherum gab es kleine Wäldchen, und der Hengsteysee war sogar fußläufig erreichbar. Aber das hier war eine ganz andere Nummer. Mutterseelenallein standen sie auf dieser Straße, kein einziges Auto war seit ihrer Ankunft vorbeigekommen. Es war totenstill, von Ritterswürden hörte absolut nichts. Es war ein bisschen wärmer geworden, plus fünf Grad. Der Raureif war geschmolzen, und die Wiesen und Felder waren von einem Feuchtigkeitsfilm überzogen. Der Nebel war zurückgekehrt, wenn auch nicht so dicht, und zog gemächlich über die Felder. Ganz vereinzelt fielen ein paar feine Tropfen aus den tiefen Wolken. Darüber sah er die Sonne aufsteigen. Ein riesiger, nahezu roter Feuerball, der genau über dem Wald in Richtung Sögel stand. Die ganze Landschaft wurde regelrecht rosa übergossen. Bäume, Wiesen, Felder, einfach alles. Der Nebel senkte sich etwas, und einzelne Zaunpfähle ragten mit ihrer Spitze aus ihm heraus. Das Sonnenlicht brach sich in schillernden Farben in dem flachen Dunst. Und noch etwas fiel ihm auf: der Geruch. Die Luft war erfüllt von einer würzigen Note, die er in dieser Form nirgendwo zuvor wahrgenommen hatte. Im Gesicht spürte er eine merkwürdige Mischung aus kühl und mild.

Altrogge gesellte sich zu ihm und sah in die aufgehende Sonne. »Du musst zugeben, mein Lieber, dass das was hat. Solche Stimmungen habt ihr in Dortmund bestimmt nicht. Es mag sein, dass die Landschaft auf den ersten Blick monoton wirkt. Aber glaub mir, mit jeder Wetterlage und Tageszeit verändert sich die Stimmung. Mach am Wochenende mal ein paar Spaziergänge durch die Wälder oder an der Ems und den kleinen Nebenflüssen entlang. Dann wirst du auch die verborgenen Reize des Emslandes kennenlernen. Und wenn hier mal Schnee liegt, kannst du sogar wunderbar Skilanglauf betreiben. Und hör du lieber mit dieser Siezerei auf. Du kannst genauso gut ›du Arschloch‹ zu mir sagen.«

Ulrich von Ritterswürden musste sich eingestehen, dass ihn diese Stimmung regelrecht aufgesogen hatte. Dabei war er nicht einmal sonderlich naturverbunden. Er nahm sich vor, seine neue Stelle mit Zuversicht anzugehen und der Pampa eine Chance zu geben. Wobei Altrogge seine Lektion noch würde lernen müssen. Wenn er nach einem Jahr nicht mit Leib und Seele hier angekommen war, würde er zurückgehen. Außerdem hatte er Sabine noch nicht aufgegeben. Für ihn war sie immer noch seine Zukunft, die Frau, mit der er alt werden wollte.

»Zugegeben, das ist ganz nett. Trotzdem haben Sie kein Recht, mich dermaßen an der Nase herumzuführen. Das wird ein Nachspiel haben.«

***

»Herzlich willkommen in Lingen, Herr von Ritterswürden. Ich freue mich, dass Sie ab sofort unser Team mit Ihrer Erfahrung bereichern. Ihre Aufklärungsquote in Dortmund war ja beeindruckend. Jetzt stelle ich Sie kurz den Kollegen vor, und dann dürfen Sie auch schon loslegen.«

Im Anschluss an ihren Abstecher nach Werpeloh waren Altrogge und von Ritterswürden sofort nach Lingen gefahren. Immerhin galt es, einen Mord aufzuklären. Auf der Fahrt war es nun von Ritterswürden gewesen, der schelmisch grinste. Er wisse schon, welch ein Nachspiel der Schabernack haben werde, den Altrogge mit ihm getrieben hatte, weigerte sich aber zu verraten, was er sich überlegt hatte. »Später, Altrogge, später. Nur so viel: Fangen Sie schon mal an zu sparen.«

Als sie in ihrem gemeinsamen Büro angekommen waren, wartete dort schon ihre Chefin, Polizeioberrätin Jorina Danneboom, auf sie. Viel Zeit für die Begrüßung blieb nicht, denn die ersten Stunden nach der Entdeckung eines Verbrechens waren ermittlungstechnisch die wichtigsten. Danneboom hatte ihn durchs Revier geführt und vorgestellt, allen voran den Kollegen, die sie für die MoKo Teufelssteine vorgesehen hatte. Jetzt saßen sie in Dannebooms Büro, um die notwendigen Formalitäten zu erledigen. Was brauchte er an Arbeitsmitteln? War er Raucher? Letzteres konnte er verneinen.

Während der Unterhaltung sah er sich aufmerksam im Büro seiner neuen Chefin um. Es gab nur zwei Dinge, die ihm auffielen. Nirgendwo konnte er etwas Persönliches entdecken. Keine Bilder von einem Ehemann oder von Kindern, keine Bilder, die ein Kind gemalt hatte, nichts dergleichen. Nur ein einziger Gegenstand war persönlich, und das war auch das Zweite, was ihm aufgefallen war. Zwar hingen an den Wänden keine Bilder, mal abgesehen von einem Kalender hinter Dannebooms Bürostuhl, aber dafür war ein riesiger Schal von Werder Bremen quer über eine Wand gespannt.

»Sie sind Fußballfan?«, erkundigte er sich.

»Sagen wir lieber, fußball*interessiert.* Ich bin in Bremen geboren, und schon als Kind hat mich mein Vater oft mit zu Heimspielen von Werder genommen. Ich habe zu Hause Pay-TV, und wenn ich nichts Besseres vorhabe, gucke ich mir am Wochenende die Spiele von Bremen an.«

»Dann sind Sie wohl oft schlecht gelaunt, oder?«

Danneboom lachte. »Nur weil Werder seit einiger Zeit Mist zusammenspielt? Ich bitte Sie, Herr von Ritterswürden, von so etwas lasse ich mir doch nicht die Stimmung verderben. Es kann ja nicht jeder ein erfolgsverwöhnter Dortmund-Fan sein.«

Er sah sie fragend an. Wieder lachte sie. Ihre offene Art gefiel ihm.

»Lieber Kollege, genau hinzuschauen gehört zu unserem Job, oder? Natürlich ist mir nicht entgangen, dass auf Ihren Socken ›BVB‹ steht. Dezent zwar, aber nicht dezent genug für ein geschultes Auge. So, und jetzt gehen wir rüber in den Konferenzraum. Für acht Uhr habe ich das erste Treffen der MoKo anberaumt.«

Als sie den Konferenzraum betraten, war das gesamte Team schon versammelt. Neben Altrogge, der in ein intensives Gespräch mit einer Frau verwickelt war, die Danneboom ihm als Kriminalkommissarin Jutta Paschek vorgestellt hatte, sah er vier weitere Kollegen. Mit dreien hatte die Chefin ihn bereits bekannt gemacht. Hendrik Windhorn, Erich Kunkel und Felix Spengler, allesamt Kriminaloberkommissare. Die vierte Person, eine Frau mittleren Alters, kannte er nicht. Sie war sehr schlank, dunkelhaarig, zwar hübsch, aber zugleich spröde und auffallend ernst. Sie machte den Eindruck, als ob sie es gewohnt wäre, sich durchzusetzen.

Jorina Danneboom ging zu dem kleinen Pult auf dem Podest, auf das eine breite Stufe führte. Der Raum war schmucklos, aber zweckmäßig eingerichtet. Von Ritterswürden verglich ihn automatisch mit den Räumen seines Kommissariats in Dortmund. Auf den ersten Blick wirkte dieser Raum spartanischer, altmodischer. Auf den zweiten zeigte sich, dass hier modernste Technik versammelt war. Gegenüber dem Podest befand sich ein Beamer auf einem Regalbrett unter der Decke, hinter dem Pult hingen die dazugehörige motorbetriebene Leinwand und eine riesige Europakarte an der Wand. Rechts von der Landkarte stand ein großes Flipchart, links ein dreiteiliges Stellwandsystem. Der Raum vor dem Podest mochte an die vierzig oder fünfzig Quadratmeter messen. In vier Reihen standen jeweils drei Tische, und vor jedem waren mehrere Kabel im Boden verlegt. Hier können also bis zu zwölf Kollegen mit ihren Laptops sitzen, die sicherlich mit einem Zentralrechner vernetzt sind, dachte von Ritterswürden anerkennend. Gefiel ihm nicht schlecht, dieser Konferenzraum. Vielleicht sollte man über ein paar Bilder und Pflanzen nachdenken, dann würde er gleich viel netter wirken.

Danneboom ergriff das Wort. Sofort verstummten die anderen und setzten sich an die Tische. Sie fasste die wenigen Fakten und Ergebnisse zusammen, die bisher vorlagen. Viel war es nicht, weil der Leichnam erst im Laufe des Vormittags obduziert werden sollte und das Team der Spurensicherung gerade noch bei den Teufelssteinen war.

»Das Wichtigste ist im Moment«, sagte sie in die Runde, »dass wir so schnell wie möglich feststellen, um wen es sich bei dem Toten handelt. Wenn der Name auf dem Kreuz stimmt, dürfte das kein Problem sein.« Sie wandte sich an Altrogge, der an dem Tisch direkt vor dem Pult saß. »Matthias, du leitest die Ermittlungen. Sorg dafür, dass wir die Infos von Dr. Ossenkopp und Alexander sofort bekommen, wenn sie fertig sind. Und wenn ihr herausgefunden habt, wer der Tote ist, benachrichtigt mögliche Angehörige und fangt an, in seinem Umfeld zu ermitteln.« Sie nickte von Ritterswürden zu und bat ihn, zu ihr zu kommen. »Euren neuen Kollegen, Ulrich von Ritterswürden aus Dortmund, habe ich euch ja eben schon vorgestellt. Er bildet mit Matthias das Führungsduo. Sorgt dafür, dass er sich so schnell wie möglich in unsere Abläufe und Prozesse einfindet. Wir haben keine Zeit zu verlieren.« Danneboom wies auf die Frau, die von Ritterswürden noch nicht kennengelernt hatte. »Das, Herr Kollege, ist Laura Winter, unsere Psychologin. Sie hat uns schon bei so manchem Kapitalverbrechen wertvolle Dienste erwiesen. So, Leute, los geht's!«

8

Kreuz Oberhausen, derselbe Tag

Rechtsanwalt Michel Frising war bester Stimmung. Pünktlich um sechs Uhr morgens war er in Köln aufgebrochen. Zweihundertachtzig Kilometer waren es bis Papenburg. Bis vor einer Woche hatte er nicht einmal gewusst, dass es einen Ort mit diesem Namen in Deutschland gab. Und jetzt bedeutete dieses Dorf, das irgendwo Richtung Nordsee lag, für ihn vielleicht den Aufbruch in eine verheißungsvolle Zukunft.

Der persönliche Empfang, wie es in dem Begleitschreiben hieß, war für elf Uhr am Vormittag angesetzt. Zunächst wollten die Mitglieder des Fördervereins jeden der verdienten Rechtsanwälte und Richter kennenlernen, einzeln und persönlich, von Angesicht zu Angesicht. Er war um elf Uhr der Erste, die anderen drei Kollegen, die an diesem Tag ebenfalls geehrt werden sollten, kamen jeweils zwanzig Minuten später. Für den Mittag war ein gemeinsames Essen geplant, nachmittags sollten dann alle Juristen gemeinsam ausgezeichnet werden.

Wie Öl waren ihm die Worte des Schreibens heruntergegangen:

> *Für Ihre außergewöhnlichen Verdienste um das deutsche Rechtssystem … wegen Ihrer vorbildlichen Einstellung zu Recht und Gerechtigkeit … weil Sie der Gerechtigkeit stets zu ihrem Recht verholfen haben … leider wurden Ihre Verdienste bisher weder wahrgenommen noch gewürdigt … ist es nunmehr an der Zeit, auch Ihnen Gerechtigkeit zuteilwerden zu lassen, so wie Sie es Ihr ganzes Berufsleben lang für Ihre Mandanten getan haben.*

Letzten Mittwoch hatte der große Umschlag in seinem Briefkasten gelegen. Nicht etwa in dem seiner Kanzlei, nein, zu Hause in Porz. Nachdem er Anschreiben, Musterzertifikat, das Foto des Schecks, das Programm und die Anfahrtsbeschreibung aus dem handschriftlich adressierten Umschlag genommen hatte, dachte er zuerst an einen Scherz. Er war nur ein kleiner Fisch im Haifischbecken seiner gierigen Kollegen. Nur eine Bürokraft war bei ihm beschäftigt, sonst gab es in seiner Kanzlei niemanden außer ihm selbst.

Er hatte den Umschlag mit in sein Büro genommen. Abgesehen von den Prozessen beim Vormundschaftsgericht hatte er im Moment keine Fälle. Er las den Inhalt des Umschlags mehrfach mit großem Genuss und studierte in Ruhe die Homepage des Fördervereins. Er war zutiefst beeindruckt. Wer dort alles Mitglied war! Das Who's Who der Juristerei. Selbst ehemalige Minister gehörten der Jury an. Allein aus diesem Grund legte er sein anfängliches Misstrauen rasch ab. Wenn solche Namen dafür einstanden, waren der Verein und seine Mission über jeden Zweifel erhaben. Außerdem hatte er sich in aller Ruhe seine Urkunden angesehen, die er anstelle von bedeutungslosen Bildern in seinem Büro aufgehängt hatte, und war in Gedanken die unzähligen Prozesse durchgegangen, die er geführt hatte. Dass der Förderverein auch ihn auserwählt hatte, war eigentlich nicht verwunderlich, sondern eine logische Konsequenz seiner Fähigkeiten und Erfolge.

»Nach drei Kilometern rechts halten auf die A 31«, diktierte ihm das Navigationsgerät in seinem penetranten Befehlston. Die A 31, die Emslandautobahn, der berühmte Ostfriesenspieß, wie der damalige Bundesinnenminister Rudolf Seiters die Autobahn genannt hatte. Jetzt fiel es ihm wieder ein. Von Papenburg hatte er doch schon einmal gehört, Rudolf Seiters lebte dort. Vielleicht war es ja doch kein so unbedeutendes Kaff.

Er fuhr die lang gezogene Rechtskehre, dann war er auf der kerzengeraden Autobahn. Noch war relativ viel Verkehr, vor allem Pendler waren unterwegs, aber spätestens ab Dorsten würde er Vollgas geben können. Er hatte sich vorgenommen, in Ruhe im Hotel einzuchecken und dann durch den Ort zu bummeln, um sich mental auf das große Ereignis vorzubereiten. Natürlich hätte er am selben Tag zurückfahren können, doch diese kleine Auszeit wollte er sich gönnen, um seinen großartigen Erfolg bei einem ausgiebigen Abendessen und einer guten Flasche Wein zu feiern.

Er hatte schon am Vorabend seine kleine Reisetasche gepackt und dann zur Feier des Tages eine Flasche Rotwein aufgemacht, einen 2007er Neuenahrer Sonnenberg, einen handgelesenen und selektierten Spätburgunder vom Weingut Jean Stodden aus dem Ahrtal. Er trank selten Alkohol, eigentlich nur zu besonderen Anlässen, doch dann musste es auch ein guter Wein sein.

Morgens hatte er ausgiebig geduscht und sich dann lange im Spiegel betrachtet. Dafür, dass er auf die sechzig zuging, sah er verdammt gut aus. Seine Haare waren schon vor langer Zeit ergraut, aber er fand, dass ihm das ganz ausgezeichnet stand. Er achtete stets auf seine Linie, hatte höchstens einen kleinen Bauchansatz. Vermutlich war es auch sein Charisma, das ihn die meisten Prozesse gewinnen ließ.

Schließlich hatte er in Ruhe gefrühstückt und dabei ausführlich den Kölner Express studiert.

Ja, er hatte es wahrlich verdient. Sein ganzes Leben hatte er in den Dienst der Gerechtigkeit gestellt. Er war im wahrsten Sinne des Wortes ein Anwalt des Rechts. Morgen um diese Zeit war er wieder auf dem Heimweg mit der Urkunde im Gepäck, die ihm genau das bescheinigte. Er wusste schon, welchen Ehrenplatz sie in seinem Büro einnehmen würde. Und erst recht die vergoldete Justitia, die auf einem Sockel stand. In dem Umschlag lag auch ein Foto von der Statue mit einem auf die Vorderseite des Sockels weisenden Pfeil. Unter dem Pfeil stand geschrieben:

Bis zu Ihrer Ankunft in Papenburg wird dort Ihr Name eingraviert sein, denn Justitia liebt die Gerächten!

Großartig, was die sich hatten einfallen lassen, um ihrer Anerkennung für verdiente Juristen Ausdruck zu verleihen. Da war der kleine Schreibfehler durchaus verzeihlich. Eigentlich verrückt, wie ein einziger Buchstabe den Sinn eines Wortes nahezu ins Gegenteil verkehren konnte. Wahrscheinlich würden sie nachher beim Empfang alle herzhaft darüber lachen.

Auch die fünfzigtausend Euro Prämie waren nicht zu verachten. Wenn man als Anwalt so wie er die Gerechtigkeit im Vordergrund sah und nicht das Geld, dann führte man auch Prozesse mit geringem Streitwert, bei denen nicht viel zu verdienen war. Es ging ihm schließlich um Gerechtigkeit. Anders als diesem eingebildeten Lackaffen Albert Vierbuchen. Seit Ewigkeiten war er als Anwalt erste Wahl beim Vormundschaftsgericht. Niemand hatte jemals ihm, Michel Frising, eine Chance gegeben, sich bei der ein oder anderen Vermögensbetreuung zu beweisen. Dabei war er viel besser als dieser affektierte Vierbuchen. Aber so einfach ließ er sich nicht abspeisen. Weil es um das Interesse entmündigter Bürger ging, hatte er die Möglichkeit gehabt, sich sämtliche Gerichtsakten zu Vierbuchens Betreuungen zur Kontrolle vorlegen zu lassen. Jede einzelne hatte er akribisch gewälzt, stundenlang, tagelang. Und dabei war er auf merkwürdige Verbindungen gestoßen. Vierbuchen unterhielt ominöse Kontakte zu einem Architekten und einem Berater aus Bonn. Fast bei jeder Betreuung, bei der es um Immobilien ging, waren sie in irgendeiner Weise involviert. Sie wurden von Vierbuchen beauftragt, Planungen zu erstellen, Häuser zu veräußern oder Nutzungsmöglichkeiten für Grundstücke aufzuzeigen. Das konnte nicht mit rechten Dingen zugehen. Und es waren allesamt Betrüger, die Frisings Erfolg im Weg standen. Aber nicht mit ihm! Er hatte diverse Schriftsätze verfasst, in denen er haargenau aufgeschlüsselt hatte, wie dieser Betrug seiner Meinung nach organisiert war, und hatte diese ans Vormundschaftsgericht geschickt. Tja, und jetzt hatte ihn das Gericht als Ergänzungsbetreuer eingesetzt, der alle Betreuungen von Vierbuchen unter die Lupe nehmen sollte. Es war nur eine Frage der Zeit, bis Vierbuchen in Köln Geschichte war. Gut, so ganz allein hatte er das mit der Ergänzungsbetreuung nicht hinbekommen. Er war beim Gericht ein zu unbeschriebenes Blatt. Daher hatte er sich mit seinem Verdacht zunächst an seinen geschätzten Kollegen Hans Arens gewandt. Der war Partner einer größeren Kanzlei in Köln, bei den Gerichten bekannt und unter anderem auf Betreuungsrecht spezialisiert. Frising hatte bei ihm offene Türen eingerannt. Arens hasste Vierbuchen, denn der hatte auch ihm den ein oder anderen Fall vor der Nase weggeschnappt. Er fand den Gedanken einer späten Rache wunderbar, wie er es ausgedrückt hatte, und ließ sich auf eine »inoffizielle strategische Allianz« mit Frising ein. Seine Motive waren vielleicht nicht ganz korrekt, seine Methoden gegen Vierbuchen und diese Leute aus Bonn auch nicht, aber wen kümmerte das? Es ging doch um die Sache, seine Sache, eine gute Sache!

Und nun war Rechtsanwalt Michel Frising nicht nur auf dem Weg, die Nummer eins beim Kölner Vormundschaftsgericht zu werden, sondern auch zur größten Ehrung seines Lebens, die sein Ansehen vor Gericht nachhaltig steigern würde. Wie hieß es doch so schön: Wenn es läuft, dann läuft es.

***

Altrogge und von Ritterswürden saßen sich in ihrem Büro gegenüber. Unter den skeptischen Blicken des Dortmunders hatte der Emsländer binnen weniger Minuten mittels schlichter Google-Recherche herausgefunden, um wen es sich bei Heiner Darb handelte. Er war Anwalt in Bonn gewesen, Partner einer großen Kanzlei mit internationalem Renommee. Sein Konterfei prangte mit selbstbewusstem Lächeln auf der Homepage der Sozietät. Auch wenn der tote Anwalt in seinem kalten Grab alles andere als gelächelt hatte, erkannte ihn Altrogge auf Anhieb wieder.

Darb war unter anderem Fachanwalt für Baurecht und internationales Vertragsrecht gewesen, darüber hinaus mit Strafrecht vertraut. Er hatte eine beeindruckende Vita und einige spektakuläre Prozesse geführt, die er, wenn man der Darstellung auf der Website Glauben schenken konnte, alle gewonnen hatte. Er tauchte im Zusammenhang mit einem Prozess gegen Waffenschieber auf und hatte sogar seinerzeit Schimon Krantz, den Erben eines Kölner Konsortiums, vertreten, der wegen Unterschlagung angeklagt war. Unter dem Spitznamen »der feine Krantz-Erbe« war der wochenlang durch die Medien gespukt. Es war eine Anspielung darauf, dass er grundsätzlich einen maßgeschneiderten Anzug trug und generell eine außergewöhnlich gepflegte und attraktive Erscheinung war. Mit seinem natürlichen Charme und seiner tiefen Stimme erweckte er den Anschein von Seriosität und Geradlinigkeit. Die Medien hatten ihm vor dem Prozess nur geringe Erfolgschancen eingeräumt, doch, so hatte Altrogge in diversen Artikeln in den Archiven der Kölner Zeitungen nachlesen können, sein Anwalt, Dr. Heiner Darb, konnte wie aus dem Nichts Beweise vorlegen, die seinen Mandanten entlasteten. Und so ging der Prozess zu Krantz' Gunsten aus.

»Ich glaube, das wird ein einfacher Fall«, teilte Altrogge von Ritterswürden seine persönliche Einschätzung mit. »Unser Opfer hat zig große Fälle betreut. Man kann sich gut vorstellen, dass er sich dabei nicht nur Freunde gemacht hat. Wenn wir uns seine Prozesse vornehmen, vor allem die, bei denen es um hohe Streitwerte ging, finden wir seinen Mörder. Es geht um Rache, das belegt auch die Art und Weise, wie Darb ermordet und wie sein Leichnam verscharrt wurde. Was hältst du davon, Uli, wenn du in Bonn anrufst und mit seinen Kollegen sprichst? Vielleicht haben wir Glück und können den Fall sogar an die Bonner Kripo abgeben.«

Altrogge dachte an Jorinas Geburtstag am Mittwoch. Wenn ihm jetzt langatmige Ermittlungen dazwischenkamen, konnte er ihr Geschenk vergessen. Er brauchte sicherlich noch mindestens sechs, sieben Stunden, um damit fertig zu werden. Wehe, sie fanden heute keine klaren Hinweise, die möglichst allesamt vom Emsland wegführten! Sonst hieße das Abendbesprechungen um zwanzig oder einundzwanzig Uhr, Zusammenfassung der Ergebnisse der Ermittlungen aller Mitglieder der MoKo Teufelssteine, danach vielleicht noch eine Befragung und am nächsten Morgen spätestens um sieben Uhr wieder im Kommissariat sein. Ganz zu schweigen von dem stundenlangen Dokumentieren und Aktenanlegen, um zu verhindern, dass ihnen irgendwelche hinterhältigen Anwälte bei einem Prozess trotz klarer Beweislage wegen irgendwelcher Formfehler oder mangelhafter Dokumentation einen Strich durch die Rechnung machten.

Sein Hobby bescherte ihm Geschenkideen im Überfluss. Jorina gehörte zu den Glücklichen, die sich dieses Jahr zum ersten Mal darüber freuen durften. Und wie sie sich freuen würde! Für ihren fünfundvierzigsten Geburtstag hatte er sich etwas ganz Besonderes ausgedacht. Allein der Gedanke an ihr glückliches Gesicht! Aber das brauchte eben Zeit.

»... deshalb glaube ich nicht daran«, hörte Altrogge den Neuen sagen. Er war so sehr in seiner Vorfreude auf Jorinas Freude verhaftet gewesen, dass er nicht mitbekommen hatte, was von Ritterswürden geantwortet hatte.

»Was hast du gesagt?«

Von Ritterswürden hatte ein schiefes Grinsen aufgesetzt, das sein Gesicht noch verzerrter erscheinen ließ. »Es würde mich brennend interessieren, woran Sie gerade gedacht haben. So ein verklärter Gesichtsausdruck, das ist mir bei einem Mann selten begegnet.«

»Witzbold! Also, was hast du gesagt?«

»Ich sagte, dass ich Ihre Einschätzung nicht teile. Ich glaube nicht, dass das ein einfacher Fall wird. Rache hin oder her. Niemand lockt einen Bonner in eine dreihundert Kilometer entfernte Pampa, um ihn dort abzumurksen und dann in irgendeinem Wald zu verscharren. Noch abstruser ist die Vorstellung, dass er Darb in Bonn umbringt und dann seine Leiche dreihundert Kilometer durch die Republik kutschiert. Das wäre ein viel zu großes Risiko. Wenn der Täter Darb in einem Wald vergraben wollte, hätte er nur ein paar Kilometer nach Westen fahren müssen. Da ist nämlich die Eifel, dort bin ich früher manchmal Ski gefahren. Und gegen diese Wälder ist Ihr komischer Hümmling nicht einmal eine Baumgruppe. Nein, Altrogge, da steckt mehr dahinter. Und das Emsland ist kein zufälliger Tat- beziehungsweise Fundort. Nur in einem stimme ich Ihrer Einschätzung zu: Es geht wahrscheinlich um Rache. Und um Ihre Frage zu beantworten: Ja, ich rufe gern in Bonn an.«

Altrogges Augen verengten sich zu Schlitzen. So ein Klugscheißer! Ist gerade mal ein paar Stunden da, und schon meint er, einem alten Hasen sagen zu müssen, wo es langgeht. Er bereute den Schabernack, den er mit ihm getrieben hatte, immer weniger. Wobei er sich eingestehen musste, dass von Ritterswürden verdammt richtiglag. Selbstverständlich waren das auch genau seine Gedanken gewesen. Und eigentlich hätte er sich sogar über einen schönen Fall gefreut, endlich mal wieder ein bisschen Action in seinen monotonen Tagesabläufen. Aber warum jetzt? Warum nicht eine Woche später?

Von Ritterswürden schien wenig Erfolg zu haben. »Hm ... ja, verstehe ... Nein, nein, noch nicht ... Merkwürdige Sache … Trotzdem vielen Dank.« Er beendete das Gespräch, stützte sich mit den Ellbogen auf der Tischplatte ab, verschränkte die Hände und legte sein Kinn zwischen Daumen und Zeigefingern ab. »Hoffentlich haben die Kollegen von der Spurensicherung bei euch etwas auf dem Kasten. Die wussten nämlich in Bonn von nichts. Ich habe mit Darbs persönlicher Sekretärin gesprochen, aber das haben Sie ja wahrscheinlich mitbekommen. Die hatte keine Ahnung, wo ihr Chef ist, war sich sicher, dass er noch nie im Emsland war, hatte selbst noch nie zuvor von dieser Gegend gehört. Und Darb hatte ihr vor einer Woche nur mitgeteilt, dass er für ein paar Tage wegmüsse. In einer dringenden persönlichen Angelegenheit, wie er es formuliert hatte. Das Mindeste, was ich erwartet hatte, war, dass die uns sagen können, wohin Darb gefahren ist und warum. Damit haben wir null Anhaltspunkte.«

»Woher will die denn wissen, dass Darb noch nie im Emsland war? Sind die verheiratet?«

»Nein, aber sie hat sich für ihren Chef um alles gekümmert. Hat alle seine Urlaube gebucht, sämtliche Termine für ihn gemacht und ihn zu Seminaren angemeldet. Selbst um die Geburtstage seiner Frau und seiner Kinder hat sie sich gekümmert und Geschenke besorgt. Die haben schon seit fünfzehn Jahren zusammengearbeitet, waren ein eingespieltes Team. Deswegen ist sie sich sicher, dass Darb zumindest in den vergangenen fünfzehn Jahren nicht im Emsland gewesen ist. Seine ›dringende persönliche Angelegenheit‹ war in dieser Zeit außerdem die erste, in die sie nicht eingeweiht war.«

Altrogge rieb sich das Gesicht mit beiden Händen. »So ein Mist, dieser Fall ist überflüssig wie ein Kropf.«

»Wie meinen Sie das?«

Altrogge winkte ab und sah auf seine Armbanduhr. Zehn Uhr fünfzig. »Vergiss es, das würdest du eh nicht verstehen. Komm, wir gehen rüber zur Spusi. Vielleicht haben die schon was für uns. Und danach muss ich mir überlegen, wen wir ins Rheinland schicken.«

***

Ganz so winzig schien dieses Papenburg gar nicht zu sein. Nachdem Michel Frising die Autobahn verlassen und das Papenburger Ortsschild passiert hatte, war er kilometerlang an irgendwelchen Kanälen entlanggefahren. Er kam sich vor wie in Holland, nur dass die meisten Häuser auf beiden Seiten der Wasserstraße größer waren als bei den Nachbarn. Bis Lathen hatte er noch halbwegs gutes Wetter gehabt, mal davon abgesehen, dass es hier fünf Grad kälter war als in Köln. Aber seit Verlassen der Autobahn war er permanent durch eine Nebelsuppe und einen fiesen Nieselregen gefahren.

Die Kanäle, der Nebel und der monotone Sprühregen, das ganze triste Einheitsgrau und kaum ein Auto auf der Straße, all das hatte in ihm eine seltsame Stimmung erzeugt. Das hier war der ideale Rahmen für einen nervenaufreibenden Psychothriller. Ob er diese Stimmung nun aufregend oder bedrohlich fand, konnte er nicht genau sagen. Und er konnte nicht begreifen, warum sich ein Förderverein für Juristen ausgerechnet diese Einöde als Sitz ausgesucht hatte. München, Hamburg, Köln oder Berlin wären doch ein passenderer Rahmen für einen solch hochrangigen Verein. Aber vielleicht ging es um Geld. Sicherlich waren die Mieten und Grundstückspreise hier nicht annähernd so hoch wie in den großen Zentren. Wahrscheinlich wollten sie Kosten sparen, damit das Geld so weit wie möglich den geehrten Juristen zufloss. Eine durchaus sinnvolle Maßnahme, zumal diese Atmosphäre ja auch ihre ganz eigene Wirkung entfaltete.

Sein Hotel, die »Alte Werft«, lag relativ zentrumsnah. Es befand sich in der ehemaligen Maschinenbauhalle der Meyer Werft, die es schon seit 1795 gab. Sechsunddreißig Kreuzfahrtschiffe hatten sie bis heute gebaut. Weil ihn Schiffe von jeher faszinierten, hatte sich Frising für dieses Hotel entschieden und dem Anlass entsprechend die größte Suite gebucht. Nach dem Einchecken spazierte er durch das Zentrum von Papenburg und achtete dabei vor allem auf nette Restaurants, in denen er sich für den Abend einen Tisch hätte reservieren können. Es gab zwar eine Reihe hervorragender Lokale, die ihm auf Anhieb zusagten, aber er suchte etwas ganz Besonderes, etwas, das den Ansprüchen eines soeben geehrten Rechtsanwaltes gerecht wurde. Deshalb entschied er sich kurzerhand für das Restaurant »Graf Goetzen«, das zum Hotel gehörte. Es hatte eine gehobene Speisekarte, eine gut sortierte Weinkarte, und außerdem konnte er sich nach seiner ganz privaten Feier direkt ins Bett fallen lassen. Er war so euphorisiert, dass er sich schon jetzt unbändig darauf freute, mit sich selbst die größte Feier seines Lebens zu zelebrieren. Es würde bestimmt nicht bei einem Glas Wein bleiben. Und vorher gab es Champagner, danach sicherlich den ein oder anderen Cognac. Das »Graf Goetzen« war genau die richtige Wahl.

Um halb elf war er zurück in seiner Suite. Er wusch sich, zog seinen dunkelgrauen Einreiher an und fuhr los. Sein Navi zeigte ihm nur zwei Kilometer an. Der Verein befand sich etwas außerhalb von Papenburg in der Nähe eines Badesees – wie hieß der noch gleich? Er schielte auf die Anfahrtsbeschreibung auf dem Beifahrersitz. Genau, Tunxdorfer Waldsee. Wieder kam ihm kein einziges Auto entgegen. Der Sprühregen hatte noch zugelegt, sodass er die Scheibenwischer auf Dauerbetrieb stellen musste. Draußen waren es noch vier Grad, ein Grad weniger als bei seiner Ankunft. Vielleicht gab es hier oben im Norden heute sogar noch Schnee. Noch ein Kilometer. Er durchquerte ein winziges Wäldchen, dahinter öffnete sich die Landschaft. Sie wurde ein wenig hügeliger und erinnerte ein bisschen an die Dünenlandschaften der Nordseeinseln. Er verlangsamte seine Fahrt, fuhr nur noch im Schritttempo. Weit und breit sah er kein Gebäude. Ein unangenehmer Verdacht überkam ihn. Hatte sich da etwa jemand einen Scherz mit ihm erlaubt? Vielleicht sogar dieser aufgeblasene Vierbuchen? Um sich an ihm zu rächen? Bitte, schickte er ein Stoßgebet gen Himmel, lass das nicht wahr sein! Ich habe mich so darauf gefreut. Und wie peinlich wäre das! Aber nein, das konnte kein Scherz sein, er hatte sich doch selbst die offizielle Homepage des Vereins angesehen.

»Nach dreihundert Metern haben Sie Ihr Ziel erreicht. Das Ziel liegt links«, informierte ihn die Stimme des Navigationsgerätes über das nahende Ende seiner Fahrt. Da sah er es. Endlich. Aus dem Gemisch aus Dunst und Regen tauchte ein villenartiges Gebäude auf, dem er sich weiterhin im Schritttempo näherte. Vor dem Haus stand ein großer Wagen, es handelte sich um einen

Jaguar. Langsam fuhr er auf den Vorplatz, stellte seinen Wagen neben dem Jaguar ab, stieg aus und ging auf den Eingang zu. Noch bevor er die Treppe erreicht hatte, die zum Hauseingang führte, öffnete sich die Tür. Im Türrahmen erschien ein elegant gekleideter, gut aussehender Mann, den er auf Mitte bis Ende vierzig schätzte. Er trug einen braunen Anzug, der ihm so gut stand, dass er nur maßgeschneidert sein konnte. Lächelnd kam der Mann auf ihn zu und streckte ihm die Hand entgegen.

»Rechtsanwalt Michel Frising aus Köln? Herzlich willkommen, wir haben uns sehr auf Sie gefreut. Es ist uns eine große Ehre, Sie hier bei uns empfangen zu dürfen. Bitte gestatten Sie, dass ich mich vorstelle. Mein Name ist Walther Brecht, Dr. Walther Brecht. Ich bin wie Sie Anwalt. Meine Kanzlei ist in Emden. Bitte treten Sie ein und folgen Sie mir in den Salon. Dort findet Ihr Empfang statt und am Nachmittag auch die anschließende Ehrung.«

Frising fiel ein Stein vom Herzen. Abgesehen von der einsamen Lage war alles so, wie er es sich vorgestellt hatte. Brecht war ein sympathischer, herzlicher Mann, dem anzumerken war, wie sehr er sich auf den Kollegen aus Köln gefreut hatte. Jetzt war auch klar, warum der Förderverein in der Nähe von Emden residierte. Sicherlich war Brecht eines der Gründungsmitglieder gewesen und legte Wert darauf, bei den Ehrungen rasch vor Ort sein zu können. Warum auch nicht Papenburg? Das war ein schöner Rahmen, und die Stadt hatte einige berühmte Kinder. Er folgte Brecht die Stufen hinauf. Sein Blick fiel auf das Schild, das über der Tür prangte. »Förderverein für verdiente Juristen e.V.«, stand dort in großen goldenen Lettern. Mit einer leichten Verbeugung ließ Brecht ihm den Vortritt. Frising betrat eine geräumige Diele und sah direkt durch eine offene Tür in einen großzügigen Raum. Mitten im Raum befand sich ein runder Tisch, gedeckt mit einem weißen Tischtuch. Darauf standen Kanapees und eine Flasche Champagner. Dahinter, am Ende des Raumes an einer breiten Fensterfront, stand eine weitere Person, die ihm jedoch den Rücken zukehrte. Sie schien aus dem Fenster zu schauen. Frising sah genauer hin. Er erkannte eine Art Robe, wie er sie von den Richtern bei Prozessen kannte. Meine Güte, dachte er sich, während Brecht die Tür hinter ihm schloss, die haben sich aber wirklich was Originelles einfallen lassen. Außerdem schien der Mensch eine Art Stirnband zu tragen. Vielleicht hatte er lange Haare? Oder handelte es sich um eine Frau? Gleich würde er es wissen. Er war aufgeregt, gespannt darauf, was ihn heute noch alles erwartete. Den freundlich lächelnden Kollegen aus Emden neben sich betrat er den Raum. Alles war gut.

***

»Das ganze Gelände war quasi clean. Wir haben nichts gefunden, was euch weiterbringen könnte. Wir haben die Erde rund um das Kreuz sowie eine ganze Reihe Erdproben zwischen der Straße und den Teufelssteinen analysiert, Schicht für Schicht. Keine Zigarettenstummel, Papiertaschentücher oder sonst etwas, was wir auf DNA untersuchen könnten. Leider kam uns dann auch noch der unerwartete Wetterumschwung in die Quere. Wenn es da irgendwelche Fußspuren gegeben haben sollte, sind die sozusagen mit dem Raureif weggeschmolzen.«

Alexander Mertens war mit seinem Team noch vor Sonnenaufgang zurück in Vrees gewesen. Gerade als sie in Lingen losgefahren waren, hatte das Tauwetter eingesetzt. Zusammen mit dem Sprühregen hatte das ausgereicht, den Raureif, den möglicherweise einzigen »Zeugen«, abtauen zu lassen.

»Aber irgendwas müsst ihr doch gefunden haben. Was ist mit Reifenspuren? Die graben sich viel tiefer in die Erde. Komm, Alexander, gib uns wenigstens einen Autotyp. Machst du das für uns?« Altrogge knuffte dem Leiter der Spurensicherung freundschaftlich in die Seite. Er gehörte zu den Kollegen, mit denen er sich hin und wieder traf. Manchmal wurde er sogar zu ihm nach Hause eingeladen, zum Essen mit der ganzen Familie. Altrogge hatte zwar selbst keine Kinder, fühlte sich aber in dem harmonischen Umfeld bei Mertens ausnehmend wohl. Zumal Alexander immer eine beeindruckende Auswahl feiner Whiskeys im Haus hatte.

»Tut mir leid, Matthes, nicht einmal das. Wer immer diesen Anwalt dort begraben hat, war schlau genug, sein Fahrzeug auf dem Asphalt abzustellen. Keineswegs ist er auf den Randstreifen gefahren. Da haben wir nur die Spuren des Streifenwagens und die von deiner Rostbeule gefunden. Wirklich clever übrigens, dass du nicht daran gedacht hast, lieber Kollege. Hättest auch mal lieber auf der Straße parken sollen, oder wolltest du unsere Aufgabe ein bisschen anspruchsvoller gestalten?«

»Nicht dran gedacht«, murmelte Altrogge. »Davon abgesehen kommt da dann keiner mehr vorbei. Das muss auch der Täter gewusst haben. Wäre es insofern nicht eher dumm von ihm gewesen, seinen Wagen mitten auf der Straße abzustellen? Falls nämlich jemand kommt, kommt der nicht vorbei, hüpft aus dem Wagen und marschiert zu den Teufelssteinen. Und schon gäbe es einen Zeugen.«

»Ach, Matthes.« Jetzt war es Alexander, der Altrogge freundschaftlich den Arm um die Schulter legte. »Hast du vergessen, wo du bist? Du bist im Emsland. Nie und nimmer fährt irgendwer in einer nebligen Novembernacht nach Vrees und dann kilometerlang über dunkle Straßen, um sich die Teufelssteine anzusehen, auch wenn die recht beeindruckend sind. Und dass jemand tagsüber dort eine Leiche verbuddelt, würde ich ausschließen. Wobei das vielleicht auch keinen Unterschied macht.«

»Ja, da hast du wohl recht«, musste Altrogge klein beigeben.

Ulrich von Ritterswürden hatte die ganze Szenerie schweigend beobachtet. Etwas schien ihn aber doch zu beschäftigen. »Sagen Sie mal, Kollege Altrogge, sprechen hier alle so miteinander? So als wären sie schon seit der Schule Freunde? In Dortmund ging es auch recht locker zu, aber nicht so. Das hätte mein ehemaliger Chef auch gar nicht geduldet.«

Altrogge öffnete die Bürotür und ließ dem Dortmunder den Vortritt. »Ja, natürlich, warum auch nicht? Das macht man bei uns im Emsland so, da wirst du auch noch draufkommen. Das ändert aber nichts daran, dass wir mit leeren Händen dastehen. Noch heute muss jemand nach Bonn fahren. Und wir rufen jetzt mal in Oldenburg an. Vielleicht kann uns wenigstens der Herr Doktor etwas Interessantes berichten.«

***

Michel Frising kam sich vor wie in einem Film. Er stand an dem runden Stehtisch, aß Kanapees und schlürfte Champagner mit Walther Brecht und Alphonse Chevalier. Und das um elf Uhr vormittags.

Als er den Salon betreten hatte, der sich entgegen seiner ersten Einschätzung als erstaunlich klein erwiesen hatte und eher an ein Wohnzimmer erinnerte, hatte er zunächst einen Schreck bekommen, als sich die Person an der Fensterfront zu ihm umdrehte. Abgesehen von der Richterrobe, die in dieser Umgebung allein schon etwas unheimlich wirkte, trug der Mann eine venezianische Maske. Sie war weiß, mit goldenen Schnörkeln besetzt, und hatte eine riesige, spitze Nase. Als der Mann Frisings Bestürzung bemerkte, hatte er gelacht, war direkt auf ihn zugegangen und hatte ihm die Hand geschüttelt.

»Willkommen, Herr Frising. Ich bin Alphonse Chevalier. Bitte verzeihen Sie unseren Auftritt, werter Herr Frising. Aber das, was hier und heute stattfindet, ist alles andere als alltäglich. Es ist bislang einmalig in Deutschland. Ein einzigartiges Projekt, das hoffentlich Schule macht. Wir sind da uneitel und haben nichts gegen Nachahmer. Im Gegenteil! Mit dieser Aufmachung wollen wir Ihnen und Ihren Kollegen unseren Respekt bekunden. Die Richterrobe steht für die Sache der Gerechtigkeit, die Sie ein Leben lang vertreten haben, nicht wahr? Und die Maske, das ist ein Zanni. Er wurde ausschließlich von Dienerfiguren der Commedia dell'Arte getragen und ist ein Symbol für die Figuren aus der Unterschicht. Damit wollen wir zum Ausdruck bringen, dass wir unter Ihnen stehen. Wir dürfen Sie ehren und Ihnen exakt die Gerechtigkeit zuteilwerden lassen, die Sie in all Ihren Prozessen vertreten haben. Denn Sie sind der eigentliche Protagonist in diesem wunderbaren Spiel. Sie sind derjenige, der all die Prozesse geführt hat. Wir sind in diesem Sinne Ihre Diener und stolz darauf. Also nochmals: Bitte verzeihen Sie uns diesen Auftritt.«

Frising fühlte sich schon ziemlich beschwipst. Ihm war sogar ein wenig schwindelig. Und das nach einem halben Glas Champagner? Das lag sicherlich an seiner Aufregung. Er betrachtete die Maske seines Gegenübers, die ihm trotz Chevaliers Erklärung ein wenig unheimlich war. »Sagen Sie mal, Herr Chevalier, sind Sie eigentlich Franzose?«

Der Mann mit dem französischen Namen und der venezianischen Maske lachte. »Ja und nein. Mein Vater ist Franzose, meine Mutter Deutsche. Ich habe bis zu meinem fünften Lebensjahr in Paris gewohnt, aber seitdem lebe ich in Deutschland. Meine Mutter wollte unbedingt den Namen meines Vaters annehmen, weil er ihr so gut gefiel. Und wenn ich ehrlich bin, ich finde ihn auch nicht übel.« Wieder lachte er, doch es klang irgendwie merkwürdig.

Frising nahm noch einen Schluck. Er sah sich den Mann mit dem Anzug an, der neben ihm stand. Der kam ihm auf einmal bekannt vor. »Herr Dr. Brecht, kennen wir uns von irgendwoher?«

Der Anwalt aus Emden schüttelte den Kopf. »Sicherlich nicht. Aber mir wird häufiger gesagt, dass ich eine gewisse Ähnlichkeit mit dem Schauspieler Sebastian Koch habe. Vielleicht komme ich Ihnen deswegen bekannt vor. Darf ich Ihnen noch ein Gläschen Champagner anbieten?«

»Ja, gern.« Frising hielt Brecht das Glas entgegen und musterte ihn, während er das Glas füllte. »Stimmt, Sie sehen dem Koch tatsächlich ähnlich. Dass mir das nicht gleich aufgefallen ist.« Er sah auf die Wanduhr hinter Brecht, die ihm erst jetzt auffiel. Schon halb zwölf. »Müsste nicht längst der nächste Ehrengast da sein?«

Auch Brecht schaute zur Uhr. »Ja, in der Tat. Vielleicht hat er sich verfahren. Wir sind hier ziemlich abgelegen.«

Frising nahm einen Schluck Champagner. Er perlte herrlich und war optimal gekühlt. Aber dass er ihn so schlecht vertrug? Chevaliers venezianische Nase sah plötzlich aus wie eine Schlange. »Ich befürchte, meine Herren, dass ich heute keinen Alkohol vertrage. Ich hoffe, ich benehme mich nicht irgendwie peinlich. Ich bin aber auch so schrecklich aufgeregt.«

Chevalier legte ihm sanft eine Hand auf den Unterarm. »Nein, Herr Frising, Sie sind nicht peinlich, überhaupt nicht. Im Gegenteil, alles läuft genau nach Plan.«

Jetzt sah Frising auf einmal zwei Schlangen. Und Chevaliers Stimme klang verzerrt und viel zu tief. Irgendetwas stimmte hier nicht. »Was soll das heißen, alles läuft nach Plan? Gehört es zu Ihrem Plan, Ihre Ehrengäste betrunken zu machen?«

Das Lachen der Gastgeber erreichte ihn wie durch einen Nebel. Der Venezianer kam mit seiner Schlangennase ganz nah an sein Gesicht heran und sagte mit seiner tiefen, verzerrten Stimme: »Nein, werter Herr Frising. Wir machen niemanden betrunken. Es ist so, wie ich es Ihnen eben schon erklärt habe. Wir sind Ihre unwürdigen Diener und fühlen uns dazu verpflichtet, Ihnen die Gerechtigkeit zuteilwerden zu lassen, die Sie verdient haben. Machen Sie sich und Ihre Gedanken ganz frei. In wenigen Stunden werden Sie so geehrt, wie es Ihnen zusteht.«

Frising hatte das Gefühl, als drehe sich der ganze Raum um ihn. Oder war er es, der sich drehte? Meine Güte, was war das für ein Champagner? Alle Achtung, der hatte es in sich. Da es nur noch wenige Stunden bis zu seiner Ehrung waren, sollte er vielleicht keinen Schampus mehr trinken. Er konnte Brecht und Chevalier nicht mehr sehen. Waren sie schon gegangen? Oder war der nächste Ehrengast gekommen? Irgendwer sagte irgendetwas. Es war ganz hell. Doch plötzlich wurde es schlagartig dunkel.

***

»Jutta, Erich, ihr packt eure Klamotten und fahrt nach Bonn. Ich habe mit den Kollegen vor Ort telefoniert, die wissen Bescheid und erwarten euch. Die besorgen euch auch ein Hotel, ihr müsst euch um nichts kümmern. Ich muss mit dem hiesigen Dienststellenleiter noch die Zuständigkeiten prüfen. Die liegen eigentlich eher bei den Rheinländern, aber letztlich wird es davon abhängen, wohin die Spuren weisen. Ins Emsland oder nach Bonn. Seht zu, dass ihr so schnell wie möglich mit den Leuten in der Kanzlei und mit Darbs Familie sprecht. Die Nachricht von seinem Tod überbringen wahrscheinlich in diesem Augenblick die Bonner Kollegen. Das bleibt euch also erspart. Zuvor waren sie schon in der Kanzlei und haben die Mitarbeiter angewiesen, sämtliche Fälle der letzten drei Jahre zusammenzutragen. Wer waren die Gegner in den Prozessen? Worum ging es, um Geld oder gar um Haft? Um wie viel Geld ging es?« Jorina Danneboom hatte sich sofort mit den Bonnern in Verbindung gesetzt, um keine Zeit zu verlieren. Der Mord an Rechtsanwalt Heiner Darb war eines der brutalsten Verbrechen in der Kriminalgeschichte des Emslandes und erinnerte in allem an eine Hinrichtung nach Mafiamethoden. »Matthias wird euch jetzt darüber in Kenntnis setzen, was ihm Dr. Ossenkopp gesagt hat. Das ist nichts für schwache Nerven. Matthias, würdest du bitte …?«

Mit einem Räuspern trat Altrogge neben seine Chefin ans Pult. Er war zwar nicht zartbesaitet, aber was ihm der Oldenburger Rechtsmediziner vor wenigen Minuten telefonisch und per E-Mail mitgeteilt hatte, ließ auch wenig zimperliche Gemüter schlucken. »Ja, also ich habe jetzt gerade mit Ossenkopp gesprochen. Er hat die Leiche, bei der es sich unzweifelhaft um den Bonner Rechtsanwalt Heiner Darb handelt, heute Morgen im Institut für Rechtsmedizin in Oldenburg obduziert. Leute, das war eine regelrechte Hinrichtung mit vorheriger Folter. Der Mann ist möglicherweise zunächst mit einer starken Droge betäubt worden, mit einem Stoff aus der Gruppe der Benzodiazepine, vermutlich Valium. Ossenkopp hat noch minimale Rückstände davon im Urin gefunden. Die Todesursache ist banal, ein aufgesetzter Schuss mitten ins Herz aus nächster Nähe. Es gibt Schmauchspuren. Sie stammen von einer Kleinkaliberwaffe. Was mir aber das Blut in den Adern gefrieren lässt, ist das, was vor diesem Schuss passiert ist. Darb hat mehrere Prellungen und Blutergüsse im Gesicht, am Rücken und im Brustbereich. Er muss wiederholt geschlagen worden sein. Und er hat drei weitere Schussverletzungen, eine in jeder Schulter und eine im linken Knie. Das wussten wir zwar schon, aber nicht, dass zwischen den nicht tödlichen Schüssen und der finalen Kugel ins Herz vermutlich mehr als eine halbe Stunde gelegen hat. Das hat Ossenkopp daran erkannt, dass die Wunden an Schultern und Knie schon erste Heilungsreaktionen gezeigt haben, was wiederum belegt, dass er da noch gelebt hat. Außerdem spricht der unterschiedliche Fortschritt der Wundheilung dafür, dass auch die Schüsse in Schultern und Knie nicht unmittelbar hintereinander abgegeben wurden. Das Opfer muss höllische Schmerzen gehabt haben. Und solange man kein Blutgefäß trifft, droht an diesen Stellen auch nicht die Gefahr, dass man schnell verblutet, vor allem dann nicht, wenn es sich um ein Kleinkaliber handelt. In keiner der Wunden hat Ossenkopp indes

Dreck oder Erde gefunden. Das heißt, dass Darb auf keinen Fall bei den Teufelssteinen gefoltert und erschossen, sondern vermutlich erst einige Stunden nach seinem Tod dort vergraben wurde. Dass wir eine Zufallstat, also eine Affekthandlung, ausschließen können, bedarf keiner Erläuterung. Aber wer ist zu alldem fähig?«

»Wir haben so etwas in dieser Art in Dortmund häufiger«, erklärte Ulrich von Ritterswürden, »und jedes Mal handelt es sich um organisierte Verbrechen. Die Brutalität dient dazu, andere abzuschrecken, am Opfer wird also ein Exempel statuiert.«

»Das macht Sinn«, nahm Kriminaloberkommissar Felix Spengler den Gedanken auf. »Ich muss mir doch nur diese Fotos ansehen. Dieses Kreuz und der Spruch auf dem Kreuz, das gleicht einer Inszenierung. Und wir wissen schon, dass Darb unter anderem als Verteidiger bei Prozessen gegen Waffenschieber und Millionenerben aufgetreten ist. Genau die Klientel, die unser neuer Kollege meint. Vor allem die Waffenschieber.«

Altrogge war nicht ganz überzeugt. »Aber bei uns im Emsland? Warum sollte jemand ausgerechnet hier an einem Bonner Anwalt ein Exempel statuieren? Hätte es nicht eine abschreckendere Wirkung, das Opfer am Kölner Dom aufzuhängen, wo es Hunderte von Leuten sehen können? Oder hat es bei uns jemals irgendwelche Waffengeschäfte gegeben oder sonst irgendetwas, das mit organisiertem Verbrechen zusammenhing?« Er wandte sich an Jutta Paschek und Erich Kunkel. »Seht zu, dass ihr nach Bonn kommt. Darb muss irgendeine Verbindung ins Emsland gehabt haben. Das müsst ihr rausfinden. Und wenn es nichts mit einem Prozess zu tun hat, liegt der Schlüssel eben woanders, zum Beispiel im privaten Umfeld. Es gibt Fälle, bei denen jemand ein paar Dutzend Mal auf sein Opfer eingestochen hat. Das sind seltene Einzeltaten, aber es gibt sie.«

Ulrich von Ritterswürden wollte gerade etwas darauf erwidern, als die Tür des Besprechungsraumes aufgerissen wurde. Dannebooms Sekretärin stürmte herein und rief aufgeregt in die Runde: »Soeben ist ein Anruf eingegangen. Ein Landwirt hat beim Großsteingrab Hüven-Süd noch so ein Kreuz gefunden.«

9

Eine kleine Stadt bei Bonn, derselbe Tag

Raffael Knoll, Erster Beigeordneter der Stadt, konnte sein Glück kaum fassen. Immer wieder musste er das Anschreiben lesen, das heute Morgen in der Post gelegen hatte. Es war in einem großen braunen Umschlag gekommen, der handschriftlich adressiert und an seine Privatadresse geschickt worden war. Der Absender hatte ihm zunächst nichts gesagt. Aber nachdem er den Inhalt geprüft und das Anschreiben zum ersten Mal gelesen hatte, war er auf die Homepage des Vereins gegangen. Danach wusste er zumindest, mit wem er es zu tun hatte. Allerdings hatte er keine Vorstellung, wieso sie gerade auf ihn gekommen waren. In dem Anschreiben war von einem »Zufallsprinzip« die Rede, und möglicherweise waren es ja gar nicht so viele Beamte, die in die engere Auswahl kamen. Die meisten Staatsdiener machten doch brav bis zur Pensionierung ihren Job und fielen nie auf, weder positiv noch negativ. Und wenn jemand von sich reden machte, dann eher mit Negativschlagzeilen. In der Regel ging es dann um Korruption, Bestechlichkeit oder Amtsmissbrauch. Aber wer blieb denn positiv in Erinnerung? Genau, nur wenige. Und er gehörte dazu. Je mehr er darüber nachdachte, desto klarer wurde ihm das, und umso mehr verstand er, warum der Förderverein gerade auf ihn gekommen war.

Seit mehr als zwanzig Jahren war er schon Beamter. Er träumte davon, vielleicht einmal Bürgermeister in einer kleinen Stadt zu werden oder aber Erster Beigeordneter einer großen Stadt wie Bonn oder noch besser Köln. Er betrachtete das Foto der Ehrenurkunde, die ihm schon übermorgen überreicht werden sollte. Dezidiert stand darauf, wofür er geehrt wurde: seine Leistungen zur Verschönerung des Stadtbilds, seine Standhaftigkeit im Prozess um die Projektierung der ehemaligen Wiesenoase, sein Einserexamen in Jura, aber auch seine außerberuflichen Leistungen wie sein Buch über die Landwirtschaft in der Eifel, wo er geboren war. Unglaublich, was die alles über ihn wussten. Die mussten Ewigkeiten über ihn recherchiert haben. Er selbst hatte in all den Jahren kaum über das nachgedacht, was er schon Großes in seinem Leben geleistet hatte. Tagaus, tagein fuhr er in die Verwaltung, erledigte seinen Job, fuhr wieder nach Hause, machte zweimal im Jahr Urlaub mit seinem Freund Lukas, mit dem er schon fast zehn Jahre liiert war. Ihm sollte er das mit der Einladung besser nicht sagen, denn er hatte eine Schwachstelle: seine Eifersucht auf alles und jeden. Nein, er würde sich einfach am Mittwoch freinehmen, nach Herzlake fahren, Urkunde, Ehrung und den Scheck über fünfzigtausend Euro in Empfang nehmen und sich wieder auf den Heimweg machen. In der Verwaltung würde er auch niemandem davon erzählen, die waren ohnehin alle neidisch auf ihn.

»Förderverein für verdiente Beamte e.V.« Wahnsinn, dass es so etwas überhaupt gab! Und wer da alles Mitglied war! Ehemalige Minister, hochrangige Richter, sogar ein Bundespräsident a.D. Die Ehrung allerdings würden zwei Aktive vornehmen, die das auch nicht ehrenamtlich machten, sondern vom Förderverein bezahlt wurden. Der eine hieß Dr. Walther Brecht, der andere hatte einen französischen Namen. Wie hieß er doch gleich? Er schaute wieder auf den Briefbogen, auf dem beide unterschrieben hatten. Richtig, Alphonse Chevalier. Schade, dass es nirgendwo Fotos von ihnen gab. Aber das war im Grunde egal. Musste er die fünfzigtausend eigentlich beim Finanzamt angeben? Durfte er das überhaupt annehmen? Andererseits war das ein hochrangiger Verein, also war wohl auch die Rechtslage geklärt. Komisch war das Ganze aber doch irgendwie. »Förderverein für verdiente Beamte«, das klang unwahrscheinlich. Außerdem war das nicht der erste merkwürdige Umschlag. Vor ein paar Monaten hatte ihm irgendein Witzbold eine Packung Kopfschmerztabletten geschickt mit einem schrägen Anschreiben, in dem ihm ein »freundliches Team zur Bekämpfung von Kopfschmerzen« mitgeteilt hatte, dass die Tabletten ein Kennenlerngeschenk seien und dazu dienten, ihm zu helfen, wenn ihm seine Projekte allzu große Kopfschmerzen bereiteten. Und zwar »unabhängig von Art, Herkunft und Richtung der Kopfschmerzen«. Was für eine nebulöse Formulierung! Und alles ohne Absender. Aber diesmal gab es einen. Er verglich die Adressdaten auf dem Briefbogen mit denen auf der Homepage. Sie waren identisch. Es gab ein Impressum, damit auch eine Telefonnummer. Er griff zum Hörer und wählte die Mobilfunknummer. Er war gespannt, wer am anderen Ende der Leitung abheben würde.

»Förderverein für verdiente Beamte e.V., Walther Brecht. Was kann ich für Sie tun?«

Er war augenblicklich erleichtert. Alles hatte seine Richtigkeit. Warum nur hatte er ein solch unterentwickeltes Selbstbewusstsein? Junge, mach dir bewusst, was du geleistet hast, sprach er sich selbst in Gedanken Mut zu. »Guten Tag, Herr Dr. Brecht, Knoll mein Name. Ich habe heute mit der Post –«

Brecht fiel ihm sofort ins Wort: »Herr Knoll, was für eine Freude! Oh, bitte entschuldigen Sie, dass ich Sie unterbrochen habe. Das war sehr unhöflich von mir. Ich habe mich nur so gefreut, die Stimme eines verdienten Beamten zu hören.« Einen kurzen Augenblick wurde es still in der Leitung, doch dann sprach Brecht weiter. Er klang besorgt. »Herr Knoll, können Sie etwa am Mittwoch nicht erscheinen? Wollen Sie absagen?«

Dieser Walther Brecht war sehr sympathisch. Und er hatte eine angenehme, sonore Stimme. »Nein, nein, das kann ich schon einrichten. Allzu weit ist es ja nicht bis Herzlake. Wissen Sie, ich fand das nur, nun ja, wie soll ich sagen … Also dieses Schreiben, diese Ehrung, ich weiß gar nicht –«

Wieder ertönte Brechts Stimme, bevor Knoll zu Ende gesprochen hatte. »Bitte verzeihen Sie, Herr Knoll, dass ich Sie schon wieder unterbreche. Wissen Sie, das hören wir natürlich öfter. So lange gibt es uns ja auch noch nicht. Der Beamtenstand ist von der Politik von jeher sträflich vernachlässigt worden. Niemand hat zur Kenntnis genommen, dass es Menschen wie Sie sind, die unser Land zu dem machen, was es ist. Erst vor ein paar Monaten kam unser ehemaliger Bundespräsident auf die Idee, einen Förderverein ins Leben zu rufen. Lange nach dem Ende seiner Amtszeit wollte er noch mal ein Ausrufezeichen setzen. Und damit den Beamten unseres Landes danken. Also den Beamten, die sich so wie Sie in besonderer Weise durch ihr Leben und Handeln für unser Land einsetzen. Wichtig ist uns, so steht es in unseren Statuten, die Menschen zu Lebzeiten zu ehren, nicht erst nach ihrem Tod. Ich meine, was hätten Sie davon, nicht wahr? Jedenfalls kommt es häufiger vor, dass uns Auserwählte anrufen, um sich zu vergewissern, dass sie nicht auf einen dummen Streich hereinfallen. Bald wird unser Förderverein gewiss durch die Medien gehen und rasch bekannt werden. Aber Sie gehören zu den ersten Kandidaten, die wir ausgewählt haben. Ich kann Sie allerdings gut verstehen, wenn Sie lieber warten möchten. Wenn Sie wollen, ziehen wir andere Kandidaten vor und melden uns später wieder bei Ihnen, wenn wir etabliert und in der Öffentlichkeit bekannt sind. Das ist kein Problem.«

Alles, was Knoll gehört hatte, machte Sinn. Wie oft hatte er schon abends im Bett gelegen und sich gefragt, wofür er sich eigentlich so abschuftete, wenn es doch sowieso keiner merkte. Niemand scherte sich um das, was er leistete. Nicht Misstrauen hatte ihn bewogen anzurufen, sondern die Tatsache, dass er sein eigenes Glück nicht fassen konnte. Es war eigentlich unmöglich, dass ihm das passierte. Aber es geschah tatsächlich, er musste nur zugreifen.

»Nein, auf keinen Fall! Ich bin wirklich stolz, dass Sie an mich gedacht haben, auch wenn ich überhaupt nicht begreife, warum Sie gerade auf mich gekommen sind. Ich meine, es gibt eins Komma neun Millionen Beamte in Deutschland. Warum ich? Aber selbstverständlich komme ich am Mittwoch.«

Brecht verfiel in einen feierlichen Tonfall. »Warum gerade Sie? Ja, das ist eine berechtigte Frage, die wir ebenfalls schon häufiger gehört haben. Sagen wir mal so: Es läuft ein bisschen wie beim Who's Who. Menschen aus dem Umfeld unserer Kandidaten melden sich bei uns und machen uns darauf aufmerksam, was sie geleistet haben. Wir informieren uns dann über die betreffende Person, und wenn wir zu dem Schluss kommen, dass ihre Leistungen außergewöhnlich sind, laden wir sie ein. Gerade auf diese Weise gelangen wir nämlich zu unserer Zielgruppe. Das sind nicht die, die ohnehin schon bekannt oder berühmt sind, und auch nicht die, die Großtaten vollbracht haben. Diese Menschen werden schon genug beachtet. Nein, uns geht es um die Beamten, die im Kleinen agieren, das aber nachhaltig. So wie Sie.«

Raffael Knoll bestätigte, am Mittwoch pünktlich um elf Uhr in Herzlake zu sein, dann legte er auf. Er war jetzt Mitte fünfzig, hatte also noch ein paar Jahre bis zur Pensionierung. Er hatte sich längst darauf eingerichtet, dass bis dahin nicht mehr viel passieren würde. Als Erster Beigeordneter seiner kleinen Stadt würde er in den Ruhestand gehen. Besoldungsgruppe A16, das bedeutete eine ordentliche Pension. Aber war das ein Lebenswerk? Nein, das war langweilig, austauschbar, beliebig. Aber wenn er mit der Ehrung des Fördervereins zurückkam, könnte er seine Laufbahn vielleicht doch als Oberbürgermeister der Stadt Köln beenden, Besoldungsgruppe B11. Es zeigte sich also, dass es goldrichtig gewesen war, damals beim Prozess um die ehemalige Wiesenoase vor Gericht nicht die ganze Wahrheit gesagt zu haben. Das wäre ein schäbiger Fleck auf der makellosen Weste gewesen – und nicht nur auf seiner. Viele Köpfe wären gerollt, auch der des Bürgermeisters. Es war ihm seinerzeit gar nicht so sehr um das Geld gegangen, das ihm Hans-Jochen Pries, der Unternehmer aus der Nachbargemeinde, angeboten hatte. Das war nur ein erfreulicher Nebeneffekt, mit dem er sich einige lang gehegte Träume hatte erfüllen können. Er wollte, ebenso wie der Bürgermeister und die anderen Kollegen vom Bauamt, vor allem Schaden von der Stadt und sich selbst abwenden und diesem eingebildeten Architekten eine Lektion erteilen. Eine gewagte Angelegenheit bei so vielen Beteiligten, sie hatten sich genau absprechen müssen. Aber es hatte funktioniert. Na ja, der Unternehmer hatte wirklich ganz nette Summen verteilt, nicht nur an die Stadtvertreter. Jedenfalls würde er am Mittwoch nicht nach Herzlake fahren, wenn die Sache damals anders ausgegangen wäre. Nur gut, dass die vom Förderverein nicht darauf gekommen waren. Sie hatten nichts anderes gefunden als den gewonnenen Prozess um die Wiesenoase, aus der ein Investor einen Wellnesstempel gemacht hatte, zum Wohle der Stadt und des Stadtbildes. Dafür wollten sie ihn nun ehren. Aber wehe, wenn sie akribisch nachgeforscht hätten! So ging es oft im Leben. Wie verdammt richtig eine Entscheidung war, stellte sich nicht selten erst viel später heraus. Er überlegte, welche Kontakte er in Köln hatte. Das war der Vorteil, wenn man im Rheinland lebte. Der eine nannte es den Kölschen Klüngel, er nannte es nützliche Kontakte. Man musste nur höllisch aufpassen, wem man was erzählte. Aber wenn man begriffen hatte, wie das hier lief, ging es einem gut. Mit wem konnte er am besten über seine Zukunft sprechen, über die Zeit nach der Ehrung? Da war zum Beispiel der Jupp vom Karnevalsverein, der zog die richtigen Fäden. Ja, das wäre so einer …

***

Über den korrupten Richter Thomas Held
wurde nun das Urteil gefällt.

Das Großsteingrab Hüven-Süd befand sich keine fünfzig Meter von der Straße entfernt am Rande eines Feldes in einem kleinen Wäldchen. Wenngleich weniger markant als viele andere Gräber an der Straße der Megalithkultur, wies es doch drei große Steinblöcke auf, die man von dem kleinen Feldweg, der dicht daran vorbeiführte, gut sehen konnte. Das Kreuz befand sich vor dem südlichsten der drei Steine und damit im Sichtfeld des Weges.

Der Landwirt stand beim Eintreffen der Polizei vor seinem Traktor, den er am Rande seines Feldes abgestellt hatte, und rauchte eine Zigarre. Er trug Stiefel, Jeans und einen Parka. Es schien ihm zu missfallen, dass er von seiner Arbeit abgehalten wurde. Mürrisch begrüßte er Altrogge und von Ritterswürden. »Ich muss heute noch den Weizen drillen. Ich kann also nicht ewig hier rumstehen. Außerdem hab ich euch am Telefon schon alles erzählt.«

Altrogge wollte den Landwirt positiv stimmen, indem er ihm sagte, dass er ihn absolut verstehe, doch von Ritterswürden, der anscheinend wenig von Landwirtschaft verstand, kam ihm zuvor und gab eine erste Kostprobe seiner ganz persönlichen Vernehmungsmethoden.

»Wenn wir als Polizei ermitteln, ist es uns schnuppe, wer wann wen oder was warum drillen will. Wir fragen, Sie antworten, so einfach funktioniert das. So, jetzt erzählen Sie, wie Sie das Kreuz überhaupt entdeckt haben. Von hier aus konnten Sie es jedenfalls nicht sehen.«

Altrogge sah seinen Kollegen entgeistert an. Der Landwirt verschränkte demonstrativ die Arme und sagte nichts mehr. Von Ritterswürden hob seinen Zeigefinger, um seiner Aufforderung Nachdruck zu verleihen, doch Altrogge zog ihn beiseite. »Mensch, Uli, was ist denn in dich gefahren? Bist du verrückt, so mit einem Zeugen zu reden? Wir wollen schließlich was von dem. Drillen heißt so viel wie, er will jetzt den Winterweizen säen, und die Zeit ist knapp, vor allem angesichts der Frostschübe. Kapierst du das?«

Von Ritterswürden zuckte mit den Schultern. »Ich kann es nicht leiden, wenn mir jemand so patzig kommt. Das passiert in Dortmund andauernd. Aber nicht mit mir, wir sind die Polizei.«

Altrogge verdrehte die Augen. »Uli, der ist nicht patzig. Der hat einfach nur massiven Zeitdruck. Wenn du von hier kämst, würdest du das verstehen. Lass mich lieber mit ihm reden. Überlass überhaupt das Reden vorläufig mir, okay? Bis du begriffen hast, wie der Hase hier läuft.«

Als sie sich beide wieder dem Zeugen zugewandt hatten, versprach ihm Altrogge, es so kurz wie möglich zu machen. Der Landwirt drehte sich demonstrativ so, dass er von Ritterswürden den Rücken zukehrte, und erklärte Altrogge, dass er mit dem Trecker über den Feldweg gefahren sei und das Kreuz nur zufällig gesehen habe. Ansonsten war ihm nichts aufgefallen. Er hatte niemanden gesehen, weder heute noch an den Tagen zuvor, als er ebenfalls auf seinem Feld gearbeitet hatte. Altrogge notierte seine Personalien und schickte ihn zurück zu seinem Winterweizen.

Als die beiden Polizisten zum Großsteingrab gingen, drehte sich von Ritterswürden zu dem Zeugen um, der schon wieder auf seinem Feld war. »Arschloch«, murmelte er.

»Wer?«

»Na, der Bauer. Was glaubt der eigentlich, wer er ist?«

»Uli, wer im Glashaus sitzt, sollte nicht mit Steinen werfen.«

»Wie soll ich das verstehen?«

»Vergiss es. Sehen wir uns lieber an, was Alexander gefunden hat.«

Mertens und seine Leute legten gerade das Kreuz beiseite, um dort zu graben, wo es in der Erde gesteckt hatte. Als sich Altrogge und sein neuer Kollege näherten, kam ihnen der Leiter der Spurensicherung entgegen. »Das Gleiche wie bei den Teufelssteinen. Auf den ersten Blick keine sichtbaren Spuren, keine Fußabdrücke, keine Schleifspuren, keine Zigarettenstummel oder sonst irgendwas. Wobei es natürlich auch hier getaut hat. Wäre jemand mit dem Auto vorgefahren, würden wir allerdings trotzdem Reifenspuren sehen, zumindest diejenigen, über die der Traktor nicht drübergefahren ist. Da das nicht der Fall ist, muss jemand das Opfer, so es denn eines gibt, getragen haben. Wir haben uns den Weg bis zur Straße angesehen. Dass sie von der anderen Seite gekommen sind, glaube ich nicht, das wäre noch weiter gewesen. Aber auch das sehen wir uns gleich noch an. Erdproben haben wir auch schon genommen, die kommen gleich ins Labor. Und jetzt graben wir.«

Während die Männer von der Spusi die Spaten in die Erde schlugen, sahen sich Altrogge und von Ritterswürden das Kreuz genauer an. Dabei fiel ihnen auf, dass unter dem Spruch auf der Querlatte, der in der gleichen Schriftart und -größe verfasst war wie der auf dem Kreuz an den Teufelssteinen, ein weiterer Spruch in deutlich kleinerer Schrift stand, den man erst beim zweiten Hinsehen registrierte. *»Er war schon zu Lebzeiten unterirdisch«,* stand dort.

Altrogge schüttelte den Kopf. »Soll das jetzt lustig sein?«

»Ist es mir denn wieder gestattet, etwas zu sagen?« Von Ritterswürden hatte sich offensichtlich noch immer nicht ganz beruhigt.

»Uli, lass den Quatsch. Außerdem war das eine rhetorische Frage.«

»Aha.«

Mertens meldete sich zu Wort. »Da ist etwas!«

Sekunden später waren die Blicke aller Polizisten auf das Loch gerichtet, das ungefähr so tief war wie das Grab des ersten Opfers. Zwischen der lockeren Erde war klar ein menschlicher Körper zu erkennen. Während Altrogge Ossenkopp anrief und nach Hüven bestellte, entfernten die Männer mit den Schaufeln vorsichtig die

Erde von dem Körper. Es handelte sich um einen Mann. Er lag auf dem Rücken, war voll bekleidet und hatte die Augen geschlossen. Er war schlank, wirkte jung. Anders als bei Darb waren keine äußeren Verletzungen zu erkennen.

»Vielleicht musste er nicht so leiden«, sagte Altrogge.

»Wer weiß, was für ein Anblick uns erwartet, wenn der Rechtsmediziner ihn rumdreht«, merkte von Ritterswürden ohne erkennbare Regung an.

Dort, wo er herkam, schien er grausame Verbrechen gewohnt zu sein.

10

Emsland, derselbe Tag

Er spazierte an der Ems entlang, die gleichmäßig und gemächlich dahinfloss, von ihrer Quelle in Senne bis zu ihrer Mündung in den Dollart südlich der Hafenstadt Emden. Hin und wieder fuhr ein Frachtschiff im Nebel an ihm vorbei, ansonsten begegnete ihm nichts und niemand. Immer wieder genoss er diese einzigartigen Stimmungen und die unendliche Stille in dieser besonderen Region im Nordwesten Deutschlands. Es war eine Art von Stille, bei der man spürte, dass sie in einem selbst war. Ein Zustand der Meditation, des Versinkens in sich selbst. Diese Fähigkeit, in sich selbst abzutauchen, hatte er früh entwickelt, schon als Jugendlicher in der Schule, weshalb ihn die anderen in der Klasse trotz seiner Offenheit und Freundlichkeit eher mieden. Er war anders als die anderen, war ihnen mit seiner Art unheimlich. Er wusste nicht, ob ihm das in die Wiege gelegt worden war oder ob es daran lag, dass sein Vater ihn bereits als Kind fast täglich mit in die Natur genommen hatte, egal, ob ins Sauerland, an die Küste oder in die Berge. »Nicht reden, mein Junge«, hatte er oft gesagt, »höre auf die Natur. Versuche, an nichts anderes zu denken.« Sein Vater war immer ein Vorbild für ihn gewesen. Deshalb war es ihm nicht schwergefallen, all den für sein Alter typischen Versuchungen wie Fernsehen und Computerspielen zu widerstehen. Es gelang ihm sehr bald, sich in der Natur vollkommen fallen zu lassen. Eines Tages hatte er das Gefühl des Versinkens gespürt, von einem Moment auf den nächsten. Wehmütig dachte er an diesen Augenblick zurück. Es war nicht inmitten einer spektakulären Berglandschaft oder während eines Herbststurms an der Nordsee passiert. Nein, er hatte an einem ungewöhnlich milden Tag im Spätherbst im Hochsauerland, unweit des Kahlen Asten, auf einem Baumstumpf gesessen und über das Tal geblickt. Er hatte die Landschaft bewusst wahrgenommen: das verfärbte, größtenteils schon abgefallene Laub der Bäume ebenso wie das nur noch vereinzelte Zwitschern der Vögel, den leichten Wind, der ihm ins Gesicht blies, und den herrlichen Herbstduft, eine Mischung aus Erde, Gewürzen und Sehnsucht. Er hatte immer gedacht, dass dieser Zustand bereits das war, was man unter *Versinken* versteht. Doch dann, ohne einen Impuls von außen, fielen ihm die Augen zu, er spürte seine Gliedmaßen nicht mehr und hatte das Gefühl, als schwebe er durch einen dimensionslosen Raum. Er sah nichts, hörte nichts, roch nichts, dachte nichts. Genauso plötzlich erwachte er wieder aus diesem Zustand. Keine fünf Minuten waren vergangen, doch er hatte das Gefühl, als habe er fünf Stunden tief und fest geschlafen. Er hatte eine innere Befreiung und Leichtigkeit gespürt, die er nicht für möglich gehalten hätte. Damals war er gerade achtzehn gewesen. Und da hatte er sie noch, diese Leichtigkeit …

Nach dieser Erfahrung hatte er sich in einer Meditationsschule angemeldet. Er lernte schnell, so schnell, dass sein Meditationsmeister ihn bald allein empfing. Er hatte die besondere Begabung seines Schülers erkannt und wollte ihn mit allen Mitteln fördern. Von da an hatte er fast täglich meditiert und sich in regelmäßigen Abständen in die Zuflucht klösterlicher Abgeschiedenheit zurückgezogen, um sich dort in völliger Abkehr vom Alltag der Meditation hinzugeben. Das Leben der Mönche hatte ihn schon immer fasziniert. Allein der vollkommene Verzicht auf weltliche Vergnügungen hatte ihn davon abgehalten, sich selbst dauerhaft einem Orden anzuschließen. Was ihn am gelegentlichen Rückzug in ein Kloster ebenso reizte, war die Tatsache, dass es egal war, wo es sich befand. Ein solcher Ort erzeugte die positive Energie aus sich selbst heraus, unabhängig von seinem Standort. Weil er lange Reisen eher mied, hatte er sich vor allem in Klöster in seiner Umgebung zurückgezogen, vor allem in jene im Emsland, das eine Reihe guter Möglichkeiten bot, wie das Franziskanerinnenkloster Thuine, in dem er anfangs häufig Einkehr suchte, oder Stift Börstel, das wunderschön in die von der Hase geprägte Landschaft zwischen Herzlake und Berg eingebettet war.

Nach einigen Jahren und vielen Klosteraufenthalten hatte er jedoch begriffen, dass das nicht seine wahre Art der inneren Einkehr war. Es gelang ihm zwar jedes Mal, sich in diesen Zustand zu versetzen, den er am Kahlen Asten das erste Mal erlebt hatte, aber nach dem Aufwachen war es anders, nicht so tief und befreiend. In den Klöstern war das Empfinden zwar intensiver als in der Enge seiner Wohnung oder in der Kammer seines Meisters, aber eben nicht in dem gleichen Maße wie bei seinem ersten, eher zufälligen Erlebnis. Daraus folgerte er, dass es etwas mit der Umgebung zu tun haben musste, vielleicht mit der Natur. In der kleinen Kammer seines Lehrers fühlte er sich genauso eingeengt wie bei sich zu Hause, und er hatte das Gefühl, dass die Wände den Fluss seiner Energien störten. Als er sich damit seinem Meditationsmeister anvertraute, erzählte ihm dieser von einer besonderen Form der Meditation, die frei sei von allen Regeln. Sie heiße Achtsamkeitsmeditation und äußere sich im Alltäglichen als Essmeditation, Gehmeditation oder Sitzmeditation. Fragend hatte er den Meister angesehen. Der hatte gelächelt und ihm erklärt, dass die Kunst darin bestehe, sich voll und ganz auf das zu konzentrieren, was man gerade tat. »Wenn du isst, dann isst du. Wenn du gehst, dann gehst du. Und wenn du in der Natur bist, bist du in der Natur. Sie ist vermutlich für dich der beste Weg. Dann wirst du das spüren, was du als Jugendlicher gespürt hast. Dann spürst du, wer und was du bist. Verstehst du das?«

Er hatte es verstanden. Auch wenn er niemals die gleiche Bewusstseinsebene würde erreichen können wie der Meister der Gehmeditation, der buddhistische Mönch und Zen-Meister Thích Nhất Hạnh, der sogar vor jedem Flug eine Stunde früher am Flughafen war, um seine Gehmeditation zu praktizieren. Nein, so weit ging seine eigene Fähigkeit zur inneren Einkehr nicht. Und um sich wirklich innerlich befreit zu fühlen, brauchte er die Natur. Deshalb liebte er das Emsland. Nirgendwo sonst gelang ihm das so gut wie hier. Stundenlang konnte er einfach nur gehen. Dann verschmolzen seine Gedanken mit der Natur. Aber manchmal, wenn er sich auf eine Bank oder ins Gras setzte, verschwanden seine Gedanken und Wahrnehmungen plötzlich, und er begann wieder zu schweben, so wie damals vor vielen Jahren. Besonders intensiv war das an Tagen wie diesen, im Herbst, wenn es kaum noch Vogelgezwitscher gab und Nebel und Dämmerung andere Menschen davon abhielten rauszugehen. Auf seinen Wanderungen begegneten ihm zwar ohnehin selten

Menschen, aber an solchen Tagen war er stundenlang allein. Allein mit sich und der Natur.

Heute Morgen hatte es genieselt. Darüber war er traurig, denn er liebte es, wenn die Felder und Wiesen von Raureif überzogen waren. Aber in diesem Fall hatte das Tauwetter ausnahmsweise einen praktischen Nutzen, auch wenn sie ohnehin kaum Spuren hinterlassen hatten. Erfreulicherweise war die Temperatur am frühen Nachmittag wieder gefallen und der Nebel zurückgekehrt. Jetzt, da er unterwegs war, konnte er mit bloßem Auge zusehen, wie sich ein sanfter weißer Schimmer über die Landschaft legte. Schade, dass er in diesen Tagen nur selten Zeit hatte, sich der inneren Einkehr hinzugeben. Es musste viel erledigt werden, und die Zeit arbeitete trotz optimaler Bedingungen gegen sie. Allerdings gelang es ihm seit ein paar Tagen immer schlechter, sein Innerstes zu erreichen. Er schlief schlecht, spürte, wie sich Skrupel seiner bemächtigten. Das war nicht gut.

Er blieb stehen. Traurig ließ er den Blick über die träge dahinfließende Ems schweifen, über die immer dichterer Nebel zog. Ach, wäre der Nebel doch nur immer da! Dann könnte er sich von ihm aufsaugen lassen, weg von dieser ganzen unvollkommenen Welt, und all das menschliche Streben nach Macht und die Gier nach Geld und Ruhm hinter sich lassen. Er allein in vollständiger Verschmelzung mit der Natur. Niemand würde ihn jemals finden. Er schloss die Augen und hob das Gesicht, um die feinen Tröpfchen aus dem Dunst und den sanften Hauch des Windes auf der Haut zu spüren. Er atmete tief ein und aus, breitete die Arme aus und hob sie in die Höhe. Bald war er frei, unendlich frei. Langsam waberten die Erinnerungen durch die verschlungenen Windungen seines Hirns wie die grauen Schleier über den Fluss.

Er war zwar nicht hier geboren, hatte aber viel Zeit in der weiten Landschaft zwischen Nordsee und Ruhrgebiet verbracht. Einige Stationen lagen schon hinter ihm, es war das Schicksal, das ihn mal an dieses, mal an jenes Ufer spülte. Ins Ruhrgebiet, nach Freiburg, Nürnberg, Bonn, an die Ostsee und immer wieder ins Emsland. Er hatte sich vorgestellt, dass er irgendwann hier sesshaft werden und eine Familie gründen würde. Das war lange her, lange bevor all das geschehen war. Bevor das Gift der Gier und der Rücksichtslosigkeit seiner Mitmenschen langsam und gnadenlos in seinen Organismus eingedrungen war und ihn ein für alle Mal verseucht hatte. Wo einst Hoffnung, Lebensfreude, Zuversicht und Liebe wohnten, hatten sich längst Hoffnungslosigkeit, Verzweiflung, Verbitterung und ein alles zerstörender Hass breitgemacht. Dieser Hass war das schlimmste aller Gefühle. Niemals hätte er es für möglich gehalten, dass er dermaßen hassen könnte. Abgrundtief, bis in den entlegensten Winkel der Seele. Der Hass war allgegenwärtig, immer da, und er konnte nicht gestillt werden. Er war völlig machtlos dagegen. Und dabei wollte er einfach nur in Frieden leben, in Frieden mit sich, der Natur und den Menschen.

Doch aus diesen Plänen würde nun nichts mehr werden. Jetzt hatte er andere Pläne. Pläne, die ihm gegen seinen Willen aufoktroyiert worden waren, deren Umsetzung allerdings reibungslos vonstattenging. Und es waren endgültige Pläne, auch für ihn. Er war immer ein Pendler zwischen den Welten gewesen, nirgendwo so ganz zu Hause. In dieser Situation war das von großem Vorteil. Wie sollten sie ihn finden, wenn sie ihn nicht einmal suchten? Aber was hieß eigentlich »in dieser Situation«? Das war keine Situation, das war der Inbegriff des Wahnsinns. Ein direkter Weg in die Hölle, mitten ins Chaos, aus dem es kein Entrinnen mehr gab. Für niemanden.

Sein Meditationsmeister hatte ihm einmal eine ganz und gar verrückte Geschichte erzählt. »Wenn zehntausend Menschen gleichzeitig in der Bronx meditieren würden, gäbe es dort nach kurzer Zeit kein Verbrechen mehr. Sie alle würden von der Macht dieser Energie überwältigt und friedlich werden.« Er hatte diesen Gedanken wunderschön gefunden. Was müsste das für eine Welt sein, in der die Menschen zu meditieren anfingen und damit für immer Frieden auf der Erde schufen? Wenn es sich so verhielt, wie der Meister es erklärt hatte, müsste nur eine hinreichend große Gruppe Meditierender damit beginnen. Nach und nach würden sich ihnen, angesteckt von ihrer Energie, immer mehr Menschen anschließen, so lange, bis die Welt geheilt war. Manchmal, auf seinen Wegen, träumte er davon, dass es genau so kommen würde. Und dass er einer von denen war, die zu den Ersten gehörten.

Doch er schaffte es nicht, sich diesem Traum hinzugeben. Zu sehr war er in der Realität verhaftet, und zu viel hatte er in dieser Realität erlebt und beobachtet. Dass das Schlechte, das Böse dem Menschen innewohnte, daran bestand kein Zweifel. Leider aber ebenso wenig daran, dass diesem Schlechten mit Meditation nicht beizukommen war. Das ging nur, wenn man sich ihm direkt stellte, es mit Stumpf und Stiel ausrottete. Seine langjährigen Beobachtungen des Menschen hatten ihn zwei Arten des Bösen erkennen lassen. Das eine, das sich direkt als solches nach außen zu erkennen gab. Also Mörder, Vergewaltiger, Diebe oder Schläger. Ihnen begegnete das System angemessen, die Aufklärungsquote bei diesen offensichtlichen Verbrechen war gut, auf die Polizei Verlass. Darum musste man sich nicht kümmern. Doch das andere Erscheinungsbild des Bösen war viel schlimmer, weil es sich hinter dem verbarg, was es eigentlich vertreten sollte: das Gesetz.

Als er sich auf den Rückweg machte, klingelte sein Handy. Er sah auf das Display. Rufnummernunterdrückung, genau wie er es für seine eigene Nummer eingerichtet hatte. Er wusste, wessen Stimme er im nächsten Augenblick hören würde. Sie gehörte zu dem Menschen, der ihm so ähnlich war, der so vieles erlebt hatte und dessen Zuversicht im Sumpf des Rechtssystems versunken war. Sie hatten sich für die Annahme ihrer Gespräche via Handy auf eine einfache Begrüßungsformel geeinigt, um sofort zu erkennen, dass niemand anders anrief. Keinesfalls durfte ihre Tarnung auffliegen. Er drückte die grüne Taste.

»Alphonse, oui?«

»Walther, hello again.«

»Wo bist du?«

»Bin gerade erst losgefahren, ging leider nicht eher. Ich brauche sicherlich sechs oder sieben Stunden bis zu dir.«

»Wie ist denn die Lage bei unseren Nachbarn und auf der Insel? Hat alles reibungslos funktioniert?«

»Natürlich. Die haben mich für einen harmlosen Touristen gehalten. Da kann gar nichts passieren. Unser Rückzug ist gesichert.«

Rückzug – was für eine Farce! Sicherlich, es gab einen Rückzug, aber nicht den, an den sein Blutsbruder dachte. Sie waren immer absolut ehrlich und loyal zueinander gewesen, privat ebenso wie beruflich. Aber dieses eine Mal konnte er ihm nicht die ganze Wahrheit sagen. Denn das war etwas, das er nur mit sich allein ausmachen konnte. »Das ist gut. Ich finde, das ist unser mit Abstand bestes und anspruchsvollstes Projekt, das wir je zusammen durchgezogen haben.«

Er vernahm ein leises Lachen. »Das hast du schön gesagt. Anspruchsvoll und diesmal garantiert erfolgreich.«

Was für ein Sarkasmus, in diesem Zusammenhang von Erfolg zu sprechen! »Ja, Erfolg haben wir, und wie. Aber findest du es nicht auch ein bisschen menschenverachtend, von Erfolg zu sprechen?«

Er hörte ein verächtliches Schnauben. »Menschenverachtend? Mein Freund, deine Gewissensbisse in allen Ehren. So warst du schon immer, und das ist auch gut so. Aber das sind keine Menschen, sondern widerwärtige Zecken der Gesellschaft. Das ist Abschaum. Ihr Verhalten ist wahrhaftig menschenverachtend. Du hast es am eigenen Leib erfahren. Wenn dir Zweifel kommen, denk einfach daran, was du alles für wunderbare Ziele in deinem Leben hattest, wie viel Zeit du in der Natur verbracht hast, erfüllt von innerem Frieden. Und denk auch an unsere gemeinsamen Träume. Sie sind alle geplatzt wie eine Seifenblase. Und du weißt ebenso wie ich, wem wir das zu verdanken haben. Und wie viele andere es gibt, deren Träume jäh geendet haben. Das ist nicht nur Abschaum, sie sind eine schwere Krankheit der Gesellschaft. Und wir sind die Medizin, nicht mehr und nicht weniger. Natürlich habe auch ich manchmal Skrupel, aber dann mache ich mir genau das bewusst.«

»Du hast ja recht. Aber letztlich nützt diese Erkenntnis wenig, wenn man sich selbst für immer dabei verliert. Das Hirn ist eine Festplatte. Was einmal darauf gespeichert ist, wird nie wieder gelöscht.«

»Doch, das wird es, glaub mir. Das ist nur eine Frage der Zeit. Denn die Zeit heilt alle Wunden. Wir sind bald fertig. Dann sitzt du irgendwo im Warmen und lässt es dir gut gehen. Vielleicht schläfst du anfangs schlecht, aber über kurz oder lang geht dein Leben weiter, besser und befreiter als je zuvor. Also mach dir nicht diese Gedanken. Sie führen zu nichts, und es ist ohnehin längst zu spät. Es gibt kein Zurück. Wo bist du denn gerade?«

»Am Fluss. Ich brauchte Abstand.«

»Ja, das verstehe ich nur zu gut. Aber wie gesagt, mein Blutsbruder, bald haben wir es geschafft.«

»Ich weiß. Aber wie du selbst gesagt hast, wir hatten beide andere Pläne. Weißt du noch, wie unbekümmert wir waren? So voller Hoffnung und Optimismus. Wir hatten uns gesucht und gefunden. Na ja, was soll's! Es ist, wie es ist. Wie weit bist du denn?«

»Noch vier, dann haben wir alle. Und morgen kommt einer von ihnen.«

»Gut. Dann ist das zumindest erledigt. Verrückt, dass sie alle darauf reinfallen, oder? Auf so einen billigen Trick.«

»Das stimmt. Aber du hast es ja genau so vorausgesagt. Ihre krankhafte Gier nach Anerkennung und Geld ist stärker als jede Vernunft. Nur die Medien könnten uns einen Strich durch die Rechnung machen. Wenn der eine liest, was mit dem anderen passiert ist … Also müssen wir uns beeilen.«

Er musste lachen. Aber es war ein bitteres Lachen. Er wusste nur zu gut, wie ausgeprägt seine Menschenkenntnis war. In letzter Zeit hatte er sich immer häufiger gewünscht, einfach nur stumpf zu sein. Ohne jegliche Regung. Wie leicht musste es sich leben, wenn man nichts mitbekam, wenn man bar jeglichen Bewusstseins dahinvegetierte. »Ja, ich wusste, wie sie reagieren würden. Es ist so niederschmetternd. So oft habe ich mir vorgestellt, wie es wäre, wenn man bloß mit dem Finger auf den Abschaum zeigen müsste, und schon wäre er weg. Nicht tot, nein, einfach nur weg, so als hätte es ihn nie gegeben.«

»Aber so ist es nun mal nicht. Wir leben in der Realität, und der haben wir uns gestellt. Mit allen Konsequenzen. Darauf müssen wir uns konzentrieren. Wie sieht es denn bei dir aus? Bist du im Zeitplan?«

»Natürlich. Sie sind alle gut untergebracht. Fehlen nur noch die vier. Den Ersten haben sie gefunden. Ich bin heute Vormittag nach Vrees gefahren und habe nachgesehen. Und die Medien haben auch schon darüber berichtet. Das ging schneller als gedacht. Hoffentlich dauert es noch ein bisschen mit dem Zweiten. Es wird wirklich Zeit, die restlichen Gäste in ihren Quartieren unterzubringen. Von dort zu entkommen ist unmöglich. Aber das weißt du ja selbst. Später, wenn ich wieder in Papenburg bin und unsere Sachen zusammengepackt habe, rufe ich in Herzlake an. Wenn es nicht klappt, nehme ich eine von den anderen Adressen. Daran mangelt es hier nicht. Wenn du ankommst, ist längst tiefe Nacht.«

»Wenn du im Haus bist, mach doch schon eine Flasche auf. Am liebsten unseren Schokowein, den aus Chile. Wir können wenigstens auf uns anstoßen.«

»Auf uns, unser *Projekt* und unsere Blutsbruderschaft. Bis gleich, mein Freund. Gute Fahrt!«

Er beendete das Gespräch und machte sich auf den Rückweg. Sein Auto stand in Heede. Als er das kleine Wäldchen erreichte, in dem der Weg in den Ort abzweigte, hörte er das Läuten einer Kirchenglocke aus dem Ort. Welch ein schöner, inspirierender Klang! Das liebte er. Das waren die Glocken der Petruskirche, jenes Gotteshauses, auf dessen Friedhof der Sage nach die heilige Maria an Allerheiligen im Jahre 1937 vier Mädchen nach dem Rosenkranzgebet erschienen war. Innerhalb der folgenden drei Jahre war sie ihnen fast hundert weitere Male erschienen. Sie wurden für verrückt erklärt, in der Psychiatrie untergebracht und einzeln verhört. Auch unter Druck blieben sie bei ihren Aussagen. Sie wurden freigelassen, durften aber nie wieder den Friedhof der Kirche betreten. Da soll ihnen Maria an anderen Orten in der Nähe der Kirche erschienen sein. Der Überlieferung nach fragte eines der Kinder die heilige Maria am 5. April 1939: »Mutter, als was willst du verehrt werden?« Maria antwortete: »Als die Königin des Weltalls und als Königin der armen Seelen will ich verehrt werden.« Daraufhin fragte das Kind, in welchem Gebet sie verehrt werden wolle. Da sagte Maria: »In der Lauretanischen Litanei.«

Vermutlich war es nichts als eine Legende. Aber eine Untersuchung seitens der Kirche hatte nie stattgefunden, und bis heute pilgerten Jahr für Jahr siebzigtausend Menschen zu diesem Ort. Und was ihn jedes Mal, wenn er darüber nachdachte, stutzig machte, war die Tatsache, dass sich eines der Kinder mit Namen

Grete Ganseforth zur Sühne für die Sünder angeboten haben soll. Es war keine Legende, dass jenes Mädchen augenblicklich erkrankte und fünfzig Jahre lang bis zu ihrem Tod bettlägerig war. An jedem Karfreitag litt sie fürchterliche Schmerzen und schwitzte Blut. Ihr Glaube musste ihr geholfen haben, all diese Qualen zu ertragen. Er wünschte sich, dass auch er so glauben könnte. Es war ein Gedanke, so schön wie die Geschichte seines Meisters von der Verbreitung des Weltfriedens durch Meditation.

Langsam ging er durch die Felder. Für wessen Schuld wäre Grete Ganseforth wohl eher bereit gewesen zu leiden? Für seine? Oder für die des Abschaums? Die Silhouette des Ortes tauchte aus dem Nebel vor ihm auf. Gleich würde er aus seinen Träumen, seinem schützenden Kokon erwachen und wäre wieder da, wo er nie hatte sein wollen: in der erbarmungslosen Realität.

***

»Zwei Tote an zwei Tagen, beide werden unter fast identischen Bedingungen aufgefunden. Ich denke, ihr wisst alle, was das bedeutet.« Jorina Danneboom blickte über ihr Stehpult in den Kreis ihrer Mitarbeiter, der nach dem neuerlichen Leichenfund so weit angewachsen war, dass fast drei der vier Tischreihen besetzt waren. »Matthias, komm bitte nach vorn und fass für alle zusammen, was wir bisher haben.«

Einem Impuls folgend knuffte Altrogge Ulrich von Ritterswürden, der neben ihm saß, in die Seite und sagte: »Komm mit, Uli, das ist schließlich unser erster gemeinsamer Fall.«

Anstatt zu antworten, schnellte der Dortmunder pfeilartig aus seinem Stuhl hoch und betrat noch vor Altrogge die Empore, ohne seinen Kollegen auch nur eines Blickes zu würdigen. Mit einem süffisanten Lächeln wich er schließlich ein Stück zurück und deutete Altrogge mit ausgestreckter Hand und einer leichten Verbeugung wortlos den Weg zum Stehpult.

Auch Jorina konnte ihre Überraschung über von Ritterswürdens Auftritt nicht verbergen. Die beiden sahen sich kurz an. Sie erwiderte das Lächeln des neuen Kollegen. Ohne zu begreifen, warum, musste Altrogge sich eingestehen, dass er einen Anflug von

Eifersucht verspürte. Hätte er den internetfeindlichen Skifahrer doch bloß auf seinem Platz gelassen!

Mit einem Räuspern stellte er sich neben Jorina. »Nun, wir haben leider nicht viel. Der Tote vom Hüvener Steingrab ist noch in der Rechtsmedizin. Dr. Ossenkopp obduziert ihn morgen früh. Anders als bei Darb gibt es keine Anzeichen äußerer Gewalteinwirkung. Abgesehen von Fesselspuren an Hand- und Fußgelenken und einigen kleineren Blutergüssen. Er ist wie Darb möglicherweise geschlagen worden. Näheres wissen wir morgen gegen Mittag. Leider konnte uns auch Alexander trotz all seiner technischen Hilfsmittel und seiner legendären Intuition nicht weiterhelfen.« Altrogge zwinkerte dem Leiter der Spurensicherung zu. »Daraus können wir jedoch im Umkehrschluss ableiten, dass die Opfer weder mit einem Auto direkt bis zu ihren grausigen Gräbern gefahren noch über den Boden geschleift wurden. Das bedeutet, dass sie in beiden Fällen getragen worden sein müssen. Und das impliziert mindestens zwei Täter, männlich oder weiblich. Oder einen Täter und einen Helfer. Theoretisch kommt auch ein Einzeltäter in Frage, aber der müsste nicht nur männlich sein, sondern auch über enorme Kräfte verfügen. Leider scheinen sie oder er einen Pakt mit Petrus geschlossen zu haben, denn aufgrund des ständigen Wechsels zwischen Anfrieren und Abtauen konnte die Spurensicherung nicht einmal Fußspuren entdecken. Dass Darb nicht an den Teufelssteinen ermordet wurde, wissen wir. Von Held können wir das erst morgen sagen. Wie bei Darb haben wir nichts bei ihm gefunden, was Hinweise auf seine Identität liefern könnte. Doch ein Anruf beim Landgericht Köln brachte die Bestätigung, dass es dort einen Richter namens Thomas Held gibt. Der Bildabgleich war so eindeutig, dass wir davon ausgehen können, dass es sich bei dem Kölner Richter und unserer Leiche um ein und dieselbe Person handelt. An den beiden Holzkreuzen fanden sich leider auch keine relevanten Spuren, vor allem keine Fingerabdrücke. Die Dinger wurden aus schlichten Holzlatten und Nägeln zusammengebastelt, die es in jedem Baumarkt gibt. Das ist im Moment alles.«

Jorina klopfte Altrogge auf die Schulter. »Danke, Matthias. Also, Leute, wir müssen davon ausgehen, dass die beiden Fälle zusammenhängen. Das heißt, dass ihr zu viert ins Rheinland fahrt. Jutta und Erich, die das Umfeld von Darb durchleuchten, werden begleitet von Hendrik und Felix. Sie kümmern sich um Held. Zusammen mit den Kollegen vor Ort sucht ihr nach Parallelen. Denn die muss es geben. Vor allem irgendeine gemeinsame Verbindung ins Emsland. Was sollte einen Kölner Richter und einen Bonner Anwalt dazu veranlassen, ins Emsland zu fahren? Was haben sie dort zu suchen und warum? Fangt mit ihrem beruflichen Umfeld an. Wenn ihr da nichts findet, wendet euch ihrem Privatleben zu. Leider halte ich es für denkbar, dass es nicht bei zwei Toten bleibt. Die Inszenierung ist viel zu aufwendig und mit intensiven Vorbereitungen und großen Risiken verbunden. Allein die Wahl der unterschiedlichen Tat- und Fundorte. Dazu die extra angefertigten Holzkreuze, das Ausheben eines Grabes … Das mache ich nicht, wenn ich jemanden aus Eifersucht beseitigen will. Da steckt vermutlich mehr dahinter. Deshalb habe ich mit der Kripo in Bad Bentheim telefoniert. Die schicken uns weitere Einheiten. Ab morgen werden wir sämtliche Straßen und Zufahrtswege überwachen, die zu den Hünengräbern führen. Gott sei Dank liegen an vielen Straßen gleich drei oder noch mehr Gräber. Nicht auszudenken, wenn wir jedes einzelne überwachen müssten. Das wäre unmöglich. Jedenfalls wird dort niemand mehr unbemerkt eine Leiche vergraben. Außerdem führen wir mit den Rheinländern zusammen eine Telefonaktion durch. Wir werden sämtliche Anwälte und Richter im Kölner und Bonner Raum abtelefonieren, um herauszufinden, ob noch jemand vor Kurzem ins Emsland gefahren ist oder eine solche Reise plant. Und wir klappern zumindest mal die umliegenden Baumärkte und Schreinereien ab. Vielleicht kann sich jemand erinnern, dass ein Kunde mehrere Holzlatten gekauft hat. Das ist allerdings mehr als unwahrscheinlich. Zumal die Bretter auch sonst woher stammen können. Aber mehr können wir im Moment leider nicht tun.« Jorina sah auf ihre Armbanduhr. »Schon fast zehn Uhr. Jetzt machen wir Schluss. Wie sieht's aus, hat noch jemand Lust auf ein Feierabendbier?«

Die ins Rheinland abkommandierten Kollegen winkten ab. Sie mussten schon früh aufbrechen und vorher noch packen.

Auch den anderen war es schon zu spät. Bis auf Ulrich von Ritterswürden, den Altrogge die ganze Zeit aus den Augenwinkeln beobachtet hatte. Der sagte zu. Und war da nicht wieder so ein impertinentes Lächeln in seinem schiefen Gesicht?

Jorina schien sich darüber zu freuen, den neuen Kollegen auf diese Weise gleich ein bisschen besser kennenlernen zu können. »Wie sieht's mit dir aus, Matthias? Auf ein Bierchen?«

Altrogge war hin- und hergerissen. Einerseits wollte er den Skifahrer nicht mit Jorina allein lassen, da dieser die Gelegenheit mit Sicherheit nutzen würde, um sich bei ihr einzuschmeicheln. Andererseits hatte sie am Mittwoch Geburtstag. Und wegen dieses blöden Falles blieb ihm kaum Zeit, ihr Geschenk rechtzeitig fertig zu bekommen. Die Dinge schienen sich nicht zu seinen Gunsten zu entwickeln. Noch am Windberg war er der Überzeugung gewesen, dass dieser von Ritterswürden, den er zunächst ganz okay fand, zu introvertiert war, um ihm bei Jorina den Rang abzulaufen. Aber irgendwie schien die Chemie zwischen den beiden zu stimmen.

Wieder einmal musste er sich fragen, warum er überhaupt solche Gedanken hatte. Zwischen ihm und Jorina war nie etwas gelaufen. Da war doch von beiden Seiten nichts außer kollegialer Freundschaft. Trotzdem empfand er dieses seltsame Gefühl von Eifersucht. Vielleicht lag es auch nur daran, dass von Ritterswürden mehr Charme zu besitzen schien, als Altrogge vermutet hatte. Jedenfalls steckte er jetzt in einer klassischen Zwickmühle. Mitgehen und den Aufpasser spielen, aber das Geschenk nicht rechtzeitig fertig kriegen oder bis in die Nacht arbeiten, dafür jedoch zulassen, dass sich der Neue unbeaufsichtigt an Jorina ranmachte? Warum mussten auch ausgerechnet heute alle anderen absagen. Normalerweise waren sie gerade nach anstrengenden und langen Tagen immer mindestens zu viert in der Kneipe. Was sollte er nur tun?

Von Ritterswürden klopfte ihm auf die Schulter. »Na, wie sieht's aus, *Matthes*, kommst du mit, oder machst du schlapp? Geh ruhig nach Hause, ich denke, wir werden uns auch ohne dich bestens unterhalten.«

Das war zu viel des Guten. Plötzlich also duzte ihn der Kerl.

Die ganze Zeit hatte er sich vehement geweigert, aber in Jorinas Gegenwart gab er den jovialen Kumpeltyp. Dieser Dortmunder war mit allen Wassern gewaschen und keinesfalls zu unterschätzen. Altrogge dachte nach. Früher hatte er kein Problem damit, auch mal ein oder zwei Nächte durchzumachen, aber er war nun mal nicht mehr der Jüngste. Doch er kannte seine Jorina, sie war schließlich seit Jahren seine Vorgesetzte. Sie würde ein Bier trinken, vielleicht auch zwei, dann würde sie nach Hause gehen. Er wäre also spätestens um Mitternacht daheim. Dann könnte er noch zwei bis drei Stunden an dem Geschenk arbeiten. Genau wie morgen nach Feierabend. Und wenn das nicht ausreichte, würde er morgen Nacht eben ganz auf Schlaf verzichten. Immer noch besser, als diesen eingebildeten Affen allein auf Jorina loszulassen.

»Klar komme ich mit. Oder was dachtest du, *Uli*?«

***

»Ich hoffe, ich überfalle Sie nicht damit? Sie können auch einfach Nein sagen. Das ist gar kein Problem. Zurzeit gibt es hier doch genug freie Unterkünfte.«

Heidrun Hoffmann und ihr Mann Erwin hatten sich darauf eingestellt, ihr Haus vor Weihnachten nicht mehr zu vermieten. Sie hatten es vor zwanzig Jahren gebaut, weil die Grundstückspreise damals noch niedriger waren als heute. Und weil Erwin Inhaber eines Bauunternehmens gewesen war, hatten sie sich auf einem Grundstück in der Nähe von Herzlake ein richtig schönes, luxuriös ausgestattetes Haus bauen können mit Blick und direktem Zugang zur Hase. Eine ganze Weile hatte es ihnen selbst als Wohnsitz gedient, aber nachdem ihr Sohn aus dem Haus war, hatten sie sich dort nicht mehr wohlgefühlt. Nur zu zweit war es ihnen zu groß und viel zu abgelegen. Bis in den Ort waren es drei Kilometer. An der Straße, die dorthin führte, standen nur vereinzelt ein paar Häuser und ein alter Hof. Deshalb waren sie nach Haselünne gezogen, mitten in die Stadt, und hatten sich entschlossen, das Haus als Feriendomizil anzubieten. »Luxus pur mit eigenem Badesteg« lautete die Überschrift auf dem beliebten Internetportal, auf dem sie das Objekt eingestellt hatten. Die Buchungsquote war zwar nicht sonderlich gut, aber um die laufenden Kosten zu decken, reichte es. Sie wollten *ihr* Haus, das sie selbst gebaut hatten, nicht verkaufen.

Die letzten Mieter hatten sie in den Herbstferien gehabt. Und jetzt, mitten im November, meldete sich wieder jemand. Das war ungewöhnlich. Ebenso wie das Anliegen des potenziellen Gastes.

»Könnten Sie denn nicht erst morgen anreisen?«, erkundigte sich Heidrun Hoffmann.

»Höchst ungern, Frau Hoffmann. Morgen kommen, wie gesagt, schon ganz früh die Bauleute. Wegen meiner Dienstreise, von der ich selbst erst vor ein paar Stunden zurückgekommen bin, hatten wir das total vergessen. Und jetzt sitzen wir hier auf gepackten Koffern. Auf diesen Lärm haben wir keine Lust. Und für unsere Tochter ist das auch nicht gerade gut. Sie ist erst drei und hat leider keinen allzu tiefen Schlaf. Aber wie gesagt, wenn es Ihnen Umstände macht, verstehen wir das sehr gut.«

Noch nie hatte Heidrun Hoffmann mit einem Mieter schlechte Erfahrungen gemacht, weder was den Zustand des Hauses bei der Abreise anging noch hinsichtlich der Zuverlässigkeit, wenn es ums Bezahlen ging. Warum sollte es diesmal schiefgehen? Der Mann klang sympathisch, seine Erklärung einleuchtend, und er hatte versprochen, die gesamte Miete sofort zu bezahlen. »Also gut, Herr Schneider, wir können es folgendermaßen machen: Ich lege den Schlüssel für das Ferienhaus unter den rechten Blumentopf vor unserem Haus in Haselünne. Die Adresse haben Sie ja. Den Umschlag mit dem Geld können Sie einfach in den Hausbriefkasten werfen. Wann wären Sie denn ungefähr hier?«

Sie vernahm ein leises Seufzen. »Ich befürchte, es wird nach Mitternacht. Bis wir hier loskommen, dauert es noch eine Weile. Aber so, wie wir es vereinbart haben, ist es für beide Seiten kein Problem. Wir freuen uns schon sehr. Die Lage direkt an der Hase ist traumhaft.«

»Ach, waren Sie schon mal im Emsland? Sie scheinen sich gut auszukennen.« Die Hase war ein kleines Flüsschen, das vermutlich niemand kannte, der nicht aus dem Emsland kam oder zumindest häufiger dort war.

»Ja, schon oft. Wir machen gern Urlaub in der Gegend. Es ist so herrlich ruhig und die Landschaft wunderschön. Auf der Hase sind wir schon oft gepaddelt.«

Keine Frage, diese Leute waren in Ordnung. »Also gut, dann heiße ich Sie an dieser Stelle schon einmal herzlich willkommen. Persönlich kennenlernen werden wir uns wohl erst bei Ihrer Abreise in einer Woche. Gute Fahrt, Herr Schneider.«

11

Sögel, 12. November 2013

Als der Wecker um sechs Uhr dreißig gnadenlos klingelte, fühlte sich Altrogge wie gerädert. Er hatte erst gegen halb drei im Bett gelegen. Dieser Pseudo-Charmeur aus Dortmund hatte Jorina einen nach dem anderen ausgegeben. »Komm, Jorina, noch einen darauf, dass es Bremen doch noch in die Europa League schafft.« So ausgelassen und trinkfreudig hatte er, Altrogge, Jorina noch nie erlebt. Was fand sie nur an diesem Schleimer mit dem schiefen Gesicht? Warum merkte sie nicht, dass er nur so nett zu ihr war, weil er Altrogge damit eins auswischen und sich für den harmlosen Spaß mit dem Windberg rächen wollte? Bei jedem Witz, den er riss, hatte von Ritterswürden ihn aus den Augenwinkeln heraus angesehen und hämisch gegrinst. So war es ihm zumindest vorgekommen. Und dann dieses kindische Palaver über Fußball. Wen interessierte das? Aber auch das hatte von Ritterswürden garantiert absichtlich gemacht, weil er genau wusste, dass Altrogge von Fußball keine Ahnung hatte und er ihn auf diese Weise ausbooten konnte. Und das war ihm leider auch gelungen. Altrogges Gesprächsanteil war quasi nicht existent gewesen. Dabei hatte sich von Ritterswürden keineswegs aufdringlich verhalten. Ihm war offensichtlich bewusst, dass Jorina Danneboom trotz der gemeinsamen Fußballleidenschaft immer noch seine Vorgesetzte war. Aber gerade diese Art, sie zu unterhalten, ohne die unsichtbare Grenze zu überschreiten, hatte Jorina offenbar beeindruckt und sie locker werden lassen. In Momenten wie diesen bereute es Altrogge, dass er damals nicht wie jeder Junge in seiner Nachbarschaft in einen Fußballverein eingetreten war. Würde sich das nun rächen, und müsste er zusehen, wie von Ritterswürden ihm deshalb bei Jorina den Rang ablief? Er hatte nur eine Chance, sich wieder besser ins Spiel zu bringen: Jorinas Geburtstagsgeschenk.

Erst um halb zwei war er wieder zu Hause gewesen. Früher ging es nicht, sonst hätte er Jorina mit dem schiefen Gesicht allein lassen müssen. Er hatte sich sofort sein Werkzeug geschnappt und losgelegt. Und sich kapital verrechnet. Aber das hatte er erst nach fast einer Stunde gemerkt. Eine Stunde Arbeit für die Katz also. Und das nur, weil von Ritterswürden ihm ungefragt jedes Mal ein Bier mitbestellt hatte. Auch dahinter verbarg sich zweifelsohne pure, gehässige Absicht. Eines war klar: Wenn er heute nicht zeitig nach Hause kam, konnte er das Geschenk vergessen. Wie peinlich, wenn er morgen ohne Präsent für Jorina dastehen würde! Das wäre eine weitere Niederlage gegen den Dortmunder. Den würde er ab heute genau beobachten.

***

»Du bist plötzlich so gut gelaunt. Wie kommt das? Sonst bläst du doch jeden Tag Trübsal.« Angelika Neuhaus betrachtete ihren Mann nachdenklich von der Seite.

Franz Neuhaus war im Emsland geboren, hatte Architektur studiert und war dann lange Zeit in Bonn gewesen, zunächst als Angestellter in einer Firma, dann mit einem eigenen Architekturbüro. Kennengelernt hatten sie sich an einem Wochenende in Lingen. Franz' Eltern hatten damals dort gelebt, und er besuchte sie, sooft es sein Beruf zuließ. Angelika hatte Franz samstags in einem Supermarkt gesehen. Er wirkte dort irgendwie verloren, so als müsse man sich seiner annehmen. Sie kamen ins Gespräch. Es war keine Liebe auf den ersten Blick, aber ganz allmählich, über viele Wochen, kamen sie sich näher. Richtig gefunkt hatte es erst, als sie ihn zum ersten Mal in Bonn besuchte. War er im privaten Umfeld eher zurückhaltend, fast schüchtern, strotzte er in seinem Beruf nur so vor Selbstbewusstsein. Sie hatte mitbekommen, wie er mit einem Handwerker telefoniert hatte, dem auf einer Baustelle ein Fehler unterlaufen war. Sie hatte Franz gar nicht wiedererkannt. Richtig cholerisch war er geworden, aber es war genau diese Durchsetzungsfähigkeit, die ihr imponierte. Und so wurden sie ein Paar.

Niemals entwickelte sich zwischen ihnen so etwas wie Leidenschaft. Es gab keine magische Anziehungskraft, die sie verband. Und der Wunsch nach Kindern entwickelte sich nur bei ihm. Dafür spielte aber auch Eifersucht keine Rolle in ihrer Beziehung, was gut war, weil sie lange Zeit eine Wochenendehe führen mussten. Schließlich hatte sie ihren gut bezahlten Job in der Verwaltung in Lingen. Und so meisterten sie ihre getrennten Leben und ihren Alltag perfekt. Bis es zu jenem einschneidenden Ereignis vor drei Jahren kam. Das hatte zwar zur Folge, dass Franz sein Büro in Bonn aufgab und zu ihr nach Lingen zog, aber nun hing er den ganzen Tag nur zu Hause rum, manchmal fast apathisch, und kümmerte sich um nichts. Er arbeitete längst nicht mehr, sodass sie nun vollständig auf ihr Gehalt angewiesen waren. Sie wollte ihn deshalb aber nicht unter Druck setzen, denn einen solchen Nackenschlag musste man erst einmal verkraften. Andererseits war es ihr unbegreiflich, dass er überhaupt nicht mehr aus diesem Tief herauskam, auch nicht nach mehr als drei Jahren. Wenn sie ihn darauf ansprach, wurde er sofort aggressiv und unterstellte ihr, dass sie keine Ahnung habe, wovon sie spreche. Manchmal bekam sie dann sogar fast Angst vor ihm. Und abgenommen hatte er, sicherlich an die zwanzig Kilo. Früher war er nicht dick gewesen, eher stattlich, was ihm aber gut gestanden hatte. Aber seit dieser Sache verweigerte er nicht selten das Essen.

Doch heute, bei einem ganz normalen Frühstück mitten in der Woche, saß er da, grinste zufrieden in sich hinein und belegte schon die fünfte Scheibe Toast mit Aufschnitt. Als er vorhin die Treppe heruntergekommen war, war er noch wie immer frustriert und wortkarg gewesen. Doch dann, von einem Moment auf den anderen, schlug seine Laune um. Direkt unheimlich.

Franz Neuhaus sah seine Frau an. Seine Kiefer mahlten. Er schien angestrengt nachzudenken. »Ach, weißt du, Angelika, ich habe in den letzten Tagen nachgedacht. Über mich, uns, diese Situation, über alles. Und ich bin zu dem Schluss gekommen, dass wir versuchen sollten, all diesen Mist ein für alle Mal zu begraben. Bei diesem Gedanken fühle ich mich sofort besser.«

Diese Erklärung konnte Angelika Neuhaus nicht akzeptieren. Sie war so einfach und naheliegend, dass es unvorstellbar war, erst nach drei langen Jahren darauf zu kommen. »Erzähl mir keinen Quatsch, Franz. Ich freue mich doch, wenn es dir besser geht.

Und so entspannt hast du schon lange nicht mehr gewirkt. Also sag mir, was wirklich los ist.«

Franz schüttelte den Kopf. »Nichts, Angelika, wirklich nicht. Das alles ist über drei Jahre her. Man muss vergessen können. Und verzeihen.«

»Verzeihen? Du?« Sie sah ihren Mann ungläubig an. »Kannst du dich nicht daran erinnern, wie du damals getobt hast? Wüste Beschimpfungen hast du ausgesprochen, wiederholt gesagt, dass du diese Dreckskerle massakrieren und langsam ausbluten lassen wirst. Genau das waren deine Worte, mein Lieber. Man konnte direkt Angst vor dir kriegen, wenn man dich so reden hörte. Ich habe dich gar nicht wiedererkannt. Wenn ich nur daran denke, bekomme ich schon eine Gänsehaut. Und jetzt sprichst du plötzlich von *Verzeihen*? Hör auf, mich anzulügen.«

Franz Neuhaus legte den Toast beiseite. Nachdenklich rieb er sich das Kinn. »Also gut. Ich wollte dich eigentlich überraschen. Und noch mehr wollte ich verhindern, dass ich es dir erzähle und dann nichts daraus wird. Mir ist vorhin die Zeitung von Samstag in die Hände gefallen. Weil ich kaum dazu gekommen bin, sie zu lesen, habe ich sie durchgeblättert, während du im Bad warst. Und da bin ich auf eine interessante Stellenanzeige in Papenburg gestoßen.«

Angelika Neuhaus brauchte nur einen kurzen Moment, um zu begreifen, was ihr Mann soeben gesagt hatte. Sie sprang auf, nahm ihn in die Arme und drückte ihn an sich. »Mensch, Franz, das grenzt an ein Wunder. Wie ich mich für dich freue! Selbst wenn sie dich nicht nehmen, Hauptsache, du hast wieder Lust bekommen zu arbeiten. Dann klappt es bestimmt beim nächsten Mal. Wir haben doch keinen finanziellen Druck. Erzähl schon, worum geht es bei der Stelle?«

Franz stützte sein Kinn auf der Schulter seiner Frau ab und blickte zum Fenster hinaus. Er erzählte ihr, worum es bei der ausgeschriebenen Stelle ging. Es handelte sich um eine Tätigkeit als Architekt in einem großen Lingener Architektenbüro mit der Aussicht auf eine spätere Partnerschaft. »Am besten setze ich mich gleich an den Schreibtisch, stelle meine Unterlagen zusammen und schicke denen meine Bewerbung. Wenn du nach Hause kommst, bin ich übrigens nicht da. Ich bin mit Berthold verabredet, wir wollen mal wieder bowlen gehen. Du kennst ja unser Motto: Bowlen gegen den Frust. Heute wird es vielleicht ein bisschen fröhlicher wegen der Bewerbung. Wird aber nicht so spät.« Er gab ihr einen flüchtigen Kuss, schob sie sanft zurück und stieg rasch die Treppe hinauf, die er zuvor noch mies gelaunt hinabgestiegen war.

Angelika Neuhaus war glücklich. Diese Bewerbung war der erste Schritt zurück in die Normalität. Sie war sich sicher, dass er die Geschehnisse von früher vergessen und zu seinem alten Selbstbewusstsein zurückfinden würde, wenn er nur mal wieder eine Weile gearbeitet hatte. Sie schenkte sich noch eine Tasse Tee ein und sah auf ihre Uhr. Noch zwanzig Minuten, bis sie zur Arbeit losmusste. Zeit genug, um noch einen Blick in die heutige Ausgabe der Ems-Zeitung zu werfen, die Franz wie immer aus dem Briefkasten geholt hatte, ehe er sich an den Frühstückstisch setzte. Ihr Blick fiel sofort auf ein großes Foto von einem Mann und den dazugehörigen langen Artikel auf Seite eins. Die Schlagzeile lautete: *»Dies ist das Grab des Teufelsadvokaten Heiner Darb«*, und darunter, in etwas kleinerer Schrift: *»Grausiger Mord an Anwalt im Emsland«*. Aufmerksam las sie den Artikel. Grässlich, was da stand. Es war doch immer wieder unbegreiflich, dass es Menschen gab, die solche Verbrechen begehen konnten. Und die Polizei tappte noch völlig im Dunkeln. Sie blätterte weiter und las die Unfallmeldungen und den Wetterbericht. Weiterhin trübe, wieder leichter Frost, Reifglätte. Stimmt, es konnte glatt draußen sein, sie sollte ein paar Minuten früher losgehen. Die Verwaltung war keine zehn Fußminuten von ihrem Haus entfernt. Das Auto benutzte sie nie. Sie zog sich Mantel, Schal und Stiefel an, und bevor sie ging, rief sie die Treppe hinauf zu ihrem Mann: »Ich muss los, Franz. Bis heute Abend. Und viel Erfolg bei deiner Bewerbung!«

Sie verließ das Haus und ging vorsichtig die Straße hinunter. Es war tatsächlich glatt. Und dieser Nebel, hörte das denn nie auf? Seit Tagen wurde es nicht mehr richtig hell. Dazu andauernd diese klamme Kälte, die durch jedes Kleidungsstück drang. Sie mochte den November im Emsland nicht. Darb, Heiner

Darb … Irgendwie kam ihr der Name bekannt vor. Sie dachte angestrengt nach, aber sie kam einfach nicht darauf, woher sie ihn kannte. Darb … Bonn? Darb … Heiner … Plötzlich rutschte sie wie auf Schmierseife aus und fiel der Länge nach hin, mitten auf den Bürgersteig. In Gedanken versunken hatte sie nicht auf den Weg geachtet und war auf eine vereiste Pfütze getreten. Sie stand auf, die Schulter schmerzte ein wenig, aber sonst schien alles okay zu sein. Sie sah an sich herab. Wenigstens war sie nicht dreckig geworden, sonst hätte sie auch noch umkehren und sich umziehen müssen. Man sollte eben aufpassen, wo man hintrat. Jetzt wurde es aber Zeit. Den Blick konzentriert auf den Weg gerichtet, ging sie zügig in Richtung Verwaltungsgebäude. Heiner Darb hatte sie schon wieder vergessen.

***

Franz Neuhaus packte nachdenklich seine Sporttasche. Er hatte Angelika glatt angelogen. So etwas war ihm zuwider. Aber hätte er ihr die Wahrheit sagen sollen? Ihr erklären, woher sein plötzlicher Stimmungsumschwung tatsächlich rührte? Sie hätte dafür nicht ansatzweise Verständnis gehabt. Also war ihm nichts anderes übrig geblieben, als zu dieser Notlüge zu greifen. Was ohnehin nur möglich war, weil er kurz zuvor zufällig diese Stellenanzeige gesehen und sich noch gedacht hatte, dass die eigentlich wie für ihn gemacht war. Nur dass er keinerlei Antrieb verspürte, sich wieder mit Bauvorhaben rumzuschlagen und dabei permanent an diese grässliche Geschichte erinnert zu werden. Und jetzt musste er sich allen Ernstes da bewerben. Aber gut, selbst wenn sie ihn einluden, hatte er immer noch die Möglichkeit, beim Vorstellungsgespräch zu scheitern. Denn er konnte sich nicht wirklich vorstellen, in seinen alten Beruf zurückzukehren. Allein bei dem Gedanken stieg Panik in ihm auf. Aber das durfte Angelika nicht wissen.

***

Hendrik Windhorn und Felix Spengler saßen in einem geräumigen, modern eingerichteten Wohnzimmer in Köln-Porz. Hier hatte der Richter Thomas Held mit seiner Frau Anneliese gelebt, die ihnen jetzt gegenübersaß. Sie wirkte gefasst, saß aufrecht in dem weißen Ledersessel, die Hände auf den Knien ruhend. Die Kollegen aus Köln hatten sie über den Tod ihres Mannes informiert, während sich die Emsländer beim Landgericht über den Richter und seine Fälle erkundigt hatten. Dabei war ihnen kein Fall aus der jüngeren Vergangenheit begegnet, der so spektakulär war, dass er das Motiv für solch einen grauenvollen Racheakt hätte darstellen können. In einigen dieser Fälle war das erste Opfer Dr. Heiner Darb als Rechtsanwalt aufgetreten, jedoch gab es auch hier keine nennenswerten Auffälligkeiten, sofern man den Richterkollegen am Landgericht Glauben schenken konnte. Zumal ein Anwalt im Laufe seiner Karriere so ziemlich jedem Richter seines Bezirkes in einem Prozess begegnete. Ihre Hoffnung ruhte daher auf Helds privatem Umfeld. Als sie über den breiten Kiesweg auf das Haus des Richters zugefahren waren, hatte ihnen der Atem gestockt. Das Haus erwies sich als eine schlossartige Villa.

»Frau Held«, sagte Hendrik Windhorn, der sich neben die beiden Kölner Kollegen auf das Ledersofa gesetzt hatte, »sehen Sie sich denn schon in der Lage, uns ein paar Fragen zu beantworten?«

Anneliese Held sah den Polizisten mit versteinerter Miene an. Lediglich das Knirschen ihrer Zähne verriet ihre Anspannung. Sie wirkte ohnehin wie ein Mensch, der sich ständig beherrschte. Windhorn schätzte sie auf Ende vierzig. Sie war dermaßen gut gekleidet und perfekt gestylt, dass er sich in seiner Uniform beinahe schäbig vorkam. Es gab Menschen, deren Outfit zu ihnen passte, egal ob es sich um einen Designeranzug oder Jeans und T-Shirt handelte. Es war eine Frage des Typs. Bei der Frau des Richters wirkte dieser Aufzug hingegen deplatziert. So als trage sie damit lediglich etwas zur Schau. Windhorn hatte zwar keine Ahnung von Mode, erkannte aber, dass die Kleidung der Frau extravagant und wahrscheinlich dementsprechend teuer war. Doch irgendwie passten dieser dunkle Rock und die helle Bluse nicht zu ihr. Ebenso wenig wie die hochgesteckten dunklen Haare, durch die die strengen Züge ihres schmalen Gesichtes noch stärker hervortraten. Mit einer überraschend hohen Stimme antwortete sie, dass sie selbstverständlich für Fragen zur Verfügung stehe.

»Gut, zunächst würde uns interessieren, ob Ihr Mann von irgendjemandem bedroht worden ist. Hat er Drohbriefe oder Anrufe bekommen? Wissen Sie, ob ihm jemand vielleicht im Gerichtssaal gedroht hat? Auch wenn Sie dazu nichts sagen können, denken Sie bitte darüber nach, ob Ihnen Ihr Mann in letzter Zeit merkwürdig vorgekommen ist. Nervös, abwesend, verändert?«

Frau Held dachte eine Weile nach, ohne dabei ihr spärliches Mienenspiel zu verändern. »Nein, im Gegenteil. Nachdem er die Einladung des Fördervereins bekommen hatte, war er sogar besonders fröhlich und optimistisch.«

»Welche Einladung? Von welchem Förderverein?«

Sie sah Windhorn mit einem Gesichtsausdruck an, als könne sie nicht begreifen, wieso er das nicht wusste. »Na, die Einladung zu seiner Ehrung. Endlich hatte jemand die Verdienste meines Mannes anerkannt. Er war so glücklich, als er nach Papenburg aufbrach.«

Dieses Schreiben konnte von elementarer Bedeutung sein, das spürte Windhorn. Anneliese Held wusste jedoch nicht, ob ihr Mann die Einladung aufbewahrt, weggeworfen oder mit ins Emsland genommen hatte. Die Polizisten durchsuchten Helds Arbeitszimmer, wurden aber nicht fündig. Seine Frau versprach, das Haus von oben bis unten danach abzusuchen. Anstelle des Briefes kam jedoch etwas anderes zum Vorschein: ein kleiner, flacher Schlüssel, den Frau Held nicht zuordnen konnte. Er befand sich unter der Schreibtischunterlage. Windhorn steckte den Schlüssel ein und fokussierte sich nun darauf, Zusammenhänge zwischen den Opfern zu finden.

»Frau Held, sagt Ihnen der Name Heiner Darb etwas? Das ist ein Rechtsanwalt aus Bonn, den Ihr Mann bei einigen Prozessen getroffen hat.«

»Ach, Sie meinen den Mann, der auch im Emsland ermordet wurde? Darüber habe ich heute in der Zeitung gelesen. Ich finde es ganz fürchterlich, regelrecht zynisch. Meinen Sie, es gibt einen Zusammenhang zwischen ihm und Thomas?«

»Das wissen wir noch nicht. Deshalb ja meine Frage, Frau Held: Kannten Sie Heiner Darb?«

»Nein, ich habe vorher noch nie von ihm gehört. Mein Mann

und ich sprechen –« Sie zögerte einen Augenblick. Es schien fast so, als begreife sie erst jetzt, was geschehen war, und als müsse sie nun all ihre Selbstbeherrschung aufbieten, um ruhig zu bleiben. »Wir haben kaum über den Beruf gesprochen. Aber wenn dieser Darb irgendeine besondere Rolle gespielt hätte, hätte Thomas mir das erzählt. Wir hatten ein sehr offenes und vertrauensvolles Verhältnis.«

Felix Spengler hatte sich derweil aufmerksam in dem großen Wohnzimmer umgesehen. Hier steckte Geld drin, und zwar eine ganze Menge. Das Zimmer war bestimmt mehr als hundert Quadratmeter groß. Selbst im Emsland, wo die Grundstücks- und Immobilienpreise sehr niedrig waren, gab es so etwas selten. Und hinsichtlich der Bodenrichtwerte dürfte Köln in einer ganz anderen Liga spielen. Der Boden bestand aus einer Art Marmor. Dazu schmückte ein riesiger Fernseher den Raum, ebenso ein Kamin und Möbel, denen man ansah, dass sie ein Vermögen gekostet haben mussten. Was ihm aber den endgültigen Beweis dafür lieferte, dass hier alles ziemlich exklusiv war, war die Stereoanlage. Denn Musikanlagen gehörten zu den Dingen, von denen er etwas verstand. Hätte er genügend Geld, würde er es weder in ein Auto noch in eine größere Wohnung und erst recht nicht in sündhaft teure Klamotten investieren, sondern in eine richtig gute Anlage. Wissend, dass er sich so etwas niemals würde leisten können, hatte er sich in einem entsprechenden Fachgeschäft in Hamburg allerdings vor einiger Zeit ausführlich informiert und sich diverse Verstärker, Lautsprecher und DVD-Player vorführen lassen. Er war überwältigt gewesen. Was für ein irrer Sound, so als säße man mitten in einem Konzertsaal! Man musste nur die Augen schließen. War es nicht eine wunderbare Ironie des Schicksals, dass ihm genau dieser Trip nach Hamburg heute bei einem Fall half? Denn Helds Anlage war exakt die letzte, die er sich hatte vorführen lassen – und die teuerste. Mit allem Drum und Dran kostete sie über achtzigtausend Euro. So viel hatte seinerzeit die Eigentumswohnung in Dörpen gekostet. Allein die Lautsprecherkabel bewegten sich im vierstelligen Bereich. Konnte sich ein Richter am Landgericht, ein Beamter, wirklich solch einen Luxus leisten?

»Wovon haben Sie das hier eigentlich alles bezahlt? Verdient ein Richter denn so viel Geld?«, mischte er sich in die Befragung ein.

Erstmals regte sich etwas in Anneliese Helds Mienenspiel. Sie lächelte verächtlich. »Leben Sie da, wo Sie herkommen, noch in der Steinzeit? Bei uns ist es nicht ungewöhnlich, wenn auch die Frau arbeitet, vor allem, wenn sie keine Kinder bekommen hat.«

Spengler kratzte sich nachdenklich am Kopf. »Aber das alles hier, allein das Haus, das muss doch ein Vermögen gekostet haben. Was machen Sie denn beruflich?«

Für einen Moment schloss sie die Augen. »Hören Sie, ich habe soeben erfahren, dass mein Mann tot ist, dass er ermordet wurde! Bitte verschonen Sie mich mit solchen Diskussionen, die lediglich ein Ausdruck unserer Neidkultur sind. Bitte beschränken Sie sich auf Fragen, die für die Auflösung dieses grauenvollen Verbrechens förderlich sind. Mein Beruf gehört nicht dazu.«

Einer der Kölner Kollegen stand auf und verließ wortlos den Raum. Eine Weile saßen sich Frau Held und die Polizisten schweigend gegenüber. Bis Spenglers Blick auf eine große, sehr schöne Steinschale fiel, die auf einem Sideboard stand. Sie hob sich von den übrigen Einrichtungsgegenständen ab, weil sie eine warme Farbe hatte und aussah wie ein Einzelstück. Um das unangenehme Schweigen zu durchbrechen, erkundigte er sich, woher diese Schale stamme.

Mit einem Mal nahmen Frau Helds Gesichtszüge etwas Weiches an. »Ein wunderschönes Stück, nicht wahr? Die hat mir Thomas zu unserem zehnten Hochzeitstag geschenkt. Er hatte sie aus Afrika mitgebracht. Wir haben sie als Postbehälter genutzt. Wer immer von uns beiden zuerst an den Briefkasten ging, um die Post zu holen, hat sie dann in die Schale gelegt. Dann konnte jeder seine Post durchsehen, sobald er Zeit dazu hatte.« Sie stockte, ließ sich in ihrem Sessel zurückfallen und wirkte plötzlich hektisch. »Jetzt, wo wir darüber sprechen«, entfuhr es ihr aufgeregt, »fällt mir noch etwas ein. Natürlich, vor einiger Zeit ist etwas Merkwürdiges passiert.«

Die Geschichte, die Frau Held ihnen erzählte, klang vollkommen skurril. Es ging um einen ganz und gar seltsamen Brief. Doch angesichts der Vorkommnisse der letzten Tage waren es vielleicht gerade diese kuriosen Ereignisse, die die Polizei auf die richtige Spur bringen würden.

Als sie wieder im Wagen saßen, fragte Hendrik Windhorn den Kollegen aus dem Rheinland, warum er den Raum verlassen hatte.

»Weil ich mich erkundigt habe, was Frau Held beruflich macht.«

»Aha, und? Was macht sie?«

»Sie ist Steuerberaterin. Hat eine eigene Kanzlei mit zwanzig Beschäftigten. Große Mandate, Millionenumsätze.«

»Damit ist wohl klar, wer die Stereoanlage bezahlt hat«, stellte Spengler fest.

Windhorn nickte. »Stimmt, aber ich finde, der Held hat ziemlich smart ausgesehen. Smart und eitel.«

Spengler sah seinen Kollegen verblüfft an. »Worauf willst du hinaus?«

»Na ja, er ist Richter, hat also einen angesehenen Beruf und kriegt viele menschliche Dramen und hanebüchene Auseinandersetzungen mit. Aber keiner sagt ihm, wie toll er das macht, und seine Frau verdient das Zigfache von seinen Bezügen. Meinst du nicht, dass ihn das gewurmt haben könnte?«

»Da ist was dran. Du meinst, nicht alle seine Urteile sind im Namen des Volkes ergangen?«

Windhorn nickte bedächtig. »Außerdem haben wir eben am Landgericht etwas Wichtiges vergessen. Das holen wir jetzt ganz schnell nach. Dann rufen wir in Lingen an.«

12

Herzlake, derselbe Tag

Das Haus lag abgelegen und verträumt am Rande einer Lichtung. Das Grundstück führte bis an den Fluss heran. Von seinem Ufer aus sah sie über eine pittoreske Heidelandschaft auf der anderen Flussseite. Sie wollte sich zuerst ein wenig umsehen, bevor sie hineinging. Außerdem hatte sie noch ein bisschen Zeit. Idyllisch war es hier, aber sehr einsam. Nachdem sie von der Hauptstraße abgebogen war, hatte sie nur noch zwei andere Häuser gesehen, auf den letzten zweihundert Metern sogar keines mehr. Hier gab es nur Wald, Wiesen und den Fluss. Das Haus war ein geeignetes Objekt für ein romantisches Wochenende oder einen Familienurlaub mit Kindern, aber kein repräsentativer Sitz für einen Förderverein für verdiente Juristen. Und erst recht nicht für eine solche Ehrung. Wenn sie sich wenigstens das nahe gelegene Romantikhotel, die Aselager Mühle, ausgesucht hätten. Das wäre ein passenderer Rahmen gewesen. Aber das? So hatte sie sich das nicht vorgestellt.

Schon der Ort, Herzlake, war ihr unangemessen erschienen. Sie hatte nicht einmal gewusst, wo genau er lag, aber nachdem sie die Einladung bekommen hatte, hatte sie sich im Internet über die geografische Lage Herzlakes informiert. Die Gemeinde hatte gerade einmal viertausendzweihundert Einwohner und bestand dann auch noch aus fünf Ortsteilen. Allein in ihrem Veedel, in Köln-Rodenkirchen, lebten fast viermal so viele Menschen.

Sie war dreiundvierzig, und niemals hätte sie damit gerechnet, dass irgendein Förderverein auf die Idee kommen könnte, ausgerechnet sie für ihre besonderen Verdienste um die Juristerei zu ehren. Als Vertreter des Rechts dauerte es in der Regel lange, bis man sich wirklich verdient gemacht hatte. Dafür bedurfte es vieler Prozesse und Urteile, die den Spagat schafften zwischen der richtigen Auslegung des Gesetzes und dem, was der Bürger allgemein unter gerecht verstand. Wahrlich keine einfache Aufgabe. Es machte durchaus Sinn, diejenigen zu ehren, die das oft genug geschafft hatten. Aber das war doch eher ein Lebenswerk und sicherlich nicht angemessen für einen juristischen Neuling. Zumal sie sich der Tatsache bewusst war, dass sie sich keineswegs immer an den Gesetzen orientierte. Eine bewusste Entscheidung, die sie schon bald nach ihrer Ernennung zur Richterin getroffen hatte. Strafrecht interessierte sie nicht im Geringsten. Sie wollte Streitwerte, genau genommen hohe Streitwerte. Denn wo um viel Geld gestritten wurde, war die eine oder andere Partei sicherlich bereit, für einen Sieg zu bezahlen. Insbesondere wenn der Betrag weitaus geringer war als der, den sie im Falle eines verlorenen Prozesses würde zahlen müssen.

Sie hatte fest damit gerechnet, dass man versuchen würde, ihr Geld anzubieten, wenn sie einen Prozess in die gewünschte Richtung lenkte und das erhoffte Urteil fällte. Und genau so war es gekommen, nicht nur einmal. Dabei floss immer nur Bargeld, niemals erfuhren das Finanzamt oder ihr Dienstherr davon. Auch ihren Kollegen erzählte sie nichts, es sei denn, sie gehörte zu einem Richtergremium. Dann war klar, dass möglicherweise alle beteiligten Richter bestochen waren. Aber das fand man schnell heraus. Natürlich wusste sie, dass sie sich damit strafbar machte. Aber dieses Risiko nahm sie in Kauf. Sie hatte konkrete Vorstellungen von ihrem Leben, und die kosteten Geld. Also besorgte sie es sich. Sie hatte auch kein Problem damit, dass Menschen ihretwegen zu Unrecht verurteilt wurden oder einen Prozess verloren. Sie hatte nichts gegen diese Menschen, sie waren ihr einfach egal. Wegen jedem Mist zogen sich die Leute gegenseitig vor Gericht, und sie musste sich diesen Kleinscheiß dann anhören. Da war es mehr als gerecht, wenn sie selbst an anderer Stelle für Ausgleich sorgte. Gerade deshalb war ihr dieses Schreiben des Fördervereins zunächst als schlechter Scherz vorgekommen. Sie hatte vermutet, dass jemand versuchte, sie in eine Falle zu locken, um sie wegen ihrer Bestechlichkeit dranzukriegen. Aber es gab einen guten Grund, warum sie der Einladung doch Glauben schenkte: Thomas.

Ihr Kollege hatte nur ein paar Tage vorher auch eine solche Offerte bekommen. Er hatte sich genau über den Verein informiert, hatte sich seine Homepage angesehen, sich davon überzeugt, dass der Verein hochrangige Mitglieder hatte, und sah deshalb keinen Anlass für Misstrauen. Thomas war wahrscheinlich schon wieder zu Hause. Auf der Hinfahrt hatte sie versucht, ihn anzurufen, um sich zu erkundigen, wie es gelaufen war. Aber er war nicht an sein Handy gegangen. Wahrscheinlich hatte er seine Ehrung euphorisch gefeiert und lag noch mit einem Kater im Bett. Obwohl das eher nicht seine Art war. Deshalb hatte sie die Tatsache, dass er nicht abnahm, ein wenig verunsichert. Aber was sollte sie eigentlich verunsichern? Sie würde ihn nach ihrer eigenen Ehrung wieder anrufen. Vielleicht könnten sie am Wochenende ein paar Kölsch zusammen trinken und auf ihre Ehrung anstoßen. Außerdem mussten sie sich ja auch noch für die kommende Woche absprechen, denn da stand der Prozess gegen einen Autohändler auf der Tagesordnung, der von einem Kunden verklagt wurde. Der Kunde behauptete, der Händler habe ihm beim Verkauf eines Wagens der Luxusklasse einen Vorschaden verschwiegen, der schließlich zu einem Unfall geführt habe. Zusammen mit dem Schmerzensgeld ging es um einen beachtlichen Streitwert. Der Händler hatte sie nach der Vorverhandlung angesprochen und ihr zu verstehen gegeben, dass er sich vorstellen könne, einen gewissen Beitrag dazu zu leisten, dass auch sie bald ein solch hübsches Auto fuhr. Es war herrlich, wie umständlich sich Menschen ausdrückten, wenn sie sich nicht trauten, mit der Wahrheit herauszurücken. Aber sie hatte sofort begriffen und mit einem schlichten »Wie viel?« geantwortet. Und weil der geschädigte Kunde einige gute Argumente und einen unbestechlichen Anwalt hatte, musste sie sich mit Thomas gut vorbereiten. Wie nehmen wir den Kunden und seine Zeugen und Gutachter in die Mangel? Mit welchen Fragen können wir sie verunsichern und aus dem Konzept bringen, sodass sie sich selbst in Widersprüche verstricken? Welche Gesetzeswinkel können wir finden, um sie gegen den Kläger zu verwenden?

Thomas und sie bildeten ein perfektes Team, nicht selten zusammen mit Peter, der auch keine Skrupel kannte, wenn es um Geld ging. Hatte Peter nicht auch eine Einladung zu einer Ehrung bekommen? Aber wie kam sie darauf? Hatte Thomas ihr das erzählt? Sie selbst hatte mit Peter seit zwei Wochen nicht mehr gesprochen. Wie auch immer, Thomas kümmerte sich jedenfalls um die Gesetze, und sie oder Peter nahmen die Zeugen in die Mangel. Die reagierten ganz unterschiedlich. Voller Genugtuung erinnerte sie sich daran, wie sie vor einiger Zeit einen eigentlich glaubwürdigen Zeugen mit der schlichten Frage verunsichert hatte, ob er auch am Wochenende arbeite. Der Zeuge hatte das verneint. Dumm für ihn, dass er auf die Frage nach einem für den Prozess bedeutenden Besprechungstermin zwischen dem Kläger, ihm und dem Beklagten kurz zuvor ein Datum angegeben hatte, das auf einen Sonntag fiel. Diese Besprechung lag schon ein paar Jahre zurück, natürlich konnte sich kein Mensch mehr an ein genaues Datum erinnern, auch nicht besagter Zeuge. Er hatte sich einfach nur vertan. Noch immer fuhr ihr ein wohliger Schauer über den Rücken, wenn sie daran dachte, wie sie auf ihrem Laptop in den Kalender geschaut und in lockerem Tonfall gesagt hatte, dass der Zeuge gelogen habe, weil sein angeblicher Besprechungstermin auf einen Sonntag gefallen war. Manchmal wunderte sie sich über sich selbst, wie souverän und kaltschnäuzig sie im Verhör auftreten konnte. Unter ihren strengen Blicken war schon so mancher Zeuge regelrecht zusammengebrochen. Aber es lohnte sich nicht, allzu viel darüber nachzudenken. Bei ihrem letzten gemeinsamen Fall hatten Thomas, Peter und sie zusammen dreißigtausend an der Sache verdient. Cash und ohne steuerliche Abzüge. So konnte es weitergehen. Und heute würde sie auch noch einen Scheck über fünfzigtausend Euro in Empfang nehmen. Für ihre besonderen Verdienste! Sie musste lachen. Das war eine Farce, aber eine köstliche.

Sie drehte sich um und blickte auf das Haus. Über dem Eingang hing ein imposantes Schild. Darauf stand in großer goldener Schrift: »Förderverein für verdiente Juristen e.V.« Das Haus war groß und bestach durch eine außergewöhnliche Architektur. Dennoch vermittelte es eher den Eindruck eines Wohnhauses als den eines Vereinssitzes. Sie war gespannt, welche Erklärung ihr die Herrschaften gleich liefern würden. Sie sah auf ihre Uhr. Gleich dreizehn Uhr. Es wurde Zeit, für ihren persönlichen Empfang waren nur zwanzig Minuten anberaumt, dann kam schon der nächste Kandidat. Fünf Juristen sollten heute Nachmittag gemeinsam geehrt werden. Danach war ein Abendessen in Haselünne geplant. Die Gesellschaft von steifen, langweiligen Berufskollegen mochte sie eigentlich gar nicht, aber in diesem Fall war sie bereit, eine Ausnahme zu machen. Spätestens gegen zweiundzwanzig Uhr würde es sicherlich vorbei sein. Danach würde sie direkt nach Hause fahren mit fünfzigtausend Euro mehr im Gepäck. Und von diesem Autohändler kam bald noch ein hübsches Sümmchen dazu. Das Leben war schön.

***

»Was meinst du, Alphonse? Wird sie es sich anders überlegen?« Walther Brecht stand am Fenster der großen Küche, schaute auf das Grundstück hinaus und beobachtete Katrin Schenker, die offensichtlich unschlüssig war, ob sie das Haus nun betreten sollte oder nicht.

Das war einer der wenigen kleinen Schwachpunkte ihres Projekts. Die Abgeschiedenheit der Örtlichkeiten, die jedoch für den Erfolg ihrer Mission unverzichtbar war, konnte unter Umständen Misstrauen bei den Angeklagten schüren. Natürlich hätten sie auch einfach nach draußen stürmen und die Richterin ins Haus zerren können, aber das war nicht der Sinn der Sache.

»Ich bin mir nicht sicher, Walther. Sie scheint zumindest durch ihren Geltungsdrang nicht ganz so verblendet zu sein wie die anderen.«

»Nein, dieser Schlampe geht es vor allem um Geld. Eine eiskalte Type, widerlich. Bei der wird es eine besondere Freude werden.«

Alphonse betrachtete seinen Freund von der Seite. Die Wut, der Hass und die Verbitterung hatten deutliche Spuren bei ihm hinterlassen. Vor vielen Jahren hatte er Walther als fröhlichen, unkomplizierten Menschen kennengelernt, immer mit einem Lächeln im Gesicht. Davon war jedoch nicht viel übrig geblieben. Heute gelang ihm das nur noch dank seines schauspielerischen Talents. Ansonsten war seine Miene ernst, sein Gesicht und seine Augen eingefallen, und innerhalb weniger Jahre war er um zwanzig Jahre gealtert. Das fröhliche Lachen von einst war einem boshaften, gehässigen Lachen gewichen. Als er sich gestern Nacht beim dritten Glas Wein ausgemalt hatte, wie Katrin Schenker qualvoll verrecken würde, hatte dieses Lachen sein Gesicht in eine einzige bizarre Fratze verwandelt. Fremd, unheimlich, abstoßend.

Alphonse selbst schaffte es nicht, in diesen Situationen zu lachen. Ihre Mission befriedigte sein Gerechtigkeitsempfinden, nicht aber seinen Hass. Er empfand eine andere Art von Hass als sein Freund, einen Hass, der sich auf eine merkwürdige, unkontrollierbare Weise gegen ihn selbst richtete. Er wollte den Hass nicht befriedigen, sondern ihn ein für alle Mal loswerden. Doch das war unmöglich, denn sie waren beide zu Opfern geworden, wie so viele andere auch. Wie viele Gesichter gab es wohl, die heute verbittert dreinblickten, obwohl sie früher einmal fröhlich und unbeschwert gestrahlt hatten?

»Wirkliche Freude werde ich dabei nie empfinden«, antwortete er. »Höchstens so etwas wie Genugtuung. Und das Wissen, dass unsere ehrenvollen Juristen zukünftig nie wieder so etwas tun können.«

Walther ballte die Hände zu Fäusten. »Ja, genau. Weil wir dem Abschaum das Handwerk legen. Und diese Schenker ist besonders widerlich. Wenn ich allein diese selbstverliebte Visage sehe, könnte ich mich augenblicklich übergeben.«

Alphonse nahm den Freund in den Arm. »Du nimmst das zu persönlich. Klar, mit den meisten unserer Gäste hatten wir selbst zu tun, aber das, was wir erlebt haben, ist doch nichts im Vergleich zu all den anderen Leichen, die ihren rücksichtslosen Weg pflastern.«

»Mag sein, aber wegen diesem Müll hat mich Franka verlassen. Du selbst hast immer gesagt, dass wir ein perfektes Paar waren. Kinder wollten wir haben, ein Haus wollte ich für uns planen. Und plötzlich sind all die schönen Träume zerplatzt wie eine Seifenblase. Wegen so was wie der da!« Er spie die letzten Worte voller Wut und Verachtung aus, sodass feine Speicheltröpfchen auf die Fensterscheibe spritzten.

Alphonse nickte bedächtig. »Du hast ja recht. Mich hat Emma damals ja auch verlassen. Aber seien wir ehrlich zu uns: Das lag weniger an diesen charakterlosen Egoisten, sondern mehr an uns selbst. Wir haben mit unserem Hass auch unsere Beziehungen zerstört. Erinnere dich bitte, wie oft wir am Strand gesessen und uns nach diversen Gläsern Wein gesagt haben, dass wir den ganzen Ärger, die Unvollkommenheit der Menschen und die himmelschreiende Ungerechtigkeit viel gelassener nehmen müssten. In vino veritas. Man soll die Dinge akzeptieren, die man nicht ändern kann. Wir hatten die Wahl, mein Lieber. Wir hätten mit dem Gefühl leben können, betrogen worden zu sein, in dem Wissen, dass diese Menschen ungestraft weitermachen würden. Wir hätten ein einfaches, sorgenfreies Leben haben können. Und gerade du musst dir finanziell doch nicht die geringsten Sorgen machen. Aber wir haben uns anders entschieden. Gegen das kleine Glück, für die Gerechtigkeit und für den Hass.«

Walther ging zum Kühlschrank, holte den Grauburgunder heraus und füllte zwei Gläser, mit denen er zum Fenster zurückging. »Hier, nimm das. Ich glaube, das wird uns guttun. Man soll die Dinge akzeptieren, die man nicht ändern kann, sagst du? Schön, aber es heißt auch: Gib mir den Mut, Dinge zu ändern, die ich ändern kann. Genau das machen wir. Und damit unterscheiden wir uns von der breiten, einfältigen Masse. Nur weil alle stillhalten, ist es überhaupt möglich, dass dieser Abschaum mit seinen Lügen und seiner Bestechlichkeit durchkommt. Würde sich jeder zur Wehr setzen, bis in die letzte Instanz gehen, Privatdetektive anheuern, Anwaltskammern einschalten und sich an Medien und die Öffentlichkeit wenden, dann wären die Gefängnisse voll von Anwälten und Richtern. Und nicht zuletzt auch Staatsanwälten, vor denen der Fluch der Korruption ebenso wenig haltmacht. Wenn alldem so wäre, müssten wir das hier nicht durchziehen. Dann könnten wir unser kleines Glück haben. Wir ändern die Dinge auf die einzige Art und Weise, die uns zur Verfügung steht. Und wir haben ein verdammtes Recht auf unseren Hass. Und darauf, ihn auszuleben.«

Alphonse nahm einen großen Schluck. »Köstlich, der Grauburgunder war schon immer mein absoluter Favorit.« Dann sah er seinen Freund Walther eindringlich an. »Wenn ich dich so reden höre, erkenne ich dich kaum wieder. Unglaublich, wie du dich verändert hast. Wie diese Menschen dich verändert haben. Du wirst niemals mehr so sein wie damals. – Ah, sie kommt. Sieht ganz so aus, als würde sie uns die Freude machen. Dann lass mal deinen Charme spielen und nimm sie herzlich in Empfang. Ich gehe nach hinten und ziehe mir die Robe über. Ich bin gespannt, ob sie dich wiedererkennt. Das wäre natürlich ärgerlich.«

Walther ging langsam in Richtung Diele. Ohne sich umzudrehen, sagte er: »Sie wird mich genauso wenig erkennen wie die anderen. Diesem korrupten Abschaum bin ich völlig egal, ich bin einer von vielen, ohne Bedeutung. Was bleibt, ist die Hoffnung, dass sie mich in den letzten Minuten ihres kümmerlichen Daseins erkennen, dann wenn ihr ganzes dreckiges Leben noch mal an ihnen vorbeiläuft. Ja, dann sollen sie mich erkennen, dann sollen sie begreifen, wer ihnen das antut und warum. Gott sei Dank wird es bei diesem durchtriebenen Miststück besonders lange dauern.«

Alphonse ging rasch in das kleine Arbeitszimmer, wo er Robe und Maske aufbewahrte. Er konnte seinen Freund verstehen, dennoch drehte sich ihm der Magen um bei dem Gedanken daran, welches Strafmaß sie für Katrin Schenker festgelegt hatten. Sie würden sie extra bis zum Schluss *aufbewahren*, sie war als Letzte fällig. Die Richterin hatte es zweifelsohne verdient, aber sie hatten kein Recht, Gott zu spielen. Man konnte das eine Unrecht nicht durch ein anderes heilen. Obwohl er das nur zu genau wusste, kam er nicht dagegen an, dass auch ihn der Hass lenkte. Er wurde von ihm ferngesteuert, ohne jedoch Befriedigung zu erlangen.

Er vernahm das Läuten der Türglocke und hörte seinen Freund die üblichen Worte sagen: »Herzlich willkommen, Frau Schenker. Es ist uns eine große Freude und Ehre zugleich, eine ruhmreiche Richterin wie Sie empfangen zu dürfen. Darf ich mich vorstellen: Mein Name ist Dr. Walther Brecht. Bitte treten Sie ein.«

Sein Freund verfügte über ein außergewöhnliches schauspielerisches Talent und konnte seine Stimme perfekt verstellen. Seine Worte klangen lieblich und säuselnd. Und dennoch malte sich Walther in diesem Augenblick, als er Katrin Schenker willkommen hieß, wahrscheinlich schon aus, wie sie langsam dahinsiechen würde. Sein argloses Gegenüber hatte nicht den Hauch einer Ahnung, was der scheinbar so freundliche und galante Mann wirklich dachte. Doch sie hatte ohnehin bereits verloren, jetzt gab es kein Zurück mehr.

Alphonse setzte die Maske auf und betrat das Wohnzimmer, wo Walther dem Gast soeben den präparierten Champagner einschenkte.

***

Sie hatten sich wieder im Konferenzraum versammelt, denn die Ereignisse überschlugen sich.

Altrogge stand neben Jorina Danneboom, um seinen Kollegen mitzuteilen, was Helds Obduktion ergeben hatte, als sein Handy klingelte. Er sah auf das Display. »Das ist Hendrik. Da sollte ich drangehen, vielleicht gibt es Neuigkeiten aus dem Rheinland. Einen Moment.« Altrogge entfernte sich ein Stück von dem kleinen, zerkratzten Pult, das schon länger in der Mordkommission war als die meisten Polizisten. Das Gespräch dauerte nur wenige Minuten, dann rückte er wieder näher ans Pult, trommelte leicht mit dem rechten Mittelfinger auf das Holz und lächelte triumphierend in die Runde. Lediglich von Ritterswürden würdigte er keines Blickes. »Freunde, ich habe euch einiges zu erzählen. Endlich gibt es Fortschritte. Aber fangen wir mit Held an. Die Todesursache ist zwar weniger blutig als bei Darb, aber nicht minder grauenvoll. Dr. Ossenkopp hat genug Erde in seinen Atemwegen gefunden, um sein Beet neu anzulegen. Viele kleine Bröckchen, auch in seinem Mund. Die stammen alle vom Fundort. Die Todesursache lautet Ersticken. Das bedeutet, dass der Mann im Großsteingrab Hüven-Süd lebendig begraben wurde. Er muss qualvoll in seinem Grab verreckt sein. Wäre es schnell gegangen, hätte Ossenkopp nicht so viel Erde in dem armen Kerl gefunden. Sein Mörder hat ihn vermutlich nur ganz locker zugeschüttet. Weil der Doktor außerdem Spuren eines Betäubungsmittels im Blut des Opfers gefunden hat, ist es denkbar, dass Held mitbekommen hat, wie er ganz allmählich zugeschüttet wurde, ohne etwas dagegen tun zu können. Er war wahrscheinlich nahezu bewegungslos. Ossenkopp geht davon aus, dass der Richter etliche Minuten mit dem Tod gekämpft hat. Wie bei Darb wollte der Mörder offensichtlich, dass das Opfer seinen eigenen Tod ganz genau mitbekommt. Er sollte langsam sterben. Der Tod ist wahrscheinlich vor vierundzwanzig bis achtundvierzig Stunden eingetreten, also Sonntag oder gestern.«

Betretenes Schweigen machte sich breit. Selbst die hartgesottensten Kollegen hatten in ihrer Laufbahn so etwas noch nicht erlebt.

Es war von Ritterswürden, der das Schweigen unterbrach. »›*Er war schon zu Lebzeiten unterirdisch.*‹ Unser Mörder scheint wirklich ein Witzbold zu sein.« Seine Kollegen sahen ihn fragend an. »Das stand doch auf dem Kreuz! Ich dachte, das würde sich nur auf die Tatsache beziehen, dass Held dort unter der Erde lag. Aber das war auch ein Hinweis auf die Todesart. Es würde mich wirklich interessieren, mit welch einem Charakter wir es hier zu tun haben. Mir fallen da viele Begriffe ein: zynisch, menschenverachtend, blind vor Wut, Hass oder Rache.«

Altrogge nickte zustimmend. »Allerdings. Zumal es euch überraschen wird, was Hendrik mir gerade noch erzählt hat. Zweierlei. Das Erste passt bestens zu dem, was du gerade gesagt hast, Uli. Thomas Held hat vor ein paar Monaten höchst merkwürdige Post bekommen. Ein Paket mit einem Anschreiben und einem Sack Graberde. Seine Frau wusste nicht mehr genau, was in dem Brief stand, sie konnte sich nur noch an Bruchstücke erinnern wie zum Beispiel: ›Wenn Ihr Beruf Sie frustriert, begraben Sie einfach Ihren Frust‹ oder ›Mögen Ihre Urteile Sie niemals zu Grabe tragen‹. Völlig bescheuert. Und der Absender war irgendein Verein der Freunde sauberer Gräber. Held hat das nicht ernst genommen, er dachte an einen dummen Streich. Dafür nehmen wir das umso ernster. Denn dass dieses obskure Geschenk vom Mörder stammt, liegt auf der Hand. Er hat seinem Opfer den späteren Tod auf eine abstruse, aber auch intelligente Weise angekündigt. Ich könnte mir vorstellen, dass Held sich spätestens im Moment seines Todes an diese Sendung erinnern sollte. Aber dazu kann uns Laura sicherlich gleich mehr erzählen. Ich nehme an, dass hier niemand an einen komischen Zufall glaubt, oder?«

Niemand widersprach Altrogge. Deshalb fuhr er fort: »Aber Hendrik und Felix haben noch mehr herausgefunden, etwas sehr

Beunruhigendes. Thomas Held hatte kürzlich eine Einladung von einem ominösen Förderverein für verdiente Juristen bekommen. Eine Einladung ins Emsland! Er sollte in Papenburg für seine besonderen juristischen Verdienste gewürdigt werden, und zwar am vergangenen Freitag. Er ist morgens in Köln losgefahren, hatte sich ein Zimmer in Papenburg gemietet und wollte nach der Ehrung noch ein paar Tage Urlaub im Emsland machen. Deshalb war seine Frau auch nicht besorgt darüber gewesen, dass er sich seit seinem Aufbruch nicht gemeldet hatte. Denn beide Eheleute waren häufig tagelang unterwegs und hatten sich darauf verständigt, auf Telefonate weitgehend zu verzichten. Leider ist diese Einladung verschollen. Wir haben keine Ahnung, wo diese angebliche Ehrung stattfinden sollte. Aber es kommt noch schlimmer. Außer Thomas Held haben zwei weitere Richter am Landgericht Köln Urlaub eingereicht: Peter Schmitz und Katrin Schenker, beide für heute und morgen. Auch hier glaube ich mitnichten an Zufall. Unsere Kollegen arbeiten mit Hochdruck daran, irgendeine Verbindung zwischen den drei Richtern zu finden. Heute ist Dienstag, und weder Schmitz noch Schenker sind erreichbar. Schenker ist Single und hat nur noch ihren alten Vater. Ebenfalls ein ehemaliger Richter, zu dem sie aber kaum noch Kontakt hat. Der Mann hatte keine Ahnung, wo seine Tochter sein könnte. Schmitz hat Familie, aber er hat seiner Frau nur gesagt, dass er in einer dringenden Angelegenheit verreisen müsse. Und am Landgericht wusste niemand, warum sich die beiden Richter freigenommen haben. Wir müssen davon ausgehen, dass sie die nächsten potenziellen Opfer sind und sich bereits im Emsland befinden. Sie schweben in höchster Gefahr, und zu ihrer eigenen Sicherheit sollten wir eine Fahndung nach ihnen ausschreiben. Ach, und du, Uli, kümmerst dich bitte um diesen merkwürdigen Förderverein. Recherchiere im Internet und telefonier dich durch, das kannst du doch so gut. Mal sehen, was du dazu findest.«

13

Köln, derselbe Tag

Jutta Paschek und Erich Kunkel saßen sich am Schreibtisch des ermordeten Rechtsanwaltes Heiner Darb gegenüber. Jeder von ihnen hatte einen Aktenstapel vor sich aufgetürmt, der weit über ihre Köpfe hinausragte. Sie wussten, was sie zu tun hatten: Fälle finden, bei denen sich Darb und Held begegnet waren und bei denen es um so viel ging, dass man sich zumindest vorstellen konnte, dass der Verlierer Rachegedanken hegte. Kunkel, der jedwede Art von Schriftkram als überflüssiges Störelement betrachtete, kam wesentlich langsamer voran als Paschek, die hoch konzentriert bereits die Hälfte der Akten gesichtet hatte, während ihr Kollege gerade mal lustlos in der dritten blätterte.

»Jutta, du bist rasend schnell«, sagte er. »Ich hingegen komme überhaupt nicht voran. Was hältst du davon, wenn du dich um alle Akten kümmerst, während ich zu Darb nach Hause fahre und mich dort ein bisschen umsehe? Dann sind wir viel schneller fertig.«

»Nichts.« Jutta Paschek blickte nicht einmal von ihrem Ordner auf.

»Jutta, komm schon.«

»Vergiss es.« Endlich sah sie über ihre Akte zu ihm hinüber, direkt in seine flehenden Augen. »Das ist wieder mal typisch für dich. Mir willst du die Drecksarbeit überlassen, während du dir die Rosinen rauspickst. Ein schöner Kollege bist du.«

Typisch Jutta. Sie war eine Emanze, schon immer. Wenn er ehrlich war, konnte er sie nicht besonders gut leiden. Und hübsch war sie auch nicht, dieses kleine, untersetzte Weibsbild mit der großen Hakennase und den schwarzen Knopfaugen, die einen immer vorwurfsvoll ansahen und etwas von einer Ratte hatten. Er musste raus aus diesem Mief. »Jutta, das ist unfair. Was hat es denn mit Rosinen zu tun, wenn wir uns aufteilen? Du wälzt Akten, ich durchstöbere Schränke, das ist im Grunde das Gleiche, und jeder macht das, was er am besten kann.«

Paschek schien nachzudenken, dann hatte sie sich entschieden. »Einverstanden.«

Kunkel konnte sein Glück kaum fassen. Hatte er sie tatsächlich mit seinem Charme überzeugen können? War sie vielleicht gar nicht so kompromisslos, sondern tat nur immer so? Gerade als er seine Akten über den Schreibtisch schieben wollte, sprang Paschek auf, nahm ihre Jacke von der Stuhllehne und streifte sie sich über.

»Was soll das denn werden, Jutta? Ist dir kalt?«

Paschek, die schon auf dem Weg zur Tür war, blieb stehen, drehte sich noch einmal zu ihm um und lächelte. »Es ist so, wie du sagst, Erich. Wir können die Arbeit auch aufteilen. Allerdings fühle ich mich in diesem Bonzenbüro nicht weniger unwohl als du. Also machen wir es andersherum. Du wälzt Akten, ich fahre zu Darb. Bis später dann.«

Überrumpelt starrte er seine Kollegin mit großen Augen an. Zu dieser Dreistigkeit fiel ihm nichts ein. Gerade als Paschek durch die Tür verschwinden wollte, meldete sein Handy den Eingang einer SMS.

Paschek blieb im Türrahmen stehen und wippte ungeduldig mit dem Fuß. »Was gibt es?«

Kunkel las die Nachricht, sie war von Altrogge, und grinste zufrieden. Das Schicksal meinte es gut mit ihm. »Ab jetzt sollen wir nicht nur Akten durchstöbern, sondern auch nach dem Brief eines Fördervereins für verdiente Juristen Ausschau halten. Dafür sollen wir uns aufteilen. Du sollst hier weitermachen und dabei auch nach dem Brief suchen. Ich soll zu Darbs Wohnung fahren. Befehl von oben, da kann man leider nichts machen. Pech für dich.«

Pascheks Augen funkelten vor Zorn. »Das denkst du dir doch nur aus!«

Kunkel streckte ihr sein Handy entgegen. Die Nachricht war eindeutig: Akten durchforsten, Brief suchen und auf zwei weitere Namen achten: Peter Schmitz und Katrin Schenker. Paschek in der Kanzlei, er bei Darb.

Wortlos schmiss Paschek ihre Jacke in die Ecke und ließ sich mit Schwung auf den Drehstuhl des Anwalts fallen, der unter ihrem Gewicht bedenklich quietschte. »Dann hau schon ab! Ich habe nämlich keine Lust, mir dein selbstgefälliges Grinsen weiter ansehen zu müssen.«

Kunkel schwang sich von seinem Stuhl und verschwand durch die massive Holztür. Zurück blieb eine wütende Jutta Paschek, die sich sofort wieder in die Akten vertiefte.

***

Sie hatte nichts gegen Kunkel persönlich, er war ganz okay, aber ein stinkfauler Drückeberger. Hielt sich für unwiderstehlich und meinte, jede Frau müsse seinem Charme automatisch erliegen. Er sah zwar gut aus, war groß, sportlich, dunkelhaarig, hatte ein nettes Grübchen am Kinn, aber er war nicht besonders männlich, hatte fast etwas von einem Knaben. Es gab Kollegen, die mochten ihn wegen seiner Leichtigkeit, aber sie fand ihn eher oberflächlich. Er war ein Mann, der sich über nichts Gedanken machte, keinerlei Tiefgang hatte. Wie gern hätte sie ihm bei seinem Versuch, sich wieder einmal zu drücken, eins ausgewischt! Aber an Altrogges Order gab es nichts zu rütteln.

Die Tür ging auf, eine Sekretärin streckte den Kopf durch den Türspalt und fragte, ob sie noch einen Kaffee haben wolle.

»Gern, vielen Dank!« Wenigstens etwas. Paschek nahm die nächste Akte vom Stapel und betrachtete den großen gelben Aufkleber. Drei unterschiedliche Aufkleber waren ihr bislang auf den Akten begegnet. Zwei gelbe, drei rote und drei grüne. Als die Sekretärin ihr den Kaffee brachte, erkundigte sie sich nach dem Grund. Es stellte sich heraus, dass Heiner Darb ein eigenwilliges Ordnungssystem entwickelt hatte, dem sich alle in der Kanzlei unterzuordnen hatten, auch die anderen Anwälte. Die grünen Aufkleber kennzeichneten Strafprozesse, die gelben zivilrechtliche Auseinandersetzungen und die roten arbeitsrechtliche. Darüber hinaus gab es noch weiße Aufkleber. Sie standen für sonstige Prozesse. »Aber«, erläuterte die Sekretärin, »mit Bagatellfällen hat sich Dr. Darb nie abgegeben. Er hat immer nur die großen Fälle betreut, bei denen es um richtig viel Geld ging. Er hatte mehrere Spezialgebiete, aber sein Steckenpferd waren baurechtliche Auseinandersetzungen. Und was ihn ebenfalls reizte, waren große Namen. So wie seinerzeit die Verteidigung des Krantz-Erben. Wahnsinn, wie der Darb es geschafft hat, den rauszuhauen! Das hatte hier keiner für möglich gehalten. Jedenfalls werden Sie bei ihm keine weißen Akten finden.«

Paschek, die sich an den spektakulären Prozess gegen Krantz erinnerte, betrachtete die Aufkleber der Akten, die sie noch nicht gesichtet hatte. »Die Krantz-Akte kann ich hier nirgends finden. Wo ist die denn?«

»Keine Ahnung, und das wird auch sonst niemand wissen. Darb hat uns mit seinem Ordnungssystem gequält, aber selbst keine Ordnung gehalten. Vielleicht ist die Akte bei ihm zu Hause, oder sie ist irgendwo dazwischengeraten. Ich weiß es nicht.«

Paschek nickte. Ihr war selbst aufgefallen, dass Darbs Büro zwar hochwertig eingerichtet war und vor edlen Accessoires überquoll, dafür jedoch überraschend chaotisch wirkte. »Wissen Sie denn, wer im Prozess gegen Krantz damals der zuständige Richter war? War das vielleicht Thomas Held?«

Die Sekretärin schüttelte den Kopf. »Auf keinen Fall. Ich weiß zwar nicht mehr, wer damals den Prozess geleitet hat, aber nicht Held. Der war da noch nicht einmal Richter.«

Damit hatte sich eine kleine Hoffnung zerschlagen. Der Prozess um ein Millionenerbe hätte bestens in das Suchraster gepasst. Enttäuscht nahm sich Paschek wieder die gelb markierte Akte vor und las die Aufschrift auf dem Aufkleber. »Neuhaus/Pries«, stand darauf. Sie fand die Anklageschrift. Ein Franz Neuhaus, Architekt aus Bonn, hatte einen Hans-Jochen Pries, Unternehmer aus Meckenheim, verklagt, weil er davon überzeugt war, dass Pries seine Architekturpläne für ein millionenschweres Projekt in Köln veruntreut hatte. Paschek überflog die Anklageschrift. Dieser Neuhaus war beauftragt worden, die Pläne für ein Freizeitbad in Köln zu erstellen. Pries hatte das Grundstück dafür gekauft und wollte das Bad als Renditeobjekt nutzen. Paschek begegneten Begriffe, von denen sie noch nie zuvor gehört hatte. Dieser Neuhaus hatte eine Grundlagenermittlung vorgelegt, dann eine Vorplanung und schließlich eine Entwurfsplanung. Sie blätterte weiter und stieß auf eine Bausumme. Unglaublich, um welche Beträge es hier ging. Das Bad sollte rund dreißig Millionen Euro kosten. Und wie viel von diesem Kuchen bekam man als Architekt? Sie fand eine entsprechende Kostenaufstellung. Franz Neuhaus sollte für seine Leistungen in Summe rund eine Million Euro bekommen. Paschek pfiff durch die Zähne. Damit konnte man sich schon fast zur Ruhe setzen. Aber was war geschehen? Warum gab es einen Prozess? Neugierig und getrieben von einer Vorahnung vertiefte sie sich immer mehr in die Akte Neuhaus/Pries. Neuhaus behauptete, dass er Pries seine Pläne zur Ansicht mitgegeben habe. Daraufhin habe der das Projekt jedoch nach einigen Tagen ohne nähere Begründung abgesagt. Neuhaus blieb auf Vorkosten von hunderttausend Euro sitzen. Aber dann kam es erst so richtig dicke. Zwei Jahre später wurde das Bad doch errichtet. Und Neuhaus erkannte darin seine Pläne wieder. Neuhaus verklagte Pries. Alles sprach zunächst für Neuhaus, das sah auch die zuständige Richterin so. Doch dann präsentierte Pries einen Architekten aus Rheinbach, der behauptete, er habe die Pläne erstellt und sie seien ihm umgekehrt von Neuhaus gestohlen worden. Paschek spürte eine innere Anspannung. Mit fahrigen Bewegungen blätterte sie in der dicken Akte weiter. Sie wollte das Urteil lesen. Endlich fand sie es. Neuhaus verlor den Prozess und musste sämtliche Kosten tragen: die Gerichtskosten, die des gegnerischen Anwalts und die seines eigenen Anwalts, Dr. Heiner Darb.

Also hatte Darb, der als juristischer Überflieger galt, der stets gewann, doch einen solch spektakulären Prozess verloren. Aber es gab noch eine interessante Begebenheit in diesem Fall. Die Richterin war mitten im Verfahren ausgetauscht worden, und zwar in dem Moment, als dieser Rheinbacher Architekt ins Spiel kam. Sie war durch drei Kollegen ersetzt worden, einen vorsitzenden Richter und zwei beisitzende. Den Vorsitz hatte Thomas Held, die Beisitzer waren Peter Schmitz und Katrin Schenker. Nach der Urteilsverkündung hatte Franz Neuhaus den Richtern offen gedroht. Und zwar nicht mit irgendeinem Schabernack, sondern damit, sie zu töten. Außerdem gab es einen internen Aktenvermerk von Heiner Darb, dem zufolge Neuhaus auch ihm unter vier Augen mit dem Tod gedroht hatte. Neuhaus' Büro lag zwar in Bonn, aber geboren war er in Lingen im Emsland. Volltreffer! Paschek kramte ihr Handy aus der Jackentasche.

14

Stift Börstel, derselbe Tag

Äbtissin Gerda Schwarzkopf schritt langsam und bedächtig über das weitläufige Grundstück ihres Klosters. Die ehemalige Abtei der Zisterzienser, Stift Börstel, lag abgeschieden in der Einsamkeit des Emslandes, mitten im Wald. Nach alter Tradition war die nächste Ortschaft eine Stunde Fußweg entfernt. Die Ruhe und Stille sowie die spirituelle Ausstrahlung der frühgotischen Backsteinkirche mit den angrenzenden mittelalterlichen Klostergebäuden lockten immer noch viele Menschen an. Menschen, die mit dieser Form der Stille umgehen konnten, aber auch Spaziergänger, die das Stift besichtigen wollten. Die Gemeinschaft, die nur aus zehn alleinstehenden Frauen bestand, brauchte diese Besucher, um den Betrieb und die Instandhaltung der klösterlichen Anlage finanzieren zu können. Die Spenden und Mitgliedsbeiträge des Freundeskreises allein reichten nicht aus. So waren drei Gebäude des ehemaligen Zisterzienserinnenklosters zu einer modernen Tagungsstätte mit Gästezimmern umgebaut worden, die heute verpachtet wurden. Außerdem boten die Frauen unter Leitung von Gerda Schwarzkopf neben den klassischen Stiftsführungen auch verschiedene Themenführungen an. Bei der Laternenführung konnten die Besucher nachvollziehen, wie die Zisterzienserinnen im fünfzehnten Jahrhundert die mittelalterliche Kirche erlebt hatten. Sehr beliebt waren auch die meditative Wanderung zu den Quellen im Börsteler Wald und der Marienpilgerweg, der durch Meditationen und Andachten ergänzt wurde. Die Äbtissin, die der Gemeinschaft schon seit langer Zeit vorstand, hatte auf diese Weise viele interessante Menschen kennengelernt.

Während sie um die Tagungsgebäude herumging, dachte sie an ein älteres Ehepaar aus Bremen, das Stift Börstel jedes Jahr für ein paar Tage besucht hatte, um sich vom Stress und der Hektik der Stadt zu erholen. Sie hatte viele Gespräche mit den lebensfrohen, optimistischen Bremern geführt, die sich selbst zwar nicht als Kirchgänger bezeichneten, aber als überaus naturverbunden. Solche Menschen waren hier jederzeit herzlich willkommen. Außerdem rührte es Gerda Schwarzkopf immer wieder, wenn zwei Menschen ihr ganzes Leben lang zusammenblieben. Wie oft hatte sie die beiden dabei beobachtet, wie sie händchenhaltend über das große Grundstück spazierten. Das letzte Mal vor fünf Jahren. Danach waren sie nicht mehr gekommen. Weil sich die Äbtissin Sorgen gemacht hatte, hatte sie, entgegen ihren Gepflogenheiten, in Bremen angerufen. Sie erfuhr, dass die Ehefrau kurz nach dem letzten Besuch des Stiftes verstorben war, und ahnte, dass nun auch er nicht mehr allzu lange leben würde, da er den Verlust seiner geliebten Frau nicht würde überwinden können. Das hatte sie traurig gemacht, aber zugleich freute es sie, dass diese Menschen so lange ihren Frieden ausgerechnet in ihrem Stift gefunden hatten.

Sie erinnerte sich auch an einen ungewöhnlichen jungen Mann, den sie eigentlich nicht in der Abgeschiedenheit einer klösterlichen Anlage vermutet hätte. Er sah überdurchschnittlich gut aus, war weltgewandt und offen und erweckte den Eindruck einer unbändigen Lebensfreude. Dennoch hatte sie nie zuvor jemanden erlebt, der sich so voll und ganz der Meditation hingeben konnte. Auch er kam seit einigen Jahren nicht mehr. Zuletzt hatte er weniger an den Meditationen teilgenommen, sondern an den Themenführungen. Das sei seine neue Art der Meditation, hatte er ihr erklärt.

Diese vielen unterschiedlichen Menschen kennenlernen zu können gehörte für Gerda Schwarzkopf zu den schönsten Begleiterscheinungen des Klosterlebens.

Gemächlich schlenderte sie weiter durch den verträumten Klostergarten. Hier fühlte sie sich besonders wohl. Sie hielt eine Weile inne und sah dann auf ihre Uhr. Es war Zeit für das Gebet. Etwas zügiger ging sie über die große, seit dem Morgen wieder vom Raureif überzogene Wiese auf die Kirche zu. Sie hatte das Portal schon fast erreicht, als sie stutzte. Sie drehte sich noch einmal um und blickte über die Wiese in Richtung des kleinen Waldfriedhofs. Sie sah die Wiese, den Wald und die Kreuze. Alles schien so zu sein wie immer. Und doch konnte sie sich des

Eindrucks nicht erwehren, dass etwas nicht stimmte. Langsam ließ sie ihren Blick noch einmal über das Gelände schweifen. Da stach ihr ins Auge, was sie zuvor nur unbewusst wahrgenommen hatte. Sogleich spürte sie ein Unbehagen, eine innere Anspannung, einen unterschwelligen Grusel. Aber was sollte sie tun? Sofort nachsehen oder sich zuerst dem Gebet widmen? Sie entschloss sich, zuerst zu beten und danach mit einigen der anderen Frauen der Sache auf den Grund zu gehen. Vielleicht hatte jemand eine Erklärung dafür, oder eine der Frauen hatte sich einen makabren Scherz erlaubt. Der ihr allerdings schlecht bekommen würde.

***

Allmählich kam Peter Schmitz wieder zu sich. Er spürte einen hämmernden Schmerz direkt hinter den Augen, so heftig, dass er seine Umgebung zunächst nur schemenhaft wahrnahm. Auch sein Rücken schmerzte, er fühlte sich an, als hätten sich sämtliche Muskeln auf einmal verhärtet. Erst jetzt bemerkte er, dass er auf dem Rücken und auf etwas Hartem lag. Vorsichtig versuchte er, sich aufzurichten. Als sich seine Bauchmuskeln dabei anspannten, hörte er ein leises Knacken im Rücken, und ein heftiger Stich durchfuhr sein Kreuz. Mit einem Aufschrei ließ er sich wieder zurückfallen. Ein diffuses Gefühl von Panik ergriff ihn. Sein Atem beschleunigte sich ungewollt. Sofort machte sich sein Asthma bemerkbar, das Ergebnis einer vor langer Zeit verschleppten Bronchitis, mit dem er sich seither regelmäßig herumquälen musste. Am schlimmsten war es bei feuchter Kälte. Aber auch Heizungsluft setzte ihm zu. Dann brauchte er nicht selten das Notfallspray, sein einziger Garant, einem Erstickungsanfall zu entgehen. Das Notfallspray! Das hatte er in Köln vergessen. Er schnappte nach Luft, merkte, wie seine Panik schlimmer wurde. Mit der Panik wuchs die Atemnot, mit der Atemnot die Panik. Jetzt ganz ruhig bleiben, nachdenken, sagte er sich, es gibt für alles eine Erklärung. Er schloss die Augen und begann langsam und gleichmäßig zu atmen. Einatmen, Pause, ausatmen. Einatmen, Pause, ausatmen. Einatmen, Pause, ausatmen … Er wiederholte diese Atemtechnik so lange, bis sich seine Bronchien wieder etwas öffneten und er einigermaßen normal atmen konnte.

Unweigerlich musste er daran denken, dass es sich jetzt als Vorteil erwies, dass er das Spray schon einmal vergessen hatte, nämlich als er letztes Jahr zu einem Kongress nach München gefahren war. In seinem Hotelzimmer hatte ihn eine ähnliche Attacke überfallen. Ergriffen von Panik war er zur Rezeption gerannt, kaum noch in der Lage zu sprechen. Als würde ihn eine höhere Macht beschützen, stellte sich heraus, dass der Rezeptionist ebenfalls unter heftigem Asthma litt. Er begriff sofort, was mit dem Gast los war, und erklärte ihm diese hilfreiche Atemtechnik.

Nachdem Schmitz seine Atmung wieder unter Kontrolle hatte, begann er, vorsichtig seine Augen und Schläfen zu massieren. Dabei dachte er angestrengt nach. Was war geschehen? Er war nach Herzlake gefahren, um sich von den beiden Herren des Vereins für verdiente Juristen ehren zu lassen. Er hatte sich zwar gewundert, warum der Vereinssitz so abgelegen war, aber alles lief nach Plan. Walther Brecht hatte ihn herzlich empfangen. Im ersten Moment hatte Schmitz geglaubt, den Mann irgendwoher zu kennen, und ihn darauf angesprochen. Brecht jedoch hatte ihm glaubhaft vermittelt, dass sie sich nie zuvor begegnet waren, ihm aber eine gewisse Ähnlichkeit mit Sebastian Koch nachgesagt wurde. Und das stimmte auch, er sah ihm sogar ziemlich ähnlich. Danach hatten sie sich ungezwungen unterhalten, wobei ein interessanter Mann dazugekommen war; wie es schien, ein Franzose. Das jedenfalls hatte Schmitz aus seinem Namen, Alphonse Chevalier, gefolgert. Allerdings sprach er akzentfreies Deutsch. Alphonse Chevalier hatte eine Richterrobe und eine venezianische Maske getragen, um dem Anlass einen angemessenen und feierlichen Rahmen zu verleihen. Das hatte Schmitz sehr imponiert. Dann hatten sie Champagner getrunken, geredet, und dann – ja, was dann? Das Nächste, woran er sich erinnerte, war, dass er hier aufgewacht war. Wo aber befand er sich? Er öffnete seine Augen und drehte sie auf dem Rücken liegend, so weit er konnte, in die Richtung, aus der das Licht kam. Es war relativ düster, und es gab kein Tageslicht. Die Quelle des dennoch unangenehm grellen Lichts konnten eigentlich nur Neonröhren sein. Alles um ihn herum war aus Beton. Er war definitiv nicht mehr in diesem Haus an der Hase. Denn das hatte keinen Keller, so wie die meisten Häuser im Emsland. Das hatte er daraus gefolgert, dass es im Flur nur eine Treppe ins Obergeschoss gegeben hatte und zwei Türen. Die eine führte in die Küche, die andere in den Raum, in dem er empfangen worden war. Er tastete mit den Händen seine Umgebung ab. Immer noch schmerzte sein Rücken bei jeder Bewegung. Überall fühlte er Beton. Rechts von ihm war eine Betonwand, seine linke Hand glitt nach unten und berührte einen Betonboden. Er begriff, dass er auf einer Art Pritsche lag. Es half alles nichts. Er musste aufstehen. Er nahm all seine Beherrschung zusammen und richtete sich gegen den stechenden Schmerz auf. Stöhnend gelang es ihm, seine Beine zu drehen und sich aufrecht zu setzen. Nach wenigen Augenblicken ließen auch die Rückenschmerzen nach. Sie mussten vom Liegen auf dem harten Beton gekommen sein. Er blickte sich um. Im ersten Moment war er irritiert, denn was seine Augen wahrnahmen, entsprach nicht seiner Vorstellung davon, wo er sich befinden sollte. Denn seine Augen sahen Gitterstäbe. Erneut von Panik ergriffen, sprang er auf und spürte sogleich wieder die heftig aufflammenden Rückenschmerzen. Denen zum Trotz schleppte er sich zu dem Gitter und rüttelte wild an den Stäben. Doch es rührte sich nichts. Er suchte seine Umgebung mit den Augen ab. Er befand sich in einem winzigen Raum, vielleicht drei Meter breit und zweieinhalb Meter tief. Außer der Betonpritsche gab es nichts in diesem Raum. Keine Sanitäranlagen, keinen Schrank. Am rechten Rand der Metallstäbe befand sich eine Gittertür, durch die man in einen Gang gelangte. Sie war fest verschlossen. Aus diesem Gefängnis gab es kein Entkommen. Als er durch die Gitterstäbe blickte, sah er, dass der Gang langgezogen war und in unregelmäßigen Abständen von Neonröhren erhellt wurde. Nein, die Abstände waren regelmäßig, aber einige der Röhren funktionierten nicht mehr.

Wer hatte ihn hierher verschleppt? Und warum? Hatte dieser Förderverein seine Finger im Spiel, oder hatte sie jemand überfallen? Waren sie alle Opfer? Er, Brecht, Chevalier? Waren die beiden auch in einer solchen Zelle gefangen? Warum nur hatte er eine

Gedächtnislücke? Hatte ihn jemand bewusstlos geschlagen? Er befühlte seinen Kopf und konzentrierte sich auf einen Schmerz, den er bis jetzt vielleicht nur noch nicht wahrgenommen hatte. Da war nichts. Er war unverletzt. Und das konnte nur eines bedeuten: Der Champagner hatte ihn ausgeknockt.

Wie Schuppen fiel es ihm von den Augen. Er war blindlings in eine Falle getappt. Brecht und Chevalier waren keine Opfer, nein, sie waren die Täter. Sie mussten hinter alldem stecken. Aber diesen Förderverein gab es wirklich, das hatte Thomas ihm doch versichert. Nein, Brecht und Chevalier waren über jeden Zweifel erhaben. Aber wer steckte dahinter, und was hatten sie mit ihm vor? Seine Panik wich einer noch diffuseren Todesangst. Er rüttelte an den Stäben und begann zu schreien: »Hallo, ist da jemand? Kann mich jemand hören? Wo bin ich hier?«

Niemand antwortete ihm. Seine Stimme erfüllte den Raum, der seine Schreie in einem fremdartigen, blechernen Echo zurückwarf. »Hallo ... allo ... lo«

***

Gerda Schwarzkopf stand am Ende der Klosterwiese des Stiftes Börstel am Waldrand, dort, wo der kleine Waldfriedhof begann. Sie hatte sich überhaupt nicht auf das Gebet konzentrieren können, andauernd waren ihre Gedanken zu dem Punkt abgewandert, an dem sie jetzt stand, zusammen mit drei anderen Frauen, die sie nach dem Gebet begleitet hatten. Ihr schwante, dass keine der Schwestern eine plausible Erklärung für dieses Kreuz, das nicht hierhin gehörte, würde liefern können.

Sie stand hinter den drei Frauen, die alle wie gebannt auf das Holzkreuz starrten. Von der Ferne betrachtet, hatte es so ausgesehen, als gehörte es wie alle anderen Kreuze zum Friedhof. In Wirklichkeit aber befand es sich auf der Wiese, ungefähr zwei oder drei Meter vom Waldrand entfernt.

»Und«, ermutigte sie die Frauen, »kann mir jemand irgendetwas dazu sagen? Hat sich eine von euch vielleicht einen Scherz erlaubt, oder habe ich allen Ernstes vergessen, dass unser Friedhof Zuwachs bekommen hat?«

Die drei Frauen sahen sich fragend an, sie waren nicht weniger verwundert als die Äbtissin. Lautes Gemurmel setzte ein.

Eine der Frauen, Schwester Franziska aus Oldenburg, drehte sich schließlich zur Äbtissin um und erklärte ihr, dass seit einem Jahr niemand mehr hier beerdigt worden war. »Und wirklich, Schwester Gerda, einen Scherz können wir doch wohl getrost ausschließen.«

»Warum sollten wir das ausschließen? Nichts ist naheliegender. Und es wäre nicht der erste Streich, den du uns spielst, liebe Franziska«, antwortete Gerda Schwarzkopf.

Empörung spiegelte sich in Franziskas Gesicht wider. »Das finde ich aber nicht nett. Würdest du mir etwas dermaßen Geschmackloses wirklich zutrauen? Das mit meinen harmlosen Kindereien zu vergleichen, über die alle lachen, empfinde ich ehrlich gesagt als eine Frechheit.«

Jetzt meldete sich auch Schwester Sabrina zu Wort, eine Novizin aus Groß Berßen, die erst vor ein paar Monaten in die Gemeinschaft eingetreten war: »Ich finde schon das Kreuz nicht lustig. Und die Aufschrift darauf … Da hört doch wirklich alles auf! Das war mit Sicherheit keine von uns. Ich bin zwar noch nicht lange hier, aber ich behaupte, die Frauen inzwischen alle schon recht gut zu kennen. Und keiner von ihnen würde ich so etwas Geschmackloses zutrauen.«

Die Äbtissin musste der Novizin recht geben. Sie selbst hielt niemanden in der Gemeinschaft für so niederträchtig. Wenn sie ehrlich zu sich selbst war, hatte sie nur gehofft, dass sich eine von ihnen einen Scherz erlaubt hatte, um nicht der schrecklichen Wahrheit ins Gesicht sehen zu müssen. Eine schwache Hoffnung blieb ihr noch. »Und wenn es einer unserer Gäste war? Hat eine von euch möglicherweise etwas Verdächtiges beobachtet? Dann ist jetzt der richtige Zeitpunkt, mir das mitzuteilen.«

Die Schwestern schüttelten allesamt den Kopf.

»Niemals«, verkündete Schwester Franziska. »Keiner unserer Gäste würde so etwas tun. Nein, Gerda, ich befürchte, das hier ist bitterer Ernst.«

»Du meinst, da liegt einer?«

Franziska nickte. »Deshalb sollten wir jetzt die Polizei verständigen.«

Die Polizei? Hier, auf dem Grundstück von Stift Börstel, vor den Augen der Gäste? Das war keine gute Idee. »Meint ihr nicht, dass wir erst einmal selbst graben sollten?«, fragte Gerda Schwarzkopf. »Wenn da wirklich jemand begraben ist, können wir doch immer noch die Polizei rufen.«

»Nein«, sagte Schwester Franziska bestimmt, »dann verwischen wir doch wichtige Spuren. Schau doch hin, was da steht: ›*Hier verwest ein Jurist gar fein zu Lehm. Er hat es angemessen unbequem.*‹ Das ist widerlich, abartig, menschenverachtend. Glaub mir, da ist einer vergraben, so wahr ich Franziska heiße und aus Oldenburg bin!«

»Unfassbar.« Gerda Schwarzkopf wollte nicht wahrhaben, dass ausgerechnet auf dem Gelände ihres Stifts ein Verbrechen stattgefunden haben sollte. »Das ist doch geistesgestört. Ich sehe schon die Schlagzeile vor mir: ›*Ein Wahnsinniger treibt sein Unwesen im Stift Börstel.*‹ Ich bete zu Gott, dass die Polizei hier nichts findet.«

Doch das Gebet der Äbtissin von Stift Börstel im Wald bei Herzlake blieb ungehört.

15

Stift Börstel, derselbe Tag

Die Kriminalhauptkommissare Matthias Altrogge und Ulrich von Ritterswürden waren sofort losgefahren, nachdem sie die Nachricht vom dritten Kreuzesfund erreicht hatte. Die Tatsache, dass das Kruzifix nicht auf einem Hügelgrab stand, sondern auf einer abgelegenen Klosterwiese, sorgte für Unruhe. Offenbar wich der Täter von seinem Muster ab, weil er registriert hatte, dass die Polizei die Zufahrtswege zu den Gräbern auf der Straße der Megalithkultur überwachte. Damit war auch die Überwachung hinfällig. Die Möglichkeiten, ein Opfer irgendwo in den Weiten des Emslandes zu verscharren, erhöhten sich von dreiunddreißig archäologischen Stationen auf den mathematischen Wert »unendlich«. Hätte nicht kurz zuvor Jutta Paschek einen entscheidenden Hinweis auf den Täter geliefert, hätte sich bei der MoKo Teufelssteine Frust breitgemacht. Doch so war es im Grunde egal, wo das dritte Opfer lag. Der Täter war so gut wie gefasst.

Alexander Mertens und sein Team begleiteten die beiden Kommissare, ebenso wie ein Notarzt, da Dr. Oswald Ossenkopp diesmal nicht so schnell aus Oldenburg anreisen konnte. Während Mertens' Männer ein Loch in die angefrorene Erde rund um das Holzkreuz gruben, ließ Altrogge seinen Blick über die weiß gezuckerte Grasfläche bis hin zum Stift gleiten. Eine wirklich schöne Anlage, so idyllisch, dachte er und nahm sich vor, noch einmal wiederzukommen, allerdings dann als Privatmensch, um hier spazieren zu gehen.

Ihm war klar, dass sie gleich die dritte Leiche finden würden. Er vermutete, dass es sich um Schmitz oder Schenker handeln würde, da beide ins Emsland gelockt worden waren. Mit ein bisschen Glück war dieses Grab das letzte, denn mit Franz Neuhaus hatten sie erfreulich rasch einen aussichtsreichen Kandidaten für die Täterrolle gefunden. Was ihm von den in der Erde des Emslandes verscharrten Opfern angetan worden war, bot ein perfektes Mordmotiv. Denn in seinem Prozess gegen den Investor des Kölner Freizeitbades waren genau die vier Namen aufgetaucht, die ihnen bislang begegnet waren: Darb, Held, Schmitz und Schenker. Vermutlich klopften in genau diesem Augenblick die Kolleginnen an Neuhaus' Tür. Wenn nun auch noch seine Schuhgröße und sein Schuhwerk zu den Spuren passten, die der frische Raureif für die Spurensicherung diesmal sicher konserviert hatte, war der Serienmord im Emsland aufgeklärt. Auch wenn drei Opfer, vielleicht sogar vier eine höchst traurige Bilanz waren.

Natürlich beschäftigte ihn auch die Frage, ob womöglich weitere Juristen in die norddeutsche Tiefebene gelockt worden waren. Wenn dem so wäre, würden sie Neuhaus gehörig unter Druck setzen müssen, damit er ihr Versteck preisgab. Wenn sein Motiv jedoch einzig und allein dieser Prozess war, dann fehlte nur noch eine Person: Schmitz oder Schenker, je nachdem, wen Mertens' Männer gleich aus der Grube hoben. Weitere Namen von Juristen waren in der Akte nicht aufgetaucht. Und auch bei der Telefonaktion im Rheinland waren sie bis jetzt auf keine weiteren Einladungen ins Emsland gestoßen. Altrogge hoffte inständig, dass es dabei bleiben würde. Und er hoffte, dass sie hier schnell fertig werden würden, damit er den ganzen Abend Zeit hatte für Jorinas Geschenk. Schon in der Konferenz hatte er angekündigt, dass er heute auf keinen Fall mit in die Kneipe gehen könne. Sollte das schiefe Gesicht Jorina ruhig angraben, gegen Altrogges außergewöhnliches Präsent war er machtlos. Wenn der sähe, wie er der Chefin dieses einzigartige Geschenk überreichte, würde von Ritterswürdens Gesicht vor lauter Staunen bestimmt noch schiefer. Bei diesem Gedanken musste Altrogge lachen.

»Was ist los?«, fragte von Ritterswürden. »Worüber lachst du? Findest du das im Moment nicht etwas unpassend?«

»Geht dich nichts an. Und hat nichts mit dir zu tun. Hast du dich tatsächlich entschieden, mich zu duzen? Ich dachte, das machst du nur, wenn Jorina dabei ist, damit du dich bei ihr einschmeicheln kannst.«

Von Ritterswürden grinste. »Bist du etwa eifersüchtig?«

»Red nicht so einen Blödsinn! Beantworte mir lieber die Frage, warum hier nur eine Fußspur zu sehen ist, aber keinerlei Schleifspuren, abgesehen von den Spuren direkt am Kreuz. Und die sind leicht zu erklären, irgendwo muss er das Opfer ja abgelegt haben, während er gegraben hat. Das heißt doch wohl, dass es nur *ein* Täter war, Neuhaus vermutlich, und wir falschgelegen haben. Er hatte keinen Helfer. Aber was hat denn der bitte schön für Bärenkräfte?«

Von Ritterswürden zuckte mit den Schultern. »Als ich jung war, war ich in Dortmund mal in einem Fitnessstudio. Da ist einer rumgelaufen, so ein Schrank, der hat an der Schulterpresse immer die Leute angequatscht, ob sie sich nicht auf die Stange setzen könnten. Dem waren die Gewichte, die er auflegen konnte, zu wenig. Ein Spinner. Aber das zeigt, dass es durchaus solche Kraftprotze gibt. So einem fällt es nicht schwer, einen Mann von vielleicht achtzig Kilo ein paar Meter zu tragen. Bei allen Fundorten konnte man mit dem Auto recht nahe ranfahren, und auch hier ist es nur ein kurzes Stück durch den Wald. Und die Spuren sagen uns, dass unser Kraftprotz sein Opfer erst heute Morgen vergraben haben kann, denn vorher war der Raureif noch nicht da. So blödsinnig finde ich den Gedanken übrigens gar nicht, dass du eifersüchtig bist. Du führst dich auf wie ein Gockel. Aber eines kannst du mir glauben: Jorina steht nicht im Geringsten auf dich.«

Altrogge spürte einen unangenehmen Stich in der Magengrube. »Wie kommst du darauf? Hat sie dir das etwa gesagt?«

»Ach was, so wichtig bist du auch wieder nicht. Nein, ich merke so etwas. Du bist nicht ihr Typ. Ich kann sie, ehrlich gesagt, gut verstehen.«

»Ruhrpottaffe!«, giftete Altrogge seinen Kollegen erbost an.

Von Ritterswürden lachte laut auf. »So langsam sind wir quitt. Aber trotzdem wirst du für deine impertinente Lüge bezahlen, und zwar schon sehr bald. Ich gebe dir dann Bescheid.«

Altrogge wollte gerade erneut lospoltern, als einer der Männer rief, dass sie auf etwas gestoßen seien. Rasch machten sich er und von Ritterswürden auf den Weg zu dem Loch, das die Kollegen ausgehoben hatten. Da es allmählich dämmerte, leuchtete Altrogge mit seiner Taschenlampe hinein. Wie schon am Tag zuvor bei Held sahen sie einen menschlichen Körper, der auf dem Bauch lag.

Das Opfer war groß, aber es ließ sich nicht auf Anhieb sagen, ob es sich um einen Mann oder eine Frau handelte. Es war mit einem dicken Strickpullover bekleidet. Seine Hände waren ausgebreitet.

»Warte mal«, sagte von Ritterswürden, als Altrogge die Taschenlampe gerade ausschalten wollte. »Leuchte doch noch mal zu seiner rechten Hand. Ja, gut so. Seht ihr das? Das Opfer hält etwas in seiner Hand.«

In der Dämmerung und aufgrund der Körperhaltung des Opfers konnten sie nicht erkennen, worum es sich bei dem Gegenstand handelte.

»Okay«, ordnete Alexander Mertens an, »stellt die Strahler auf und sorgt erst mal für anständiges Licht. Und achtet darauf, dass ihr nicht in die Fußspuren stapft. Geht von vorn dran.«

Minuten später war die Wiese am Waldrand taghell ausgeleuchtet. Da die Strahler das Loch von der Wiese aus beleuchteten, wurde auch der dahinterliegende Wald erhellt. Inzwischen hatte sich mit der untergehenden Sonne wieder Nebel gebildet. Er hing flach über der Wiese, hatte sich aber auch zwischen die Bäume gelegt. Das künstliche Licht erzeugte im Nebel bizarre, unwirkliche Schatten, die der Szenerie etwas Unheimliches, Lebensfeindliches verliehen.

Altrogge, der sich ein Stück abgesetzt hatte, weil ihm nicht der Sinn nach weiteren Wortgefechten mit von Ritterswürden stand, kam nicht dagegen an, dass plötzlich unschöne Kindheitsphantasien ihn ihm erwachten. Die diffuse Furcht vor dem Ungewissen. Er war nicht sonderlich schreckhaft, aber diese eigentümlichen Stimmungen seiner Heimat hatten ihre eigene, schwer fassbare Wirkung auf ihn.

Einer der Männer hob die Hand. Die anderen traten zur Seite. Der Hauptstrahler traf genau auf einen Körper, der vor dem Loch lag, hinter dem immer noch das Kreuz aus der Erde ragte. Altrogge näherte sich dem Leichnam. Mann oder Frau? Schmitz oder Schenker? Sie hatten das Opfer auf dem Bauch abgelegt. Der Arzt nahm die ersten Untersuchungen vor und gab dann das Zeichen, dass der Körper nun umgedreht werden könne. Einer der Männer nahm vorsichtig mit den Fingerspitzen den Gegenstand aus der Hand des Opfers. Es stellte sich heraus, dass es sich dabei um einen

Briefumschlag handelte. Vielleicht, dachte sich Altrogge, war es ja sogar Neuhaus' Geständnis. Das würde zu seiner bisherigen Dramaturgie passen.

Mertens und ein Mitarbeiter knieten vor dem Opfer, umfassten seinen Körper mit beiden Händen und zogen es zu sich auf den Rücken. Gebannt und voller Spannung starrten alle auf die Leiche. Altrogge spürte, wie sich sein Puls beschleunigte. Er fürchtete, das Opfer könne ähnlich zugerichtet sein wie Heiner Darb. Ein unschöner Anblick. Dieser Neuhaus schien zu allem fähig zu sein. War es aufgeschlitzt worden, ausgeweidet?

Sekunden später wussten es Altrogge und die anderen.

***

Jorina Danneboom ließ es sich nicht nehmen, selbst zusammen mit der Psychologin Laura Winter zu Franz Neuhaus zu fahren, da der Rest der MoKo im Einsatz war. Winter hatte ein gutes Gespür dafür, ob Menschen die Wahrheit sagten oder logen. Und da Befragungen niemals nur von einem Beamten durchgeführt werden durften, wurde sie von vielen Kollegen als Unterstützung mitgenommen. Sie saß bei den Verhören still auf ihrem Platz und beobachtete den Zeugen oder Verdächtigen mit ihren stahlblauen Augen, die einen interessanten, aber auch kalten Kontrast zu ihren schwarzen Haaren bildeten. Allein ihr Blick reichte oft schon aus, um die Leute die Wahrheit sagen zu lassen. Und wenn nicht, merkte sie es trotzdem.

Als ihnen Neuhaus öffnete, war er offensichtlich gerade im Begriff, das Haus zu verlassen. Er hatte einen Mantel an und eine Stofftasche in der Hand. Er sah die Besucherinnen verblüfft an. »Wer sind Sie?«

Danneboom zückte ihren Ausweis und hielt ihn Neuhaus vor die Nase. »Polizeioberrätin Jorina Danneboom. Das ist meine Kollegin Laura Winter. Herr Neuhaus?«

Der Mann im Mantel stierte die Frauen aus kühlen grauen Augen an. »Was will denn die Polizei von mir? Habe ich falsch geparkt? Oder haben sich Nachbarn über das Unkraut in unserem Vorgarten beschwert? Was gibt es? Ich bin in Eile.«

Neuhaus machte keine Anstalten, seine Ablehnung gegenüber der Polizei zu unterdrücken. Danneboom schob sich sanft an ihm vorbei in eine kleine Diele und sah sich rasch um. Rechts war eine Tür, vermutlich ein Gäste-WC. Daneben befand sich eine Garderobe, dann wieder eine Tür, die möglicherweise zu einem der seltenen Keller im Emsland gehörte. Es gab noch zwei weitere Türen. Die eine, geschlossen, führte sicherlich in die Küche, die andere, geöffnet, in ein Wohnzimmer, das mit hellem Parkett oder Laminat ausgelegt war. Ein typisches Reihenhaus von der Stange. Ungewöhnlich war nur die Treppe, die sie durch die Wohnzimmertür hindurch sehen konnte. Sie führte anscheinend zu den oberen Räumen.

Bevor Neuhaus noch irgendetwas sagen konnte, ergriff Danneboom das Wort: »Sagt Ihnen der Name Heiner Darb etwas?«

Neuhaus antwortete nicht sofort. Seine Kiefer mahlten aufeinander. Dann entspannten sich seine Gesichtszüge. »Ach, daher weht der Wind. Sie kommen, weil er umgebracht worden ist, stimmt's? Und ehe Sie fragen: Das stand gestern in der Ems-Zeitung. Typisch, dass Sie zuerst zu mir kommen, ganz typisch. Passt ins Bild. Aber bitte, kommen Sie nur herein.« Er zog den Mantel aus und warf ihn etwas zu hastig über die Garderobe, sodass er auf dem Fußboden landete. Er kümmerte sich nicht weiter darum, sondern wies auf die offene Tür. »Treten Sie doch bitte ein, meine Damen. Nehmen Sie Platz, trinken Sie Kaffee auf meine Kosten. Ich hab's ja.«

Jorina Danneboom brauchte keine Polizeipsychologin, um zu erkennen, dass ein verbitterter Mensch vor ihr stand. Umso interessanter war die Frage, wie verbittert er war. »Wir möchten keinen Kaffee, danke. Kommen wir lieber zur Sache.« Sie setzte sich ungefragt an den Tisch, der im vorderen Drittel des Wohnzimmers stand. Dahinter trennte eine Theke den Wohnraum von der offenen Küche. Laura Winter tat es ihr gleich. Auch Neuhaus ließ sich träge auf einen der sechs Stühle fallen. »Herr Neuhaus, Sie haben Heiner Darb damals, als Sie den Prozess gegen Pries verloren haben, mit dem Tod gedroht. Und den drei Richtern ebenfalls, das sogar offen. Erklären Sie uns doch bitte, wieso Sie den Prozess überhaupt verloren haben.«

Sie hatte offensichtlich Franz Neuhaus' empfindliche Stelle getroffen. Er setzte zu einem minutenlangen Monolog an, dem die beiden Frauen lauschten, ohne ihn zu unterbrechen. Winters stechender Blick schien ihn überhaupt nicht zu beeindrucken. Während er erzählte, sah er ihr genauso oft und offen in die Augen wie Danneboom. Er erklärte, dass Pries seine Pläne gestohlen habe, dass er das habe beweisen können, sein Anwalt aber keinerlei Anstalten gemacht habe, diese Beweise vorzulegen. Stattdessen war wie aus dem Nichts dieser andere Architekt aufgetaucht und hatte ihn der Veruntreuung der Pläne bezichtigt. Darb habe darauf verzichtet, den Betrüger in die Mangel zu nehmen. Neuhaus endete mit der Feststellung, dass das gesamte deutsche Rechtssystem marode sei. Er nannte es eine Katastrophe, den Inbegriff der Ungerechtigkeit, einen Nährboden für Verrat, Korruption, Bestechung, Widerwärtigkeit und noch weitere unschöne Begriffe, die ihm dazu einfielen.

Er hatte ihnen ein erstklassiges Motiv geliefert. Es war nicht ungewöhnlich, dass sich Hass und Frust über viele Jahre in einem Menschen anstauten, bis sie in einer Gewaltorgie ausbrachen. Der Architekt war intelligent, konnte sich auf hohem Niveau artikulieren und hatte einen beeindruckenden Wortschatz, selbst wenn er in Rage war.

»Herr Neuhaus, haben Sie den Rechtsanwalt Heiner Darb ermordet?«, fragte Danneboom schließlich.

Neuhaus stieß verächtlich die Luft durch die Nase aus. »Wie ich schon sagte, typisch. Wenn das Rechtssystem erst einmal jemanden auf dem Kieker hat, verfolgt es ihn ein Leben lang. Was glauben Sie wohl, wie viele Menschen sich schon das Leben genommen haben, weil sie von Menschen wie Ihnen erbarmungslos verfolgt wurden?«

Als Danneboom ihre Frage wiederholte, war sein Hass förmlich spürbar, wie ein fester Körper im Raum. Aber er war selbstbeherrscht genug, um nach ein paar tiefen Atemzügen ruhig zu antworten: »Nein, ich habe Heiner Darb nicht umgebracht. Und ja, ich freue mich über seinen Tod. Aber das ist keine Straftat. Oder verhaften Sie mich jetzt allein deshalb, weil ich vor Jahren einmal gedroht habe, ihn umzubringen? Weil Sie Marionetten des

Systems sind und jemand wie ich einfach ein Mörder sein muss? Das denken Sie doch. Ist es nicht so?«

Danneboom hätte Neuhaus gern nach seinem Alibi gefragt. Aber genau da lag das Problem. Weder kannten sie Darbs genauen Todeszeitpunkt, noch hatten sie auch nur eine ungefähre Vorstellung davon, wann er bei den Teufelssteinen verscharrt worden war. Spuren, Schuhabdrücke oder DNA, die man hätte vergleichen können, gab es nicht. Sie war unschlüssig, wie sie sich verhalten sollte, und schielte zu Winter hinüber, die mit einem angedeuteten Achselzucken antwortete. Offensichtlich konnte sie diesmal nicht einschätzen, ob der Architekt die Wahrheit sagte. Sie selbst wusste es auch nicht, hatte nicht einmal ein Gefühl. Einerseits hatte er ein Motiv und die Intelligenz, die sie beim Täter vermuteten, andererseits gab es gerade für den Täter keinen Grund für eine solche Aufregung. Er hatte seine Rache doch gehabt. Sie konfrontierte ihn mit den Namen der drei Richter, verschwieg aber, dass zumindest Held bereits tot war. Das würde erst morgen in der Zeitung stehen.

Neuhaus gab sofort zu, alle drei zu kennen, »weil das der bestochene Abschaum ist, der mich damals zusammen mit Darb betrogen hat, wie Sie selbst aus der Akte wissen dürften.« Wenn er Täterwissen besaß, konnte er es zumindest gut verbergen.

Eine Weile sahen sie sich schweigend an, dann schlug sich Neuhaus mit der flachen Hand vor die Stirn. »Jetzt verstehe ich. Die sind auch tot, stimmt's? Und natürlich lenkt das den Verdacht erst recht auf mich. Aber ich war es nicht. Sind sie denn tot?« Als sie ihm keine Antwort gaben, erklärte er grinsend, dass er hoffe, dass auch sie möglichst langsam und qualvoll verreckt sein mögen, und er das heute Abend mit einer Flasche Champagner gebührend zu feiern gedenke.

Auf der Rückfahrt ins Präsidium erkundigte sich Danneboom nach der Einschätzung der Polizeipsychologin.

Laura Winter war sich nicht sicher. »Schwer zu sagen. Seine Reaktionen sprechen eher dafür, dass er die Wahrheit sagt. Aber er ist sehr intelligent und in der Lage, selbst im Zustand höchster Erregung ruhig zu antworten. Er ist verbittert, desillusioniert und hat sich einen selbstzerstörerischen Fatalismus zu eigen gemacht. Er ist auffallend schlank, nahezu dürr. Genau der Typ Mensch, der gern vollständig verschwinden würde, gar nicht da wäre, sich am liebsten einfach wegducken würde. Deshalb trug er vermutlich auch die schwarze Stoffhose und diesen grauen Pullover. Mit seinem eingefallenen Gesicht und den grauen Haaren und Augen könnte er kaum unscheinbarer wirken. Er hat offensichtlich kein Selbstwertgefühl, sein Selbstbewusstsein ist nur aufgesetzt. Er gibt Darb, den Richtern und dem Rechtssystem die Schuld daran, genau wie an seiner ganzen Lebensmisere. Aber ob er deshalb auch ein Mörder ist? Schwierig.«

***

Bei dem Toten handelte es sich um einen Mann. Altrogge war ein Stein vom Herzen gefallen, als er sah, dass die Leiche von vorn genauso unversehrt war wie von hinten. Es gab keinerlei sichtbare Verletzungen. In dem blassen Gesicht war jedoch deutlich Panik zu erkennen. Die Kommissare gingen vor dem toten Körper auf die Knie.

Von Ritterswürden betrachtete sein Gesicht. »Ich weiß nicht, ich habe mir diesen Schmitz irgendwie anders vorgestellt.«

Altrogge nickte zustimmend. »Ich auch. Zeig mir doch mal das Foto von ihm, ich kann mich gar nicht genau daran erinnern. Dieser Schmitz war irgendwie unscheinbar.«

»Scheiße!«, fluchte von Ritterswürden laut.

Erschrocken fuhr Altrogge herum. »Spinnst du? Was fluchst du hier rum?«

»Hab's vergessen«, erklärte der Dortmunder zähneknirschend.

»Was hast du vergessen?«

»Bist du schwer von Begriff? Das Foto natürlich!«

Altrogge prustete verächtlich. »Das sieht dir ähnlich. Du bist ein Chaot. Wo hast du es vergessen?«

»Im Wagen.«

»Ach so. Nun, das ist ja kein Problem. Hol es.«

Von Ritterswürden sah Altrogge verständnislos an. »Ich? Allein?«

Zwischen ihnen entstand ein kurzes Schweigen, dann konnte Altrogge sein Lachen nicht mehr unterdrücken. »Du hast Schiss.«

»Hast du einen Knall?«, zischte von Ritterswürden. »Wovor sollte ich denn Schiss haben? Davor, dass mich Emsländer Giftspinnen beißen könnten? Oder mich Zombies überfallen? Oder gibt es hier vielleicht boshafte Waldgeister? Schlingkobolde? Mördergnome? Lauert gar das unfassbare Grauen in diesen Wäldern?«

»Ja, so etwas in der Art. Nicht zu vergessen die wilde Horde der Höllenhunde.« Altrogge klopfte dem Kollegen ermutigend auf die Schulter. »Aber spiel hier mal nicht den Helden, Uli. Es ist ein mulmiges Gefühl, nachts allein im Nebel durch einsame Wälder zu laufen, das ist ganz normal. Da begegnen uns unsere Urängste. Ich mache das auch nicht gern. Früher als Jugendliche haben wir das als Mutprobe gemacht. Wie du siehst, lebe ich noch. Außerdem sind es doch höchstens fünfzig Meter. Das schaffst du schon. Allerdings könntest du einen kleinen Umweg machen und zuerst den Fußspuren folgen. Dann wissen wir schon mal, wo Neuhaus geparkt hat. Achte auch gleich auf Reifenspuren.«

»Kein Problem.« Von Ritterswürden sprang auf und ging betont lässig, die Hände in den Jeans vergraben, an den Fußspuren entlang in den Wald, wo er schon bald aus dem Wirkungskreis der Strahler und im Nebel verschwand. Dabei pfiff er »Davy's on the Road Again« von Manfred Mann's Earth Band vor sich hin. Altrogge grinste. Musik gegen die Urangst.

Er wandte sich dem Arzt zu. »Können Sie schon etwas zu dem armen Kerl sagen? Den Todeszeitpunkt? Eine Vorstellung, woran er gestorben ist?«

Der Mediziner wies auf eine Stelle am Hals des Opfers. »Da ist ein Einstich. Von einer Spritze, würde ich sagen. Gut möglich, dass ihm etwas injiziert worden ist. Die Leichenstarre hat sich vollständig gelöst, er ist also schon eine Weile tot. Aber Genaueres kann euch erst Osse sagen, wenn er ihn obduziert hat.

Altrogge sah den Arzt fragend an. »Osse?«

Der reagierte mit einer wegwerfenden Handbewegung. »Vergessen Sie's. Meine Arbeit hier ist beendet. Ich fahre nach Hause. Sorgen Sie dafür, dass der Leichnam gleich nach Oldenburg gebracht wird.«

Altrogge grinste. *Osse*, allerhand. Er sah zu Mertens, der sich, abgestützt auf den Ellenbogen, die Spuren im Raureif ansah. »Und?«, rief er ihm zu. »Was siehst du, Alex?«

Ohne aufzublicken, antwortete Mertens mit erkennbarer Verwunderung in seiner Stimme: »Eher große Fußstapfen, mindestens Schuhgröße sechsundvierzig, würde ich sagen. Aber irgendetwas stimmt da nicht.«

»Was kann denn an Fußspuren nicht stimmen?«

Der Leiter der Spurensicherung stand auf und kam zu ihm herüber. »Eben. Das ist es ja gerade.«

»Ich verstehe kein Wort.«

»Es ist überhaupt kein klares Profil zu erkennen. Also ich meine damit das Profil einer Schuhsohle. Ein nahezu abgelaufenes Profil kann man in Fußspuren kaum noch bestimmen, aber hier ist das anders. Es scheint fast so, als ob –«

Weiter kam er nicht, denn in diesem Augenblick kam von Ritterswürden zurück. »Leute, das ist wirklich ein Hammer.«

Mertens sprang mit einem Satz auf. »Pass auf, wo du hintrittst! Du latschst gleich in die Fußspuren. Was ist ein Hammer?«

Erschrocken sah von Ritterswürden zu Boden und konnte gerade noch verhindern, in eine Spur zu treten. »Sorry, das ist wohl die Aufregung. Leute, ihr glaubt nicht, was ich entdeckt habe. Also, dahinten ist der Wald schon zu Ende, keine dreißig Meter.« Er wies mit dem Daumen über seine Schulter. »Dann kommt ein breiter Grasstreifen, der an die kleine Zufahrtsstraße angrenzt, über die wir auch hierhergekommen sind. Geht man nun etwa hundert Meter nach links, kommt man an die Stelle, wo wir unsere Wagen abgestellt haben. Ich bin also immer an der Spur entlanggelaufen und kam an diese Wiese. Im ersten Moment dachte ich, ich sehe nicht recht, aber ich hatte mich nicht getäuscht. Was soll ich sagen? Dahinten ist nicht eine Fußspur, nein, es sind plötzlich zwei.«

Mertens nickte mit hochgezogener Augenbraue. »Genau das meinte ich.«

16

Emsland, 13. November 2013

Peter Schmitz stand mit gespreizten Beinen vor dem Gitter seines Gefängnisses und presste sein Gesicht zwischen die Eisenstäbe. Er hatte keine Vorstellung, wie lange er schon in diesem Hamsterkäfig war. Ein paar Stunden, einen Tag oder noch länger? Er hatte keine Ahnung. Seine Armbanduhr war stehen geblieben, er hatte vergessen, sie aufzuziehen. Eigentlich spielte es auch keine Rolle. Was würde es ihm nützen, wenn er die Uhrzeit wüsste? Nachdem er sich die Kehle aus dem Leib geschrien hatte, ohne jegliche Reaktion, war er irgendwann in sich zusammengesunken. Diese Zelle, der triste graue Flur, das widerliche künstliche Licht und kein Ausweg. Kein Ausweg woraus? Er hatte keine Vorstellung davon, wo er sich befand. Ein normales Gefängnis war das jedenfalls nicht. Lagen an diesem Gang etwa noch mehr Zellen? Wenn dem so war, warum hatte ihm dann niemand geantwortet? War er ganz allein hier? Außerdem hatte er nichts zu essen und zu trinken. All das brachte ihn allmählich an den Rand des Wahnsinns. Zumal er keinerlei Erklärung dafür hatte. Er hatte niemandem etwas getan. Dass er sich hin und wieder hatte schmieren lassen, wussten ja nur er und der Geldgeber. Ansonsten führte er ein unscheinbares Leben. Zwar konnte er sich mit seiner Familie ein ganz passables Haus und einen BMW leisten, und sie fuhren mindestens zweimal im Jahr in den Urlaub, aber das war nicht ungewöhnlich für einen Richter. Das konnte ihm niemand wirklich übel nehmen. Oder war seine Frau hinter sein Tête-à-Tête mit Barbara gekommen? Hatte sie ihn entführen lassen, um ihn in dieser Hölle schmoren zu lassen? Stand sie irgendwann vor ihm, schlug ihm ins Gesicht und erklärte, dass die Sache damit erledigt sei? Vielleicht würde sie ihn auch verlassen. Aber sie konnte nicht dahinterstecken, das war unmöglich. Seine ohnehin seltenen Treffen mit Barbara waren jedes Mal diskret. Und selbst wenn, niemals wäre seine bessere Hälfte zu solch einer

Rache fähig. Sie war doch froh, sich einen Richter geangelt zu haben. Nein, ausgeschlossen.

Er wandte sich von den Gitterstäben ab und ließ sich auf die Pritsche fallen. Er verspürte einen unglaublichen Durst. Was sollte er tun, wenn auch weiterhin niemand käme? War das am Ende gar der Plan, ihn in dieser Betonwüste einfach verrecken zu lassen? Wie lange konnte man ohne Wasser überleben? Drei oder vier Tage? Hatte er nicht irgendwo gelesen, dass ein Mensch sogar zehn oder elf Tage durchstehen konnte, sofern die Umgebungsbedingungen stimmten? Das war hier der Fall. Die Luft war zwar muffig, aber nicht allzu trocken, und von Hitze konnte auch keine Rede sein. Er verhielt sich ruhig und würde das auch weiterhin tun. Irgendwann musste einfach jemand kommen. Und sobald er merkte, dass ihn die Kräfte verließen, würde er notfalls auch seinen eigenen Urin trinken. Als er einmal davon gelesen hatte, hatte er das zwar widerlich gefunden und war sich sicher gewesen, dass er das niemals würde tun können, egal, wie bedrohlich seine Lage auch wäre. Nun aber wusste er, dass ihn genau das vor dem Verdursten retten würde.

Gerade als er die Augen schloss und versuchte, sich zu entspannen, hörte er ein Geräusch. Wie elektrisiert sprang er auf, war mit einem Satz an den Gitterstäben und rief wieder sein »Hallo, ist da jemand?« in den Gang. Immer wieder. Als niemand antwortete, verstummte er. Dafür hörte er Stimmen. Stimmen und Schritte, die sich näherten. Ob von links oder rechts, konnte er nicht sagen. Wie bei seinen Rufen war der Widerhall überall. Er presste ein Ohr zwischen zwei Stäbe. Und da, endlich, konnte er sogar Worte verstehen: »Endlich was zu essen und zu trinken … Heute viel zu tun …« Und dann standen sie plötzlich vor ihm und starrten ihn durch das Gitter hindurch an: Walther Brecht und der Mann mit Robe und Maske, der sich Alphonse Chevalier nannte.

Schmitz gaffte die Männer an und fand keine Erklärung dafür, was das zu bedeuten hatte. Auch sie sahen ihn schweigend an. Dann begriff er. Nach dem Überfall, nachdem ihr Ehrengast verschleppt worden war, hatten sie angefangen, ihn zu suchen. Und jetzt hatten sie ihn gefunden. Sie waren gekommen, um ihn zu holen. Nur so konnte es sein. Dankbar lächelte er seinen Befreiern zu.

Brecht und Chevalier sahen sich an. Dann zog Brecht einen Schlüssel hervor und öffnete die Tür zu Schmitz' Zelle.

»Richter Schmitz, unterlassen Sie in Ihrem eigenen Interesse jeglichen Versuch, zu fliehen. Das macht die Sache für Sie nur noch schlimmer. Für Sie gibt es hier kein Entkommen.«

Was redete der Mann da? Entkommen? Sie hatten ihn doch extra gesucht, um ihn zu befreien. Mehr als ein Stottern brachte er nicht hervor.

Chevalier betrat hinter Brecht den Raum. Erst jetzt sah Schmitz, dass er einen großen Korb dabeihatte. Er förderte mehrere Flaschen Wasser, Brot, Hartkäse und Schokolade zutage. Er nahm eine der Flaschen, öffnete sie und reichte sie dem Richter. »Das trinken Sie jetzt erst mal. Sie sind ja kurz davor auszutrocknen.«

Gierig trank Schmitz das Wasser. Zentiliter für Zentiliter rann unaufhaltsam durch seine Kehle hinab in seinen Magen. Erst als er fast die Hälfte geleert hatte, bemerkte er den ekelhaften Geschmack. Die Gier nach Wasser hatte seine Geschmacksnerven vorübergehend außer Gefecht gesetzt. Mit einem Würgen setzte er die Flasche ab, da standen die beiden Herren vom Förderverein für verdiente Juristen auch schon neben ihm. Der eine hielt ihn fest und zog seinen Kopf nach hinten, der andere flößte ihm das Wasser ein. Ein Teil landete in seiner Kehle, ein Teil auf dem Fußboden. Als die Flasche ganz leer war, traten Brecht und Chevalier zurück.

Chevalier verschränkte die Arme vor der Brust. »Richter Peter Schmitz, es ist so weit.«

Schmitz, der einen widerwärtigen Geschmack im Mund und keine Ahnung hatte, was er da soeben getrunken hatte, sah den Mann mit der venezianischen Maske fragend an. »Was ist so weit? Was wollen Sie von mir? Was ist mit der Ehrung? Hier muss ein großes Missverständnis vorliegen.«

Chevalier schüttelte den Kopf. »Nein, Richter Peter Schmitz, hier liegt kein Missverständnis vor. Wir sind gekommen, um Ihr Urteil zu verlesen, die Strafe zu verkünden und sie zu vollstrecken. Entgegen der üblichen Reihenfolge ist Letzteres bereits geschehen.«

Dann zog er ein gerolltes Papier aus der Tasche seiner Robe, glättete es und las Schmitz vor, warum und wofür er angeklagt war. Er musste sich anhören, wann er sich von wem hatte bestechen lassen. Ihm wurde in einer erschreckenden Sachlichkeit verlesen, wen er damit in den Ruin getrieben hatte, wessen Ehe seinetwegen in dic Brüche gegangen und wer in der Psychiatrie gelandet war. Chevalier wusste Dinge und kannte Hintergründe, von denen Schmitz selbst keine Ahnung gehabt hatte. Bald nahm er die Worte nur noch wie durch einen Schleier wahr, bald verschwammen sie ganz. Er fühlte sich einer Ohnmacht nahe. Dann, ganz am Ende seiner Rede, schüttelte Chevalier ihn und befahl ihm zuzuhören. Denn Richter Peter Schmitz vom Landgericht Köln werde nun sein Urteil verkündet:

»Richter Schmitz, wegen wiederholter Bestechlichkeit, Missbrauchs des Rechts, Beugung des Rechts sowie der billigenden Inkaufnahme von Unrecht gegenüber Dritten werden Sie von diesem Gericht schuldig gesprochen. Ihr Urteil lautet: Sterbenslang.«

Brecht stellte Wasser und Essen unter die Pritsche, dann gingen beide hinaus und schlossen die Zelle hinter sich.

»Nein, bitte gehen Sie nicht«, flehte Schmitz. »Bleiben Sie bei mir.« Nichts war schlimmer, als in dieser kalten Hölle allein zu sein. Lieber wollte er hier und jetzt in Anwesenheit seiner Henker sterben.

Brecht sah ihn durch die Stäbe hindurch an. »Sie werden uns noch mal wiedersehen. Es wird ein letztes Wiedersehen.«

»Bitte«, jammerte Schmitz, dem jetzt die Tränen in Strömen über die Wangen liefen, »bleiben Sie hier. Was habe ich denn verbrochen? Jeder lässt sich irgendwann mal schmieren. Da ist doch nichts dabei.«

Brecht kam noch einmal ganz nah an die Gitterstäbe heran. Nur im Flüsterton sagte er: »Sie hätten vielleicht Ihre Post hin und wieder gründlicher lesen sollen. Dann wären Ihnen die Antworten von selbst gekommen, die Sie jetzt suchen. Wenn Sie nur genug darüber nachgedacht hätten. Zum Nachdenken bleibt Ihnen jetzt allerdings nur noch wenig Zeit. Also halten Sie sich ran, das Denken wird ihnen von Stunde zu Stunde schwererfallen.« Dann drehte er sich um und lief rasch hinter Chevalier her, der schon durch den grauen Gang eilte.

***

Nervös sah Matthias Altrogge abwechselnd auf seine Armbanduhr, dann wieder zu seiner Chefin, die mit besorgter Miene am Pult des Konferenzsaals stand und die Ergebnisse des Vortages zusammenfasste. Die waren höchst alarmierend. Der Tote von Stift Börstel war nicht Peter Schmitz, sondern Hermann Lehm, ein Anwalt aus Bonn. Zwischen ihm, den bisherigen Opfern und den vermissten Richtern gab es keine offenkundigen Zusammenhänge. Die Kollegen in Köln fanden in keiner Akte den Namen Lehm in Verbindung mit einem der anderen Namen. Und bei dem Brief, den sie bei ihm gefunden hatten, handelte es sich nicht um das Geständnis von Franz Neuhaus, sondern um den endgültigen Beweis, dass ein Serienmörder im Emsland sein Unwesen trieb und mit seinen Gräueltaten noch lange nicht am Ende war.

Dennoch, heute war der große Tag, Jorina wurde fünfundvierzig, und ein Geschenk, wie es die Welt noch nicht gesehen hatte, wartete darauf, ihr diesen Tag zu versüßen. Auf keinen Fall würde der Dortmunder mit diesem Schmuckstück mithalten können. Heute war gerade mal sein dritter Arbeitstag in Lingen. Woher sollte er Jorinas Hobbys und Vorlieben kennen? Wahrscheinlich hatte er außer einem warmen Händedruck überhaupt nichts für sie. Altrogge war auf von Ritterswürdens verblüfftes Gesicht gespannt, wenn Jorina sein Geschenk auspackte. Spätestens dann würde er wissen, wo sein Platz in der Hierarchie war. Aber noch war es nicht so weit, im Vordergrund stand erst einmal der Fall. Die Zeit drängte, jederzeit konnte ein neues Grab gefunden werden. Mit Neuhaus hatten sie zwar einen Tatverdächtigen, aber bis jetzt hatte man ihm noch keine Verbindung zu dem neuen Opfer nachweisen können.

»Und so, liebe Kollegen«, hörte er Jorina in diesem Moment sagen, »müssen wir meine kleine Party, die ich für heute vorbereitet hatte, wohl oder übel verschieben. Ein Serienmörder geht im Emsland um, und es werden mehrere Personen vermisst. Wir können uns keinerlei Zeitverlust leisten. Also gibt es heute keine Geburtstagsfeier.«

Langsam verteilten sich die Worte seiner Vorgesetzten in Altrogges Hirnwindungen und stellten die richtigen, logischen Zusammenhänge her. Die Geburtstagsparty, die Usus im Revier war, entfiel. Das hieß, dass er auch sein Geschenk nicht wie geplant vor den Augen der begeisterten Kollegen und des dumm aus der Wäsche schauenden von Ritterswürden überreichen konnte. Dieser abscheuliche Mörder hatte ihm die Show gestohlen. Die tage- und nächtelange Arbeit war für die Katz. Schlafmangel, wunde Finger, Frust über die eigenen, zeitraubenden Fehler, alles umsonst. Jorina würde ihr Geschenk irgendwann im Laufe des Tages auspacken, vielleicht sogar erst abends zu Hause. Mit Glück würde sie es voller Stolz herumzeigen, möglicherweise aber auch nicht, um nicht alle anderen vor den Kopf zu stoßen, die kein so außergewöhnliches Geschenk für sie hatten, allen voran der schiefgesichtige Dortmunder. Als Jorina ihn in diesem Moment nach vorn bat, dummerweise zusammen mit von Ritterswürden, damit er den Kollegen der MoKo die Details erzählte, kam ihm eine Idee, wie er mit ein bisschen Glück das Schlimmste vielleicht doch noch abwenden konnte.

Zusammen mit dem Neuen ging er um das Stehpult herum, gab diesem unauffällig einen kleinen Schubs und machte sich allein an dem Pult breit. Jetzt war seine ganze Überzeugungskraft gefragt. »Bevor ich euch in die ziemlich unschönen Details einweihe, Kollegen, möchte ich euch und dir, liebe Jorina –« Er nickte seiner Chefin zu, die mit dem Finger auf ihre Uhr zeigte. Diese Geste war eindeutig. Hoffentlich machte er keinen Fehler. Er räusperte sich, um sich zu sammeln. »Ich möchte dir, liebe Jorina, einen Vorschlag machen. Mord hin oder her, man wird nur einmal fünfundvierzig. Und wir alle kennen Jorina, mit Sicherheit steht der Sekt schon bereit, und ein paar leckere Häppchen sowieso. Soll das alles verkommen, nur weil ein Killer bei uns herumläuft? Wenn wir alle auf unsere heute ohnehin kurze Mittagspause verzichten, können wir stattdessen wenigstens einmal auf unsere Jorina anstoßen. Wie findet ihr das?«

Als sich Gemurmel im Raum breitmachte, schritt Jorina energisch dazwischen und stimmte Altrogges Vorschlag zu. Er hoffte, dass man ihm die Erleichterung nicht allzu deutlich ansah. »Aber höchstens eine halbe Stunde. Und danach geht es sofort wieder an die Arbeit. Es ist keine schöne Vorstellung, dass irgendwo jemand umgebracht wird, während wir auf mich anstoßen. So, Matthias, aber jetzt bitte zur Sache!«

Stattdessen ergriff plötzlich von Ritterswürden das Wort. »Solange Matthias sich noch um die Organisation der Geburtstagsparty kümmert, werde ich die Zeit nutzen und euch dieses hirnrissige Schreiben vorlesen, das der Mörder bei der letzten Leiche hinterlassen hat. Die Spurensicherung hat darauf übrigens Fingerabdrücke gefunden, nicht nur die des Toten, sondern vielleicht auch die seines Mörders. Doch leider ist derjenige, von dem die Abdrücke stammen, nicht vorbestraft. Seine Fingerabdrücke sind nirgendwo registriert. So, dann hört mal gut zu, bevor ich das Wort an Matthias zurückgebe.«

Altrogge war stinksauer. Er war so auf seine Vorfreude und auf Jorinas überraschtes Gesicht konzentriert gewesen, dass er nicht mitbekommen hatte, wie von Ritterswürden ihm sanft den Brief aus der Hand genommen hatte. Was sich dieser Typ alles herausnahm, war die pure Provokation. Das würde er sich merken. Er konnte es kaum erwarten, Jorina vor den Augen der schiefen Visage das Geschenk zu überreichen. Doch erst einmal musste er seine Konzentration wieder auf den Fall lenken. Ihm war bewusst, dass es bei Weitem Wichtigeres gab als Geburtstagspartys. Aber auf diese eine hatte er sich eben besonders gefreut.

Von Ritterswürden breitete das Schreiben vor sich auf dem Pult aus, ein einzelnes DIN-A4–Blatt, und begann zu lesen:

»Die verkommenen Juristen Heiner Darb, Thomas Held und Hermann Lehm hatten eines gemeinsam: Sie alle waren Hünen der Lüge, Hünen der Verderblichkeit, Hünen der Bestechlichkeit, Hünen der Zerstörung. Sie haben ohne Rücksicht und Erbarmen Menschen in den Ruin getrieben, Leben und Existenzen vernichtet und selbst vor Kindern nicht haltgemacht. Und all das nur, um ihre niedersten, primitivsten Triebe zu befriedigen: Gier und Macht. Sie haben Recht und Gesetz missbraucht, um

ihr eigenes Recht zu machen. Sie haben Paragrafen so ausgelegt, wie sie es brauchten, und wo das nicht ausreichte, sind sie nicht davor zurückgeschreckt, ihren Willen mit drastischen Maßnahmen durchzusetzen. Allerdings braucht es keine Hünengräber, um ihre Überreste dort zu verscharren, wo sie hingehören: im Dreck. Von Bedeutung ist nur, dass ihnen und all den anderen endlich Gerechtigkeit widerfährt. Und diese Gerechtigkeit kennt nur ein Urteil: Sterbenslang.«

Während Ulrich von Ritterswürden die Worte des Täters vorgelesen hatte, herrschte betretenes Schweigen. Den Frauen und Männern der MoKo Teufelssteine war das Entsetzen in ihre Gesichter geschrieben. Was jeder von ihnen geahnt hatte, war nun Gewissheit: Im Emsland befand sich jemand auf einem gnadenlosen Rachefeldzug. Und es waren vor allem drei Wörter, die für Betroffenheit sorgten: *»all den anderen«*.

Mit einem Nicken bedeutete von Ritterswürden Altrogge, wieder zu übernehmen. Das war nicht der Moment für weitere Scharmützel. Also erklärte Altrogge, woran das Opfer gestorben war. Sein Mörder hatte ihm ein langsam wirkendes Muskelrelaxans injiziert. Er schielte auf den Ausdruck der E-Mail von Dr. Ossenkopp. »Was Dr. Ossenkopp uns darüber geschrieben hat, sind für mich böhmische Dörfer. Deshalb lese ich euch besser vor, was danach mit Lehm passiert ist. Also, dieses Muskeldings bewirkt, dass die Skelettmuskulatur gelähmt wird. Eines dieser Mittel kennen vor allem diejenigen unter euch, die wie ich hin und wieder Kreuzworträtsel lösen: Curare. Es führt zu einer schlaffen Lähmung der Skelettmuskulatur. Keine Ahnung, was das genau heißt, aber auf jeden Fall ist es unangenehm. Hier steht etwas von einer postsynaptischen Membran und irgendwelchen Rezeptoren. Ich glaube, das können wir uns hier schenken. Ich gehe lieber gleich dazu über, was diese Substanz bei Lehm bewirkt hat. Nach der Lähmung seiner Skelettmuskulatur waren auch seine kleinen, schnellen Muskeln betroffen, also Augen, Ohren, Kiefer, Finger und Zehen. Dann die Extremitäten und zum Schluss die … Moment.« Altrogge blickte wieder auf das Blatt Papier. Als er weitersprechen wollte, klingelte Jorinas Handy. Flüsternd verließ sie den

Raum und nickte ihm dabei zu. »Okay, ich mache weiter. Also, zum Schluss waren seine Interkostalmuskeln betroffen. Das sind die, die für die Atmung zuständig sind. In diesem Endstadium hat Lehm aufgehört zu atmen und ist bei vollem Bewusstsein erstickt. Das muss ziemlich qualvoll gewesen sein. Ich denke, damit ist uns allen klar, was das abstruse Urteil ›Sterbenslang‹ bedeuten soll. Erst vier Schüsse, dann bröckchenweise Erde, jetzt dieses Teufelszeug.«

Jorina kam zurück und schob Altrogge sanft beiseite. »Danke, Matthias. Entschuldige, wenn ich dich unterbreche, aber das war Jutta. Es gibt Neuigkeiten. Die Telefonaktion in Köln hat jetzt doch einen Namen zutage gefördert. Mindestens ein weiterer Mann hat eine Einladung ins Emsland bekommen. Rechtsanwalt Norbert Nelles aus Bonn.«

Nelles war beim Prozesskostenfinanzierer ProRecht angestellt, der sich auf die Finanzierung urheber- und baurechtlicher Prozesse spezialisiert hatte. Die Kölner Kollegen hatten vorgeschlagen, auch dort anzurufen, obwohl ProRecht keine Anwaltskanzlei, sondern eher ein spezieller Investor war, der Prozesse finanzierte, um sich im Falle des Gewinns ein großes Stück vom Kuchen zu sichern. ProRecht war bekannt für seine spektakulären Fälle mit immens hohen Streitwerten und hatte den Ruf, nicht immer nur mit legitimen Mitteln zu arbeiten. Außerdem war der ermordete Heiner Darb regelmäßig von ProRecht beauftragt worden, Fälle zu übernehmen.

»Damit sind zwei Namen aufgetaucht, die wir nicht sofort mit Neuhaus in Verbindung bringen können«, stellte Jorina fest. »Womit wir wieder in einer Sackgasse wären. Aber das heißt noch nichts. Es ist ja auch möglich, dass wir diese Verbindung nur noch nicht gefunden haben. Unsere Kollegen im Rheinland jedenfalls arbeiten fieberhaft daran. Und Neuhaus wird ab sofort überwacht, das kläre ich gleich mit dem Staatsanwalt ab. Leute haben wir ja jetzt wieder genug, nachdem wir die Observierung der Hünengräber einstellen konnten. Außerdem schicken wir alle verfügbaren Streifen auf die Straße, genauer gesagt auf die A 31. Denn Nelles ist vor rund einer Stunde aus Bonn losgefahren. Unsere Leute haben ihn knapp verpasst.«

Darüber hinaus forderte Jorina einen Hubschrauber an und

bat die hiesigen Radiosender, eine Nachricht an Norbert Nelles durchzugeben. Vielleicht bestand die Chance, ihn wenigstens rechtzeitig zu warnen und vor dem Zugriff des Mörders zu schützen. Möglicherweise konnte man ihn auch einweihen und ihm bis zum Täter folgen.

»Wobei ich befürchte, dass der Täter viel zu clever ist, um sich mit solch einfachen Mitteln in die Falle locken zu lassen«, schloss die Kriminalerin die nervenaufreibende Sitzung.

***

Exit-Bag. In diesem Moment fiel es ihm wie Schuppen von den Augen. Wie lange war das her? Vier Jahre? Oder fünf? Er wusste es nicht. Er fühlte auch keine Schmerzen, genau genommen spürte er gar nichts. Jedenfalls nicht körperlich. Da war nur das Gefühl der drohenden Erstickung. Durch das halbtransparente Plastik nahm er die Bewegungen um sich herum nur schemenhaft wahr. Der Maskenmann kam immer wieder zu ihm und lüftete für den Bruchteil einer Sekunde die Tüte oder was immer das genau sein mochte, das eng wie mit einem Gummiband festgezurrt seinen Hals umschloss. Auch der andere, der sich Walther Brecht nannte und ihm bekannt vorkam, zupfte manchmal an dem Plastik, wobei er ein höhnisches, kaltes Lachen ausstieß. Der andere, an dessen Namen er sich nicht erinnerte, schwieg dabei.

Als er aufgewacht war, hatte er sich gefesselt auf dem kalten Stuhl wiedergefunden. Die letzte Erinnerung, die er davor hatte, war seine Todeszelle aus Beton, in der er wie lange ausgeharrt hatte? Einen Tag? Zwei? Seine letzten Erinnerungen vor der Zelle wiederum waren Champagner, ein Richter mit einer Maske und Gelächter. Aber zwischen Champagner und Zelle sowie zwischen Zelle und Stuhl klafften Erinnerungslücken. Als er allein, ohne Essen und Trinken, Tageslicht, Farben oder irgendetwas Menschliches, in der Zelle auf seiner Pritsche aus Stein gelegen hatte, war er dem Wahnsinn nahe gewesen. Doch merkwürdigerweise hatte ihn plötzlich, von einem Moment auf den anderen, eine innere Ruhe erfüllt. Das Wissen, dass es für ihn kein Zurück geben würde, hatte zu dieser inneren Ruhe geführt, das Akzeptieren des Unvermeidlichen, Frieden mit sich selbst machen. Wenn man diesen Zustand erreicht hatte, sah man auf einmal alles viel klarer. Und dann wusste er, woran ihn diese eigenartige Zelle erinnerte. Auf den ersten Blick hatte er es für ein Gefängnis gehalten. Aber das war kein gewöhnliches Gefängnis, sondern eines wie in den alten Nazifilmen, die er früher so gern gesehen hatte. Er befand sich wahrscheinlich in einer sehr alten Bunkeranlage. Doch auch das war für ihn nur eine schlichte Erkenntnis gewesen, mehr nicht. Es war ihm egal, wo er war und warum. Er wusste ohnehin, was geschehen würde. Deshalb hatte er nichts als Erleichterung empfunden, als seine Mörder in seine Zelle kamen und ihm diese Spritze gaben. Bevor er ohnmächtig geworden war, hatte er noch gedacht: Hoffentlich ist es schnell vorbei.

»Ja, ja, so ist das im Leben, Frising«, frohlockte Brecht mit einer Stimme, die wenig Menschliches hatte. »Auge um Auge, Zahn um Zahn. Verstehen Sie jetzt den Unterschied zwischen Recht und Gerechtigkeit? Begreifen Sie, wie viel Unrecht Sie mit dem Recht begangen haben? Und ist Ihnen klar, wie gerecht dieses Unrecht ist, das Ihnen widerfährt? Sie hätten Ihrem Eid Folge leisten sollen, hätten Ihr Leben dafür einsetzen müssen, mit Recht für Gerechtigkeit zu sorgen. Doch all das Unrecht, für das Sie das Recht gebeugt haben, hat viele Existenzen vernichtet, auf diese oder jene Weise. Ich weiß, dass Sie sich erinnern.«

Mit einem breiten Grinsen, das durch das Plastik fast comicartig verzerrt wurde, näherte sich Brecht seinem gefesselten Opfer und lüftete wieder für einen Moment das Plastik. Instinktiv schnappte Frising nach Luft, sog gierig alle Sauerstoffatome ein, die den Weg in seine Nase und seinen Mund fanden. Dann zog sich das Gummi um seinen Hals wieder zusammen. Der andere Mann, der auch jetzt die merkwürdige venezianische Maske trug, zog Brecht von ihm weg, und er hörte den Maskenmann sagen: »Das reicht jetzt. Er hat es begriffen. Überlassen wir ihn seiner Gerechtigkeit.«

Exit-Bag. Die wenigen Sauerstoffmoleküle unter dem Kunststoff waren schon wieder verbraucht. Die Erstickungsnot löste eine schmerzlose Panik aus. Merkwürdigerweise kam genau jetzt die Erinnerung zu ihm zurück. Ziemlich genau vier Jahre lag die Geschichte zurück, kurz nachdem Arens und er dafür gesorgt hatten, dass Vierbuchen beim Vormundschaftsgericht in Ungnade fiel und er selbst seitdem statt Vierbuchen die Betreuungen zugesprochen bekommen hatte. Wenig später hatten er und Arens einen Gutachter der Gegenseite so richtig durch den Fleischwolf gedreht. Er selbst hatte in der Vorgeschichte des Gutachters gewühlt und herausgefunden, dass der Mann … Wie hieß er noch gleich? Nein, es fiel ihm nicht mehr ein. Jedenfalls hatte er herausgefunden, dass der Mann schwul war und sich des Nachts gern in der Kölner Sadomaso-Szene herumtrieb. Und genau das hatte er ihm während des Prozesses vor dem alten konservativen Richter genüsslich unter die Nase gerieben. »Was bist du nur für eine abgezockte Drecksau!«, hatte Arens ihm mit offenkundiger Bewunderung in einer Pause gesagt. Wie hieß dieser Gutachter bloß? Gunnar …

Ihm wurde schwindelig, die kleine Welt unter seinem Plastik begann sich zu drehen. Er hatte den Tod vor Augen. Gunnar Schuetz, so hieß er. Schuetz hatte ein Gutachten erstellt, mit dem Vierbuchen und seine Gefolgsleute beweisen wollten, dass ein Umbau im Auftrag des Vormundschaftsgerichtes korrekt gewesen war, von der Prüfung über die Auftragsvergabe bis zur Fertigstellung. Leider war das Gutachten gelungen, sachlich, objektiv und fachlich versiert. Und es hatte den Tatsachen entsprochen. Für Arens und ihn ein herber Rückschlag im fast schon gewonnenen Kampf gegen den Platzhirsch Vierbuchen. Deshalb hatte er sich Schuetz' Privatleben vorgenommen. Wenn man nach Faktenlage unterlegen war, musste man eben einen Nebenkriegsschauplatz eröffnen und einen Frontalangriff starten, mit dem die Gegenseite nicht rechnete. So brutal, dass der Gegner vernichtet wurde. Frisings Rechnung war damals voll aufgegangen. Schuetz war unter den strengen Blicken des Richters wie ein Kartenhaus in sich zusammengefallen. Er hatte einen Schwächeanfall erlitten und musste sogar in die Klinik. Die Medien machten sich danach weniger über den aus ihrer Sicht unspektakulären Prozess her als über Schuetz' Privatleben. Ein paar Wochen später hatte Frising in der Kölner Rundschau gelesen, dass sich Schuetz umgebracht hatte. Mit einer Plastiktüte über dem Kopf.

Er spürte, dass er kurz vor der Ohnmacht stand. Es war nur

noch eine Frage von Sekunden, dann war es vorbei. Welch eine Ironie des Schicksals! Zu gern hätte er noch erfahren, wer Brecht und der Maskenmann wirklich waren. An wen erinnerte ihn Brecht nur? Und wer steckte unter der Maske? Wollte ein Rächer nicht auch, dass das Ziel seiner Rache am Ende begriff, wer sich an ihm rächte und warum? So wie in der großartigen Schlussszene von »Spiel mir das Lied vom Tod«, als Charles Bronson Henry Fonda die Mundharmonika in den Mund schiebt und sagt: »Spiel mir das Lied vom Tod!« Warum hatten ihm seine Henker nicht gesagt, wer sie wirklich waren? Was hatten sie davon, ihn so sterben zu sehen? »... *denn Justitia liebt die Gerächten* ...« Was für ein Hohn! Seine Gedanken begannen zu zerfließen, Impulse flossen durch sein Hirn, aber sie ergaben keinen Sinn mehr. Frisings Augenlider begannen zu zucken.

17

Autobahn A 31, derselbe Tag

Norbert Nelles war gut gelaunt, ein erfolgreicher Tag lag vor ihm. Endlich! Wie viele Jahre hatte er im Schatten der großen Gesellschaft gestanden, ohne je Anerkennung für seine hervorragende Arbeit zu ernten. Seine Chefs, zugleich auch die Geldgeber, waren Manager der *neuen Art*. Sobald jemand einen Fehler machte, einen Prozess verlor oder ein Mandat nicht an Land ziehen konnte, gab es mächtig Ärger. Auch vor Entlassungen scheuten sie sich nicht. Machte man seine Sache aber gut und gewann selbst aussichtslose Prozesse, dann hörte man nichts. Kein »Danke«, kein »Das haben Sie phantastisch gemacht«. Solche Leistungen wurden einfach als selbstverständlich angesehen. Die Chefs waren der Meinung, dass die überdurchschnittlichen Gehälter schon Lob genug waren. Diese Idioten! Von intrinsischer Motivation hatten sie wohl noch nichts gehört. Dabei war Lob viel wirkungsvoller als Geld. Dafür mussten aber erst andere auf seine hervorragenden Leistungen aufmerksam werden. »Förderverein für verdiente Juristen e.V.«, was für ein origineller Name! Aber alles hatte Hand und Fuß. Als er das seinem Chef erzählt und kurzfristig um einen Tag Urlaub gebeten hatte, hatte dieser ihn mit einem Ausdruck in den Augen angesehen, der zu sagen schien: »Was, Sie sollen geehrt werden? Ausgerechnet Sie? Wofür denn? Wenn einer es verdient hat, dann ja wohl ich.« Aber er hatte den Urlaub bekommen, verbunden mit dem Hinweis, dem Förderverein nicht vorzuenthalten, wem er seine Erfolge zu verdanken habe.

Von wegen! Es war umgekehrt. ProRecht hatte ihm und seinem Intimus Heiner Darb seine Erfolge zu verdanken. Auch wenn er vielleicht nicht ganz so gut war wie Heiner, den er schon seit dem Studium kannte. Mit ihm hatte er einen seiner wenigen echten Freunde verloren. Warum nur hatte ihn ein solch grauenvolles Schicksal ereilt? Womit hatte er das verdient? Er hoffte, dass man seinen Mörder rasch fassen und einbuchten würde, und zwar lebenslang. Er hatte sich schon so auf das Wochenende gefreut. Da wollten Heiner und er endlich mal wieder zusammen ins Brauhaus gehen und einen heben. Fast einen Monat hatten sie sich weder gesehen noch gesprochen, weil ihre Terminkalender randvoll waren. Und nun würde er nie wieder mit Heiner einen heben.

Plötzlich hörte er ein lautes Geräusch, ein Brummen und Knattern, das er nicht zuordnen konnte. War etwas mit dem Auto? Irritiert sah er sich im Innenraum seines Wagens um und prüfte die Warnanzeigen. Alles okay. Da warf er einen Blick aus dem Fenster und sah, wie ein Hubschrauber auffallend tief über die Autobahn flog. Ein Polizeihubschrauber, wenn er sich nicht irrte. Schon zuvor waren ihm die vielen Polizeiwagen aufgefallen. Möglicherweise war jemand aus dem Gefängnis ausgebrochen, und jetzt suchten sie nach ihm. Er entschied sich, das Radio anzumachen, falls sie eine entsprechende Meldung durchgaben. Er drückte auf den Knopf des Radios, aber statt Musik oder Stimmen erklang ein Piepton. Wie funktionierte dieses verdammte Ding nur? Er hätte sich das besser mal erklären lassen sollen. Als er heute Morgen losfahren wollte, ohnehin schon unter Zeitdruck, war der Motor seines Autos nicht angesprungen. Er hatte seine Werkstatt angerufen, und die waren mit einem Überbrückungskabel angerückt. Aber auch beim Überbrücken tat sich nichts, nicht einmal ein hoffnungsvolles Gurgeln. Was immer seine Rostlaube ausgebremst hatte, war wohl mehr als eine leere Batterie. Aber als treuer Kunde der ersten Stunde und weil er mit ProRecht dafür gesorgt hatte, dass der Eigentümer des Betriebs einen bedrohlichen Prozess gewonnen hatte, gewährte ihm seine Werkstatt einige Vergünstigungen. Wann immer sein Auto zur Reparatur musste, bekam er einen Leihwagen. Und meistens war dieser ein paar Nummern größer als seiner. Der heutige Ersatzwagen war nicht größer, aber dafür umso schneller. Ein Audi S3. Toll, wie der abging, eine richtige Rakete. Nur dass er mit dem technischen Krimskrams nicht zurechtkam. Wütend fummelte er an dem Radio herum, drehte diesen Knopf, dann jenen und drückte auf alle Tasten, die er finden konnte. Aber es half nichts. Das Radio schwieg beharrlich. Einen Moment lang überlegte er, in der Werkstatt anzurufen und nachzufragen. Doch dann kam er zu dem Schluss, dass er eigentlich gar keine Zeit mehr hatte. Wenn er Glück hatte, würde er gerade noch pünktlich zu seiner Ehrung nach Herzlake kommen.

Er beobachtete den Hubschrauber, der inzwischen ein gutes Stück vor ihm war. Ob er ihn einholen konnte? Mal sehen, was die Karre so alles draufhatte. Er drückte das Gaspedal bis zum Anschlag durch. Der Motor heulte auf, und der Wagen machte einen Satz nach vorn. Er warf einen Blick auf den Tacho. Wahnsinn, schon zweihundert Sachen, und das in wenigen Sekunden! Die Mittelspur und die Autos auf der rechten Spur rasten an ihm vorbei. Zweihundertdreißig. Es lebe die A31! Überwältigt von seinem Geschwindigkeitsrausch entschied Norbert Nelles spontan, die fünfzigtausend Euro, die als willkommenes Nebenprodukt bei seiner Ehrung abfielen, in dieses Auto zu investieren. Sollten die in seiner Werkstatt seinen Schrotthaufen ruhig behalten.

***

Matthias Altrogge saß an seinem Schreibtisch und betrachtete das Geschenk für Jorina, das vor ihm auf dem Schreibtisch lag. Jeden Augenblick war es so weit. Dann gab es Jorinas kurzen Geburtstagsempfang. Na ja, eigentlich war es ja nur ein schnelles Anstoßen auf das Geburtstagskind. Aber genug für seinen Auftritt und sein Geschenk, das er liebevoll und mit einem edlen, sündhaft teuren Geschenkpapier verpackt hatte. Um die Spannung zu steigern, hatte er das Geschenk nach dem Prinzip der russischen Puppen in mehrere übereinanderliegende Verpackungen gesteckt. Außerdem hatte er in die eigentliche Geschenkpackung noch eine Box mit zwei Flaschen Wein gelegt, denn sein Hauptgeschenk war nicht sonderlich groß und vor allem federleicht. Mit den zusätzlichen zwei Flaschen wirkte das Geschenk jedoch größer und schwerer, und es würde Jorina auf eine völlig falsche Fährte locken. Wie sie wohl gucken würde, wenn unter der Zweierbox mit dem Wein eine weitere Verpackung zum Vorschein kam? Als er spät in der Nacht endlich fertig geworden und total übermüdet ins Bett gefallen war, hatten ihn für einen kurzen Augenblick Zweifel überkommen, ob das wirklich das richtige Geschenk für eine Frau wie Jorina war. Aber als nur drei Stunden später der Wecker geklingelt hatte, waren die Zweifel verflogen. Natürlich war das genau das richtige!

Zu seiner Vorfreude auf Jorinas dankbaren Gesichtsausdruck gesellte sich zu seinem Verdruss noch ein weiteres Gefühl, das er partout nicht unterdrücken konnte. Leider schlief der Kriminalist in ihm niemals. Während er an Jorinas Geschenk gearbeitet hatte, waren ihm nur diffuse Gedanken durch den Kopf gegangen, die er nicht hatte zuordnen können. Nun aber war ihm zumindest klar, was diese diffusen Gedanken in ihm ausgelöst hatte. Es hatte mit den Ermittlungen gestern im Stift Börstel zu tun und mit etwas, das die Äbtissin des Stiftes, Gerda Schwarzkopf, gesagt hatte. Aber was genau beunruhigte ihn? Außer der Tatsache, dass sie zusammen mit einigen anderen Frauen das Kreuz vor dem Friedhof gefunden hatte, hatte sie nichts zu Protokoll gegeben, was irgendwie von Bedeutung war. Oder doch?

»Was ist denn jetzt, Matthes? Kommst du endlich, oder brauchst du eine Sondereinladung? Wir warten alle schon auf dich.« Tief in Gedanken versunken hatte Altrogge nicht bemerkt, wie sich die Tür zu seinem Büro geöffnet hatte und von Ritterswürden hereingekommen war. Er hatte sich vor seinem Schreibtisch aufgebaut und starrte ihn mit durchdringendem Blick an. »Erst machst du hier einen Megastress, und dann lässt du auf dich warten! Hopp hopp, vorwärts, avanti, Kollege, trink deinen Sekt, dann kümmern wir uns wieder um Tote und Mörder.«

Altrogge nahm sein Geschenk und folgte von Ritterswürden. Doch selbst in diesem Moment gelang es ihm nicht, sich voll und ganz auf Jorina zu konzentrieren. Die Äbtissin hatte irgendetwas Wichtiges gesagt, das aber nicht in einem unmittelbaren Zusammenhang zum Fund des Opfers stand. Er nahm sich vor, nach der Miniparty das Vernehmungsprotokoll nochmals ganz genau zu lesen.

Jorina hatte die wenigen Kollegen, die weder in Köln unterwegs waren noch im Emsland, wo sie Neuhaus überwachten, zu sich ins Büro eingeladen. Als Altrogge hinter von Ritterswürden eintrat, der sich sofort zu Jorina gesellte, sah er, dass die anderen schon auf die Chefin angestoßen hatten. Sein geschulter Blick erkannte das an den nur noch halb vollen Sektgläsern. Und noch etwas fiel ihm auf. Die Blumen. Jorinas Büro bestach vor allem durch seine durch und durch spartanische Einrichtung. Außer diesem kindischen Fußballschal gab es dort nichts Persönliches. Das fand er für eine Frau doch ziemlich ungewöhnlich. Aber heute, heute stand mitten auf dem Besprechungstisch ein riesiger Strauß roter Rosen. Während er auf Jorina zuging, um ihr mit einer herzlichen Umarmung zu gratulieren und ihr sein Geschenk zu überreichen, zählte er aus dem Augenwinkel heraus die Blumen. Wie er es sich gedacht hatte. Genau fünfundvierzig rote Rosen. Langstielig. Teuer. Endlich also war er da, der fehlende Beweis. Sie hatte einen Lover. Einerseits wurmte ihn diese Vorstellung, weil sie damit endgültig für ihn passé war. Andererseits freute es ihn, und diese Freude überwog eindeutig, dass auch Ulrich von Ritterswürden damit abgemeldet war. Sehr gut!

Als Jorina ihn schließlich bemerkte, ging sie lächelnd auf ihn zu. »Lieber Matthias, schön, dass du auch endlich kommst. Warst du es nicht, der unbedingt diese kleine Party wollte? Egal, komm, stoß mit mir an, du weißt ja, viel Zeit haben wir nicht.«

Er drückte Jorina, wie immer zu solchen Anlässen, an sich und umarmte sie. Und zwar so lange, dass es der Dortmunder auf keinen Fall übersehen konnte. Unmerklich schielte er zu ihm hinüber. Doch dieser Lump grinste nur provokant über sein ganzes schiefes Gesicht. Na warte! In nur wenigen Augenblicken würde sein Feixen in seinem disharmonischen Gesicht erstarren.

Mit feierlicher Geste überreichte er Jorina das Geschenk. »Für dich, liebe Jorina. Etwas ganz Besonderes, denn fünfundvierzig wird man nur einmal. Komm schon, pack es aus.«

Von Ritterswürden hatte Altrogges Darbietung genau beobachtet. Sein Blick, als er die Rosen gesehen hatte, ließ zweifelsohne Eifersucht erkennen. Dachte er am Ende, die Blumen stammten von ihm? Er lag falsch. Und wie! Von Ritterswürden wusste, dass er eine gute Beobachtungsgabe und eine ebenso gute Menschenkenntnis hatte. Und wenn ihn diese nicht im Stich ließen, ahnte er mehr, als Altrogge zu wissen meinte. Der war doch tatsächlich eifersüchtig auf ihn. Was für ein Spaß! Jetzt drückte sein Kollege Danneboom so auffällig an sich, dass er sich nur mit Mühe ein Lachen verkneifen konnte. Und es wurde sogar noch besser. Was war das bloß für ein Geschenk, um das er diesen unglaublichen Wirbel veranstaltet hatte?

Danneboom hatte es auf dem Tisch abgestellt und riss nun das Papier ab. Zum Vorschein kam ein großes Paket, das mit so viel Tesafilm zugeklebt war, dass sie ihr Taschenmesser aus der Schublade ihres Schreibtisches holen musste. Alle starrten gebannt auf das Geschenk, das Schnitt für Schnitt von mindestens einer Rolle Tesafilm befreit wurde. Endlich konnte sie das Paket öffnen. Und was kam zum Vorschein? Noch ein Paket. Ziemlich pubertär, mein Lieber, dachte von Ritterswürden und lächelte in sich hinein. Er nutzte die Ohs und Ahs der Kollegen, um sein Glas in einem Zug zu leeren und sich unauffällig auch noch den Rest des Sektes einzuschenken.

Endlich waren auch die übrigen, weitgehend tesafilmfreien Pakete offen. Es waren sage und schreibe fünf, wenn er sich nicht verzählt hatte, und das eigentliche Geschenk kam zum Vorschein. Zwei Flaschen Wein. Und dafür dieser ganze Aufstand? Da hätte er selbst Altrogge etwas mehr Phantasie zugetraut. Doch Danneboom zog noch ein kleines Geschenk hervor und machte sich daran, es zu öffnen. Aber was um Himmels willen war denn das?

Jorina sah Altrogge mit großen Augen an. »Matthias, was in Gottes Namen ist denn das?«

Alle blickten verwirrt auf Jorinas Geschenk. Niemand schien zu erkennen, worum es sich handelte.

Verunsichert blickte sich Altrogge um. »Gefällt es dir etwa nicht, Jorina?«

»Oh, doch, natürlich, es ist wunderschön.« Sie rieb Altrogge freundschaftlich den Arm. »Ich kann nur nicht auf Anhieb erkennen, was es ist, verstehst du? Erklärst du es mir?«

Altrogge betrachtete ungläubig sein Geschenk in Jorinas Hand. Was gab es da nicht zu verstehen? »Jorina, das ist ein Korallenriff. Also, besser gesagt, ein Stück davon.«

Jetzt war es Jorina, die ungläubig dreinschaute. »Ein Korallenriff? Aber das hier ist doch aus Stoff. Ich meine, ich bin ja keine Biologin, aber Korallen sind doch aus … aus … jedenfalls nicht aus Stoff.«

Mit einem gewissen Unbehagen erklärte Altrogge seiner Vorgesetzten und unfreiwillig auch all seinen Kollegen, dass er im Mai letzten Jahres auf Föhr gewesen sei. Und dort hatte er zufällig mitbekommen, dass im Museum Kunst der Westküste eine große einwöchige Aktion stattfand. Er war hingegangen und hatte selbst gesehen, wie unzählige Menschen, in der gesamten Woche waren es über siebenhundert, gemeinschaftlich an einem riesigen Korallenriff häkelten. »Das war wunderschön, ganz toll und so filigran.« Altrogge erklärte, dass es sich dabei um ein internationales Kunstprojekt mit den Namen »The Hyperbolic Crochet Coral Reef« gehandelt habe. Ziel sei gewesen, auf die bedrohte Schönheit maritimer Ökosysteme und die komplexen mathematischen Strukturen aufmerksam zu machen, die sich in der Schönheit der Korallen widerspiegelten. »Seitdem ist Häkeln mein liebstes Hobby geworden. Und es ist so unglaublich entspannend.« Altrogge sah von einem Kollegen zum anderen, die ihn allesamt mit offenem Mund anstarrten. Ebenso wie Jorina. Nur nicht von Ritterswürden. Der grinste schon wieder so dämlich. »Wirklich, glaubt mir, ihr solltet das selbst mal ausprobieren. Ihr werdet gar nicht mehr damit aufhören können.« Er wandte sich wieder Jorina zu. »Anfangs leistete ich mir ein paar Fehlversuche. Schließlich habe ich vorher noch nie gehäkelt. Aber dein Geschenk sollte perfekt werden, Jorina, mein Meisterstück. Was du in Händen hältst, ist eine Venusfächerkoralle! Wunderschön, oder? So anmutig, grazil, zart. Sie gehört zur Gruppe der Hornkorallen, musst du wissen. Wochenlang habe ich daran gearbeitet. Wegen dieses schrecklichen Falles hätte ich sie fast nicht mehr rechtzeitig fertig bekommen.«

Jorina legte die gehäkelte Venusfächerkoralle aus der Gruppe der Hornkorallen behutsam auf dem Geschenkpapier ab und nahm Altrogge eine Spur zu mütterlich in den Arm. »Matthias, das ist wirklich ganz lieb von dir. Ein ganz reizendes Geschenk. Und so … so originell. So etwas habe ich wirklich noch nie bekommen. Und der Name, Venusfächerkoralle, wunderschön. Sie soll einen Ehrenplatz auf meinem Schreibtisch bekommen. Ich könnte ohnehin ein bisschen Farbe in meinem Büro gebrauchen. Was hältst du davon?« Ohne eine Antwort abzuwarten, schob sie ihn sanft beiseite. »Leider müssen wir uns trotzdem wieder unserem Fall zuwenden.«

»Nur ganz schnell noch«, nutzte von Ritterswürden die Gunst der Stunde und drückte Jorina mit einer lässigen Geste einen schlichten Briefumschlag in die Hand. »Das ist mein Geschenk für dich, Jorina. Nur eine Kleinigkeit. Im Unterschied zu Matthias weiß ich ja auch noch gar nicht, was dir gefallen könnte. Schließlich haben wir uns gerade erst kennengelernt. Ich hoffe, du magst es trotzdem.«

Sie öffnete den Umschlag und zog zwei Karten heraus. »Mensch, Ulrich, Werder Bremen gegen den BVB in der Rückrunde. Tolle Idee! Vielen Dank!« Sie schüttelte ihm überschwänglich die Hand.

Er wies auf die Rosen. »Du kannst ja den Menschen mitnehmen, der dir diese tollen Blumen geschenkt hat.«

Jorina lachte. »Ich glaube, der Mensch, der mir diese Blumen geschenkt hat, hält nicht viel von Fußball. Vielleicht nehme ich dich mit, Uli. Wäre doch ein Spaß, wenn Werder deine Borussen auseinandernimmt, zumindest für mich.«

Die Augen zu Schlitzen verengt, hatte Altrogge von Ritterswürdens Auftritt verfolgt. Da war der Kerl gerade mal ein paar Stunden da, und schon machte er Jorina ein Geschenk, über das sie sich offenkundig mehr freute als über seine phantastische Koralle, in die er so viel Zeit und Mühen gesteckt hatte. Warum hatte dieser Dortmunder es nicht den anderen Kollegen gleichtun können? Ihr eine Schachtel Pralinen schenken, eine Flasche Wein oder, besonders einfallsreich, einen Gutschein für Douglas. Nein, von Ritterswürden musste ja wieder um jeden Preis auffallen. Hoffentlich würde sein bescheuerter Verein wenigstens richtig einen draufkriegen!

Er drehte sich um und verließ vor allen anderen Jorinas Büro. Verärgert, frustriert, gedemütigt. Das würde er diesem Angeber heimzahlen. Irgendetwas wollte er doch noch erledigen. Aber was? Er kam nicht darauf. Dann konnte es wohl auch nicht so wichtig gewesen sein.

***

Langsam und träge senkten sich die heraufziehende Nacht und der Nebel über das Emsland. Den ganzen Tag hatte es gefroren. Wiesen, Wälder, Autos und Dächer, selbst Straßen und Wege waren von einer dicken Schicht aus Raureif und gefrierendem Nebel überzogen. Es war nahezu windstill.

Nach der unsäglichen Geburtstagsfeier hatten sie vor allem telefoniert. Mit den Kollegen in Köln und den Posten, die Franz Neuhaus überwachen sollten. Niemand konnte etwas Neues berichten. Neuhaus war nicht zu Hause gewesen, die Kollegen hatten ihn verpasst und konnten nur darauf warten, dass er irgendwann nach Hause kam.

Um sich nicht weiter dem Gespött der Kollegen aussetzen zu müssen und erst recht nicht dem penetranten Grinsen des Dortmunders, hatte Altrogge kurzerhand beschlossen, sich selbst um die umliegenden Baumärkte zu kümmern. Vielleicht konnte sich ja doch irgendein Verkäufer an jemanden erinnern, der die Art von Holzlatten gekauft hatte, aus der die Kreuze gefertigt waren. Aber es war in jedem Baumarkt das Gleiche. Selbstverständlich waren Holzlatten verkauft worden, nahezu täglich. »Aber, Herr Kriminalhauptkommissar, haben Sie eine Vorstellung, wie viele Leute bei uns einkaufen? Und wie viele von denen irgendwelche Bretter in ihrem Einkaufswagen haben? Hätte jemand gleich ein paar hundert davon gekauft, könnte ich mich vielleicht erinnern, aber so ...«

Das und Ähnliches musste sich Altrogge überall anhören. Und genau damit hatte er auch gerechnet, zumal Mertens festgestellt hatte, dass die Kreuze alle aus unterschiedlichen Hölzern gefertigt worden waren. Er hatte sofort vermutet, dass der Täter schlau genug war, verschiedene Baumärkte aufzusuchen und jeweils nur geringe Mengen einzukaufen. In einem Markt war der Marktleiter sogar so freundlich gewesen, sämtliche Niederlassungen der

Baumarktkette im Emsland abzutelefonieren. Aber nirgendwo konnte sich jemand an einen Käufer von Holzlatten erinnern. Es wäre auch zu schön gewesen.

Eigentlich war es Altrogge aber vor allem darum gegangen, aus dem Revier zu kommen. Vielleicht würde Jorina den wahren Wert seines Geschenkes in den nächsten Tagen erkennen, wenn sie es täglich vor Augen hatte. Und was dieses blöde Fußballspiel anging, so hoffte er, dass es grottenschlecht werden möge. Vielleicht würde von Ritterswürden ja sogar herumpöbeln und von ein paar Werder-Fans eins auf die Rübe bekommen. Dieser Gedanke erheiterte ihn augenblicklich. Trotzdem wollte er lieber noch eine Weile allein sein. Er entschied sich, trotz der klammen Kälte einen kleinen Spaziergang an der frischen Luft zu machen. Er mochte diese typische emsländische Spätherbststimmung.

Bei der Gelegenheit konnte er sich auch eines der Hünengräber in der Umgebung anschauen. Dann könnte er immer noch sagen, dass er einem Instinkt gefolgt und somit dienstlich unterwegs war. Er ließ die Stationen, die er selbst kannte, vor seinem geistigen Auge Revue passieren. Das Königsgrab in Groß Berßen, das bekannteste im Hümmling, war perfekt. Es lag in netter Umgebung, nicht weit von der Straße entfernt und war doch von dort nicht zu sehen. Ideal, um dort eine Leiche zu verbuddeln, und ideal für einen winterlichen Spaziergang. Außerdem war er dann schon fast zu Hause.

Er setzte sich in seinen Wagen und fuhr los.

Als er ankam, herrschte bereits eine finstere, mondlose Nacht. Er stellte den Wagen etwas abseits des Besucherparkplatzes ab, um ein paar Schritte mehr zu gehen. Ihm stand der Sinn nach Bewegung.

Auf dem kurzen Weg, quer durch den lichten Wald, der in dem dichten Nebel unwirkliche Schatten warf, empfand Altrogge so etwas wie einen wohligen Grusel. So wie damals als Junge, als er solche Mutproben gemacht hatte. Umgeben von Bäumen und Nebelschleiern kam es ihm vor, als gäbe es in diesem Moment auf der ganzen Welt nur ihn und das bisschen Natur. Nachdem er einige Minuten langsam durch den Wald gegangen war, immer auf den Weg achtend, um in der Dunkelheit nicht über einen

Ast oder einen Stein zu stolpern, tauchten plötzlich die großen Steinblöcke des Königsgrabes als schemenhafte Umrisse vor ihm aus dem Nebel auf. Er blieb stehen und sog die Stimmung in sich auf. Unweigerlich und mit einem Schaudern musste er an alte Kultstätten und Menschenopfer denken. Warum wollten eigentlich immer alle nach Stonehenge? Das hier war nicht weniger stimmungsvoll. Außerdem konnte man hier, zumindest zu dieser Jahreszeit und bei einem solchen Wetter, davon ausgehen, allein zu sein.

Gerade als er sich wieder in Bewegung setzen wollte, hörte er ein leises Knacken, so als ob jemand auf einen Ast getreten war. Instinktiv griff er an seine Gürtelschnalle. Er hatte keine Waffe dabei. Aber was wäre das auch für ein Zufall, wenn ausgerechnet er in diesem Moment Zeuge der nächsten *Juristenbestattung* werden würde!

Er ging hinter einem Baum in die Hocke und versuchte, die Grabstätte und die nächste Umgebung mit den Augen zu scannen. Wenn der Nebel nur nicht so dicht wäre, er konnte absolut nichts erkennen. Er schloss die Augen und konzentrierte sich ganz auf seine auditive Wahrnehmung. Nichts. Absolute Stille. Wahrscheinlich hatte er sich getäuscht. Oder das war eben nur ein Hase oder ein Fuchs gewesen. Er stand auf und näherte sich dem Hünengrab, einer imposanten Ansammlung von fast zehn großen, längs angeordneten Blocksteinen, die in einem Abstand von ein bis zwei Metern wie ein Kranz von zahlreichen kleineren Steinen umschlossen waren. Von der Straße her führte ein schmaler Pfad durch den lichten Wald zum Königsgrab, von dem nicht bekannt war, ob dort vor langer Zeit tatsächlich ein König mit seinem Gefolge oder seiner Familie beigesetzt worden war. Hinter der Grabanlage schloss sich der Wald und wurde dichter.

In dem Augenblick, als Altrogge aus dem Wald auf die kleine Wiese trat, die zwischen dem Grab und dem Wald lag, sah er sie. Endlich war er nah genug, um trotz der Dunkelheit alles klar erkennen zu können. Sogar ihre Stimmen konnte er hören. Es war nicht mehr als ein Flüstern, so leise, dass er nicht hätte sagen können, ob es sich um Männer oder Frauen handelte. Zwei Gestalten, die vor der Grabanlage standen, direkt außerhalb des umgebenden

Steinkranzes, die Gesichter dem Königsgrab zugewandt. Damit kehrten sie ihm den Rücken zu. Er hatte sie gesehen, aber sie nicht ihn. In Windeseile ging er seine Optionen durch. Er konnte versuchen, sich langsam anzuschleichen in der Hoffnung, dass sie ihn nicht bemerkten, und sie direkt ansprechen. Es war schließlich nicht gesagt, dass diese beiden Menschen tatsächlich die Täter waren, auch wenn die zwei Fußspuren im Wald bei Stift Börstel diese Vermutung nahelegten. Wenn dort aber tatsächlich zwei Mörder standen, sah er ohne seine Waffe ziemlich alt aus. Er konnte wohl kaum davon ausgehen, dass sie die Arme ausstreckten und ihn baten, sie festzunehmen. Vielleicht würden sie versuchen zu fliehen, und mit Pech würden sie ihn sogar angreifen. Keine besonders rosigen Aussichten. Die andere Möglichkeit war, von Ritterswürden anzurufen. Aber bis der samt Verstärkung eintraf, war es ohnehin schon zu spät. Außerdem würden die Gestalten seine Stimme hören, die sich durch den Nebel besonders gut übertrug. Das galt auch für die Möglichkeit einer SMS. Das machte zwar keine Geräusche, aber dafür leuchtete sein Handy, das er dummerweise auf maximale Beleuchtung eingestellt hatte, so hell durch die Nacht, dass es ebenfalls nicht unbemerkt bleiben würde. Er entschied sich für die dritte Option. Es gab nur einen Weg, über den die beiden gekommen sein konnten. Bis zur Straße waren es ungefähr hundert Meter. In einem spitzen Winkel zur Grabanlage war er von dort genauso weit entfernt wie die Unbekannten. Er musste versuchen, unbemerkt zur Straße zu kommen und nach einem Wagen Ausschau zu halten, der dort geparkt war. Er würde sich Autotyp und Nummernschild notieren und die Kollegen anrufen. Dann musste er sich ein Versteck in der Nähe des Wagens suchen, von dem aus er die Männer gut genug sehen konnte, um später eine Personenbeschreibung abgeben zu können. Ja, genau so würde er es machen.

In der Sekunde, als Altrogge den Blick nach rechts wandte und sich in Bewegung setzen wollte, trat er auf einen winzigen Zweig. Nur ein ganz sanftes Knacken, ganz kurz, aber es reichte aus, um die beiden Gestalten auf ihn aufmerksam zu machen. Aus dem Augenwinkel heraus nahm er ihre Bewegung wahr. Er drehte sich in ihre Richtung, doch da waren sie schon in vollem Lauf. Zu überrascht, um zu reagieren, blieb Altrogge wie angewurzelt stehen.

In einer Entfernung von kaum mehr als zwanzig Metern rannten sie an ihm vorbei, ohne sich um ihn zu kümmern. Einer der beiden trug unverkennbar eine Schaufel. Nein, das waren keine Touristen.

Erst jetzt konnte er reagieren. Sekunden zu spät. Bemerkenswert leichtfüßig sah er die beiden auf den Wald zurennen, während er noch auf der Wiese stand. Er sprintete los und musste sofort seiner schlechten Eigenschaft Tribut zollen, sich nicht an seine guten Vorsätze zu halten. Behäbig und schwerfällig lief er über die Wiese auf den Wald zu und musste mit ansehen, wie die Flüchtenden bereits darin verschwanden. Als auch er endlich den Wald erreichte, stolperte er über eine Wurzel. Nur mit Mühe konnte er verhindern, der Länge nach aufzuschlagen, und torkelte unkoordiniert herum. Er musste automatisch an Schwanbeck denken, der am Sonntag bei seinem Sturz direkt vor seinen Füßen gelandet war. Da hatte er noch Schadenfreude empfunden. Er rannte den schmalen Pfad entlang, war schon nach kaum mehr als fünfzig Metern außer Atem, dann sah er die Straße vor sich. Zugleich hörte er, wie ein Motor aufheulte, und sah Rücklichter, die sich rasch entfernten. Als er nach Luft ringend am Straßenrand stand, war der Wagen schon zu tief im Nebel verschwunden. Er konnte nicht einmal mehr den Autotyp sicher erkennen, vom Nummernschild ganz zu schweigen. Alles, was er wusste, war, dass es sich um ein ziemlich großes Auto gehandelt hatte. Fluchend griff er nach seinem Handy in der Innentasche seines Mantels, so heftig, dass sie an den Nähten riss. »So ein verdammter Mist, das kann doch wohl nicht wahr sein«, rief er hinter dem seinen Blicken schon entschwundenen Wagen in die Dunkelheit.

Nachdem er seine Kollegen angerufen hatte, ging er langsam zurück durch den Wald zum Königsgrab. Hatte er die Täter wenigstens rechtzeitig gestört? Aber was hieß schon »rechtzeitig«? Wenn sie ihre Opfer unter die Erde brachten, waren sie ohnehin meistens längst tot. Als er sich den Steinblöcken näherte, fiel sein Blick sofort auf das Kreuz. Es stand ziemlich genau in der Mitte, unmittelbar vor dem größten Megalithen. Vorsichtig ging er darauf zu und achtete darauf, keinesfalls die frischen Spuren zu verwischen. Wenigstens etwas. Jedes Tauwetter käme diesmal zu spät.

Das Kreuz ähnelte den anderen. Groß und schlicht ragte es aus der Erde und wirkte in dem dichten Nebel wie eine unheimliche Warnung. Altrogge richtete das Licht seines Handys darauf. Natürlich, der obligatorische zynische Spruch durfte auch hier nicht fehlen:

Den Lügner, Anwalt Frising Michel,
traf hart, zugleich gerecht des Todes Sichel.

Mit dem mulmigen Gefühl, was ihn wohl unter dem Kreuz erwarten würde, ging Altrogge zurück an die Straße und wartete dort auf die Kollegen.

***

Als von Ritterswürden und Mertens mit zwei Kollegen endlich eintrafen, war Altrogge ein einziger Eisblock.

»Wo bleibt ihr denn? Ich friere mir hier den Arsch ab! Habt ihr noch irgendwo Kaffee getrunken, oder was?«

»Wenn du gelegentlich Sport treiben würdest, anstatt komische Sachen zu häkeln, wäre dir das hier wahrscheinlich nicht passiert.« Von Ritterswürden konnte sich seine Häme offensichtlich nicht verbeißen. »Und wir kommen so spät, weil wir erst einmal sämtliche Streifen auf die Straße geschickt haben. Wenn sie, wie du gesagt hast, Richtung Hüven gebrettert sind, können sie von da aus nur links in Richtung Sögel, weiter nach Werlte oder rechts Richtung Lähden gefahren sein. Die Streifen konzentrieren sich auf größere Fahrzeuge, so etwas wie Mercedes oder BMW. Vielleicht haben wir ja Glück.«

Altrogge war überrascht. »Wie kommt es, dass du dich hier schon so gut auskennst?«

Aber der Dortmunder winkte ab. »Kein bisschen, das hat Jorina gesagt. Als dein Anruf kam, haben wir uns gerade unterhalten. Sie hat mir versprochen, dass ich mit ihr zu dem Fußballspiel gehen darf.«

Ein misslungenes Geburtstagsgeschenk, schlimmer, ein Geschenk, dass Jorina gar nicht erst als solches erkannt hatte, die Pleite in den Baumärkten, eine zerrissene Manteltasche, zwei

Verbrecher, die ihm vor der Nase entkommen waren, und dazu ein schiefgesichtiger Kollege, der ihm mit seinen komischen Karten die Tour bei Jorina gründlich vermasselt hatte und ihn zu allem Überfluss jetzt auch noch auf den Arm nahm. Nein, dachte Altrogge, das ist eindeutig nicht mein Tag. Das Beste war, gar nicht erst auf die Provokationen seines Gegenübers einzugehen. »Habt ihr Ossenkopp verständigt?«

»Natürlich. Wir wissen ja inzwischen, was uns erwartet. Lasst uns derweil das Grab ausheben.«

Wie bei Richter Thomas Held und Rechtsanwalt Hermann Lehm wies das Opfer keine äußeren Verletzungen auf. Während sich Mertens' Kollegen um die Spuren kümmerten, sinnierten die anderen über den ominösen Spruch auf dem Kreuz. Dann meldete sich von Ritterswürdens Handy. Er sagte wenig, hörte vor allem zu, nickte manchmal. Seine wenigen Kommentare ließen jedoch vermuten, dass wieder etwas Spektakuläres geschehen sein musste. »Ja, verstehe, so ein Mist! … Nein, wie sollten wir so etwas ahnen? … Ach du heilige Scheiße! … Klar, wir kommen.« Kopfschüttelnd ließ er das Handy in seiner Jacke verschwinden. »Sie sind Richtung Lähden gefahren.«

Altrogge ballte die Hände zu Fäusten. »Ja! Also haben wir sie? Gut, dass du sofort die Streifen losgeschickt hast, Uli.«

»Da muss ich euch leider enttäuschen. Wir haben den Wagen, aber nicht die Täter. Leider wird uns auch das wenig helfen.« Zwei fragende Augenpaare richteten sich auf ihn. »Das war eine der Streifen, Dietrichkeit und Schwanbeck. Sie sind von Sögel aus nach Hüven gefahren und dann weiter Richtung Lähden. Kurz vor der Hüvener Mühle haben sie ein flackerndes Licht gesehen. Das kam aus einem Feldweg. Sie sind natürlich reingefahren, und da haben sie das brennende Auto gesehen, das mitten auf dem Weg geparkt war. Es stand lichterloh in Flammen, sie hatten keine Chance, sich ihm zu nähern. Sie haben zuerst die Feuerwehr angerufen, dann uns. Keiner von uns dürfte glauben, dass sich da nur irgendein Anwohner eine ungewöhnliche Methode überlegt hat, wie er es sich schön warm machen könnte.«

18

Bonn, 14. November 2013

Dieter Chorweiler empfand das erste Mal seit mehr als sieben Jahren eine tiefe innere Zufriedenheit. Vom Zeitpunkt des Unfalls an bis zum heutigen Tag war Lebensfreude für ihn ein Fremdwort gewesen. Kevins Anblick hatte sich tief in sein Gedächtnis eingegraben. Blutend auf den Steinfliesen, bewusstlos in der Waldklinik und dann, nach Wochen, die ihm vorgekommen waren wie eine grauenvolle Ewigkeit, in seinem winzigen Sarg. Der kleine, zierliche Körper. Tot, einfach tot. Niemals würde er diesen Augenblick vergessen. Zunächst hatten die Ärzte noch hoffnungsvoll geklungen. Aber dann, gerade als sie alle glaubten, das Schlimmste sei überstanden, hatte sich plötzlich ein Blutgerinnsel im Hirn gebildet. Kevin hatte keine Chance. Er starb an einem schwülen, regnerischen Tag im Mai, gerade mal sieben Jahre alt. Heute wäre er vierzehn, mitten in der Pubertät, und hätte wahrscheinlich schon seine erste Freundin mit nach Hause gebracht. Aber vielleicht hätte er sich auch noch gar nichts aus Mädchen gemacht und wäre immer noch lieber zu Hause bei seinen Eltern. Zu Hause, das war lange her. Nach Kevins Tod hielt die Ehe mit Karin kein Jahr mehr. Sie hatten sich nur noch gestritten und gegenseitig mit unhaltbaren Vorwürfen überhäuft. Jeder gab dem anderen die Schuld an Kevins Tod. Aber Chorweiler wusste sehr wohl, wer Kevin wirklich auf dem Gewissen hatte. Wenn Karin und er sich zusammengerauft hätten, wenn sie noch einmal versucht hätten, ein Kind zu bekommen, dann wäre sein Leben zwar auch nie mehr so gewesen wie vorher, aber zumindest hätte es noch einen Sinn gehabt.

Eines Abends hatte Karin ihm ganz ruhig erklärt, dass sie sich nach mehr als fünfzehn gemeinsamen und glücklichen Jahren von ihm trennen wolle. Keine Vorwürfe mehr, kein Streit, stattdessen die Beschwörung, ihn immer noch zu lieben. Aber er erinnere sie einfach zu sehr an Kevin. Sie kam damit nicht klar. Also ging sie.

Genau genommen ging er, denn sie blieb in dem Haus, das sie nur behalten konnte, weil selbst Hermann Lehm, dieser Dreckskerl, nach Kevins Tod zumindest einen Anflug von Mitleid geheuchelt hatte. Es wäre Chorweiler auch niemals in den Sinn gekommen, seine Frau aus dem Haus zu jagen. Wenn ihr Leben schon ruiniert war, dann sollte sie wenigstens ein schönes Zuhause haben. Wobei er nicht verstanden hatte, wie sie allein in einem Haus weiterleben konnte, in dem ihr Sohn tödlich verunglückt war. Letztlich war es einerlei, Hauptsache, sie bekam, was sie wollte. Denn er liebte sie abgöttisch. Vom ersten Tag an und auch heute noch. Seine Karin. Wie viele Tränen hatte er vergossen! Tränen über Karin, seine große Liebe, Tränen über Kevin, seinen geliebten Sohn, und Tränen über sein nun endgültig verkorkstes Leben.

Nach der Trennung hatte er sich ein winziges Häuschen tief in der Eifel gemietet. Spottbillig, keine zweihundert Euro. Er lebte von der Sozialhilfe. Aber weil an und in den Häusern in der abgelegenen Eifel immer irgendetwas zu reparieren war, arbeitete er gelegentlich schwarz und verdiente sich auf diese Weise sein Bier und seinen Korn. Nüchtern hätte er sein Leben niemals ertragen können, dann wäre er lieber von einer Brücke gesprungen. Aber im Suff ließ es sich aushalten. Nie wieder war er in all den Jahren nach Bonn oder in seinen Heimatort gefahren. Nur einmal ließ es sich nicht vermeiden, bei der Scheidung. Nichts sollte ihn an seine grauenvolle Vergangenheit erinnern. Zu Karin hatte er keinen Kontakt mehr, was aber an ihm lag. Immer wenn sie anfangs angerufen hatte, um sich zu erkundigen, wie es ihm ging, war er schon besoffen gewesen. Und irgendwann rief sie einfach nicht mehr an. Er nahm an, dass sie letztlich die Achtung vor ihm verloren hatte. Das letzte Mal gesehen hatte er sie ein Jahr nach der Trennung beim Scheidungsrichter. Alles war ganz friedlich verlaufen. Keine schmutzige Wäsche, danach noch zusammen ein letzter gemeinsamer Kaffee in einer Bar. Das war's.

Jeden gottverdammten Tag hatte er sich seitdem ausgemalt, wie er diese miese Ratte Lehm in seine Einzelteile zerlegte. Spätestens nach dem vierten Bier hatte er Phantasien, die so blutrünstig waren, dass sie jedem Horrorfilm zur Ehre gereicht hätten. Wenn er während der Arbeit noch nichts trinken konnte, freute er sich schon jedes Mal auf den Abend. Es war sein tägliches Highlight, sich zu betrinken und mit diesem Juristengesindel innerlich abzurechnen. Nur in die Realität umgesetzt hatte er seine Phantasien nie. Weniger aus Gewissensbissen, sondern eher, weil er sich nicht vorstellen konnte, den Rest seines Lebens im Knast zu verbringen. Allein in einer Kaschemme in der Eifel und sich betrinken, das hielt er durch, aber eine Zelle ... Um dem zu entgehen, brauchte es das, was man einen perfekten Mord nannte. Doch dazu fühlte er sich nicht berufen. Und jetzt prangte Lehms fiese Visage auf allen Titelblättern. Es war von einer regelrechten Hinrichtung die Rede. Mit einem Zeug, das die Muskeln lähmte. Das war in der Tat perfekt. Wenn er es sich recht überlegte, war das sogar viel besser als seine eigene Idee, Lehm mit der Kettensäge in sämtliche Einzelteile zu zerlegen. Wie sagte der Volksmund doch so treffend? Rache genießt man am besten kalt. Wie wahr! So genossen hatte er seit siebeneinhalb Jahren nicht mehr.

Aber es hatte nicht nur Lehm erwischt, sondern auch den Kölner Richter Thomas Held und den Bonner Anwalt Heiner Darb. Die kannte er alle. Auch diese Namen hatten sich in seinem Hirn eingebrannt, nur nicht so tief und unerbittlich. Für Kevins Tod konnten sie nichts, jedenfalls nicht direkt. Aber an seiner prekären Situation, seiner Insolvenz hatten sie einen maßgeblichen Anteil. Dass auch sie den Tod verdienten, stand außer Frage. Dieser Darb, das war auch so ein aalglattes Ekelpaket. Jedes Mal, wenn er ihn gesehen hatte, hatte er einen Brechreiz verspürt.

Er erinnerte sich an die guten Zeiten, damals, bevor das Schicksal in Gestalt von Anwälten seinen verhängnisvollen Lauf genommen hatte. Er hatte mit einem Architekten und einem Berater zusammengearbeitet, die Häuser bauten und Projekte entwickelten. Den Architekten kannte er schon lange, der Berater kam irgendwann dazu. Die Jungs waren in Ordnung. Nicht selten gab es bei Baumaßnahmen großzügige Vorauszahlungen, höchst ungewöhnlich in dieser Branche. Aber schließlich entstanden den Handwerkern, mit denen sie zusammenarbeiteten, ja auch gleich zu Beginn hohe Kosten. Und wehe, der Bauherr zahlte dann nicht! Dann war man als Handwerker erledigt. Genau so war es dann leider auch gekommen. Auslöser für seine Misere war ein

Projekt mit den beiden. Alles lief zunächst nach Plan, doch dann hetzte ihnen ein Anwalt den Gerichtsvollzieher auf den Hals, weil sie angeblich zahlungsunfähig waren. Verstanden hatte er das nie, aber Gesetze interessierten ihn ohnehin nicht die Bohne. Jedenfalls bekam auch er sein Geld nicht, und kurz danach stand Lehm auf der Matte und stellte sich ihm als sein Insolvenzverwalter vor. Es folgten diverse Prozesse, in die eine Menge Leute verwickelt waren, und Chorweiler war an manchen beteiligt gewesen. Bis zu Kevins Tod. Danach war er an nichts mehr beteiligt. Es gab nichts mehr, um das es sich für ihn zu kämpfen lohnte.

Was für ein herrlicher Tag! Der Rachefeldzug war in vollem Gange, und die Polizei tappte im Dunkeln. Er schloss die Augen und überlegte sich, wer noch alles auf der Todesliste stehen könnte. Würde der Mörder sie tatsächlich alle drankriegen, würde er auf jeden Fall in die Geschichtsbücher der spektakulärsten Kriminalfälle eingehen. Es gab tatsächlich noch Gerechtigkeit.

19

Groningen, derselbe Tag

»Das war gestern knapp, um ein Haar hätten sie uns erwischt.«

Chevalier nickte. »In der Tat. Aber wir wussten ja, dass das nicht ewig so weitergehen kann. Nur gut, dass wir sie alle haben. Jetzt kann uns nichts und niemand mehr aufhalten. Und wenn es doch mal brenzlig wird, hüpfen wir einfach über die Grenze.«

Brecht winkte dem Barkeeper zu. *»Nog een koffie, alsjeblieft!«*

»Twee, alsjeblieft!« Chevalier blickte nachdenklich hinaus auf die Straße, auf das alte Kopfsteinpflaster, in dessen Ritzen sich das Wasser des feinen Nieselregens sammelte. Im Emsland war es noch frostig, alles voller Raureif. Aber in Groningen war von der Nordsee her dichte Bewölkung mit Sprühregen aufgezogen. Es war trüb und ungemütlich, eine klamme Kälte, die den ganzen Körper zu lähmen schien. Aber Chevalier fühlte sich ohnehin zunehmend wie gelähmt. All das Leid, die Panik in den Augen der Opfer und der Tod hatten sich erbarmungslos in seiner Seele festgesetzt. Unauslöschlich, für alle Zeiten. Nichts wünschte er sich sehnlicher, als diese furchtbaren Eindrücke genauso in die Tiefen des Unterbewusstseins verdrängen zu können wie Brecht. Wobei er sich nicht sicher war, ob sich das Grauen nicht irgendwann auch bei seinem Freund unerbittlich den Weg an die Oberfläche bahnen würde, um ihn zu vernichten. So lange kannte er seinen Blutsbruder nun schon. Durch dick und dünn waren sie zusammen gegangen, hatten Spaß ebenso wie tiefgründige, ernste Diskussionen. Holland war immer ihr Lieblingsziel gewesen, besonders gern fuhren sie in die Provinz Zeeland, nach Domburg, Oostkapelle oder auch Vrouwenpolder, um stundenlang am Strand spazieren zu gehen, durch die vielen gemütlichen Cafés und Bars zu ziehen oder Bier in einer der traumhaften Strandbuden zu trinken, die direkt am Wasser lagen und eine wunderschöne Aussicht auf das Meer boten. Meistens bestellten sie sich der Reihe nach die verschiedenen holländischen und

belgischen Biere, die es dort in reichlicher Auswahl gab, und warteten auf den Sonnenuntergang.

Chevalier hörte seinen Freund *»Dank u wel!«* sagen, als der Kellner die beiden Kaffee auf dem kleinen Holztisch abstellte. Er beobachtete seinen Freund aus den Augenwinkeln. Sein ganzes Gesicht bestand nur noch aus Häme. Weder er noch ihre Tage in Holland hatten etwas mit der Unbekümmertheit zu tun, die sie bei ihren sonstigen Ausflügen hierher begleitet hatte. Und sie würden sie auch nie wieder heraufbeschwören können. Damit war es aus und vorbei, für alle Zeiten. Denn einfach so zu tun, als wäre nichts geschehen, war unmöglich. Genauso wie mit dem Gefühl weiterzuleben, dass diese Verbrecher ungestraft davonkamen. Das hätten sie beide nicht geschafft, und auch dann wäre es vorbei gewesen mit der Leichtigkeit und Sorglosigkeit. Jetzt hatten sie zumindest ihre Rache und das Gefühl, dass sie einer höheren Gerechtigkeit gedient hatten. Dennoch waren ihre Seelen für immer befleckt. Glück konnte es weder in der einen noch in der anderen Situation geben.

Er nahm die kleine Tasse, trank einen Schluck von dem starken Kaffee und lächelte Brecht an. »Weißt du noch«, fragte er in einem Anflug von Melancholie, »damals in Domburg, als wir morgens direkt an den Strand gegangen sind, noch ganz benommen von unserem kleinen Umtrunk am Vorabend, und wie wir dann schweigend dagestanden und aufs Meer hinausgeschaut haben? Und dann tauchte in der Ferne plötzlich dieses riesige Containerschiff auf und zog gemächlich am Horizont vorbei, um in Vlissingen oder Oostende seine Ladung zu löschen. Wir haben uns nur angeschaut und beide wie aus einem Mund gesagt: ›Also, irgendwie komme ich mir vor, als wäre ich in diesem Augenblick gar nicht hier. All die Leute, die sind auch nicht da, wir träumen das alles nur.‹«

Brecht lachte. »Ja, daran kann ich mich erinnern, als wäre es gestern gewesen. Was waren das für wunderbare Zeiten! Ich weiß noch genau, wie ich zu dir gesagt habe, ich hätte ein Déjà-vu. Und dann habe ich den Mann in der Strandbude gesehen, der doch tatsächlich schon vormittags eine Flasche Weißwein vor sich auf dem Tisch stehen hatte.«

Chevalier fiel ihm ins Wort. »Was dich aber sofort dazu animiert hat, mich am Ärmel zu ziehen und zu sagen: ›Komm, wir bestellen uns auch so eine, dann werden wir wieder richtig wach.‹ Tja, und dann sind es gleich zwei geworden. Gut, dass wir nie länger als drei oder vier Tage unterwegs waren, denn jeder Tag unserer Touren war ein Angriff auf meine Gesundheit.«

»Ja, allerdings.« Jetzt war es Brecht, dessen Tonfall Schwermut erkennen ließ. »Und trotzdem haben wir die Mehrzahl unserer Projekte immer genau in diesen Tagen geplant. Mit vollem Erfolg, weil wir hier alles nicht so bitterernst genommen haben. So lange, bis dieser Abschaum in unser Leben getreten ist, der uns jetzt zwingt, Dinge zu tun, die wir nie für möglich gehalten hätten.« Schon gewannen Hass und Rachedurst wieder die Oberhand. »Abschaum, den wir jetzt wieder aus unserem Leben verbannen. Das ist wahrhaftig unser größtes Projekt. Schade nur, dass ich meinen alten Jaguar den Flammen opfern musste. Wie oft sind wir damit hierhergekommen!«

»Tja, jetzt fahren wir eben Fiesta, aber das ist immerhin besser als nichts. Hoffentlich haben sie nur lange genug Probleme damit, dich als den Halter des Jaguars zu ermitteln. Ein bisschen Zeit brauchen wir nämlich noch.«

Brecht winkte ab. »Da mach dir mal keine Sorgen. Du weißt ja, wie ich so was mache. Zuerst finden sie als Fahrzeughalter die Zypernfirma, dann recherchieren sie weiter und kommen auf die Schein-GmbH. Und schließlich finden sie auch noch den Weg nach Luxemburg. Sofern sie überhaupt die Fahrgestellnummer identifizieren können. Ich habe mir wirklich Mühe gegeben. Bis die begriffen haben, dass das Auto mir gehört hat, sind wir längst über alle Berge.«

»Trotzdem, kein Grund, sich auszuruhen. Wir sollten es hinter uns bringen.«

Brecht wiegte den Kopf hin und her. »Ganz so schnell geht es nicht. Uns fehlt noch der Unternehmer, den schnappen wir uns morgen. Und bei Schmitz und Knoll wird es noch ein paar Tage dauern, bis sie krepieren. Ich schätze, dass wir erst Anfang kommender Woche den strategischen Rückzug antreten können.«

»Ja, der Unternehmer, richtig, den hatte ich schon ganz vergessen. Gut, dass er morgen kommt. Und gut, dass er weder Anwalt noch Richter ist. Was immer die Staatsgewalt auch schon für Verbindungen hergestellt haben mag, auf Pries sind sie mit Sicherheit noch nicht gekommen. Danach können wir endlich unsere *Geschäftsräume* aufgeben. Sie waren der größte Schwachpunkt in unserem Plan. Stell dir vor, einer der Vermieter hätte Verdacht geschöpft und die Polizei verständigt.« Einen Augenblick starrte er geistesabwesend auf seine mittlerweile leere Kaffeetasse. Dann blickte er wieder zu seinem Freund auf. Walther Brecht, wie sie nur ausgerechnet auf diesen Namen gekommen waren? »Pries ist der Einzige, den wir nicht im Emsland empfangen. Ich habe vorgestern unser Büro angemietet, extra für den Herrn Unternehmer. Dieser Typ ist wirklich das Allerletzte! Ich werde nie verstehen können, wie Menschen so kaltblütig sein können. Wobei ich nicht weiß, ob wir nicht inzwischen genauso dazugehören. Wenn ich an deinen irren Gesichtsausdruck denke, als Lehm ganz allmählich und bei vollem Bewusstsein erstickt ist, wird mir immer noch ganz anders zumute. Egal, was sie getan haben, sie sind immer noch Menschen.«

»Blödsinn!«, blaffte Brecht ihn an. »Das sind keine Menschen, das sind nicht einmal Tiere. Das ist einfach nur Dreck, sonst nichts. Hast du Kevin schon vergessen? Lehm war ein widerwärtiger Mörder, der seine Tat mit Gesetzbüchern getarnt hat. Erzähl du mir nicht, dass das noch Menschen sind!«

Chevalier hob abwehrend die Hände. »Schon gut, reg dich nicht gleich so auf. Immerhin ziehen wir es bis zum Ende durch.«

Brecht nickte zufrieden. »Allerdings, und ich freue mich schon, wenn wir drüben sind und den ersten Scotch zusammen trinken. Glaub mir, dann fängt unser Leben neu an. Auch du wirst das alles irgendwann vergessen haben. Denk immer daran, dass du mit dem, was du tust, Dutzende anderer Menschen vor ähnlichen Schicksalen bewahrst. Weißt du was? Wir stoßen auf die Halbzeit an. Und darauf, dass sie heute unser Tagebuch finden mögen. Und auf meinen Kollegen, der noch nicht weiß, dass wir für ihn eine kleine Nebenrolle in diesem wunderbaren Schauspiel vorgesehen haben. Eine Nebenrolle, die es ihm ermöglichen wird, auch ein neues Leben anzufangen. Lass uns doch ein Bierchen darauf trinken.«

Chevalier nickte dem Kellner zu und bestellte zwei Bier. Brecht war tatsächlich davon überzeugt, dass sie in ein paar Wochen zusammen auf der Insel wären, um ein neues Leben anzufangen. Dass er sich da mal nicht irrte.

20

Lingen, derselbe Tag

In sich zusammengesunken saß Matthias Altrogge an seinem Schreibtisch. Müde rieb er sich die Augen. Nach den Ereignissen des Vorabends war er so aufgedreht gewesen, dass er in der Nacht kaum ein Auge zugetan hatte. Die dritte Nacht in Folge quasi ohne Schlaf. Zum ersten Mal in seinem Leben fühlte er sich richtig alt. Die morgendliche Dusche hatte nichts gebracht, nicht einmal die Wechselduschen, von denen er gehofft hatte, sie könnten ihn von seiner Müdigkeit und Lethargie befreien. Die zwei Tassen Kaffee, die er schon getrunken hatte, zeigten ebenfalls nicht die erhoffte Wirkung. Vielmehr übersäuerten sie seinen ohnehin angeschlagenen Magen, sodass jetzt permanent Magensäure in seine Speiseröhre aufstieg und dort ein schmerzhaftes Brennen verursachte. Selbst das Zähneputzen hatte ihn angestrengt. Lustlos hatte er die Zahnbürste in seinem Mund hin und her bewegt und dabei eher seine Zunge geputzt als die Zähne. Dabei hatte er sich im Spiegel betrachtet. Er sah dicke Ringe unter den Augen und eine fahle, fast graue Farbe in einem Gesicht, das aussah, als hätte sich die ganze Haut um Zentimeter nach unten bewegt, um jetzt an den Seiten herunterzuhängen. Dazu tiefe Nasenfalten, die anscheinend über Nacht aus dem Nichts gekommen waren. Und wofür das Ganze? Für nichts und wieder nichts. Sein Geschenk und die damit verbundenen Mühen waren umsonst gewesen. Und die Täter, die er zufällig überrascht hatte, waren ihm entkommen, hatten ihn abgehängt, als wäre er nur ein Statist in dem ganzen Drama. Ihr Wagen war vollständig ausgebrannt, und die Flammen hatten sämtliche verwertbaren Spuren vernichtet. Einzig die Fahrgestellnummer blieb eine vage Hoffnung. Als er mit von Ritterswürden an dem verlassenen Feldweg angekommen war, konnten sie trotz der Dunkelheit beobachten, wie sich dicke schwarze Rauchwolken mit dem Nebel zu einer undurchdringlichen Brühe vermischten, der sie sich nicht nähern konnten, ohne Gefahr zu laufen, zu ersticken. Nachdem der Brand unter Kontrolle war, hatte Mertens nur noch den Fahrzeugtyp erkennen können, ein Jaguar älteren Baujahrs. Die Täter hatten offensichtlich in Windeseile kanisterweise Benzin in den Wagen gegossen und angezündet. Für ihre erfolgreiche Flucht konnte es nur eine Erklärung geben: Irgendwo in der Nähe musste ein weiteres, unauffälliges Fluchtfahrzeug bereitgestanden haben. Vermutlich waren ihnen sogar etliche Einsatzwagen entgegengekommen. Diese Typen waren clever, clever und abgezockt.

Dr. Oswald Ossenkopp hatte den Leichnam von Michel Frising in der Rechtsmedizin in Oldenburg morgens sofort obduziert. »Noch vor dem Frühstück«, wie er den Emsländer Polizisten versichert hatte. Wie bei den anderen Opfern auch hatte er Spuren eines Betäubungsmittels in seinem Blut gefunden. Abgesehen von einigen blauen Flecken, die darauf hinwiesen, dass er möglicherweise geschlagen worden war, und Fesselspuren an Hand- und Fußgelenken, hatte er keine Verletzungen. Frising war wahrscheinlich erstickt. Eine feine, kaum mit bloßem Auge erkennbare Rötung um den Hals herum führte Ossenkopp zu der Annahme, dass der Anwalt mit einer Plastiktüte über dem Kopf ermordet wurde, die mit einem schmalen Gummiband am Hals fixiert war, damit keine Luft von außen eindringen konnte. Ein nahezu perfekter Mord. Rechtsmedizinisch kaum nachweisbar, leicht durchzuführen, sauber und billig.

Dass es sich bei dem Toten um den Kölner Anwalt Michel Frising gehandelt hatte, war nicht schwierig herauszufinden. Er war bereits das vierte Mordopfer in nur drei Tagen. Aber nicht allein das führte bei Altrogge und den anderen zu Verdruss und Frustration. Zu allem Überfluss hatte das erste Überwachungsteam Franz Neuhaus verpasst, der erst am späten Abend nach Hause gekommen war. Nachdem Altrogge die Täter dabei beobachtet hatte, wie sie Frising verscharrten. Somit kam Neuhaus auch als einer der Täter in Frage. Ein Alibi hatte er nicht. Er behauptete, zur fraglichen Zeit spazieren gewesen zu sein. An der Ems, und natürlich war ihm niemand begegnet. Wäre die erste Streife nur etwas früher vor Ort gewesen, hätten sie vielleicht wenigstens den verhärmten Architekten als Täter ausschließen können.

Plötzlich sprang die Tür auf, und Ulrich von Ritterswürden stürmte aufgeregt in das Büro. Ohne die Tür wieder hinter sich zu schließen, ging er zu Altrogge und ließ sich ihm gegenüber auf den unbequemen Holzstuhl fallen.

Altrogge hob den Kopf. »Schon mal was von Anklopfen gehört? Oder macht man das in Dortmund nicht?«

»Mein Gott, Matthes, was ist denn mit dir los? Du siehst ja total beschissen aus.«

Altrogge atmete ein paarmal tief aus und ein. »Wenn du bei so vielen Toten noch ruhig schlafen kannst, bist du noch kaltschnäuziger, als ich dachte.«

Von Ritterswürden lachte. »Ich schlafe natürlich auch schlecht. Aber es hat den Anschein, als würde ich das um einiges besser wegstecken als du. Und weil ich heute Nacht auch wieder nicht richtig schlafen konnte, habe ich nachgedacht.«

Jetzt war es Altrogge, der lachte. »Nachgedacht? Du? Da kann ja wohl kaum was Vernünftiges bei rumgekommen sein.«

»Hast du eine Ahnung! Aber jetzt wollen wir doch mal sehen, wie gut du denken kannst. Fangen wir mit einer einfachen Frage an. Glaubst du, dass Neuhaus einer der Täter ist?«

»Nein.«

»Schon mal nicht schlecht. Ich nämlich auch nicht. Warum glaubst du das nicht?«

Altrogge hielt sich den Magen. Zum Sodbrennen gesellten sich jetzt auch noch Übelkeit und Magenkrämpfe. »Du hast nicht zufällig Bullrich-Salz dabei?«

»Was ist das denn? Schlägt dir das viele Häkeln etwa auf den Magen?«

»Vergiss es. Also, ich denke, dass Neuhaus ein desillusionierter Einzelgänger ist. Davon abgesehen sind ihm in seinem damaligen Prozess zwar Darb und die drei Richter begegnet, denen er sogar gedroht hat. Aber mit unserem jüngsten Opfer scheint ihn nichts zu verbinden. Aber worauf willst du hinaus?« Von Ritterswürden starrte ihn entsetzt an. »Was ist los? Ist dir ein Geist begegnet?«

»Nein, das nicht. Aber ich befürchte, wir haben einen großen Fehler gemacht.«

Altrogge zog die Augenbrauen in die Höhe.

»Mensch, Matthes, wir hätten uns schon längst an diesen Unternehmer wenden sollen. Diesen Pries, der Neuhaus angeblich die Pläne für das Freizeitbad gestohlen hat. Woher sollen wir wissen, dass sich die Täter ausschließlich Juristen als Opfer aussuchen? Stell dir vor, dem passiert auch etwas.«

»Die Opfer sind nicht zufällig allesamt Juristen. Die Taten richten sich gegen das Rechtssystem. Aber wir können unseren Kollegen in Köln trotzdem sagen, dass sie diesem Pries einen Besuch abstatten und ihn warnen sollen. Und sei es nur, um herauszufinden, ob ihm der Name Frising etwas sagt. So, und jetzt ist Schluss mit dem Ratespiel, ich habe keine Lust dazu. Sag, was du dir überlegt hast.«

Von Ritterswürden erklärte, dass er darauf gekommen sei, dass die Täter ihre Opfer irgendwohin gelockt haben mussten. Und zwar an einen unauffälligen Ort. Und sie mussten sie vielleicht auch ein paar Tage gefangen halten. »Ich glaube nicht, dass sie ihre Opfer zu sich nach Hause eingeladen haben, wo es am besten gleich der Nachbar mitbekommt. Nein, ich kann mir vorstellen, dass die sich einfach jeden Tag irgendwo ein Ferienhaus gemietet haben. Eines für jedes Opfer sozusagen. Jetzt, im November, ist hier doch der Hund begraben, da ist es kein Problem, die abgelegensten Häuser zu bekommen, dort, wo tagelang niemand hinkommt. Und um uns möglichst immer einen Schritt voraus zu sein, brechen sie so schnell sie können ihre Zelte wieder ab und ziehen weiter.« Von Ritterswürden schlug vor, alle verfügbaren Kollegen ans Telefon zu setzen, um die Eigentümer von Ferienhäusern und die Tourismusvereine anzurufen.

Altrogge deutete ein Klatschen an. »Bravo, kein schlechter Gedanke. So machen wir es. Ich bezweifle allerdings, dass sie ihre Opfer dort getötet haben oder gefangen halten. Sie müssen jederzeit damit rechnen, dass der Vermieter plötzlich auf der Matte steht.«

»Jetzt stehe ich erst mal auf der Matte, Jungs.« Jorina Danneboom stand in der offenen Tür, weder Altrogge noch von Ritterswürden hatten sie bemerkt. »Eure Idee ist gut, ich setze gleich ein paar Kollegen ans Telefon. Aber um Pries müsst ihr euch nicht kümmern. Auf die Idee ist Jutta schon ganz von allein gekommen. Sie besucht ihn heute in Meckenheim. Aber deswegen bin ich nicht gekommen. Es gibt zwei Neuigkeiten. Erstens, Hendrik und Felix haben das Schließfach gefunden, zu dem der Schlüssel gehört, den sie bei Held gefunden haben. Da lagen sage und schreibe zweihunderttausend Euro drin, in bar und in kleinen Scheinen. Das ist mit Sicherheit mehr, als ein Richter in einem Jahr verdient. Jetzt statten sie der Witwe noch mal einen Besuch ab. Und zweitens … Matthias, du bist doch musikalisch, oder?«

Altrogge sah seine Chefin verblüfft an. »Ich? Nein, nicht dass ich wüsste, ich –«

»Aber ich!«, schnitt ihm von Ritterswürden das Wort ab. »Ich stehe total auf Heavy Metal. Matthias steht ja eher auf Häkeln.«

Jorina musste lachen. »Man kann auch beim Häkeln Musik hören. Aber nicht Heavy Metal, sondern Blasmusik. Wie sieht's damit aus?« Vier Augen sahen sie verständnislos an. »Okay, ich will euch erlösen. Gerade hat der Kapellmeister des Musikvereins Lathen angerufen. Die treffen sich traditionell alle zwei Monate in der Heimatstadt Wahn, um dort zu proben. Das machen sie auch, aber dann grillen und trinken sie, und zwar zu jeder Jahreszeit und bei jedem Wetter. Auch bei Frost und Raureif, so wie heute. Und dreimal dürft ihr raten, was sie dort gefunden haben.«

»Oh nein«, stöhnte von Ritterswürden, »nicht schon wieder. Ein Kreuz, habe ich recht?«

Jorina schüttelte den Kopf. »Falsch! Da steht schon ein Kreuz, nämlich das der alten Heimatstadt. Ein richtig großes Kreuz, das die Kirche symbolisiert, die dort früher gestanden hat. Aber an dem Kreuz hängt nun ein Schild mit einem netten Reim darauf. Der Kapellmeister sagte, dass sie sich normalerweise nicht darum gekümmert und es für einen Streich gehalten hätten. Aber angesichts der Morde der letzten Tage wurden sie natürlich stutzig und haben uns angerufen. Seht zu, dass ihr losfahrt. Alexander ist schon mit seinen Leuten und einem Arzt auf dem Weg dorthin.«

***

»Was bedeutet das eigentlich, ›Alte Heimatstadt Wahn‹?«, erkundigte sich von Ritterswürden auf der erneuten Fahrt in den Hümmling.

»Alte Heimatstadt oder auch ›Alte Dorfstelle Wahn‹ ist ein kleiner Ort, dessen Geschichte man ungefähr bis ins Jahr 1000 zurückverfolgen kann«, erklärte Altrogge. »Aber im Moment haben wir Wichtigeres zu tun, als uns mit Geschichte zu beschäftigen. Ist dir klar, dass wir gleich mit höchster Wahrscheinlichkeit das fünfte Mordopfer finden werden?«

»Daran besteht kein Zweifel. Leider. Trotzdem würde mich interessieren, was es mit diesem Ort auf sich hat.«

Altrogge blickte zu von Ritterswürden, der auf der Beifahrerseite saß und gedankenverloren aus dem Fenster blickte, hinein in die dauergraue Nebelsuppe. Eigentlich ist er ja ein ganz sympathischer Typ, dachte sich Altrogge, wenn er nur nicht so dreist wäre. »Ich mache dir einen Vorschlag, Uli. Die Geschichte der Heimatstadt ist in der Tat ganz interessant. Was hältst du davon, wenn wir am Freitag bei Lucky einen trinken gehen? Dann erzähle ich dir, was es damit auf sich hat. Und du hast die Chance, deinen Einstieg ein bisschen, sagen wir mal, geradezurücken. Du könntest mich zum Beispiel einladen.«

Von Ritterswürden bedachte ihn mit einem spöttischen Blick. »Ich soll was geraderücken? Bringst du da nicht etwas gehörig durcheinander, mein Lieber?«

»Wieso?«

»Wieso? Sag mal, willst du mich auf den Arm nehmen? Windberg, Skilift – schon vergessen?«

Altrogges Augen verengten sich zu Schlitzen. Es stimmte schon, wenn es darum ging, den anderen hinters Licht zu führen, gaben sie sich nichts. Und er hatte mit dem Windberg den ersten Schuss abgegeben. Aber er war ja auch nicht der Neue. »Was kann ich dafür, wenn du dich im Jahr 2013 weigerst, wie jeder andere normale Mensch im Internet zu surfen. Ich wäre nie auf die Idee gekommen, dass du mir das einfach so glaubst. Ich meine, Skigebiete in Norddeutschland, dazu braucht man eigentlich nicht einmal das Internet zu befragen. Oder hast du in der Schule bei Erdkunde immer gefehlt?«

»Siehst du, das unterscheidet uns. Ich vertraue auf das Wort eines Kollegen. Wenn du mir sagst, dass es hier einen Berg und ein Skigebiet gibt, glaube ich dir das, dann brauche ich kein Internet. Spiel hier also nicht das Unschuldslamm.«

»Ach, und was ist mit Jorina? Du bist noch keine Woche hier, und schon gräbst du sie an. Das ist ja schon fast peinlich.«

Von Ritterswürden lachte laut auf. »Ich grabe Jorina an? Was hast du denn für Probleme? Bist du allen Ernstes eifersüchtig? Sie ist in Ordnung, richtig nett, eine super Vorgesetzte. Aber ich habe bei ihr genauso wenig eine Chance wie du. Abgesehen davon hänge ich sowieso noch viel zu sehr an meiner Exfrau, andere Frauen interessieren mich nicht.«

»Wie kommst du darauf?«

»Worauf?«

»Na, dass ich keine Chancen bei ihr habe.«

»So etwas merke ich einfach. Jorina hat eine lockere, unkomplizierte Art, ja. Aber sie ist die Chefin. Und dieser Rolle ist sie sich bewusst. Ein lockerer Umgangston, ein Feierabendbier, auch mal mit einem Kollegen zu einem Fußballspiel … Das alles ist kein Problem. Aber ein Verhältnis oder gar eine Beziehung mit einem Untergebenen? Niemals. Außerdem habe ich das Gefühl, dass –«

»Was?«

»Ach, nichts.«

»Du kannst nicht irgendwelche Andeutungen machen und dann einfach nichts mehr sagen. Also, was hast du für ein Gefühl?«

Von Ritterswürden zögerte einen Moment. »Ich habe das Gefühl, dass weder du noch ich Jorinas Typ sind. Zufrieden?«

Altrogge fiel ein Stein vom Herzen. »Ach so. Ja, das stimmt, so schätze ich das auch ein. Letztlich ist sie auch ein Profi. Überhaupt hält sie sich mit ihrem Privatleben ziemlich bedeckt. Darüber erfährt man nichts. Und wenn sich auf einer Betriebsfeier mal jemand genug Mut angetrunken hat, um sich an sie ranzumachen, hat sie ihn jedes Mal ziemlich brüsk abgewiesen. Außerdem –«

»Außerdem was? Fängst du jetzt auch noch damit an?«

»Ach, nichts. Außerdem sind wir gleich da. Siehst du? Da vorn rechts geht es in den Wald. Also Freitag?«

»Einverstanden. Aber lass uns mein Häuschen einweihen, ich will nicht schon wieder in die Kneipe. Dann werde ich dir auch verraten, wie du deine Schwindelei wiedergutmachen wirst.«

»Ich soll was wiedergutmachen? Da habe ich ja wohl auch noch ein Wörtchen mitzureden.«

»Hast du nicht. Deinetwegen kann ich meine Skier einmotten. – Pass auf, Mensch, du musst doch hier abbiegen! Jetzt bist du vorbeigefahren.«

***

Die Bläser des Musikvereins Lathen saßen eingepackt in dicke Mäntel, Schals und Mützen auf den langen Holzbänken der Biergarnituren, die sie neben dem Parkplatz aufgestellt hatten, der für die Besucher der alten Heimatstadt gedacht war. Die Polizei hatte ihnen aufgetragen, sich möglichst weit von dem Kreuz fernzuhalten, um keine Spuren zu verwischen. Die meisten von ihnen lebten schon seit Ewigkeiten im Emsland, waren zum Großteil sogar hier geboren. Kaum einer von ihnen hatte in seinem Leben wirklich etwas Aufregendes erlebt, abgesehen von den stets kurzweiligen und unterhaltsamen Ausflügen mit dem Musikverein. Das Wissen, in diesem Augenblick möglicherweise Zeuge eines Verbrechens zu werden, erzeugte bei den Männern eine diffuse Mischung aus Spannung und Sensationslust. Der Grill war noch kalt, und die Bierflaschen lagen unberührt in den Kisten. Kaum jemand hatte bis zum Eintreffen der Polizei geredet.

»Wer von Ihnen hat das Schild an dem Kreuz zuerst gesehen?«, fragte einer der beiden Polizisten, die soeben angekommen waren. Der andere ging schon zum Kreuz hinüber.

Er stellte sich als Kriminalhauptkommissar Ulrich von Ritterswürden vor und war mit Sicherheit kein Emsländer. Die meisten Männer starrten vor sich hin auf den Holztisch, kaum jemand blickte zu dem Beamten auf.

Da ergriff der Kapellmeister das Wort: »Wir alle. Wir haben die Sachen aus den Bullis geholt und aufgebaut. Da hat Werner«, er zeigte auf einen älteren Mann am Ende des Tisches, »auf das Kreuz gezeigt und gerufen: ›Guckt mal, da hängt was!‹ Wir sind dann natürlich alle hingegangen und haben das Schild gesehen, das dort von dem Kreuz herunterhängt. Als wir die Aufschrift gelesen haben, waren wir ziemlich geschockt. Und dann habe ich sofort bei euch angerufen.«

»Hat jemand das Schild angefasst?«

»Natürlich«, sagte der Kapellmeister. »Es hat doch hin und her gebaumelt. Wie hätten wir sonst lesen können, was darauf steht? Wir haben doch nicht gleich an ein Verbrechen gedacht.«

»Danke, das war's für den Moment. Aber bleiben Sie bitte noch ein wenig hier, wir kommen gleich noch einmal auf Sie zu.«

Von Ritterswürden wandte sich ab und ging auf das Kreuz zu. Der Mann hatte natürlich recht. Woher hätten sie auch wissen sollen, dass das Schild an dem Kreuz über einem Grab hing, dem Grab eines Mordopfers. Er blickte sich um. Allzu viel war auf den ersten Blick nicht zu sehen. Unter einer alten Heimatstadt hätte er sich so etwas wie ein teilweise erhaltenes Dorf vorgestellt mit Ruinen, aber auch gut erhaltenen Häusern und Höfen. Aber hier gab es nicht einmal Ruinen, sondern nur eine offene Fläche, die auf der einen Seite durch den kleinen Parkplatz und die schmale Zufahrt, die jeden Schlaglochwettbewerb gewonnen hätte, begrenzt war und auf der anderen von einem schmalen Waldstreifen und der Hauptstraße. Linker Hand allerdings war ein großer Wald. Möglicherweise gab es dort alte Hofanlagen. Eines gab es hier jedenfalls zuhauf: Landschaft. Er war gespannt, was Altrogge ihm am Freitag dazu sagen konnte. Im Sommer war es an diesem merkwürdigen Ort ja vielleicht sogar ganz nett. Aber jetzt im November, an Tagen, an denen es überhaupt nicht richtig hell wurde, wirkte die Szenerie trostlos und öde. Es war ihm schleierhaft, wie ein Bläserensemble ausgerechnet hier proben und feiern konnte, noch dazu bei minus zwei Grad und wabernden Nebelschwaden. Er hatte ohnehin den Eindruck, dass die Emsländer ein ganz eigenes Völkchen waren.

Er näherte sich dem Kreuz, das unheimlich im Nebel in die Höhe ragte, und ging an einem steinernen Bassin vorbei. Auf der anderen Seite stand ein Schild. Er konnte nicht anders, er musste wissen, was das für ein merkwürdiges Becken war. Er umrundete die Steinfläche, um die Aufschrift zu lesen. *»In dieser Seitenkapelle stand der Taufstein«*, stand auf dem schlichten grünen Blechschild geschrieben. Er drehte sich in alle Richtungen um. Was für eine Seitenkapelle? Welcher Taufstein? Da war doch nichts! Kopfschüttelnd ging er weiter, stieg die drei verwitterten, von Gras und Raureif überzogenen Stufen hoch und stand unmittelbar vor dem Holzkreuz. Es war vollkommen unspektakulär, zwei einfache Holzplanken, keinerlei Schnickschnack. Eigentlich sah es nicht viel anders aus als die Kreuze auf den Gräbern der bisherigen Opfer, nur dass es viel größer war. Vom Querbalken, der sicherlich auf einer Höhe von vier oder fünf Metern war, baumelte das Schild weit herab. Von Ritterswürden fragte sich, wie sie es wohl geschafft hatten, es dort anzubringen, so weit über dem Boden.

»Und, was haben die Bläser gesagt?« Altrogge hatte sich zu von Ritterswürden umgedreht, wobei er das Schild, das etwa auf Höhe seiner Augen hing, mit den Fingerspitzen festhielt.

»Nichts von Belang. Außer dass sie hier alles niedergetrampelt und ihre Fingerabdrücke großzügig auf dem Schild verteilt haben, das du so behandelst, als wäre es etwas sehr Wertvolles und Zerbrechliches. Ich glaube, die Mühe kannst du dir sparen. Was steht denn auf dem Schild?«

Altrogge drehte das dünne hölzerne Schild in seine Richtung. »Lies selbst.«

Von Ritterswürden stellte sich neben Altrogge, um zu sehen, was dort geschrieben stand. Er musste sich ein wenig bücken, leise las er:

»In diesem Grabe modert still dahin Anwalt Arens Hans,
weil er stets mit Arg befleckte des Gesetzes Glanz.«

»Ach du Scheiße, diese Sprüche werden ja immer verrückter. Ein dichtender Massenmörder! Und da meint man, man hätte in seinem Leben schon so ziemlich alles erlebt.«

Mertens gab seinen Leuten, die dabei waren, das vermeintliche Grab auszuheben, ein paar Anweisungen und gesellte sich zu den beiden Kriminalhauptkommissaren. »Spuren könnt ihr vergessen. Alles platt getreten. Wir nehmen allerdings gleich noch die Zuwege und den Wald zur Hauptstraße hin unter die Lupe. Irgendwie müssen sie ihr Opfer ja hierhergebracht haben. Mit dem Auto sind sie jedenfalls nicht bis zum Kreuz vorgefahren. Reifenspuren würde ich sogar noch erkennen, wenn eine Hundertschaft von Bläsern darübergelaufen wäre.«

Die drei sahen den Männern zu, die an der Stelle, die kaum von Raureif überzogen war, ein Loch gruben.

»Sagt mal«, versuchte von Ritterswürden seine Neugier zu befriedigen, »ist das eigentlich bei euch üblich, dass die Leute im Winter mit Trompeten und Posaunen zum Proben in einsame Wälder gehen? Ich meine, das ist schon irgendwie schräg.«

Mertens und Altrogge sahen sich an und runzelten die Stirn. Bevor jemand etwas sagen konnte, rief einer von Mertens' Leuten: »Wir haben ihn!«

In nahezu identischer Tiefe mit den vorherigen Gräbern lag wieder ein menschlicher Körper in der Erde, mit dem Gesicht nach unten. Und wieder waren keine Verletzungen zu erkennen. Vorsichtig hoben die Männer den leblosen Körper aus der Grube.

Der Arzt stellte rasch seinen Tod fest und hatte sogar prompt eine erste Einschätzung hinsichtlich der Todesursache parat. »Sehen Sie?« Er wies auf den Hals des männlichen Toten. »Das sind ziemlich heftige Strangulationsspuren. Es ist wahrscheinlich, dass er erwürgt wurde. Oder, wenn ich mir die Male genauer betrachte, eher erhängt. Natürlich müssen wir abwarten, was Osse sagt, aber das wirkt auf mich doch recht eindeutig.«

»Sagen Sie mal, Doc, was ich Sie schon beim letzten Mal fragen wollte, wieso nennen Sie Dr. Ossenkopp eigentlich Osse? Ist das echt sein Spitzname?«

Der Mediziner winkte ab. »Hat sich irgendwann so ergeben, vergessen Sie's einfach, er mag das nicht. Wie gesagt, ich halte es für denkbar, dass das Opfer erhängt wurde.«

»Und was ist das?« Altrogge wies auf die Füße des Toten. Unter seinen Sohlen befanden sich merkwürdige Drähte, die mit Gummizügen an den Schuhen befestigt waren.

»Keine Ahnung, so etwas habe ich noch nie gesehen.«

»Tja«, frohlockte von Ritterswürden, »weil ihr hier nicht wisst, was Winter heißt. Wenn im Emsland alle fünf Jahre mal ein halber

Millimeter Schnee fällt, dann bricht doch bestimmt sofort der Verkehr zusammen, und die Schulen und Ämter kriegen schneefrei, stimmt's?«

»Uli, der Mann da ist tot.« Altrogge klang genervt. »Wenn du uns was zu sagen hast, dann sag es.«

»Meine Güte, du bist aber empfindlich. Aber gut: Das sind Schuhschneeketten.«

»Wie bitte? Schuhschneeketten? Was, bitte schön, soll denn das sein?«

Von Ritterswürden schüttelte den Kopf. »Ihr habt echt keine Ahnung? Schuhschneeketten sind sozusagen Steigeisen für Straßenschuhe. Die Dinger kann man unter den Sohlen befestigen, wie ihr seht. Und wenn die Wege draußen zugeschneit oder vereist sind, könnt ihr damit problemlos rumlaufen, ohne auf die Nase zu fallen. Ich habe so etwas auch. Die nehme ich immer mit in den Skiurlaub.«

»Was du nicht sagst, Uli. Und was will er jetzt und hier damit?«

»Das kann ich euch allerdings auch nicht sagen.«

Während er und Altrogge sich verbal duellierten, hatte Mertens die Taschen des Opfers durchsucht. Er zog ein schmales Buch mit einem Einband aus dunkelbraunem Leder aus der Manteltasche. Vorsichtig berührte er es nur mit den Fingerspitzen, um es in einer Beweismitteltüte zu verstauen. Dabei konnten sie lesen, was auf dem Aufkleber stand, der auf dem oberen Drittel der Vorderseite prangte.

Fassungslos starrten die Männer auf die großen goldenen Lettern in altdeutscher Schrift:

»Tagebuch der Rache«.

21

Autobahn A 1, 15. November 2013

Hans-Jochen Pries war immer noch ganz außer sich. Da waren diese unverschämten Polizisten gestern unangemeldet bei ihm aufgetaucht, während er gerade in wichtigen Verhandlungen steckte, um ihn in einer Angelegenheit zu sprechen, die schon Ewigkeiten zurücklag. Es ging um das Freizeitbad, das er vor langer Zeit in Köln realisiert hatte. Ein wunderbares Projekt, prestigeträchtig und überaus lukrativ. Er hatte seinen Termin unterbrechen und sich bei seinen Partnern entschuldigen müssen, die immerhin planten, mit ihm zusammen einen Hotelkomplex in Spanien zu bauen. Als er dabei in ihre Gesichter gesehen hatte, wusste er genau, was in ihren Köpfen vor sich ging. Die Polizei erschien bei einem Partner, mit dem man ein Millionenprojekt plante. Natürlich machte sie das misstrauisch und führte zu einer Abwehrhaltung. Wenn der Polizeiapparat nicht so unantastbar wäre, würde er sie im Falle eines Scheiterns des Projektes auf Schadenersatz verklagen. Die beiden Typen, eine Frau, Jutta irgendwas, und ein Kollege von ihr hatten ihn mit der Gerichtsakte konfrontiert und direkt gefragt, ob er zugebe, damals den Richter und andere Beteiligte bestochen zu haben. Was für eine Unverfrorenheit, welch ungeheure Dreistigkeit! Seit drei Jahrzehnten plante und realisierte er ein Großprojekt nach dem anderen. Und natürlich trug er stets das unternehmerische Risiko. Seine Heimatstadt finanzierte ihren gesamten Beamtenapparat vermutlich allein mit der Gewerbesteuer, die er bezahlte. Im Unterschied zu vielen anderen verfrachtete er sein Vermögen nämlich nicht über Umwege und Scheinfirmen in die Schweiz oder nach Liechtenstein. Er zahlte brav zu Hause seine Steuern. Im Laufe der Jahre waren zig Millionen in die Kassen des Staatssäckels geflossen. Und da tauchen aus dem Nichts zwei dahergelaufene Kriminalkommissare auf, beide unausgegorene Jungspunde, und konfrontieren ihn mit Anschuldigungen. Kriminalkommissar, Besoldungsgruppe A9, wenn er sich nicht irrte. Was verdiente man in diesem Alter monatlich? Zweieinhalbtausend Euro brutto? Da kommen also zwei Armleuchter A9 zu ihm und stellen ihn bar jeglichen Respekts als Betrüger dar. Ihn, Hans-Jochen Pries, Selfmademan, Großunternehmer mit rund sechshundert Millionen Jahresumsatz, Arbeitgeber für mehr als fünfhundert Beschäftigte, Förderer und Mäzen heimischer Künstler und des hiesigen Kleingewerbes, Duzfreund des Bürgermeisters, Intimus diverser nordrhein-westfälischer Minister und des Polizeipräsidenten, den er in den nächsten Tagen anrufen oder noch besser treffen würde, um mit ihm über diesen ungeheuerlichen Vorfall zu sprechen. Erdreistete sich dieses fette Weibsbild doch tatsächlich, ihn zu fragen, ob es bei seinen Projekten Unregelmäßigkeiten gebe, ob er Schmiergelder zahle und ob er wisse, dass er einen Architekten in den Ruin getrieben habe. Hatten diese bornierten Kleinbeamten tatsächlich ein solches dümmlich idealisiertes Weltbild? Was glaubten die wohl, wie ein Mann wie er so dermaßen erfolgreich sein konnte? Indem er immer alle lieb hatte, immer die andere Wange hinhielt, stets verzichtete, wenn es einem anderen nützte oder auch nur aus reiner Nächstenliebe? Keine Maschine lief ohne Öl. So war das schon damals bei den Römern, so war es heute, und so würde es auch in Zukunft bleiben. Verlierer gab es dabei immer, und meistens verloren sie, weil sie dümmer waren oder unheilbar naiv. Das war das Gesetz des Lebens, das Gesetz des Stärkeren. Sein Gesetz. Ganz einfach.

Aber damit nicht genug. Nachdem er logischerweise jegliche Unregelmäßigkeiten verneint hatte, fragten ihn die A9er, ob er eine ominöse Einladung ins Emsland zu einer Ehrung, seiner Ehrung, erhalten habe. Er befinde sich in höchster Lebensgefahr, weil, wie er sicherlich schon aus den Medien wisse, möglicherweise ein Rächer sein Unwesen treibe. Und seine bisherigen Opfer stünden anscheinend in einem Zusammenhang mit ihm und diesem Projekt von damals. Wenn sich jeder an ihm rächen wollte, mit dem er in dreißig Jahren Unternehmertum aneinandergeraten war, könnte er sich vor Attentaten kaum retten. Dieser Prozess, um den es hier ging, gegen diesen Verlierer Neuhaus, war unbedeutend. Für solch eine Lappalie rächte sich niemand, das gab es nur im Film. Da fielen ihm auf Anhieb ein paar Leute mit besseren Motiven ein, aber auch das waren aus seiner Sicht nur Peanuts. Kein Grund, das diesen Kommissaren auf die Nase zu binden.

Sicherlich, die Sache mit dem Emsland hatte ihn zunächst stutzig gemacht. Denn in der Tat war er in weniger als einer Stunde mit zwei Herren verabredet, Projektentwicklern. Und zwar in Cloppenburg. Das lag zwar nicht direkt im Emsland, aber unmittelbar östlich davon. Doch dabei ging es nicht um irgendeine Ehrung. So ein überflüssiger Schwachsinn interessierte ihn nicht im Geringsten, das war reine Zeitverschwendung. Herr Chevalier hatte sich vor ein paar Tagen telefonisch mit ihm in Verbindung gesetzt und ihm ein höchst interessantes Grundstück in Cloppenburg zum Kauf angeboten. Von der Lage her eignete es sich hervorragend für ein Einkaufszentrum der modernen Art. Mit Geschäften, Kinos, Gastronomie und Freizeitangeboten. Dieses Angebot war für ihn aus mehreren Gründen attraktiv. Zum einen fehlte ihm noch ein solches Projekt. Ein Einkaufszentrum stand seit Jahren auf seiner Agenda, aber bis heute hatte sich keine aussichtsreiche Gelegenheit ergeben. Zum anderen war Cloppenburg, überhaupt Norddeutschland, für ihn noch ein weißer Fleck auf der Landkarte. Sein Projektpool in Deutschland breitete sich von Düsseldorf spinnennetzartig nach Süden und Osten aus. Insofern wäre Cloppenburg für ihn ein Meilenstein, der Beginn seiner Expansion in die Nordhälfte. Und außerdem stimmte das Preis-Leistungs-Verhältnis, ein wesentlicher Baustein in der Entscheidungsfindung zugunsten eines Projektes. Das Baugrundstück maß dreizehntausend Quadratmeter und sollte achthunderttausend Euro kosten. Es zeichnete sich durch eine ordentliche Lage, eine sehr gute Verkehrsanbindung und keinerlei Einschränkungen vonseiten des Bebauungsplans hinsichtlich der Nutzungsarten aus. Chevalier hatte das Objekt mit einigen aussagekräftigen Fotos bei einer Immobilienbörse im Internet eingestellt, anhand deren sich ein Unternehmer wie er, mit all seiner Erfahrung, das fertige Zentrum schon vorstellen konnte. Das Grundstück gehörte zwar einer englischen Gesellschaft, einer Limited, aber das war ihm egal. Der Preis war super und dazu noch provisionsfrei. Das allein zählte.

Gleich würde er sich das Grundstück mit Herrn Chevalier und seinem Kollegen anschauen, einem Herrn Brecht. Danach würde man zusammen eine Kleinigkeit zu Mittag essen und über Details sprechen. Und wenn es gut lief, säßen sie heute in einer Woche schon beim Notar, um den Kaufvertrag zu unterschreiben.

Er blickte in den Rückspiegel. Für wie bescheuert hielten die ihn eigentlich? Als ob er nicht merken würde, dass sie ihm folgten. Eigentlich wäre ihm das ja sogar egal, er tat schließlich nichts Illegales. Aber es reichte, dass sie ihm bereits ein Geschäft vermasselt hatten; eine weitere Gelegenheit, ihn zu ruinieren, sollten sie nicht bekommen. Er schaute auf den Tacho. Hundertfünfzig. Seine bevorzugte Reisegeschwindigkeit. Er fuhr nicht gern schnell. Lieber fuhr er pünktlich los, kam entspannt an und hörte auf der Fahrt Mozart oder Verdi. Er war kurz vor Osnabrück. Auf der dreispurigen Autobahn herrschte wenig Verkehr. Wie viel betrug wohl die Sichtweite in diesem Nebel? Fünfhundert Meter? Oder weniger? Er trat das Gaspedal bis zum Anschlag durch. Der Acht-Zylinder-Motor heulte auf, und die dreihundertfünfunddreißig PS ließen den Wagen einen Satz nach vorn machen. In der schweren Limousine, in der man sich wie in einem Wohnzimmer fühlte, konnte man die Beschleunigung kaum spüren. Auch nicht die Geschwindigkeit. Zweihundertvierzig fuhr er nun schon. Die wenigen Autos und Lkws auf der rechten und der Mittelspur zogen wie Schatten an ihm vorbei. Wie gut, dass er damals in weiser Voraussicht dafür gesorgt hatte, dass sich jemand unter der Hand um die elektronische Abregelung der Höchstgeschwindigkeit kümmerte. Kontakte waren ein unverzichtbarer Baustein des Erfolgs. Er sah wieder in den Rückspiegel. Die Lichter des ihm folgenden Passats wurden kleiner und kleiner. Nach wenigen Sekunden waren sie ganz aus seinem Blickfeld verschwunden. Er fuhr etwas langsamer, zweihundertsiebzig Sachen stressten ihn zu sehr. Das war nicht gut für die bevorstehenden Verhandlungen.

***

In der Einsatzzentrale klingelte das Telefon. Es war Jutta Paschek mit der Nachricht, dass sie Pries verloren hatten.

»Mist!«, fluchte Altrogge. »Im Moment geht aber auch wirklich alles schief. Wenn uns nicht bald ein Durchbruch gelingt, werden wir nicht verhindern können, dass es weitere Opfer gibt. Darb, Held, Frising, Lehm und Arens hat es schon erwischt. Und wenn dieses Tagebuch die Wahrheit sagt, sind noch Schmitz, Schenker, Nelles, Knoll und Pries an der Reihe. Wenn sie nicht ohnehin schon tot sind, denn nicht einmal das wissen wir. Allein von Pries wissen wir, dass er noch lebt, aber der hat soeben seine Verfolger abgeschüttelt. So ein Idiot! Wollte wohl partout nicht einsehen, dass wir ihn nur beschützen wollen. Das ist einfach irre. Wir wissen genau, wer auf dieser furchtbaren Todesliste steht, kennen jede bisherige Tat bis ins kleinste Detail, und dennoch tappen wir vollständig im Dunkeln. Gut, wir haben gestern Franz Neuhaus festgenommen, damit wir ihn endgültig von der Liste der Verdächtigen streichen können, falls während seiner Untersuchungshaft ein weiterer Mord geschieht. Aber Neuhaus bestreitet jede Beteiligung an den Morden. Und was haben wir davon? Sollte tatsächlich kein weiterer Mord mehr geschehen, kann das bedeuten, dass er der Täter ist. Aber was ist mit seinem Komplizen? Der taucht entweder unter und wir werden ihn nie drankriegen, oder er mordet weiter und wir finden bald die nächsten Leichen. Alles in allem sind wir kein bisschen schlauer als zuvor.«

Die MoKo Teufelssteine hatte sich im Konferenzraum versammelt. Angesichts der weiteren potenziellen Opfer und des beunruhigenden Tagebuchs der Täter herrschte eine gedrückte Stimmung. Die Fahrgestellnummer des ausgebrannten Fluchtwagens war fein säuberlich abgefeilt worden. Falls es einen Fahrzeugdatenträger gegeben haben sollte, war dieser Hinweis ein Opfer der Flammen geworden. Mertens versuchte zwar, die Nummer zu rekonstruieren, aber das dauerte. Und Zeit war genau das, was sie nicht hatten, sofern sie dem Tagebuch Glauben schenken konnten. Aus Köln kamen ebenfalls beunruhigende Nachrichten. Das Opfer in der Heimatstadt Wahn, Hans Arens, hatte sich im März bei der Kölner Polizei gemeldet, weil ihm jemand einen obskuren Brief und ein Seil mit Anweisungen geschickt hatte, wie man bestimmte Knoten macht. Jetzt war Arens erhängt worden. Und dem vermissten Richter Peter Schmitz hatte laut Aussage seiner Frau jemand ein halbes Jahr zuvor Rattengift geschickt, ebenfalls in Verbindung mit einem abstrusen Anschreiben. Hieß das, dass er vergiftet werden sollte? Außerdem waren diese Schreiben Beweise dafür, dass die Mörder ihre Taten von langer Hand geplant hatten. Vermutlich hatten auch die anderen Opfer etwas Ähnliches bekommen. Was waren das nur für Menschen, die ihren Opfern lange vor ihrer Ermordung auf dermaßen perfide Art und Weise ihre bevorstehende Todesart ankündigten?

Das »*Tagebuch der Rache*« war eine reine Horrorlektüre. Jemand hatte die hinteren Seiten des Diariums ausgehöhlt und dort einen USB-Stick eingefügt. Auf diesem war all das, was auf den Seiten zuvor beschrieben wurde, filmisch dokumentiert. Keines der Mitglieder der MoKo konnte sich erinnern, schon jemals etwas vergleichbar Grauenvolles gelesen oder gesehen zu haben. Schon die erste Seite des Tagebuchs löste Bestürzung aus, denn dort stand in derselben Schriftart und -farbe wie auf dem Einband:

»*Halbzeit der Vergeltung*«.

Was dieser Titel erahnen ließ, bestätigten die folgenden Ausführungen. Zunächst stellten sich die Täter vor. Sie nannten sich Walther Brecht und Alphonse Chevalier. Höchstwahrscheinlich Phantasienamen, denn Männer mit diesen Namen fanden sich weder in einer der polizeilichen Datenbanken Niedersachsens oder der Bundesrepublik, noch waren Männer mit einem dieser Namen im Emsland oder im Rheinland registriert. Es gab zwar einige wenige Brechts, aber niemanden mit dem Vornamen Walther.

Dann folgte eine längere Passage, in der die Täter sich und ihre Motive dezidiert beschrieben:

Wir sind die Gewaltenteilung in Personalunion. Wir sind zugleich Legislative, Judikative und Exekutive. Unsere Gesetze sind klar und verständlich, sie lassen weder Raum für Missverständnisse noch für Winkelzüge. Unsere Urteile sind gerecht, ihre Vollstreckung gerächt. Die Realität in Deutschland zeigt, dass die Gewaltenteilung als Experiment fehlgeschlagen ist. Der Grund des Scheiterns liegt in der unermesslichen Gier und dem krankhaften Machtstreben des Menschen. Jährlich werden Tausende von Prozessen geführt, oft aus nichtigen Anlässen. Doch ebenso oft geht es um horrende Streitwerte. Auch dieses Prinzip, das Streitwertprinzip, hat aus den gleichen Gründen versagt wie das Prinzip der Gewaltenteilung. Anstatt sich mit Hilfe der Gesetze für das Recht ihrer Klienten einzusetzen, nutzen skrupel- und gewissenlose Anwälte diese Gesetze, um widerrechtlich ihre Gier zu befriedigen. Nicht wenige von ihnen beginnen bereits ihr Jurastudium mit dem festen Vorsatz, die Komplexität und Unübersichtlichkeit des Rechtssystems zu nutzen, um das Recht systematisch zu beugen und sich daran zu bereichern. Wo das allein nicht ausreicht, schrecken sie auch vor Bestechung, Druck und sogar Erpressung nicht zurück.

Ziel sind korrupte Richter, die vor allem durch Bestechung gefügig gemacht werden. Auf sie müssen wir als übergeordnete Gerichtsinstanz gesondert eingehen. Zeugen hingegen werden bevorzugt unter Druck gesetzt, nicht selten mit mafiösen Methoden, gegebenenfalls auch mit dem Instrument der Bestechung. Doch je höher der Streitwert, desto höher die Bereitschaft, zu noch drastischeren Mitteln zu greifen. Dieser Art von Anwälten – wir möchten an dieser Stelle darauf hinweisen, dass wir wissen, dass die Vorwürfe dieses hohen Gerichts des gerechten und gerächten Rechts nicht auf alle Juristen zutreffen – geht es nicht um das Wohl ihrer Klienten, sondern um ihren persönlichen Gewinn. Zu diesem Zweck drängen sie Klienten in aussichtslose Prozesse. Denn ihr Honorar bekommen sie ja unabhängig vom Erfolg. Das Schicksal ihrer Klienten, die diese Prozesse verlieren und meistens auch sämtliche Kosten des Verfahrens tragen müssen, ist ihnen gleichgültig.

Aber unser Urteil richtet sich auch gegen die andere Seite, die Richter. Sie könnten dem Ziel eines korrupten Anwalts im Wege stehen, doch haben sie die gleichen menschlichen Schwächen und sind dementsprechend labil und bestechlich. Wir wissen, dass unzählige Prozesse getürkt sind, eine Verschwörung von Juristen, die sich gegen diejenigen richtet, die sie eigentlich schützen sollten. Wir wissen, dass oft nicht derjenige einen Prozess gewinnt, der im Recht ist, sondern vielmehr jener, der bereit ist, am meisten zu zahlen. Bedauerlicherweise ist unser Rechtssystem so ausgelegt, dass sich diese Menschen, diese Hünen der Lüge, Verderblichkeit, Bestechlichkeit und Zerstörung, hinter Paragrafen verschanzen

können, um ihre Taten zu tarnen und ihr Unrecht zu kaschieren. Ein Unrecht, das nicht weniger schwer wiegt als ihr Tod, den dieses Gericht bei allen Angeklagten als einzig angemessenes Strafmaß auszusprechen gezwungen war.
Wir wissen nicht, wie viele Prozesse auf diese Weise geführt wurden und geführt werden. Aber wir wissen es von etlichen Prozessen. Und wir wissen, wer daran in welcher Weise beteiligt war. Denn auch wir haben recherchiert. Leider gilt es, festzustellen, dass sich niemand diesen Subjekten in den Weg stellt. Geschützt durch Gesetze und in der Obhut einer übermächtigen Lobby können sie ihr unheilvolles Werk nach Belieben verrichten. Wir kennen die Täter. Es sind nicht nur Juristen, sondern auch solche, die im Hintergrund die Fäden ziehen, die zahlen oder den Weg auf andere Weise ebnen müssen. Wir haben sie ausfindig gemacht. Wir haben sie festgenommen. Wir haben den Prozess gegen sie geführt. Wir haben ihr Urteil verkündet – im Namen des Volkes! Und bei der Hälfte haben wir das Urteil bereits vollstreckt. Hier und heute haben fünf hinterhältige und verlogene Subjekte für ihre abscheulichen Taten bezahlt. Weitere fünf werden folgen. Dann ist das Verfahren beendet. Wir wissen, dass dies nur ein Tropfen auf den heißen Stein ist, und es wäre uns lieber, wenn wir nicht solch apodiktische Urteile fällen müssten. Doch es ist der einzige Weg und immerhin ein Anfang. Gern würden wir schon an dieser Stelle ausführlicher darüber berichten, warum diese Subjekte ausgelöscht werden mussten beziehungsweise noch ausgelöscht werden müssen. Doch das ist leider nicht möglich. Aber wenn die Zeit der Vollstreckung vorüber ist, dann ist die Zeit gekommen, in der wir uns mitteilen werden. Und dann werdet ihr es alle verstehen!
Die Richter der Gerächtigkeit des Rechts

Nach dieser Generalabrechnung mit dem deutschen Rechtssystem und der Darstellung der eigenen, selbstherrlichen und selbstgerechten Rolle der »Richter« folgten zehn Kapitel, eines für jedes Opfer. Fünf in der Vergangenheitsform geschrieben, fünf im Futur. Die Vorwürfe, die die selbst ernannten Richter den Opfern machten, waren dezidiert aufgelistet. Sie reichten von einfacher Bestechlichkeit über Bestechlichkeit in einem besonders schweren Fall bis hin zu Mordvorwürfen. Die Anklagen lauteten auf Mord an einem Kind, Mord an einem Zeugen und Mord an einem Kläger. Darüber hinaus gab es diverse Anklagen, weil die Beklagten angeblich Menschen in den Ruin, die Insolvenz oder die Psychiatrie getrieben hatten. Bei jedem wurde das jeweilige Motiv angeführt. Es lautete bei allen übereinstimmend: Gier. Eine der sieben Todsünden.

Nach der einem Rechtsurteil ähnelnden Anklageschrift folgten die Urteile, die Urteilsbegründungen und die verhängten Strafen. Der USB-Stick dokumentierte die Vollstreckung der bisherigen Taten. Trotz des Detaillierungsgrades der Ausführungen hatten die begangenen und geplanten Taten nur eines gemeinsam: In dem Tagebuch wurden lediglich die Namen der von den Tätern »Angeklagten« genannt, aber weder die tatsächlichen Namen der »Richter« noch die der angeblichen Justizopfer der »Angeklagten«.

»Ein total abgebrühtes Killer-Duo«, hatte von Ritterswürden angemerkt. »Die liefern uns jedes Detail ihrer Taten, begründen jede einzelne, aber Namen, die uns weiterbringen könnten, nennen sie nicht. Es ist völlig klar, dass sie einen knappen, aber gut durchdachten Zeitplan haben. Sie wollen uns so lange hinhalten, bis sie den abgearbeitet haben. Und dann diese merkwürdigen Wortspiele. Gerecht und gerächt. Nicht zu vergessen die ganzen Reime. So etwas Abgefahrenes habe ich wirklich noch nie erlebt.«

Auf dem USB-Stick war als Erstes zu sehen, wie Heiner Darb mit vier Schüssen regelrecht hingerichtet worden war. In seiner Urteilsbegründung stand, wie viel Zeit zwischen den einzelnen Schüssen liegen sollte und warum sich das Richterduo für sein Strafmaß entschieden hatte: *»Weil er Waffenschieber verteidigt hat, die sich des Massenmordes schuldig gemacht haben.«*

Als Nächstes war offensichtlich Hermann Lehm an der Reihe gewesen. Das Video zeigte ihn gefesselt auf einem Stuhl in einem Raum aus Beton. Man konnte die Panik in seinen Augen erkennen und hören, wie jemand sein Todesurteil verkündete. In der Urteilsbegründung stand, dass *»Lehm sein Sterben bei vollem Bewusstsein zu erleben hat, damit er nachvollziehen kann, wie sich ein Vater fühlt, der mit eigenen Augen ansehen muss, wie sein Sohn stirbt, hilflos, ohnmächtig. Denn der Angeklagte Hermann Lehm hat den*

Tod eines Kindes billigend in Kauf genommen, um sich persönlich zu bereichern.«

Der Tod des Richters Thomas Held war nicht filmisch dokumentiert. Auch das begründeten die Täter. Weil Held nachts lebendig begraben wurde, waren die Lichtverhältnisse zu ungünstig. *»In der Finsternis der Nacht war jene Form der Dokumentation der Urteilsvollstreckung mit den vorhandenen technischen Möglichkeiten bedauerlicherweise nicht zu realisieren«*, hieß es in dem Tagebuch. Aber es wurde erklärt, warum er einen qualvollen Erstickungstod in der Erde des Emslandes erleiden musste. Er habe mit seiner fortwährenden Bestechlichkeit das Recht untergraben und die Gerechtigkeit begraben. Deshalb gebe es nur eine wahrhaftige Gerächtigkeit, die ihm widerfahren könne.

Der Anwalt Michel Frising wurde mit einer Plastiktüte erstickt, weil er *»sich der Anstiftung zum Selbstmord schuldig gemacht und durch seine Verleumdungen und seine Bestechlichkeit rechtschaffenen Kollegen die Luft zum Atmen geraubt hat«*.

Besonders perfide war das Urteil beim letzten Opfer, Hans Arens. Jetzt wusste die MoKo Teufelssteine, warum er Schuhschneeketten unter den Sohlen hatte. Auf dem USB-Stick war zunächst nur der Oberkörper des noch lebenden Arens zu sehen. Um den Hals war ein Seil gebunden, das an einem Haken angebracht war, der unter der Decke hing. In Arens' Augen war Todesangst zu erkennen. Dann schwenkte die Kamera langsam abwärts. Arens stand auf einem Eisblock. Seine Urteilsverkündung verriet, wie lange es dauern würde, bis der Eisblock so weit abgeschmolzen war, dass Arens komplett den Boden unter seinen Füßen verlor: acht Stunden. In zusammengeschnittenen Szenen war deutlich zu erkennen, wie Arens immer wieder versuchte, das dünner werdende Eis auszugleichen, indem er sich auf die Zehenspitzen stellte. Und weil er an den Seiten durch zwei dicke, senkrecht aus dem Boden ragende Holzlatten stabilisiert war, konnte er nicht frühzeitig den Halt verlieren und einfach wegkippen, was für ihn eine Gnade gewesen wäre. In der Urteilsbegründung hieß es: *»Er war zeit seines Lebens kalt wie Eis. Er hatte keinerlei Skrupel, Menschen durch Lügen und die gezielte Beeinflussung von Richtern zu vernichten, Existenzen zu zerstören und Familien auseinanderzureißen. Es war ihm* *gleichgültig, wenn seine Opfer litten und allmählich in den Wahnsinn getrieben wurden. Er hat gegnerische Anwälte mit Hilfe seines Einflusses unter Druck gesetzt und dazu gezwungen, ihre Prozesse zu verlieren.«*

Teil zwei des Tagebuchs, *»die noch zu vollstreckenden Urteile«*, ersparte der MoKo zumindest die widerwärtigen Videoaufnahmen. Nicht aber die Bestätigung ihrer Befürchtungen.

So sollte der Richter Peter Schmitz tatsächlich durch Rattengift sterben, *»weil er eine Ratte in den Tiefen des Rechtssystems ist, gefräßig, gierig, boshaft«*.

Raffael Knoll sollte eine Überdosis Schmerztabletten eingeflößt werden, *»weil er all den Menschen um sich herum stets Kopfschmerzen bereitete. Er wird über Tage angemessen langsam und bei vollem Bewusstsein verrecken. Ihm soll hinreichend Zeit bleiben, um zu begreifen, wie vielen Menschen er durch seine Bestechlichkeit und seine Lügen unvorstellbare Schmerzen zugefügt hat.«*

Das Urteil über die Richterin Katrin Schenker begründete sich vor allem auf ihrer Kaltschnäuzigkeit, mit der sie das Recht nach Belieben beugte. Ihr drohte deshalb der Tod durch Erfrieren. Wo und wie das stattfinden sollte, wurde nicht gesagt. Somit gab es auch hier keinen Anhaltspunkt für die MoKo.

Den Anwalt Norbert Nelles erwartete ein vergleichsweise mildes Urteil. Da er als Mitläufer eingestuft wurde, der eher indirekt für die Zerstörung menschlicher Existenzen verantwortlich war, sollte er mit einem Genickschuss getötet werden.

Den Unternehmer Hans-Jochen Pries erwartete hingegen eine besonders grauenvolle Strafe. Er wurde als Drahtzieher bezeichnet, dessen einziges Motiv die Gier nach Geld war. Er gehe über Leichen, im übertragenen wie im wörtlichen Sinne, und bediene sich mafiöser Methoden, um seine Interessen jederzeit durchzusetzen. Er werde deshalb *»an seiner Gier nach Geld ersticken. Das Geld wird ihm nicht zum Halse heraushängen, sondern den umgekehrten Weg gehen.«* Hieß das, dass Pries mit Geldscheinen erstickt werden sollte?

All diese grässlichen, unmenschlichen Todesarten entsprachen dem Urteil, das bei allen »Angeklagten« gleich lautete: Sterbenslang.

Minutenlang war es gespenstisch still im Konferenzraum, in dem die Videoaufnahmen mit dem Beamer nahezu lebensgroß auf die Leinwand übertragen worden waren. Bei den Polizisten herrschte Fassungslosigkeit, und einigen waren sogar ein paar Tränen über die Wangen gelaufen.

Jorina Danneboom wurde sich offensichtlich ihrer Führungsrolle bewusst und raffte sich als Erste auf. Sie erhob sich, ging zum Rednerpult und griff sich das Mikro. »Leute, das ist für uns alle der schlimmste Horror, der uns je begegnet ist. Aber jetzt gilt es, weitere Morde nach Möglichkeit zu verhindern. Es gibt ja auch gute Neuigkeiten. Die Anrufe bei den Vermietern von Ferienhäusern zum Beispiel. Wir wissen jetzt, dass ein unbekannter Anrufer Häuser in Papenburg, Herzlake und Meppen angemietet hat. Alle für denselben Zeitraum von zwei Wochen. Er hat das Geld jeweils bar in einem Briefumschlag bei den Vermietern eingeworfen, von denen ihn keiner zu Gesicht bekommen hat. Leider konnten unsere Kollegen in den Häusern nichts mehr ausrichten. Alle waren schon verlassen. Aber wir konnten immerhin Spuren von einigen Opfern finden. Die Täter allerdings bleiben Gespenster, Gespenster mit Phantasienamen. Ich frage euch: Welche Schlussfolgerungen zieht ihr daraus, dass die drei Häuser bereits geräumt waren? Hinweise auf weitere Häuser gab es übrigens nicht.«

Ulrich von Ritterswürden meldete sich zu Wort, während Altrogge und die anderen noch mit ihrer Stimme kämpften. Um seinem Vortrag Nachdruck zu verleihen, stand er auf und suchte während des Sprechens den Augenkontakt zu allen Kollegen. »Ich habe mir wirklich Gedanken gemacht, und ich glaube, ich kann die Handlungsweise der Täter nachvollziehen. Ich erkenne ein klares Muster, einen strategischen Plan, nach dem die Täter vorgehen. Zuerst kündigen sie in Form ominöser Schreiben und Geschenke ihre Taten lange vorher an, aber auf eine Weise, durch die niemand, der sich nicht vorher schon unmittelbar bedroht gefühlt hat, auf die Idee kommen würde, dass hier wirklich sein Tod vorhergesagt wird. Dann locken sie ihre Opfer in die Falle, indem sie sie bei ihrer Eitelkeit packen. Diese Täter sind empathisch. Ich glaube wirklich, dass sie sich in ihre Opfer hineinversetzen können. Das sind keine durchgeknallten Psychopathen. Das ist es auch, was mich besonders erschreckt. Sie sind menschlich und unmenschlich zugleich. Ich finde, dass sich ihre menschliche Seite, so verrückt das klingen mag, in der Wahl ihrer Mordmethoden widerspiegelt. Außer bei Darb, dessen Verletzungen aber angesichts des Kleinkalibers auch nicht allzu fürchterlich aussahen, wählen sie zwar grausame, aber eher unblutige Todesarten. Sie locken ihre Opfer ins Emsland, ich nehme an, in diese Ferienhäuser. Einige der Opfer hatten sich in der Nähe ein Zimmer gemietet. Dann werden sie irgendwo eingesperrt und schließlich hingerichtet. Weil die Mörder wissen, dass sie nur wenig Zeit haben, verzichten sie in ihrem perversen Tagebuch auf Angaben, die sie vermutlich nur zu gern machen würden. Denn sie suchen das Publikum. Und ich bin gespannt, ob mir Laura Winter zustimmen wird, wenn ich sage, dass sie das nicht tun, um bewundert zu werden. Nein, ich denke, sie wollen damit auf einen ihrer Meinung nach bestehenden Fehler in unserem Rechtssystem hinweisen und klarstellen, dass die Opfer es nicht besser verdient haben, weil sie diesen Fehler schamlos ausnutzen. Damit zeigen sie wiederum ihre menschliche Seite. Sie sehen sich zugleich als Opfer und eine dem System übergeordnete Instanz, die für das versagende System handeln muss. Uns erscheint das alles krank, aber sie sehen das vollkommen anders. Und weil sie intelligent und beherrscht sind, müssen wir uns auf das wenige konzentrieren, was wir haben. Augenscheinlich sind das die Namen derjenigen, die in diesem widerlichen Tagebuch als Opfer der Opfer genannt werden. Wir müssen herausfinden, um wen es sich dabei handeln könnte. Die Sache mit dem verstorbenen Kind zum Beispiel. Es muss sich doch aufklären lassen, um wen es sich dabei gehandelt hat. Finden unsere Kollegen im Rheinland entsprechende Hinweise in irgendwelchen Akten, sind wir einen Schritt weiter. Aber wir haben keine Zeit. Und deshalb frage ich euch, liebe Emsländer, denn ich kenne mich hier noch nicht aus: Wo haben diese Hinrichtungen stattgefunden? Der Haken, an dem Arens' Seil befestigt war, steckte in einer Betondecke. Der Eisblock, auf dem er stand, lag auf einem Betonboden. Lehm saß auf einem Metallstuhl in einem Raum, der nur aus Beton zu bestehen schien. Ich habe so etwas nie zuvor gesehen. Ich frage euch: Was ist das? Wo ist das?«

Altrogge hatte jedes Wort des Dortmunders eingesogen. Man konnte über den Mann sagen, was man wollte, aber er war ein erstklassiger Polizist. Er kam nicht umhin, ihn für seine besondere Mischung aus Emotionalität und analytischem Denkvermögen zu bewundern. Vielleicht war eine Großstadt für die Entwicklung solcher Eigenschaften doch das bessere Umfeld. Keine Frage, für die Polizeiinspektion Emsland/Grafschaft Bentheim war Ulrich von Ritterswürden eine Bereicherung.

Allerdings hatte Altrogge jetzt selbst die Gelegenheit, die Aufmerksamkeit seiner Kollegen, insbesondere die von Jorina, auf sich zu lenken, denn auch er hatte eine Neuigkeit, die er nur wegen des perversen Tagebuchs noch zurückgehalten hatte. Er stand auf und ging zu Jorina ans Rednerpult, die ihm bereitwillig das Mikro überließ.

»Ich kann Ulis Frage nicht aus dem Stegreif beantworten. Wir alle sollten uns dazu Gedanken machen, und zwar sofort im Anschluss an unser Treffen. Aber ich habe auch noch etwas beizutragen. Kurz bevor wir uns hier versammelt haben, hat mich Erich aus Köln angerufen. Was es bislang ja nicht gibt, sind Prozesse, in denen die Namen aller Opfer und Vermissten auftauchen, was angesichts von zehn Namen allerdings auch nicht verwunderlich ist. Aber die Kollegen im Rheinland sind auf eine merkwürdige Sache gestoßen. Vor einiger Zeit hat es in Köln einen Prozess gegeben, bei dem es um eine Menge Geld ging. Und dabei sind zumindest gleich sechs der Namen aus dem Tagebuch aufgetaucht, das ich ab sofort nur noch Todesbuch nennen werde: die Richter Thomas Held, Peter Schmitz und Katrin Schenker, der Anwalt Heiner Darb, der Unternehmer Hans-Jochen Pries und der städtische Beamte Raffael Knoll, der laut Todesbuch mit einer Überdosis Kopfschmerztabletten hingerichtet werden soll, *›weil er all den Menschen um sich herum stets Kopfschmerzen bereitete‹*. Wirklich sehr sinnig. Leider fehlt auch von ihm jede Spur. Einem Kollegen bei der Stadtverwaltung hat er erzählt, dass er kurzfristig nach Norddeutschland müsse, nur für einen Tag, nämlich vorgestern, also Mittwoch. Als er gestern nicht in der Verwaltung erschien, hatte sich der Kollege zwar Sorgen gemacht, aber offenbar ist es auch nichts Ungewöhnliches, wenn jemand dort einmal ein paar Tage unentschuldigt fehlt. Das fällt wohl unter rheinische Lockerheit. Nach Knoll wird ebenso gefahndet wie nach den anderen Vermissten. Das heißt, Hotels werden angerufen, es gibt Aufrufe im Radio, eben das ganze Pipapo. Alles bislang leider ohne Erfolg. Wir müssen vom Schlimmsten ausgehen. Was aber an diesem Fall von damals besonders interessant ist: Es gab eine Richterin, die seinerzeit dem Kläger quasi bereits recht gegeben hatte. Es standen nur noch die Zeugenbefragungen der Gegenseite aus. Aber bevor sie dazu kam, schickte ihr jemand eine Briefbombe, und zwar zum Landgericht. Ihr ist zwar nichts passiert, weil das Sicherheitssystem am Landgericht funktioniert hat, aber sie hat sich nie dazu geäußert, kam für Monate in die Psychiatrie und hat danach ihren Beruf an den Nagel gehängt. Jetzt schreibt sie nur noch juristische Fachbeiträge. Morgen fahren Jutta und Erich zu ihr. Bei dem Prozess ging es wie bei Neuhaus um den Diebstahl von Architekturplänen. Der Urheber war ein durch den Prozesskostenfinanzierer ProRecht vertretener Architekt. Und damit kommen wir auf den siebten Namen im Todesbuch: Norbert Nelles, Mitarbeiter von ProRecht, zuständig für diesen Fall, seit zwei Tagen vermisst. Er war der Vertreter des Klägers und hat den Prozess verloren. Der Anwalt der Gegenseite war der ermordete Heiner Darb. Der des Diebstahls von Plänen Beschuldigte war Hans-Jochen Pries, und die drei Richter Held, Schmitz und Schenker haben die Richterin ersetzt, auf die der Anschlag verübt wurde. Schließlich war Knoll einer von Pries' Zeugen.«

Altrogge erklärte weiter, dass besagter Architekt, dessen entgangener Gewinn für seine Pläne sich auf rund eine Million Euro belief, den Prozess verlor, obwohl die Richterin ihm quasi schon recht gegeben hatte. Und es gab mehrere Zeugen des Klägers, die, so ließ es zumindest die Urteilsbegründung vermuten, von den drei ermordeten beziehungsweise vermissten Richtern so in die Mangel genommen worden waren, dass sie mehr oder weniger zusammenbrachen. »Ich stimme Uli zu, wenn er sagt, dass wir rausfinden müssen, wo die Hinrichtungen gefilmt wurden. Aber parallel dazu müssen wir uns um diesen Architekten und seine Zeugen kümmern. Wer steckt dahinter? Stellt euch vor, jemand treibt euch vorsätzlich in den Ruin, ihr wisst es, er weiß es. Ihr wisst, dass er im Unrecht ist und betrügt, und dann schickt er dem einzigen Menschen, der Einfluss hat und auf eurer Seite steht, einer fairen und neutralen Richterin, auch noch eine Briefbombe. Zumindest glaubt ihr das. Und ihr könnt nichts dagegen machen. Wären Rachegedanken dann so abwegig? Und wie weit würdet ihr gehen?«

Jorina schüttelte den Kopf. »Nicht so weit. Jemand hat einen Prozess verloren, aber es gibt doch keinerlei Hinweise, dass Betrug im Spiel war. Diese Briefbombe hätte jeder schicken können. Überlegt nur mal, wie viele Prozesse eine Richterin führen muss. Ist damals überhaupt weitergehend ermittelt worden? Konnte man auch ohne Aussage der Richterin die Hintergründe des Attentats herausfinden?«

Altrogge musste dies ebenso verneinen wie die Frage, ob ProRecht oder der unbekannte Architekt in Berufung gegangen waren. Der Prozess ging aus Sicht von ProRecht verloren, und damit war der Fall erledigt. Er wurde zu den Akten gelegt und niemals wieder aufgerollt. Es gab keine Berichterstattung in den Medien, keine empörten Auftritte der Verlierer, nichts. Bei dem Prozess war es um viel Geld gegangen, aber ansonsten galt er als unspektakulär.

»Und da liegt mein Problem«, erklärte Jorina. »Wenn sich jemand deshalb rächen will, dann hätte er doch direkt nach dem Verfahren reagiert und nicht so lange gewartet. So wie Neuhaus, der den Richtern ganz offen gedroht hat. Außerdem fehlen immer noch drei Namen: Rechtsanwalt Michel Frising, der mit einer Plastiktüte über dem Kopf getötet wurde, Rechtsanwalt Hermann Lehm und Rechtsanwalt Hans Arens, deren grausame Ermordung wir leider eben selbst mit ansehen mussten. Es gibt keine Zusammenhänge zwischen den dreien und den anderen. Und auch in diesem Tagebuch geben die Täter keinerlei Hinweise auf eine Beziehung zwischen all den Todeskandidaten. Wir müssen woanders suchen, ich weiß nur nicht, wo.«

Ulrich von Ritterswürden, der schweigend zugehört hatte, war der Ansicht, dass mindestens ein »waschechter Rächer« sein Unwesen im Emsland treibe. Es gehe aber nicht um irgendeine persönliche Rache, sondern darum, Menschen zu bestrafen, die seiner Meinung nach das Rechtssystem missbraucht hatten, um sich an ihm zu bereichern. Dafür war er bereit, über Leichen zu gehen. Er schloss seine Überlegungen mit seiner persönlichen Einschätzung ab. »So bedacht, wie diese Taten vorbereitet und ausgeführt werden, diese ganze Vorarbeit und zeitliche Planung, all das spricht nicht für die Triebfeder Hass. Hass macht blind, aber diese Täter sehen verdammt gut. Mich würde interessieren, was unsere Psychologin dazu sagt. Aber ich glaube, dass hier intelligente Menschen am Werk sind, die sich nicht zwangsläufig für ein an ihnen begangenes Unrecht rächen. Nein, ich denke, sie wollen das Rechtssystem an sich rächen.«

Die Polizeipsychologin Laura Winter trat ans Mikrofon. Sie hatte auf Basis der bisherigen Erkenntnisse, und das war nicht viel, ein vorläufiges Täterprofil erstellt. Demnach waren die Täter enge Vertraute, hatten einen gemeinsamen Erfahrungshintergrund, waren beide gleichermaßen analytisch wie emotional, hatten einen krankhaft übersteigerten Gerechtigkeitssinn und waren der Überzeugung, dass sie selbst über dem Rechtssystem standen. »So verrückt das angesichts dieser grausigen Morde klingt, ich glaube nicht einmal, dass wir es mit Unmenschen zu tun haben. Sie suchen ihre Opfer gezielt aus, die Tat an sich steht nicht im Vordergrund. Möglicherweise haben sie ein schlechtes Gewissen, empfinden sogar Mitleid oder leiden selbst unter dem, was sie tun, wovon sie aber glauben, dass sie es tun müssen. Um es drastisch zu formulieren: Wer aus purem Hass handelt, will meistens auch Blut sehen. Jede einzelne Tat, das Tagebuch, die Umstände der Taten, die perfiden Fallen, in die die Opfer gelockt wurden, die Gräber mit den Kreuzen und den Sprüchen darauf, alles das deutet darauf hin, dass diese Täter davon überzeugt sind, Recht zu sprechen, das Recht zu vertreten, es durchzusetzen. Sie wollen, dass die Angeklagten begreifen, wofür sie bestraft werden, und sie wollen, dass es die Öffentlichkeit erfährt. In irgendeiner Form haben diese Menschen Bekanntschaft mit dem Rechtssystem gemacht. Sie haben Erfahrungen, die zu ihrer Meinung und schließlich zu den Taten geführt haben. Aber es ist keineswegs gesagt, dass sie unmittelbar selbst betroffen waren, zum Beispiel, indem sie einen Prozess verloren haben. Das ist möglich, aber nicht zwingend notwendig.«

»Aber du hast doch selbst gesehen, was sie mit ihren Opfern machen. Und du willst uns ernsthaft weismachen, dass sie nicht aus reiner Mordlust oder wenigstens persönlicher Rache handeln?«, rief ein Beamter der MoKo Teufelssteine aus dem Publikum.

Winter nickte. »Ja, das verstehe ich. Aber das ist trotzdem nicht ihre Motivation. Wie gesagt, dann wären ihre Taten viel blutrünstiger. Sie verstehen sich als Rächer des Rechts und wollen mit ihren Taten ein Exempel statuieren. Daher auch die Reime auf den Kreuzen und das wiederholte Wortspiel mit ›gerecht‹ und ›gerächt‹. Die Öffentlichkeit soll sehen, was mit korrupten Anwälten und Richtern passiert. Und die Riege der Anwälte und Richter selbst soll es sehen. Seht her, scheinen sie zu sagen, das geschieht mit euch, wenn ihr glaubt, das Gesetz für eure eigenen egoistischen Zwecke missbrauchen zu können. Das geschieht mit euch, wenn ihr das Recht nutzt, um Unrecht zu tun.«

»Verstehe«, bemerkte Altrogge. »Heißt das denn auch, dass wir von ihnen nichts zu befürchten haben? Wenn wir sie erwischen, werden sie sich dann widerstandslos ergeben? Oder sehen sie auch uns als Teil der Korruption?«

Winter fühlte sich bei dieser Frage nicht sicher. Sie vertrat zwar die Meinung, dass sie genau das erwartete, nämlich dass diese Täter niemals Gewalt gegen Menschen anwenden würden, die tatsächlich versuchten, Recht im Sinne des Gesetzes durchzusetzen. Aber sicher könne man sich natürlich nicht sein.

»Wie beruhigend«, stellte von Ritterswürden mit einem ironischen Unterton fest. »Sie wollen uns nichts antun. Klar, deshalb haben sie ja auch vor Matthias die Flucht ergriffen, nicht etwa, weil er so furchterregend wirkt oder sie Angst vor der Polizei hatten. Aber dennoch fühlen sie sich uns haushoch überlegen. Das sagen Sie doch zwischen den Zeilen selbst.«

22

Cloppenburg, derselbe Tag

Hans-Jochen Pries stand am Rande des großen Grundstücks unweit von Cloppenburg, das er bereits abgeschritten hatte. Denn nach seiner wilden Flucht vor den Hütern des Gesetzes war er überpünktlich und hatte noch fast eine halbe Stunde Zeit bis zum verabredeten Termin. Er war froh, dass es ihm gelungen war, seine Verfolger abzuschütteln, denn das Grundstück war noch besser für seine Pläne geeignet, als es die Fotos im Internet vermuten ließen. Keinesfalls durfte ihm jemand dazwischenfunken. Aufgrund seiner jahrzehntelangen Erfahrung mit Projekten dieser Größenordnung fiel es ihm leicht, sich vorzustellen, wie das Gelände aufgeteilt werden musste, um ein Nutzungsoptimum zu erzielen. Alles passte wunderbar zusammen. Gute Zufahrtswege, reichlich Platz für Parkflächen und auf den ersten Blick keinerlei bauliche Probleme durch Gefälle, Wasser oder einen undurchdringlichen Untergrund. Ihm war auch sofort aufgefallen, dass auf drei Seiten die Nachbargrundstücke frei waren und noch keine Baumaßnahmen begonnen worden waren. An die vierte Grenze des Grundstücks, die nördliche, schloss ein Wald an, der relativ groß und dicht zu sein schien. Nach dem Termin mit den beiden Projektentwicklern würde er einen Abstecher nach Cloppenburg machen und sich beim Bauamt nach den Eigentümern der Nachbargrundstücke erkundigen. Mit diesen zusätzlichen Flächen könnte er rund um das Einkaufszentrum einen regelrechten Freizeitgürtel mit diversen Angeboten errichten. So würde der Einkauf für die Besucher zu einem besonderen, tagesfüllenden Event. Auch der im Norden angrenzende Wald versprach Profit. Denn wenn er, wie er hoffte, diesen Wald möglicherweise auch ankaufen könnte, ließe sich darin ein wunderbarer Klettergarten realisieren. Das war total angesagt bei Kindern und Jugendlichen. Die Eltern konnten in aller Ruhe bummeln und shoppen, während sich die Kleinen unter professioneller Aufsicht austoben durften. Genehmigungsrechtlich gab es sicherlich keine Probleme. Und wenn doch, dann würde er an geeigneter Stelle ein Angebot machen, das nicht abgelehnt werden konnte. Solche unbedeutenden Summen konnte er unter »sonstige Projektkosten« verbuchen. Denn verschenken wollte er nichts. So wie immer. Und bald würde er noch mehr im Geld schwimmen. Das Grundstück lag zwar etwas abgeschiedener als erwartet, aber für seine erweiterten Pläne war dies nur von Vorteil. Denn in unmittelbarer Stadtnähe ließe sich ein solches Einkaufs- und Freizeitparadies nicht ohne Weiteres realisieren. Zu viel bewohnte Flächen in der Nähe des Zentrums, da griff der Lärmschutz. Aber hier ganz sicher nicht. Außerdem war es heutzutage für niemanden mehr ein Problem, zwanzig oder dreißig Minuten zu fahren, um in aller Ruhe einkaufen gehen zu können. Schon gar nicht, wenn sich damit dank des umfangreichen Freizeitangebotes ein ganzer Tag gestalten ließ. Er begriff, dass er mit diesem Konzept einmal mehr ein Pionier war.

Hinter ihm ertönte ein Motorengeräusch. Die Projektentwickler! Er drehte sich um und erblickte einen Ford Fiesta älteren Baujahrs. Das konnte kaum das Fahrzeug von erfolgreichen Projektentwicklern sein. Pries blickte auf seine Armbanduhr, die teurer gewesen war, als sie aussah. Understatement, das passte zu seinem selbst gewählten Image. Noch fünf Minuten bis zum Termin. Er wandte seinen Kopf und seine Gedanken wieder dem Gelände des zukünftigen Einkaufszentrums zu, als er plötzlich dicht hinter sich eine Stimme hörte.

»Herr Pries?«

Erschrocken schnellte er herum. Vor ihm standen zwei Männer, die ihm sogleich bekannt vorkamen, zumindest einer davon. »Ja, der bin ich. Und Sie sind –«

Der Größere der beiden gab ihm die Hand und stellte sich mit einer formvollendeten Verbeugung vor. »Mein Name ist Alphonse Chevalier. Und das ist mein Partner, Dr. Walther Brecht. Sie haben mit ihm telefoniert. Schön, dass Sie es so zeitnah einrichten konnten, Herr Pries.«

Irritiert blickte Pries zu Chevalier, dann zu Brecht und schließlich zu dem alten Ford Fiesta.

Chevalier, der Pries' Verwunderung bemerkte, lachte laut auf.

»Herr Pries, bitte ziehen Sie aus unserem fahrbaren Untersatz keine voreiligen Schlüsse. Das ist das erste Auto meiner Tochter. Sie hat soeben ihre Führerscheinprüfung bestanden. Und dazu habe ich ihr diesen Ford Fiesta geschenkt. Wissen Sie, ich halte nichts davon, wenn junge Fahrer direkt nach ihrer Prüfung mit einer protzigen Rennmaschine durch die Gegend fahren. Die sollen erst mal lernen, überhaupt sicher zu fahren. Bedauerlicherweise ist mein Wagen nicht angesprungen, als wir losfahren wollten. Um nicht zu spät zu kommen, habe ich meine Tochter gebeten, uns ihr Auto zu leihen. Und falls es Sie interessiert, ich fahre einen Bentley.« Chevalier wedelte mit seinem Schlüsselbund, an dem ein goldenes Bentley-Emblem hing, vor Pries' Augen hin und her.

Pries ergriff Chevaliers Hand. Der Mann hatte hervorragende Umgangsformen, sein Auftreten war unprätentiös. Er strahlte die Art von vornehmer Bescheidenheit aus, die aus einem unerschütterlichen Selbstbewusstsein erwuchs. Er wusste um seinen Erfolg und sein Charisma, aber er hatte es nicht nötig, das nach außen zu demonstrieren. Ein angenehmer Mann und ein angenehmer Geschäftspartner. Brecht hingegen wirkte unruhig, fast ein wenig hektisch. Doch gerade er erinnerte Pries an jemanden. Aber an wen? In diesem Moment reichte ihm auch Brecht die Hand.

»Angenehm, Herr Pries, ich freue mich, Sie kennenzulernen. Ihr Ruf eilt Ihnen voraus. Bitte entschuldigen Sie meine Nervosität. In meiner Familie gibt es einen schweren Krankheitsfall. Leider kann ich das selbst in solchen Situationen nicht immer völlig verdrängen. Hatten Sie denn schon Gelegenheit, sich das Grundstück anzuschauen? Gefällt es Ihnen?«

Hans-Jochen Pries hatte eine gute Menschenkenntnis. Anders konnte man in seinem Geschäft auch nicht erfolgreich sein. Diesen Brecht kannte er nicht nur von irgendwoher, mit dem stimmte auch etwas nicht. In seinem Blick lag, trotz seiner sanften Stimme, etwas Lauerndes. Er spürte, wie sich die feinen Härchen auf seinen Armen aufrichteten und sich ein leichtes Frösteln durch seinen Körper zog, bis in den Kopf hinein. Seine Antennen erkannten Gefahr. Er blickte sich um. Hinter Brecht und Chevalier lag die Zufahrtsstraße. Rechts und links waren die freien Wiesenflächen der Nachbargrundstücke, hinter ihm der Wald. Es war an der Zeit, die Situation auszuloten. Wer stand da vor ihm, und was wollten sie von ihm? Er schüttelte Brecht die Hand. »Ebenfalls angenehm. Ja, ich habe mir das Grundstück angesehen. Es passt in mein Anforderungsprofil. Selbstverständlich sind noch ein paar Prüfungen nötig, am Grundstück und beim Bauamt, aber wenn diese positiv ausfallen, könnte ich mir vorstellen, dass wir schon sehr bald zusammenkommen. Wie haben Sie sich das denn vorgestellt? Wie soll es weitergehen?«

Chevalier sah ihm direkt in die Augen. »Wir haben ganz in der Nähe unser Büro, in Molbergen. Was halten Sie davon, wenn wir zusammen dorthin fahren und in Ruhe alles besprechen? Selbstverständlich bekommen Sie auch einen Kaffee, und zwar einen ganz ausgezeichneten, wenn ich uns ein wenig selbst loben darf, denn wir haben einen hochwertigen Vollautomaten.«

Pries musterte die beiden. Was führten sie im Schilde? »Ich bin, ehrlich gesagt, etwas in Eile. Ich habe heute noch andere Termine. Mein Interesse habe ich bekundet, das können Sie auch gern schriftlich haben. Was spricht dagegen, dass wir die Prüfungen abwarten, das geht relativ schnell, und uns dann direkt beim Notar verabreden?«

Brecht und Chevalier sahen sich für einen kurzen Moment an. Dann lächelte Brecht und sagte: »Das ist verständlich, Herr Pries. Allerdings haben wir, wie Sie sich sicherlich denken können, auch noch andere Interessenten. Gestern hatten wir schon zwei Termine mit potenziellen Käufern, morgen kommen noch drei weitere zur Besichtigung. In unserem Büro haben wir nicht nur die ganzen Grundstückslagepläne, sondern auch ein vorgefertigtes Formular, mit dem Sie Ihre Kaufbereitschaft dokumentieren können. Wissen Sie, bei allem Vertrauen, wir haben nichts davon, wenn Sie uns jetzt und hier, inmitten von Wiesen und Feldern, sagen, dass Sie sich für unser Grundstück interessieren. Am Ende reservieren wir es Ihnen und dann hören wir nichts mehr. Sie wissen selbst, wie das Geschäft läuft.«

Nichts weiter als eine faule Ausrede. »Natürlich, das verstehe ich voll und ganz.« Er schaute demonstrativ auf seine Uhr. »Die Behörden haben noch offen. Ich schlage vor, dass wir, bevor wir zu Ihnen fahren, noch rasch beim Bauamt anhalten und uns nach der Genehmigungsfähigkeit meiner Planungen erkundigen. Das ist ja ganz in Ihrem Sinne, weil es das Verfahren beschleunigt. Wollen wir?« Er wies auf seinen Wagen, der neben dem Fiesta stand.

Das Treffen mit dem Unternehmer aus dem Rheinland lief überhaupt nicht nach Plan. Dieser Mann war mit allen Wassern gewaschen. Auf eine solche Situation waren sie nicht vorbereitet. Sie waren stundenlang durch die Gegend gefahren, um ein Stück Land zu finden, das den Ansprüchen eines erfolgsverwöhnten Unternehmers genügen würde. Als sie es endlich gefunden hatten, hatten sie Fotos gemacht und für ein paar Tage ein entsprechendes Angebot ins Internet gestellt. Die Wahrscheinlichkeit, dass sie in dem kurzen Zeitraum von einem anderen potenziellen Interessenten angesprochen werden würden, war gering. Und wenn doch, hätten sie gesagt, dass das Grundstück soeben verkauft worden sei. Dass der tatsächliche Eigentümer Wind von der Sache bekam, war sogar noch unwahrscheinlicher. Was wäre das für ein Zufall gewesen, wenn er ausgerechnet in den paar Tagen, in denen sie das Angebot eingestellt hatten, darauf gestoßen wäre?

Sie hatten dieses Angebot extra für den Herrn Unternehmer gebastelt. Und es war professionell aufgezogen. Schließlich hatten sie mit ihrer Firma früher selbst jahrelang ein Maklergeschäft betrieben, sie wussten also, wie so etwas aussehen musste. Umso mehr stellte sich die Frage, warum Pries so zögerlich war. Zog er aus den Meldungen in den Medien die richtigen Schlüsse? Zum Bauamt konnten sie auf keinen Fall. Dann flogen sie auf, weil Pries sofort erfahren würde, dass es keine Eigentümer mit den Namen Brecht und Chevalier gab und auch keine Firma, die auf diese Namen zugelassen war.

Brecht zuckte mit den Achseln. »Herr Pries, ich verstehe Ihr Verhalten nicht. Misstrauen Sie uns etwa? Wir haben, offen gestanden, keine Lust, mit jedem vagen Interessenten zum Bauamt zu fahren. Wo liegt Ihr Problem? Warum wollen Sie uns nicht in unser Büro begleiten?«

Hans-Jochen Pries spürte, wie sich die Stimmung auflud. Hier ging es ganz sicher nicht um ein Grundstücksgeschäft. Er zermarterte sich schon die ganze Zeit das Hirn, fragte sich, woher er Brecht kannte und warum ihm auch Chevalier zumindest entfernt bekannt vorkam. Wenn er darauf käme, könnte er vielleicht einschätzen, was diese Männer von ihm wollten, aber so tappte er völlig im Dunkeln. Es half alles nichts. Er musste den direkten Weg gehen. Einfach davonlaufen ging nicht. Er war zwar sehr kräftig, aber aufgrund seines nicht unerheblichen Übergewichts nicht sonderlich schnell. Und vor allem Chevalier machte einen sportlichen, geschmeidigen Eindruck. Zu allem Überfluss standen sie auch noch zwischen ihm und seinem Wagen. Er wich instinktiv einen halben Schritt zurück. »Herr Brecht, ich frage Sie ganz direkt: Woher kennen wir uns?« Während er die Antwort abwartete, überblickte er die Zufahrtsstraße, die so gerade zwischen den großen Feldern hindurchführte, dass man ihrem Verlauf mehrere hundert Meter mit dem bloßen Auge folgen konnte. Nirgendwo war auch nur die Spur eines Menschen oder Autos zu sehen. Dass sie sich ausgerechnet an solch einem abgelegenen Grundstück getroffen hatten, war kein Zufall.

»Wir kennen uns nicht, Herr Pries, ich Sie jedenfalls nicht. Und so allmählich empfinde ich Ihr Verhalten als unverschämt, wenn ich das so offen sagen darf.«

»Dürfen Sie, aber Sie lügen, mein Lieber. Wir sind uns schon begegnet, und wenn mich nicht alles täuscht, war das vor Gericht, oder? Wie ist Ihr richtiger Name? Daran kann ich mich nicht erinnern. Und was wollen Sie von mir?«

Die drei Männer standen sich wie bei einem Showdown gegenüber. Pries wich einen weiteren Schritt zurück, sein ganzer Körper, jeder einzelne Muskel darin war angespannt. Eine ganze Weile sagte niemand ein Wort.

In diesen Sekunden jedoch kehrte Pries' Erinnerungsvermögen schlagartig zurück. Plötzlich wusste er, wer da vor ihm stand, konnte ihn in einen Zusammenhang bringen, nur sein Name wollte ihm nicht einfallen. Brecht hieß er jedenfalls nicht. Niemals hatte er damit gerechnet, dass er diesen Typen jemals wiedersehen würde. Woher er Chevalier kannte, wusste er immer noch nicht, aber das spielte auch keine Rolle. Fest stand: Die beiden wollten sich an ihm rächen. Und er war nicht der Erste, das war ihm jetzt klar. Aber nicht mit ihm! Was glaubten diese Idioten eigentlich, wen sie hier vor sich hatten? Schon einmal hatte dieser Brecht gegen ihn verloren. Er hätte seine Lehren daraus ziehen sollen.

Plötzlich sprang Chevalier vor, griff ihn an und rief dabei: »Los, Walther, schnappen wir ihn uns. Dann eben auf die harte Tour.«

Instinktiv drehte sich Pries zur Seite und machte einen Satz weg von dem heranstürmenden Chevalier, der ins Leere lief und dabei das Gleichgewicht verlor, sodass er der Länge nach hinfiel. Die kurze Verwirrung nutzte Pries, um seinerseits vorzupreschen und den völlig überraschten Brecht mit einem gezielten Kinnhaken niederzustrecken. Schon zuvor hatte er entschieden, dass er nicht versuchen würde, sein Auto zu erreichen, das am anderen Ende des Grundstücks parkte. Das würde er nicht schaffen, der flinke Chevalier hätte ihn im Nu eingeholt. Deshalb rannte er los, direkt in den Wald. Sollten sie ihm nur dorthin folgen. Er war Jäger, der Wald war seine Welt, hier war er zu Hause, und dort würden sie selbst zu Gejagten werden.

Als Chevalier sich fluchend wieder aufrichtete, sah er Pries in den Wald rennen. Hinter sich hörte er ein Stöhnen. Er drehte sich um und sah seinen Freund auf dem Boden liegen. Mit einem Satz war er bei ihm. »Was ist los? Was hat das Schwein mit dir gemacht?«

Brecht rieb sich das schmerzende Kinn. »Klassischer Kinnhaken, aber ich bin okay. Los, du musst ihn einholen. Stell dir vor, der entkommt uns! Er hat mich erkannt!«

Zum ersten Mal, seit sie ihren »Prozess« begonnen und die hinterhältigen Verbrecher in die Falle gelockt hatten, war Chevalier ratlos und nervös. »Ich kann dich doch hier nicht einfach liegen lassen. Wir müssen einen Arzt rufen.«

Brecht richtete sich unter Stöhnen auf. »Bist du wahnsinnig? Dann können wir uns gleich stellen.« Er war noch wackelig auf den Beinen, aber schien wild entschlossen, Pries selbst hinterherzujagen. »Los jetzt, hinterher!« Er lief los.

Chevalier folgte ihm und war nach wenigen Metern an ihm vorbeigezogen. Die ersten Bäume tauchten vor ihm auf, und er stoppte. Unruhig huschten seine Augen hin und her und versuchten, in dem Dickicht etwas zu erkennen. Brecht kam hinter ihm zum Stehen. Chevalier streckte den Arm nach hinten aus und bedeutete seinem Freund, still zu sein. Er lauschte in den Wald hinein. Dann zeigte er auf einen kleinen Hügel schräg rechts vor sich. »Dahinten muss er sein, ich habe ein Rascheln gehört. Komm!«

Rasch liefen die beiden Männer in besagte Richtung.

Pries war auf den kleinen Sandhügel gesprintet, hatte sich auf der anderen Seite seitwärts hinunterrollen lassen und sofort um die Anhebung herumgeschaut. Tatsächlich kamen die zwei direkt auf ihn zu. Er ärgerte sich maßlos, dass er sein Handy im Auto hatte liegen lassen. Noch im Laufen hatte er in seine Jackentasche gegriffen, weil er die Polizei verständigen wollte, aber da war nichts. Das war Pech. Und eine große Dummheit. Seine Augen erfassten das gesamte Gelände um ihn herum. Nirgendwo war ein Ende des Waldes zu erkennen. Keine Chance, zu entkommen.

Dann wurde diese Schlacht eben hier geschlagen. Keinesfalls würde er kampflos aufgeben. Ihm war bewusst, dass er ohnehin sterben würde. Er hatte den Wahnsinn in Brechts Augen gesehen. Und zum Schluss auch in den Augen von Chevalier, der über eine ungeheuerliche Selbstbeherrschung verfügen musste. Sie waren geisteskrank, alle beide, und damit in höchstem Maße gefährlich. Er sah eine Ansammlung größerer Steine, teilweise mannshoch, in gerader Linie hinter dem Hügel, keine hundert Meter entfernt. Seine Verfolger und ihn trennten indes noch gute zweihundert Meter. Wer in seinem Leben Dutzende von Wildschweinen, Hirschen und Rehen verfolgt und erlegt hatte, der hatte ein verdammt gutes Auge und konnte solche Entfernungen bestens einschätzen. In geduckter Haltung rannte er auf die Steine zu. Der Hügel bot ihm Sichtschutz. Im Laufen riss er mit Wucht ein Stück Stoff aus seiner Jacke und machte einen kurzen Sprung nach rechts, um den Stoff über einen niedrigen Ast zu werfen. Wenn seine Gegner annahmen, dass er in diese Richtung floh, würde er wieder ein paar wertvolle Sekunden gewinnen. Gerade noch rechtzeitig schaffte er es, sich hinter einem der Steine zu verstecken, denn in diesem Augenblick sah er seine Verfolger den Hügel umrunden, jeder auf einer Seite. Hoffentlich bemerkten sie den Stofffetzen.

Chevalier hatte Pries aus den Augen verloren. Irgendwie hatte es der Unternehmer geschafft, hinter diesem Hügel zu verschwinden. Brecht war ein paar Meter rechts von ihm und wie er stehen geblieben, um nach Pries Ausschau zu halten. Irgendwo musste er doch stecken. So dicht war dieser Wald nun auch wieder nicht. Plötzlich rief Brecht ihn aufgeregt zu sich. Er hatte ein Stück Stoff gefunden, das an einem Ast hing.

»Das ist ein Fetzen seiner Jacke. Er muss abgerissen sein, als er daran vorbeigelaufen ist.«

In diesem Augenblick hörten sie ein lautes Geräusch. Es kam aus dem Gestrüpp rechts von ihnen, wohin auch das Stück Stoff gedeutet hatte.

»Das muss er sein«, frohlockte Brecht. »Er muss auf einen Ast getreten sein. Los, hinterher!« Er rannte los.

Doch Chevalier schrie ihm nach. »Aber ich sehe ihn nirgends. Vielleicht war das ein Tier.«

Brecht drehte sich nur kurz um. »Quatsch, das war viel zu laut für ein Tier.« Dann rannte er weiter.

Unschlüssig blieb Chevalier stehen. Sollte ein Lebewesen von der Größe eines Menschen das Geräusch verursacht haben, würde es ihm nicht gelingen, in dem niedrigen Gestrüpp abzutauchen. Sie hätten ihn sehen müssen. Er ließ seinen Blick in alle Richtungen schweifen. Nichts, keine Spur von Pries. Was sollte er tun? Brecht folgen, der jedwede Beherrschung verloren hatte? Oder weiter geradeaus laufen in Richtung der Steinklötze, die ein gutes Versteck boten?

Nervös beobachtete Pries Chevalier, der nicht zu wissen schien, was er tun sollte. Brecht war ihm auf den Leim gegangen, als er von seinem Versteck aus den Stein in Richtung des Gestrüpps geworfen hatte, das hinter seiner ersten falschen Spur, dem Stück Stoff, begann. Brecht war ein Idiot. Aber Chevalier schien seinen eigenen Sinnen nicht zu trauen. Er tat das, was Pries an seiner

Stelle ebenfalls täte: warten und beobachten. Chevalier hatte den Instinkt eines Jägers.

Vorsichtig suchte Pries den Erdboden ab, den Blick dabei immer wieder auf Chevalier gerichtet. Neben seinem Stein lag ein Stock, ein Knüppel, fast einen Meter lang, nicht allzu dick. Buche, wenn ihn nicht alles täuschte. Buche war ein recht hartes Holz, somit war der Stock die ideale Schlagwaffe. Doch er zögerte. Wenn er sich den Knüppel griff, war er für einen Augenblick in Chevaliers Sichtfeld. Während er noch überlegte, bewies Brecht erneut, dass er ein Idiot war. Er war zurückgekommen und schrie laut durch den ganzen Wald.

»Mensch, Alphonse, wo bleibst du denn?«

Chevaliers Kopf schnellte herum, und er blickte einen Moment lang in die andere Richtung, weg von den Steinen.

Diesen Augenblick musste er nutzen. Mit einer kurzen, schnellen Bewegung schnappte er sich die Schlagwaffe und prüfte sie auf ihre Tauglichkeit. Sie war perfekt. Mit einem gezielten Schlag auf den Kopf würde er seinen Gegner zumindest für eine Weile kampfunfähig machen.

»Was soll das, Walther? Hast du Pries gesehen? Warum kommst du dann zurück? Jetzt ist er vermutlich schon über alle Berge.«

»Ich habe ihn eben nicht gesehen. Aber der Stoff und das Knacken des Astes deuten doch eindeutig in diese Richtung. Komm schon, sonst entwischt er uns tatsächlich.«

Chevalier machte einen Satz auf Brecht zu, der schon wieder im Begriff war loszulaufen. In die falsche Richtung, das war Chevalier nunmehr klar. Er packte seinen Freund an der Schulter und zog ihn zurück. »Er ist nicht da lang gelaufen.«

»Natürlich ist er das. Oder glaubst du, der Stoff gehört nicht zu seiner Jacke? Ist hier sonst noch jemand?«

Chevalier hatte den Stofffetzen vom Ast genommen und betrachtete ihn nachdenklich. »Walther, der Stoff ist nicht abgerissen, den hat sich Pries selbst herausgerissen. Guck dir nur diese Äste hier an, sie sind nicht scharfkantig und viel zu dünn. Da kannst du dir deine Jacke gar nicht dran zerreißen. Und das Geräusch … Wenn mich nicht alles täuscht, hat uns Pries zum

Narren gehalten. Er hat einen Stein geworfen. Wollen wir wetten?« Chevalier blickte angestrengt in Richtung der Steinklötze. »Ich glaube, ich weiß, wo dieses Schwein ist. Komm mit. Halt die Augen offen und pass bloß auf! Den dürfen wir nicht noch einmal unterschätzen.«

Langsam näherte sich Chevalier den Steinen, dicht gefolgt von Brecht.

***

Pünktlich um acht klingelte Altrogge an Ulrich von Ritterswürdens schwerer, massiver Haustür. Sie war der Eingang zu dem kleinen, aber überaus romantischen und komplett möblierten Fachwerkhaus aus dem Jahr 1732, das er für den Dortmunder besorgt hatte.

Von Ritterswürden öffnete mit einer Flasche Bier in der Hand. Er griff neben sich und nahm eine zweite, bereits geöffnete von dem kleinen Esstisch direkt am Eingang und drückte sie Altrogge in die Hand. »Willkommen in meinem hohen Reich, niederer Emsländer. In meinem unermesslichen Großmut gestatte ich dir, diese heiligen Hallen zu betreten.« Er sagte es mit einer Verbeugung bis fast auf die Fliesen. »Und putz dir bloß ordentlich die Schuhe ab!«

Altrogge nahm das Bier und ging hinein. »Danke. Wenn du so hochgestochen daherredest, könnte man tatsächlich meinen, dass du adelig bist. Und wo wir schon mal dabei sind, bist du?« Unaufgefordert ließ er sich auf das kleine Sofa fallen, das zusammen mit einem winzigen Tisch und zwei Sesseln eine kleine Sitzgruppe bildete.

Von Ritterswürden prostete dem Kollegen zu. »Nein, bin ich nicht und will ich auch nicht sein. Aber unter meinen Vorfahren tummelt sich ein recht illustrer Haufen mit allen möglichen Adelstiteln. Mit anderen Worten, du darfst mich auch weiterhin duzen.«

Wenig später saßen sie sich am Esstisch gegenüber, vor sich eine Pizza, die sie beim einzigen Lieferservice im Ort bestellt hatten. Beide waren neugierig auf die Geschichten des anderen, aber der Serienmord drängte sich als Gesprächsthema Nummer eins automatisch in den Vordergrund. Sie teilten das Entsetzen über die Perfidität und Gnadenlosigkeit der Taten. »Nahezu unblutig, aber dennoch grausamer, als jemanden mit vierzig Messerstichen abzumurksen«, wie von Ritterswürden mit einer Wortwahl betonte, die unterstrich, dass er nicht adeliger Herkunft war.

Was sie beide und die Kollegen am Ende des Tages geeint hatte, war die völlige Ratlosigkeit. Im Laufe des Tages waren zwar weitere Informationen in der Einsatzzentrale der MoKo Teufelssteine eingegangen, aber nichts davon brachte sie wirklich weiter. Was sie brauchten, waren Spuren, die zur Identität der Täter führten und vor allem zum Verbleib der vermissten Personen.

Nachdem sie frustriert die Hoffnungslosigkeit ihrer Situation festgestellt und sich dabei zum Trost permanent zugeprostet hatten, war es Altrogge, der das Gespräch endlich auf private Themen lenkte. Er ahnte nicht, dass ihnen genau das schon in wenigen Stunden einen entscheidenden Hinweis liefern würde. »Also, Uli, was hast du dir denn nun ausgedacht, was ich machen soll, um meine unbedeutende Schwindelei zu Beginn unseres Kennenlernens wiedergutzumachen?«

Von Ritterswürden kam gerade vom Kühlschrank zurück und ließ sich mit zwei neuen Bierflaschen auf seinen Stuhl fallen. Er öffnete eine Schublade des kleinen Beistelltisches neben sich und zog einen Prospekt hervor, den er wortlos, aber mit breitem Grinsen vor Altrogge auf den Tisch warf.

Der nahm den Prospekt und blätterte darin. Es handelte sich um den Flyer eines Viersternehotels in Braunlage im Harz. Irritiert blickte Altrogge von dem Prospekt auf. »Was soll ich denn damit?«

Von Ritterswürden nahm einen Schluck aus seiner Flasche, ehe er antwortete: »23. bis 26. Januar. Vorausgesetzt, wir haben bis dahin unseren Fall gelöst.«

Altrogge sah ihn mit offenem Mund an. »Wie, 23. bis 26. Januar? Was soll da sein?«

Anstatt zu antworten, stellte der Dortmunder ihm eine Gegenfrage. »Kennst du Braunlage?«

»Ja, das heißt, nein … also, was ich sagen will, ist, dass ich weiß, wo das ist, aber noch nie dort war.«

»Tja, ich leider auch nicht. Aber das gedenke ich zu ändern. Oder, genauer gesagt, du wirst das ändern.«

Jetzt war Altrogge völlig perplex. Er hatte keine Ahnung, wovon sein Kollege sprach. Ihm kam nur ein zusammenhangloses Gestammel über die Lippen.

Von Ritterswürden schüttelte den Kopf. »Bist du wirklich so begriffsstutzig? In diesem überaus netten Hotel mit Sauna, Whirlpool, Fitnessraum, Vier-Gänge-Menüs, feiner Weinauswahl und ausgesprochen attraktiven Masseurinnen beabsichtige ich in besagter Zeit zu residieren. In der Brockensuite, versteht sich. Das ist aber nur die kleinste aller Suiten, keine Sorge. Dort, wo ich herkomme, ist man bescheiden. Ach so, das ist auch noch ganz wichtig. Der Skilift ist direkt vor der Haustür.«

Altrogge lächelte. »Schöner Plan, ich wünsche dir schon jetzt viel Spaß. Ich verstehe nur nicht, was ich damit zu tun habe.«

»Ich frage mich ernsthaft, ob du nicht den Beruf verfehlt hast bei deiner dürftigen Kombinationsgabe. Ich habe ein Zimmer dort reserviert, um Ski zu fahren. Die Gegend ist zu dieser Jahreszeit relativ schneesicher. Und du wirst das für mich bezahlen, inklusive Dreiviertel-Verwöhnpension und einer entspannenden Ayurveda-Massage. Dafür verzeihe ich dir deine ungeheuerliche Frechheit, mich dermaßen zum Narren zu halten. Noch Fragen dazu? Oder kann ich das nächste Bier holen?«

Altrogge war nicht zu Worten fähig. Stattdessen nahm er erneut den Prospekt und blätterte zielstrebig zur Preisliste des Hotels. Brockensuite, Dreiviertel-Verwöhnpension, hundertzehn Euro die Nacht. Ayurveda-Massage neunzig Euro. Altrogge rechnete im Kopf. »Das sind vierhundertzwanzig Euro! Hast du noch alle Tassen im Schrank? Vergiss es!«

Von Ritterswürden rümpfte die Nase. »Ich finde dein Verhalten gleichermaßen uneinsichtig wie unkooperativ. Hast du gedacht, ich entlasse dich mit einem Bier bei Lucky aus deiner Verantwortung? Du hast mich mit dem Versprechen hierhergelockt, dass es Schnee und Skilifte gibt. Ein Skiwochenende im Harz ist die gerechte Strafe für diese freche Lüge.«

Jetzt brauchte Altrogge einen großen Schluck Bier, um diesen Schock zu verdauen. Mit einem lauten Knall stellte er die leere

Flasche vor sich ab. Er war sauer. »Aber doch nicht so. Vierhundertzwanzig Euro, das geht gar nicht. Außerdem hast du mich genauso auf den Arm genommen. Und mich bei Jorina lächerlich gemacht.«

»Na, na, na, da bringst du jetzt aber etwas durcheinander. Wenn, dann hast du dich selbst lächerlich gemacht. Oder habe ich etwa Jorina selbst gestrickten Seetang zum Geburtstag geschenkt? Also wirklich, Matthes, als ob so etwas überhaupt für irgendjemanden ein passendes Geschenk wäre! Du bist ein echter Witzbold.«

Altrogge fühlte sich in seiner Ehre gekränkt. »Nicht Seetang, sondern Korallen. Und nicht gestrickt, sondern gehäkelt. Du hast echt nicht den blassesten Schimmer. Du bist ein Ignorant! Und ein solches Geschenk hat Jorina mit Sicherheit noch nie bekommen. Das ist mal was anderes als einfallslose Eintrittskarten.«

»Nein, so etwas hat sie sicher noch nie bekommen. Da bin ich ausnahmsweise mal ganz deiner Meinung«, sagte von Ritterswürden mit einem hämischen Grinsen. »Trotzdem hast du deinen Betrug wiedergutzumachen.«

Es begann ein Gefeilsche wie auf einem orientalischen Basar. Von Ritterswürden forderte sein verlängertes Luxus-Skiwochenende mit allen Kosten, Altrogge bot nicht mehr als eine Entschuldigung. Nach langwierigen Verhandlungen einigten sie sich schließlich darauf, dass Altrogge eine Nacht bezahlen würde.

»Und die Massage! Deine Lügen haben mich so gestresst, dass ich jetzt überall verspannt bin. Logisch, dass du das bezahlst!«, machte von Ritterswürden unmissverständlich klar. »Und jetzt erzähl mir endlich, was es mit dieser Stadt ohne Häuser auf sich hat.«

»Du meinst die Heimatstadt Wahn? Wo wir Arens gefunden haben?«

Von Ritterswürden nickte aufmunternd.

Altrogge, der sich sehr für die Geschichte seiner Heimat interessierte, begann zu erzählen. Er erklärte, dass Wahn schon um das Jahr 1000 zum ersten Mal erwähnt wurde und somit zu den ältesten Ortschaften des Emslandes gehörte. Es war jedoch nur ein sehr kleiner Ort, in dem nie mehr als tausend Menschen gelebt hatten. Allerdings grenzte er schon im Ersten Weltkrieg an ein großes Schießgelände an, von denen es im Emsland auch heute noch einige gab. Man war bestrebt, dieses Gelände, den Schießplatz Meppen, auszuweiten, und hatte schon kurz vor Ende des Ersten Weltkrieges erstmals versucht, die Bewohner gegen Entschädigungszahlungen zu enteignen und in die Nachbargemeinden umzusiedeln. Aber das Ende des Krieges verhinderte zunächst die Realisierung dieser Pläne. Bis Hitler an die Macht kam.

»Hitler? Hier, in dieser gottverlassenen Einöde? Außerdem dachte ich immer, dass der die meiste Zeit auf dem Obersalzberg verbracht hat, um von Berchtesgaden aus seine Regierungsgeschäfte zu leiten.« Von Ritterswürden war wenig überzeugt.

Aber Altrogge zerstreute seine Zweifel. Im Emsland gab es während des Dritten Reichs unter anderem einige Strafgefangenenlager. Und Hitler hatte tatsächlich ein paar Jahre vor Kriegsausbruch den Schießplatz in Meppen besucht, dessen Erweiterungspotenzial erkannt und deshalb die Zwangsräumung des Ortes Wahn angeordnet. Alle Familien mussten nach und nach ihre Heimat verlassen. »Einige von ihnen sind sogar ins Ruhrgebiet gezogen. Wer weiß, Uli, vielleicht hast du ja auch Wurzeln im Emsland, weißt es nur nicht.«

Von Ritterswürden kommentierte diese Bemerkung, indem er eine Augenbraue nach oben zog.

Altrogge zählte noch ein paar Fakten auf, merkte aber, dass er viel zu weit ausholte. Von Ritterswürden fielen schon fast die Augen zu. »Jedenfalls hat das Emsland auch im Zweiten Weltkrieg eine gewisse Rolle gespielt. Und davon zeugen auch heute noch Schießplätze, etliche Depots und Bunkeranlagen und –« Mitten im Satz hielt Altrogge abrupt inne und starrte mit geöffnetem Mund an die Wand hinter von Ritterswürden.

Von Ritterswürden näherte sich seinem Kollegen langsam mit dem Kopf und musterte ihn von oben bis unten. »Sag mal, hast du so etwas wie einen Ganzkörperkrampf? Du siehst aus wie eine Wachsfigur. Auch so bleich, kein schöner Anblick. Liegt das vielleicht an meinem attraktiven Äußeren? Bist du neidisch?«

Altrogge riss sich aus seiner Starre. »Affe.«

»Hast du ›Affe‹ gesagt?«

»Nein, wieso?«

»Dann ist ja gut. Und jetzt sag schon, welche Laus dir gerade über die Leber gelaufen ist.«

»Keine Laus, Uli. Ich habe gerade an das Video gedacht, auf dem Arens' grausame Hinrichtung zu sehen ist. Ich glaube, ich weiß jetzt, wo unsere Vermissten sind. Fragt sich nur, ob uns das kurzfristig weiterbringt, denn die Auswahl ist groß.«

23

Bonn, 16. November 2013

Dieter Chorweiler stand unentschlossen vor der postmodernen Villa des Architekten auf dem Venusberg, einer Villa, an deren Errichtung er selbst maßgeblich beteiligt gewesen war. Eines seiner schönsten Projekte. Am Vortag hatte er versucht, den Architekten über die Handynummer zu erreichen, die er noch von damals besaß, als sie zusammen Baumaßnahmen durchgeführt hatten. Aber immer sprang nur der Anrufbeantworter an.

Chorweiler hatte abends, nach der sechsten Flasche Bier und einigen Korn, seine eigenen Überlegungen angestellt. Er bewunderte den Rächer, der mordend durch das Emsland zog. Insgeheim wünschte er sich, er selbst wäre es, der diesem Abschaum gab, was er verdiente. In schillernden Farben malte er sich aus, wie er die Ausgeburten der Hölle in die Falle lockte und dann genüsslich und langsam erledigte. Aber er hätte das vermutlich niemals so gekonnt hinbekommen wie der Architekt, der seiner Meinung nach dahinterstecken musste. Auf der anderen Seite konnte er sich nicht erinnern, ihn jemals richtig wütend erlebt zu haben. Wenn Bauherren ihn anpöbelten, weil die Farbe der Fliesen eine Nuance dunkler war, als sie dachten, wenn Handwerker ihm sagten, er habe als Theoretiker absolut nichts auf einer Baustelle verloren, oder die Stadt ihm grundlos Genehmigungen verweigerte, war er immer absolut ruhig geblieben. Überhaupt war er ein zugeneigter, freundlicher Mensch, der dem Motto »Leben und leben lassen« folgte. Deshalb war er den Handwerkern gegenüber auch immer so großzügig gewesen. Er war nicht naiv, im Gegenteil. Er wusste genau, wie er zu seinem Geld kam, und hatte ein Gespür für die wirklich interessanten Objekte. Sonst hätte er sich nicht eine solche Villa leisten können, die ebenfalls einen Beweis dafür lieferte, welch ein hervorragender Architekt er war. Dass der Architekt nun weder an sein Handy ging noch in seinem Haus, in dem sich auch sein Büro befand, anzutreffen war, wertete Chorweiler als Indiz für seine Theorie. Der Mann war möglicherweise abgetaucht.

Nach einer schlaflosen Nacht war er schon um sechs Uhr morgens noch bei Dunkelheit losgefahren. Auf dem Weg nach Bonn hatte er sich immer wieder gefragt, was genau er sich eigentlich von einer Begegnung mit dem Architekten versprach. War es nur seine Neugier, die er befriedigen wollte? Wollte er Gewissheit, dass der Architekt tatsächlich hinter dem geheimnisvollen Rächer steckte? Oder hoffte er insgeheim, dass ihm sein Wissen vielleicht sogar ein bisschen Geld einbringen könnte, denn davon hatte der Architekt im Gegensatz zu ihm genug? Nicht etwa durch Erpressung, das ging gegen seine Ehre! Aber vielleicht konnte Chorweiler ihm gegen eine gewisse finanzielle Gegenleistung ja irgendwie von Nutzen sein.

Gerade als er sich enttäuscht wieder ins Auto setzen und zurück in die Eifel fahren wollte, ertönte hinter ihm eine vertraute Stimme.

»Mensch, Dieter, altes Haus, was machst du denn hier? Was für eine Überraschung, von dir habe ich ewig nichts mehr gehört. Wolltest du zu mir?«

Erschrocken wirbelte Chorweiler herum. Da stand er in seiner ganzen Größe vor ihm, sein Kamerad aus einer längst vergangenen Zeit, mit einer Tüte der Glocken-Apotheke in der Hand. Der Mensch, mit dem er einen Großteil seiner Projekte durchgezogen hatte und mit dem er abends oft in der Dorfkneipe gesessen und getrunken hatte. Er sah aus wie früher, ein paar mehr graue Haare und Falten im Gesicht, aber ansonsten unverändert. Dennoch war irgendetwas anders.

»Joachim, was hast du mich erschreckt! Ja, ich wollte zu dir, mal fragen, wie es dir so geht nach der langen Zeit. Arbeitest du überhaupt noch als Architekt?«

Joachim ging auf ihn zu und schüttelte ihm die Hand. »Gut geht's mir, danke. Hin und wieder nehme ich noch einen Planungsauftrag an, aber nur, wenn er mich wirklich interessiert. Und du, wie geht es dir? Hast du dich von deinem schweren Verlust erholt? Und was macht Karin, wie kommt sie damit zurecht?«

Chorweiler spürte einen Kloß im Hals. Auch heute noch,

nach so vielen Jahren, musste ihn jemand nur darauf ansprechen, und schon konnte er hemmungslos losheulen. Aber vor seinem früheren Kameraden wollte er sich keine Blöße geben. »Tja, leider haben wir es nicht geschafft. Wir sind geschieden, ich lebe jetzt in der Eifel. Du weißt ja, davon habe ich immer geträumt.«

»Oh, tut mir leid, das zu hören. Ist aber auch eine ganz schlimme Geschichte, die euch damals zugestoßen ist.«

»Allerdings. Dieser Abschaum Lehm ist verantwortlich für Kevins Tod, das werde ich ihm niemals verzeihen. Ich bin froh, dass den jemand plattgemacht hat.«

»Machst du es dir damit nicht ein bisschen zu einfach? Ich habe dir immer gesagt, dass du für solche Fälle Rücklagen bilden musst und nicht immer alles, was du verdienst, gleich wieder auf den Kopf hauen sollst. Ich weiß nicht, ob es angemessen ist, Lehm die Schuld an allem zu geben.«

Chorweiler war verunsichert, weil der Architekt den Anwalt in Schutz nahm. Das sprach gegen seine Theorie. Er wollte Gewissheit. »Mag sein, aber dieses Schwein hat unsere Krankenversicherung gekündigt. Ich bin froh, nein überglücklich und dankbar, dass jemand diesen Abfall aus dem Weg geräumt hat.«

»Meine Güte, Dieter, du bist ja voller Hass. Kommst du in der Eifel wenigstens klar? Womit verdienst du dein Geld?«

Er erzählte von seinen kleinen Aufträgen, gestand, dass er schwarzarbeitete, und leugnete auch sein Alkoholproblem nicht. »Wer immer diese Morde begangen hat, ich würde ihm gern die Hand schütteln und ihm sagen, dass er ein Mann der wahren Gerechtigkeit ist. Und weißt du, Joachim, was ich glaube?«

Der Architekt schüttelte den Kopf.

»Ich glaube, dass du dahintersteckst.«

Er sah ihn erstaunt an. »Wie kommst du denn darauf? Ausgerechnet ich, der noch nie einer Fliege etwas zuleide tun konnte.«

Chorweiler lachte. »Stimmt, einer Fliege nicht. Aber auch du bist ein Justizopfer, oder hast du das schon vergessen? Und so durchdacht, wie diese Morde sind, würde das bestens zu dir passen. Komm, sei ehrlich, mir kannst du es sagen, ich bin auf deiner Seite. Was meinst du wohl, wie gern ich derjenige wäre, der diese Monster zur Strecke bringt.«

Der Architekt lächelte. »Soso, wärst du das gern?« Er schob den Ärmel seines Mantels hoch, um auf seine Armbanduhr zu schauen. In der Ferne ertönte ein Martinshorn. »Dieter, ich würde gern noch eine Weile mit dir plaudern, aber ich befürchte, ich habe nicht viel Zeit. Ich muss so schnell wie möglich wieder los, denn ich habe noch einige zu erledigen. Was schaust du mich so an?«

Einige zu erledigen. Chorweiler hatte genau hingehört. War das etwa ein unfreiwilliges Geständnis? »Du hast gesagt, du hättest noch *einige* zu erledigen. Ich habe recht, du bist der Rächer, komm, gib es zu! Mir kannst du es doch sagen.«

Joachim lachte. »Weil ich mich versprochen habe, soll ich ein Rächer sein? Ich habe *einiges* zu erledigen, nicht *einige*.« Er schwieg eine kurze Weile, sah Chorweiler durchdringend an und sagte dann: »Pass auf, ich mache dir ein einmaliges Angebot. Ein Angebot, das du auf keinen Fall ausschlagen kannst. Mit deinem bisschen Schwarzarbeit kommst du nicht weit. Wir beide waren immer befreundet, und ich würde mir wünschen, dass du irgendwann vom Alkohol loskommst und wieder Fuß fasst. Mensch, Dieter, du bist doch noch so jung. Wirf dein Leben nicht weg, nicht wegen solcher profitgeilen Menschen. Du wirst über deinen Verlust hinwegkommen. Und du wirst irgendwann eine neue Frau kennenlernen. Aber nicht, wenn du dich in der Eifel verkriechst und dich besäufst. Du kannst mir einen riesengroßen Gefallen tun. In meinem Haus sind etliche Unterlagen, die ich jemandem schicken muss. Aber nicht jetzt, erst später. Aber dann komme ich vielleicht nicht mehr dazu. Würdest du das für mich übernehmen, wenn ich dir die Adresse sage? In meinem Safe liegt noch einiges an Bargeld. Das gebe ich dir gleich. Nicht für deinen kleinen Freundschaftsdienst, sondern weil ich dir Glück wünsche und dein Bestes will.«

Chorweiler war überrascht und irritiert. Mit einer solchen Entwicklung hatte er nicht gerechnet. Er hatte nicht einmal angedeutet, dass es ihm auch um Geld ging. Joachim hatte es ihm von sich aus angeboten. Hieß das nicht doch, dass er der Rächer war? War diese kleine Gefälligkeit vielleicht eine stillschweigende Übereinkunft, dass Chorweiler die Klappe hielt? Er traute sich nicht, seinen Kameraden danach zu fragen, der schon auf dem

Weg zur Haustür war. Er rief hinter ihm her: »Aber wann soll ich das denn schicken? Und an wen?«

Der Architekt blieb stehen und drehte sich zu ihm um. Er wirkte plötzlich müde, traurig, komisch, verändert. »An wen du das schicken sollst, sage ich dir gleich. Und wann du das schicken sollst –« Er lachte auf eine merkwürdige, schrille Art und Weise auf. »Glaub mir, das wirst du wissen, wenn es so weit ist. Vertrau einfach deinem Instinkt, damit hast du meistens richtiggelegen.«

Der Architekt ging ins Haus. Chorweiler folgte ihm mit einem unbestimmten, mulmigen Gefühl.

***

Die Äbtissin des Stiftes Börstel, Gerda Schwarzkopf, saß in der Kemenate der Abtei vor dem Kamin und sah sich alte Fotoalben an. Manchmal, wenn es ihr Terminkalender zuließ, nahm sie sich ihre Alben vor, um sich Zeugnisse aus der Vergangenheit anzuschauen. Sie hatte einen Hang zur Nostalgie, ein Gefühl, dem sie sich gern ab und zu hingab. Jetzt, im Spätherbst, war so gut wie nichts mehr los, sodass sich besonders häufig kleine Auszeiten ergaben. Sie liebte diese Jahreszeit. Nicht nur wegen der zeitlichen Freiräume, sondern auch wegen der melancholischen Stimmungen, die die absolute Stille, der Nebel und der Raureif erzeugten. Stimmungen, die andere vielleicht als trostlos bezeichneten. Aber für sie war es einer der Gründe, warum sie sich für diese abgeschiedene Abtei entschieden hatte, die nur von Wäldern und Wiesen umgeben war.

Wirklich konzentrieren konnte sie sich heute jedoch nicht auf ihre Fotos, und auch das Gefühl von wohliger Nostalgie wollte sich nicht so recht einstellen. Die Tatsache, dass ein Mörder sein Opfer auf dem Grundstück ihres Stiftes vergraben hatte, hatte ihre Stimmung nachhaltig getrübt. Nicht nur ein Mörder, sondern ein Serientäter, der schon einige Menschen auf dem Gewissen hatte. Was ging in jemandem vor, der sich nicht damit begnügte, andere Menschen zu ermorden, sondern ihre sterblichen Überreste auch noch ausgerechnet auf dem Friedhof eines Klosters vergrub? Es war, als wäre Stift Börstel, dieser heilige Ort, in fürchterlicher und frevelhafter Weise entweiht worden. Der Teufel persönlich hatte ihn heimgesucht. Sein Schatten würde von nun an für immer über dem Stift liegen.

Sie blätterte weiter in dem Album mit den Bildern aus den Jahren 1996 bis 2005. Jedes Album umfasste ein Jahrzehnt. Ein Jahrzehnt Geschichte der Abtei, ein Jahrzehnt voller Menschen, die den heiligen Ort besucht hatten. Jedes Album dokumentierte heitere und traurige Ereignisse sowie stille und besinnliche Momente. Gerda Schwarzkopf kannte die Geschichte fast aller Menschen, deren Fotos sie in gewisser Weise unsterblich machten.

Sie blätterte weiter, war schon im Jahr 2002 angekommen. Ihr Blick fiel auf einen ausgesprochen gut aussehenden jungen Mann. Allein sein Blick auf diesem Foto ließ eine starke Neigung zur Melancholie erkennen. Sie erinnerte sich gut an den Moment, in dem sie das Foto geschossen hatte. Der junge Mann hatte zuvor lange im Klostergarten meditiert. In dem Augenblick, als er die Augen öffnete, hatte sie den Auslöser gedrückt. Er war zwar überrascht, hatte aber sofort gelacht. Wie viele Gespräche hatte sie mit ihm geführt! War er in lockerer, eher oberflächlicher Gesprächsatmosphäre ein wortgewandter, witziger Unterhalter, der mit seinem Charme regelmäßig die anderen Gäste in seinen Bann ziehen konnte, so offenbarte er in den Gesprächen mit Gerda Schwarzkopf gänzlich andere Seiten. Er machte sich über vieles Gedanken, fragte nach dem Sinn des Lebens, philosophierte darüber, ob das Leben selbst nicht der Sinn sei, und versuchte, Wissenschaft, Philosophie und Religion in Einklang zu bringen. »Wissen Sie«, hatte er ihr manchmal gesagt, »für mich ist das alles ein und dasselbe, die drei Seiten einer Medaille.« Er hatte ihr erklärt, dass sich viele vormals atheistische Wissenschaftler genau deshalb irgendwann zu einer Religion bekannten. Wie hatte er es noch so beeindruckend beschrieben? »Und dann kommt der Augenblick, da stecken sie mit ihrer Wissenschaft in einer Sackgasse. Sie haben eine Frage beantwortet, doch dabei stellen sich ihnen drei neue. Und dann erkennen sie, dass es etwas gibt, das größer ist als ihre Wissenschaft, das über allem steht und sich nicht mit Formeln erklären lässt: Gott.«

Sie hatte manchmal förmlich an seinen Lippen gehangen,

wenn er ihr seine Gedanken anvertraut hatte. Sie selbst war tief gläubig. Aber sie hatte sich nie mit den Naturwissenschaften auseinandergesetzt und sich auch keine Gedanken darüber gemacht, ob es zwischen Wissenschaft, Philosophie und Religion Gemeinsamkeiten geben könnte. Dieser junge Mann hatte ihr eigenes Weltbild nachhaltig geprägt, es erweitert. Wie hieß er nur gleich? Gesichter, Gefühle, Augenblicke, all das konnte sich Gerda Schwarzkopf problemlos merken, aber keine Zahlen und Namen. Dabei hätte sie so gern gewusst, wer dieser Mann war, der sie in ihrem Denken so stark beeinflusst hatte und seit vielen Jahren nicht mehr in das Stift kam. Was war aus ihm geworden? Warum kam er nicht mehr?

Sie schloss das Fotoalbum und ging in ihr kleines Büro. Sie betrieb eine ordentliche Aktenführung. Jeder Gast, der jemals die Abtei besucht hatte, war vermerkt, unabhängig davon, warum er da gewesen war. Rasch fand sie die richtigen Ordner. Der Mann hieß Bernhard Rother. Mindestens zweimal im Jahr hatte er Stift Börstel besucht, meistens im Herbst und im Winter, weil er genau wie sie diese Stimmungen liebte. Sie erinnerte sich, dass er als Berater tätig war, wobei sie mit diesem Begriff wenig anfangen konnte. Aber es war für sie ohnehin unbedeutend, was ihre Gäste beruflich machten. Im Gegenteil, hier im Kloster spielte es keine Rolle. Rother hatte auch nie großartig darüber gesprochen.

Auf einmal hielt sie sich entsetzt eine Hand vor den Mund. Die Erinnerung traf sie wie ein Schlag. Jetzt, da der Ordner des Jahres 2007 auf ihren Knien lag, fiel ihr wieder ein, warum Rother nicht mehr kam. Sie erinnerte sich daran, wie sich seine Persönlichkeit nach und nach verändert hatte, so als habe ein Dämon von ihm Besitz ergriffen. Sie hatte das völlig verdrängt, denn sie wollte sich lieber an den intelligenten, sanftmütigen und empathischen Mann erinnern, der in den ersten Jahren die Abtei besucht hatte. Es musste bei seinem Besuch im Herbst 2009 gewesen sein, als sie ihn auf seine Veränderung ansprach. Er nahm immer weniger an gemeinsamen Aktivitäten mit anderen Gästen teil, enthielt sich der meisten Gespräche, war zunehmend in sich gekehrt und wirkte traurig. Aber neben der Trauer war da auch noch etwas anderes gewesen. Etwas, das ihr Angst gemacht hatte. In seinem Blick lag plötzlich etwas Wildes, Unruhiges. Nach außen wirkte er zwar weiterhin ausgeglichen, sanft und freundlich, aber dieser Blick verriet etwas anderes. Anfangs war er ihr ausgewichen, aber weil sie sich um den jungen Mann sorgte und immer wieder insistierte, hatte er sich ihr schließlich geöffnet.

Rother war in mehrere Gerichtsprozesse verwickelt gewesen. Sie wusste jedoch nicht mehr, worum es dabei ging und ob Rother Kläger oder Angeklagter war, Zeuge oder nur Beobachter. Aber er hatte angefangen, so viel Hass gegen Rechtsanwälte und Richter zu entwickeln, wie sie es bei diesem warmherzigen und zugewandten Menschen niemals für möglich gehalten hätte. Er hatte ihr gesagt, dass diese Art von arroganten und selbstgerechten Menschen, diese Juristen und bestechlichen Beamten, die wahre Geißel der Menschheit sei. In ihnen offenbare sich der Teufel und zeige sich von seiner hässlichsten Seite. Genau das waren Rothers Worte gewesen. Und er hatte gesagt, dass er nicht glaube, dass sie irgendwann von einem höheren Gericht zur Rechenschaft gezogen werden würden, weil sie selbst der personifizierte Satan seien. Bei seinem letzten Besuch war es ihm kaum noch gelungen, in der Meditation abzuschalten. Er zeigte keinerlei Interesse mehr an Diskussionen über philosophische Fragen. Wenn er überhaupt noch redete, dann nur noch über diese Menschen, für die er immer gemeinere Begriffe fand. Das Letzte, was er ihr gesagt hatte, war, dass sich jemand dieser Heimsuchung in den Weg stellen müsse. Jemand, der bereit sei, die Aufgabe des höchsten Gerichts zu übernehmen, mit allen Konsequenzen. Danach war er nie wiedergekommen.

Jetzt waren mehrere Juristen auf grausame Weise ermordet worden. Und ausgerechnet Stift Börstel hatte sich der Täter als Leichenfundort ausgesucht. Einen Ort, auf den nur jemand kommen konnte, der ihn kannte. Gerda Schwarzkopf war fassungslos. Sie konnte es nicht glauben, das war doch unmöglich. Hieß das allen Ernstes, dass Bernhard Rother, dieser feinsinnige Mensch, dass er …? Die Zeitungen schrieben, dass die Polizei noch keine konkreten Spuren oder Hinweise gefunden hatte. Sie wusste, dass sie dazu verpflichtet war, die Polizei über Rother, seine Persönlichkeitsveränderung und seine Aussagen im Stift Börstel zu informieren. Diesem etwas kauzigen Altrogge hatte sie sogar schon von Rother erzählt, aber eben nicht alles. Aber was, wenn Rother nichts mit der Sache zu tun hatte, wenn das alles nicht mehr als ein Zufall war? Denn genau das glaubte sie. Oder wollte es glauben. Dann hätte sie ihn angeschwärzt und ihn der schlimmsten Taten bezichtigt. Was sollte sie bloß tun?

24

Bonn, derselbe Tag

Walther Brecht nahm Chevalier den Verband ab. Obwohl sie anfangs stark geblutet hatte, stellte sich die Kopfverletzung als einfache Platzwunde heraus. Wenn sie in dieser verfahrenen Situation etwas überhaupt nicht gebrauchen konnten, dann war das die Notwendigkeit eines Arzt- oder Krankenhausbesuches. Sie waren aufgeflogen, daran konnte kaum ein Zweifel bestehen.

Chevalier betastete vorsichtig seine Stirn. »So ein Ärger! Mir brummt höllisch der Schädel, das sind vielleicht Schmerzen. Wie konnte uns das nur passieren?« Brecht betupfte die Wunde behutsam mit dem Desinfektionsmittel, das er in der Apotheke gekauft hatte, zusammen mit den Schmerztabletten. Chevalier stöhnte laut auf. »Das brennt wie Feuer!«

»Tut mir leid, aber es geht nicht anders. Das darf sich auf keinen Fall entzünden.«

Chevalier stieß ihn energisch zur Seite und entriss ihm das Medikament. »Das weiß ich selbst, oder glaubst du, ich bin ein Idiot?«

Es war das erste Mal, dass sein Freund die Beherrschung verlor. Wütend funkelte er Brecht an, der ihm nur hatte helfen wollen. Eingeschüchtert wich er noch ein Stück zurück. »Entschuldige, das wollte ich nicht. Aber ich war es nicht, der dich geschlagen hat. Im Gegenteil.«

Chevalier ließ den Kopf auf die Brust sinken. Dabei tropfte ihm etwas Blut auf das Hemd, denn die Blutung hatte noch nicht ganz aufgehört. »Ja, ich weiß. Tut mir leid, ich wollte dich nicht anschreien. Ich weiß gar nicht, was mir am meisten zusetzt. Die Tatsache, dass Pries entkommen ist und uns auch noch diese Andenken hinterlassen hat oder dass ich erst jetzt so allmählich begreife, was wir getan haben. Ist dir wirklich bewusst, dass wir Menschen getötet haben, Walther? Auf eine ganz widerliche Art und Weise?«

Brecht sah seinen Freund nachdenklich an. Er hatte sich während der vergangenen Tage immer mehr verändert. Als sie ihren Feldzug geplant hatten, war er mit höchster Konzentration und Überzeugung dabei gewesen. Sein Wissen, wie man Projekte managte, und seine Fähigkeit, in Prozessen und Abläufen zu denken, hatte ihnen dabei mehr als einmal geholfen. Er konnte planen wie ein Uhrwerk, fehlerfrei, zuverlässig und absolut präzise. Aber schon als Darb unter Schmerzensschreien vor ihren Augen verreckt war, hatte Brecht gespürt, dass Chevalier unter Gewissensbissen litt. Er selbst hatte genau das empfunden, was er erwartet hatte: Freude und eine große Genugtuung. Darb hatte es wie die anderen keinen Deut besser verdient. Als Pries, der sich feige hinter einem Stein versteckt und ihnen aufgelauert hatte, Chevalier gestern mit dem Knüppel niedergeschlagen hatte, war Brecht sofort auf ihn losgegangen, obwohl er viel kleiner und zierlicher war als der bullige Unternehmer. Ihn hatte der pure Hass gesteuert. Pries hatte sich nicht auf einen Kampf eingelassen, sondern war davongelaufen. Falls er versucht haben sollte, seinen Wagen zu erreichen, hatte ihn dort wenigstens eine unangenehme Überraschung erwartet.

Brecht ließ ihn entkommen, denn sein Freund lag blutend auf dem Boden und gab keinen Mucks von sich. Im ersten Moment hatte er befürchtet, dass Pries ihn totgeschlagen hatte. Als Chevalier schließlich stöhnend aus seiner Ohnmacht erwachte, lautete sein erster Kommentar: »Das war's.« Was sollte das? Noch vor drei, vier Tagen hätte er etwas gesagt wie: »Hast du die Ratte erledigt?« Er nahm Chevaliers Hand. »Hör zu, mein Freund, deine Gewissensbisse sind hier fehl am Platz, und das weißt du auch. Und es ist noch nicht vorbei, wir haben noch etwas zu erledigen. Wir sollten es hinter uns bringen. Heute. Jetzt. Verstehst du das?«

Chevalier sah seinen Freund aus müden Augen an. »Wenn du entkommen willst, müssen wir ins Auto steigen und zusehen, dass wir über die Grenze kommen und ein früheres Schiff nehmen. Von hier aus sind es dreihundertfünfzig Kilometer, und wenn Pries dich wirklich erkannt hat, dürften wir längst zur Fahndung ausgeschrieben sein. Wir können nur beten, dass sie nicht sofort auf Holland kommen. Insofern können wir übrigens auch endlich aufhören, uns mit diesen blöden Namen anzusprechen, *Joachim*! Sei zufrieden mit dem, was wir erreicht haben, und sieh zu, dass du drüben ein neues Leben anfängst. Wenn es optimal läuft und sie uns zuerst im Emsland und dann im Rheinland suchen, dann hast du vielleicht noch drei oder vier Stunden, gerade genug, um nach Eemshaven zu kommen. Es war sowieso Wahnsinn, ausgerechnet hierhin zu fliehen, in dein Haus. Wir hätten irgendwo abseits der Straßen im Auto übernachten sollen. Stell dir vor, die hätten dein Haus schon überwacht. Oder Chorweiler hätte mich eben in diesem Zustand gesehen.«

Joachim kniff die Augen zusammen. »Und wennschon. Das Haus ist schon lange nicht mehr auf mich eingetragen, Eigentümer ist die Zypernfirma. Sonst wäre mir das längst unterm Arsch weggepfändet worden. Chorweiler ist einer der wenigen, die wissen, dass ich es bis zuletzt gelegentlich noch genutzt habe. Außerdem wollten wir unbedingt das Paket auf den Weg bringen. Weil wir zwar das Böse bekämpfen, aber gleichzeitig dem Guten helfen wollen. Und wieso sprichst du eigentlich die ganze Zeit von *mir* und nicht von *uns*?«

Chevalier alias Bernhard Rother ließ ein paar Tropfen des Desinfektionsmittels auf seine Handfläche tropfen und verteilte es vorsichtig auf seiner Stirn. »Tut mir leid, war keine Absicht. Ich meine natürlich *uns*. Also, was ist jetzt, auf nach Eemshaven?«

Joachim ballte die Hände zu Fäusten. »Niemals! Zumindest Knoll muss dran glauben, diese verlogene Missgeburt! Schlimm genug, dass Pries entkommen ist. Du kannst gern abhauen, ich ziehe das durch. Bis zum bitteren Ende. Oder zumindest bis zu Knolls bitterem Ende.«

Bernhard wickelte einen neuen Verband um seinen Kopf und löste sich drei Schmerztabletten gleichzeitig auf. »Solche Kopfschmerzen hatte ich noch nie. Jetzt kann ich mir vorstellen, wie unerträglich Migräneanfälle sein können. Hör zu, Joachim, ich stehe zu dir, und ich lasse dich nicht hängen. Aber wir nehmen uns nur noch Knoll vor, wir haben keine Zeit mehr, Bunkerhopping zu betreiben. Das Risiko ist auch so schon groß genug. Komm, lass uns keine Zeit verschwenden. Außerdem brauchen wir ja auch noch einen Ersatzwagen. Den Fiesta können wir jetzt nicht mehr nehmen. Hast du eine Idee?«

»In der Garage steht noch der Phaeton. Den habe ich, wie du weißt, schon vor zwei Jahren abgemeldet. Wir schrauben gleich bei einem Nachbarn die Nummernschilder ab. Die Familie zwei Häuser weiter ist im Urlaub, ihr Auto steht in einer Remise. Bis das jemand merkt, sind wir längst über alle Berge. Und übrigens, nicht nur Knoll ist noch fällig. Wenn es gut läuft, erwischt es noch einen von dieser Bagage.«

»Joachim, die anderen sind in Werpeloh. Da werden wir nicht mehr hinkommen. Knoll und dann ab über die Grenze, klar?«

Das Grinsen wich aus seinem Gesicht, und er wurde ganz ernst. »Ich habe noch eine besondere Überraschung vorbereitet. Ich weiß nicht, ob es klappt, aber wenn, dann wird das das Grande Finale.«

»Wovon sprichst du?«

»Warte einfach ab, bis du es in den Nachrichten hörst. Eine Überraschung für dich, du wirst begeistert sein.«

25

Lingen, derselbe Tag

Die Ereignisse überschlugen sich. Nachdem die MoKo Teufelssteine in den ersten Tagen kaum vorangekommen war und befürchten musste, dem Morden tatenlos zusehen zu müssen, kamen jetzt von allen Seiten wichtige Hinweise. Dazu kam Altrogges Geistesblitz am Vorabend in bierseliger Stimmung. Die MoKo hatte sich, ungeachtet des Wochenendes, versammelt, um die Täter endlich in die Enge zu treiben und die Mordserie zu beenden.

Schon am Vorabend war Hans-Jochen Pries auf der Polizeiwache in Oldenburg erschienen. Als Einzigem war es ihm gelungen, den Tätern zu entkommen. Nachdem er den Mann, der sich ihm unter dem Namen Alphonse Chevalier vorgestellt hatte, niedergeschlagen hatte, war er zurück zu seinem Auto gelaufen. Brecht, dessen richtiger Name ihm während seiner Flucht eingefallen war, war ihm nicht gefolgt. An seinem Wagen hatte er allerdings eine böse Überraschung erlebt. Die beiden hatten sämtliche Reifen zerstochen, und weil Pries so dumm gewesen war und das Auto nicht abgeschlossen hatte, hatten sie zudem sein Handy entwendet. Er musste kilometerlang zu Fuß gehen und erreichte deshalb erst in den Abendstunden Oldenburg. Walther Brecht hieß eigentlich Joachim Maisch und war Architekt. Er hatte den Unternehmer vor langer Zeit verklagt mit der Behauptung, Pries habe ihm seine Architekturpläne gestohlen. Der Unternehmer hatte sich nur nicht sofort daran erinnern können, weil »mich andauernd irgendein dahergelaufenes Arschloch meint verklagen zu müssen.« Chevaliers richtigen Namen kannte Pries nicht, er war sich nicht einmal sicher, ob er ihm tatsächlich schon einmal begegnet war.

Dafür lieferte die Äbtissin des Stiftes Börstel, die vormittags in Lingen angerufen hatte, den Hinweis auf die wahre Identität Chevaliers. Es handelte sich um Bernhard Rother. Beide, er und

Maisch, stammten aus Bonn. Woher sie sich kannten, war noch unbekannt. Ebenso, welche Ereignisse dazu geführt hatten, dass zwei bis dahin völlig unbescholtene Bürger, die niemals mit dem Gesetz in Konflikt geraten waren, zu einer eingeschworenen Mördergemeinschaft werden konnten.

Direkt nach Bekanntwerden dieser Informationen hatte Jorina Danneboom die beiden zur Fahndung ausgeschrieben und die Kollegen in Köln angerufen, die im Umfeld der Mörder ermitteln sollten. Sie erhoffte sich davon Hinweise, wo Rother und Maisch untergetaucht sein könnten, denn nachdem ihnen Pries entkommen war, würden sie nur noch ein Ziel vor Augen haben: Flucht.

Altrogge ließ nochmals das grausame Video ablaufen, das die Täter zusammen mit ihrem *»Tagebuch der Rache«* in Arens' Grab hinterlassen hatten. Immer wieder hielt er das Video an, um zu erklären, welche Details für seine These sprachen. Seine Kollegen pflichteten ihm bei, denn die meisten kamen aus dem Emsland und kannten sich ebenso gut aus wie er. Sie waren davon überzeugt, dass das Video in einer alten Militäranlage gedreht worden war. Das Problem jedoch bestand darin, dass es im Emsland weit verstreut eine ganze Reihe dieser Anlagen gab. Deshalb hatte Danneboom zusätzlich einen Spezialisten der Bundeswehr angefordert, der sich sofort bereit erklärt hatte, die MoKo zu unterstützen. Nachdem auch er sich das Video angesehen hatte, kam er zu dem Schluss, dass theoretisch zehn Militäranlagen in Frage kamen. Dem Bildmaterial nach zu schließen, hielt er aber nur drei Anlagen für mögliche Tatorte: Meppen, Lingen und Werpeloh. Er favorisierte jedoch eindeutig Lingen.

»Zehn Möglichkeiten, drei in der engeren Auswahl, ein Favorit«, resümierte Altrogge. »Damit ist klar, wie wir vorgehen. Die Anlage in Lingen ist praktisch vor unserer Haustür. Wir werden gleich dorthin aufbrechen.« Wegen seiner detaillierten Ortskenntnisse und der Tatsache, dass er für alle Anlagen die Schlüssel besaß, bat Altrogge den Spezialisten der Bundeswehr, sie zu begleiten. »Wenn wir dort niemanden finden, was ich nicht hoffen will, dann teilen wir uns in zwei Gruppen auf. Die eine fährt nach Werpeloh, die andere nach Meppen. Finden wir auch dort niemanden, müssen wir sofort die verbleibenden sieben abklappern. Dass wir uns alle irren und die Opfer woanders gefangen gehalten werden, halte ich für ausgeschlossen. Wir brauchen unbedingt Notärzte, die uns begleiten. Wer weiß, was sie ihren Opfern angetan haben. Wenn ich nur an das Rattengift denke! Vielleicht können wir ja dem einen oder anderen noch helfen.«

Nach zwanzig Minuten trafen zwei Ärzte ein. Mit zwei Mannschaftswagen brachen sie zur Militäranlage Lingen auf, die aus einem ehemaligen Munitionsdepot, einem Wachturm und einem Bunker bestand. Weil sie nicht wissen konnten, wie Maisch und Rother reagieren würden, wenn sie in die Enge getrieben wurden, und weil sie damit rechnen mussten, dass die beiden bewaffnet waren, trugen alle Beamten, der Soldat und die Ärzte kugelsichere Westen.

***

Raffael Knoll saß gefesselt an einer Betonsäule. Am Mittwoch hatte der Horror die Regie in seinem Leben übernommen. Er hatte keine Ahnung, was genau geschehen war. Er erinnerte sich an seine Ankunft in Herzlake, an Walther Brecht, der ihn in Empfang genommen hatte, und an Alphonse Chevalier, der eine Richterrobe und eine venezianische Maske getragen hatte. Dann sah er verschwommen noch ein Glas Champagner, und das Nächste, woran er sich erinnerte, war diese Säule, an die er seit Tagen gefesselt war. Jeder Knochen in seinem Körper schmerzte, sein Gesäß brannte wie Feuer. Er hatte jedes Zeitgefühl verloren. Und er hatte keine Vorstellung, warum all das geschehen war und was noch auf ihn zukam. Ein paarmal waren Brecht und Chevalier erschienen, hatten ihm etwas zu essen und trinken gebracht und ihn für kurze Zeit losgebunden, damit er sich bewegen und in einer Ecke erleichtern konnte. Aber das nützte nichts. Der Betonboden, auf dem er saß, war so kalt, dass er einen permanenten Harndrang verspürte. Er hatte sich schon mehrfach in die Hose gepinkelt. Als er seine Peiniger darum bat, ihm eine neue Hose zu besorgen, hatten sie ihn nur angewidert angesehen und den Kopf geschüttelt. Auch all seine Versuche, herauszufinden, warum sie das mit ihm machten, ob sie vielleicht ein Lösegeld erpressen wollten, waren vergeblich. Das Einzige, was Brecht zu ihm gesagt hatte, war, dass seine Zeit schon bald gekommen sei. Und dann werde er den tieferen Sinn verstehen. Knoll hatte mit dem Gedanken gespielt zu fliehen, nachdem Brecht zum ersten Mal die Fesseln gelöst hatte. Aber er hatte den Gedanken rasch verworfen. Einerseits hatten die beiden unmissverständlich klargemacht, dass ein Fluchtversuch überaus schmerzhafte Folgen für ihn haben würde. Andererseits wusste er nicht einmal, wo er sich befand. Er sah keinen Ausgang, überall nur Beton. In welche Richtung hätte er überhaupt laufen sollen? Er war Brecht und Chevalier auf Gedeih und Verderb ausgeliefert.

In den Stunden und Tagen, die seit Mittwoch verstrichen waren, hatte Knoll verschiedene Phasen durchlaufen. Anfangs, nachdem er an die Säule gefesselt aufgewacht war, hatte er geglaubt, sich in einem bizarren Traum zu befinden. Obwohl er wusste, dass er nicht schlief, gelang es ihm, nicht zu glauben, dass er tatsächlich inmitten einer Betonwüste an eine Säule gefesselt war. Allein der Gedanke war einfach zu abstrus. Irgendwann war der Moment der Erkenntnis gekommen, die Einsicht, dass dies alles wirklich mit ihm geschah. Darauf folgte eine lange Phase nackter Panik. Als Brecht und Chevalier dann zum ersten Mal aufgetaucht waren, hatte er Bedrohung und Angst empfunden. Angst vor Schmerz, Angst vor dem Tod. Als sie wieder gegangen waren, übermannte ihn ein nie gekanntes Gefühl von Einsamkeit, begleitet von mehreren Tränenausbrüchen, den ersten in seinem Leben. Als seine Entführer zum zweiten Mal gekommen waren, hatte er eine merkwürdige Form von Dankbarkeit empfunden. Danach folgte die Phase des Fatalismus. Ab diesem Moment war ihm alles egal. Was immer noch geschehen mochte, schlimmer als in diesem Augenblick konnte es nicht mehr werden.

Plötzlich hörte Knoll wieder das vertraute Quietschen aus einer schwer definierbaren Richtung. Wahrscheinlich eine Tür.

Das bedeutete, dass in wenigen Augenblicken wieder Brecht und Chevalier vor ihm stehen würden. Hoffentlich hatten sie etwas zu trinken dabei. Er hatte fürchterlichen Durst.

***

Eine breite, weitgehend zugewachsene ehemalige Panzerstraße führte zur alten Militäranlage etwas außerhalb von Lingen. Man fuhr durch ein eingerostetes Tor, das sich nicht mehr schließen ließ. Links und rechts davon erstreckte sich ein löchriger Maschendrahtzaun, der das gesamte Militärgelände umschloss. Vom Tor aus führte die Straße ungefähr zweihundert Meter geradeaus, an beiden Seiten flankiert durch wild wucherndes Buschwerk. Dann öffnete sich das Gelände. Linker Hand lag der teilweise verfallene Wachturm, der aufgrund von Einsturzgefahr nicht mehr zugänglich war. Rechter Hand befand sich der überirdische Bunker, dessen Zugang durch eine massive Stahltür gesichert war. In direkter Verlängerung der Zufahrt stand das größte Gebäude, das Munitionsdepot. Zwischen den Gebäuden ragten Büsche und kleine Bäume in die Höhe. Das restliche Gelände war so von Gras zugewachsen, dass sich nicht erkennen ließ, ob dieser Bereich noch asphaltiert war. Hinter dem Depot gab es eine freie Fläche, keine fünfzig Meter tief. Dahinter begrenzte der löchrige Maschendrahtzaun das Gelände, hinter dem sich ein dichter Wald anschloss, dessen Bäume nahezu vollständig von einer dünnen Eisschicht überzogen waren.

»Ideal für einen Fluchtversuch«, stellte Altrogge fest. Er fragte den Soldaten, ob das Munitionsdepot einen Hintereingang hatte. Das war nicht der Fall. »Gott sei Dank, dann müssen wir wenigstens nicht doppelt sichern.«

Die MoKo stellte die Mannschaftswagen vom Militärgelände aus nicht sichtbar hinter einer hohen Hecke vor dem Tor ab. Falls die Täter sich in der Anlage befanden, wollten sie sie keinesfalls warnen. Die Tatsache, dass längst Dunkelheit herrschte, war für die Einsatzkräfte von Vorteil, auch wenn der Mond die Szenerie in ein unheimliches diffuses Licht tauchte. Sie wussten nicht, ob Täter und Opfer sich im Munitionsdepot oder im alten

Bunker befanden. Beides bot laut Aussage des Soldaten einen hervorragenden Ausbruchschutz. Deshalb teilten sie sich in zwei Gruppen auf. Den beiden Kriminalkommissaren, Altrogge und von Ritterswürden, schlossen sich jeweils zwei Polizisten und ein Arzt an. Sie wollten nach Möglichkeit gleichzeitig zugreifen für den unwahrscheinlichen Fall, dass Rother und Maisch beide Verstecke gleichzeitig nutzten. Langsam, in geduckter Haltung und im Schutz der Hecken, näherten sie sich über die Panzerstraße ihren Zielen.

Der Soldat hatte für beide Anlagen den Schlüssel. Er selbst wollte das Depot mit überprüfen und gab den Schlüssel für den Bunker von Ritterswürden. »Wenn die Schlüssel nicht passen, dann könnte es sein, dass eure Verdächtigen die Schlösser ausgetauscht haben, was bei diesen alten Dingern nicht allzu schwierig sein dürfte. Dann ist es gut möglich, dass sie oder zumindest ihre Opfer da drin sind.«

»Und warum nur möglich?«, wunderte sich von Ritterswürden. »Wenn da andere Schlösser montiert wurden, können es doch nur Rother und Maisch gewesen sein. Wer sonst sollte sich die Mühe machen, massive Schlösser zu knacken und dann eigene anzubringen?«

Der Soldat lachte leise. »Wenn ihr wüsstet. Diese Anlagen sind begehrte Abenteuerspielplätze, die bei der Emsländer Jugend hoch im Kurs stehen. Vor allem, seit bekannt geworden ist, dass viele der Anlagen aufgrund des drastischen Personalabbaus brachliegen und auch nicht mehr gepflegt werden können. Wo sollen die jungen Leute hier auch hin? Hier gibt's doch kaum etwas für sie. Eine Dorfdisco, ein paar Kneipen, aber das finden die alle doch irgendwann öde. Tja, und dann erinnern sie sich an die Militäranlagen. Meistens geben sie sich mit den Einrichtungen zufrieden, die nicht abgeschlossen sind und schon dem Verfall anheimfallen. Aber einige ganz besonders Mutige trauen sich auch, die Schlösser aufzubrechen. Das ist der einzige Schwachpunkt eurer These, dass eure Mörder ihre Opfer dahin verschleppt haben. Das Risiko, dass sie von Jugendlichen entdeckt werden, ist nicht zu unterschätzen. Wobei natürlich fraglich ist, ob die Täter überhaupt von diesen Mutproben wissen.«

Von Ritterswürden klopfte dem Soldaten auf die Schulter. »Danke, ein wirklich ganz hervorragender Vortrag.« Er wies mit dem Kopf zu den Gebäuden. »Aber können wir dann jetzt vielleicht reingehen?«

Der Soldat warf ihm einen bösen Blick zu. »Machen Sie sich etwa über mich lustig?«

Von Ritterswürden hob abwehrend die Hände. »Wie käme ich denn dazu? So, wollen wir?«

Beide Teams waren noch gut fünfzig Meter von ihren Zielen entfernt. Eines fiel ihnen sofort auf. Die Fuß- und Reifenspuren im Raureif. Seitdem der schwache Frost und der Nebel zurückgekehrt waren, hatte es nicht mehr getaut. Die Reifenspuren waren zwar nicht mehr ganz frisch und schon wieder von einer hauchdünnen Eisschicht überzogen, aber es war offensichtlich, dass hier ein Wagen durchgefahren war und Menschen ausgestiegen waren.

»Okay, Leute, ab jetzt gilt Alarmstufe Rot«, flüsterte Altrogge. »Wir müssen davon ausgehen, dass Rother und Maisch da drin sind. Waffen entsichern und vorsichtig nähern. Noch vorsichtiger prüfen, ob die Türen abgeschlossen sind und die Bundeswehrschlüssel passen. Wenn nicht, müssen wir die Türen mit den Brecheisen möglichst mit einem Ruck aufhebeln und hineinstürmen. Passt höllisch auf, ihr wisst, dass sie bewaffnet sind. Wir halten Augenkontakt und gehen gleichzeitig rein.«

Sie vereinbarten ein Zeichen für die Frage, ob die Schlüssel passten oder nicht. Daumen hoch hieß »ja«, Daumen runter »nein«.

Altrogge wandte sich den Ärzten zu. »Meine Herren, Sie bleiben bitte immer im Schutz der Büsche. Wenn jemand medizinische Hilfe benötigt, rufen wir Sie. Vorwärts!«

Die beiden Gruppen schlichen zu den eisernen Toren von Depot und Bunker. Zeitgleich setzten der Bundeswehrspezialist und von Ritterswürden die Schlüssel an, beide zeigten mit dem Daumen nach unten. Jemand hatte die Originalschlösser aufgebrochen und durch andere ersetzt. Altrogge wechselte einen kurzen Blick mit dem Dortmunder, dann setzten beide die Stemmeisen an. Mit einem lauten Knall sprangen die Schlösser auseinander und die Tore auf. Die anderen Polizisten schalteten ihre Stirnlampen an und stürmten, die Maschinenpistolen im Anschlag, in die Gebäude.

***

Raffael Knoll hörte, wie sich hinter ihm Schritte näherten. Anders als bei den vorherigen Besuchen von Brecht und Chevalier vernahm er jedoch keine Stimmen. Vielleicht kam diesmal nur einer von beiden. Ob das ein gutes oder schlechtes Zeichen war, konnte er nicht einschätzen. Noch ehe er weiter darüber nachdenken konnte, standen beide plötzlich vor ihm und starrten ihn an. Zumindest Brecht, denn Chevalier trug wieder diese bizarre Maske. Brecht, das erkannte Knoll sofort, hatte eine Schwellung im Gesicht und eine Kruste auf der Oberlippe. Es sah aus, als wäre er geschlagen worden. Chevalier hatte einen Flechtkorb in der Hand, über dessen Rand Flaschenhälse ragten. Wenigstens hatten sie wieder etwas zu trinken mitgebracht.

»Raffael Knoll«, setzte Brecht an, »Sie wissen, warum wir gekommen sind?«

Knoll schüttelte den Kopf, obwohl er ahnte, dass gleich etwas Unschönes geschehen würde. Er ergab sich innerlich seinem Schicksal. Er sah, wie Chevalier den Korb absetzte und eine große Wasserflasche herausnahm. Und einen Trichter. »Was um Himmels willen wollen Sie denn mit dem Trichter?«, fragte Knoll, den ein neuerliches Gefühl von Panik erfasste.

»Das werden Sie gleich merken«, sagte Brecht mit eisiger Stimme. »Raffael Knoll, Ihnen wird zur Last gelegt, in diversen Gerichtsprozessen vorsätzlich falsche Aussagen gemacht zu haben. Selbst unter Eid haben Sie wiederholt gelogen. Sie sind hierfür bezahlt worden, haben sich bestechen lassen, unter anderem von dem Unternehmer Hans-Jochen Pries. Ihnen wurden Beträge zwischen eintausend und zwanzigtausend Euro angeboten, die Sie jedes Mal angenommen haben. Und das nicht nur für Falschaussagen, sondern auch für Baugenehmigungen, die Sie Pries erteilt haben, obwohl sie rechtlich nicht zulässig waren. Gestehen Sie die Ihnen zur Last gelegten Vorwürfe?«

Knoll war fassungslos. Wie hatten die das herausfinden können? War das der Grund, warum er in die Falle gelockt worden war? Und warum kam ihm Brecht so bekannt vor?

»Herr Brecht, woher kennen wir uns?«

»Die Fragen stellen wir, nicht Sie. Sie haben den Ernst Ihrer Lage anscheinend immer noch nicht erkannt. Also, gestehen Sie?«

Er starrte Brecht an. Was sollte er sagen? Sie hatten doch ohnehin alles herausgefunden. Das Ganze war eine einzige Farce. Er schloss für einen Moment die Augen. Er wollte wissen, mit wem er es zu tun hatte, wollte es verstehen. Dieser Brecht, wo war er ihm schon einmal begegnet? Das Gesicht und vor allem die Stimme kamen ihm bekannt vor. Doch diese Stimme war so kalt, abweisend und feindselig, dass sie verfremdet war. Er versuchte sich vorzustellen, wie sie klingen würde, wenn Brecht nicht von Hass zerfressen wäre. Noch während er die Augen geschlossen hielt und angestrengt nachdachte, traf ihn Brechts Ohrfeige. Er zuckte vor Überraschung und Schmerz zusammen.

Brecht brüllte ihn an. »Sind Sie taub, Knoll? Ich habe Sie etwas gefragt. Das Spiel ist ganz einfach: Ich frage, Sie antworten. Haben Sie das jetzt endlich begriffen?«

Brecht setzte an, ihm eine weitere Ohrfeige zu verpassen, doch Chevalier hinderte ihn daran, indem er seine Hand mit festem Griff zurückhielt. »Lass es gut sein, Joachim. Das reicht.«

Joachim. Für einen Moment herrschte absolute Stille.

Brecht sah Chevalier entsetzt an. Chevalier blickte zu Knoll, der zu Brecht. Und dann erkannte er ihn.

»Jetzt weiß ich endlich, wer Sie sind«, rief Knoll, den Blick starr auf Brecht gerichtet. »Sie sind Joachim Maisch, der Architekt aus dem Rheinland. Habe ich recht?«

Maisch alias Brecht reagierte nicht auf diese Frage. Er starrte weiterhin zu Chevalier und begann unvermittelt, ihn zu schütteln. »Bist du verrückt geworden? Warum hast du das getan?«

Chevalier setzte die Maske ab. Er sah müde aus. Schweißperlen standen auf seiner blutverkrusteten Stirn, sein Gesicht hatte eine ungesunde, aschfahle Farbe angenommen. »Ich bin am Ende, Joachim, ich kann beim besten Willen nicht mehr. Lass uns von hier verschwinden. Und ihn schneiden wir los. Der hat doch eh schon genug.«

Knoll begann, Hoffnung aus der Situation zu schöpfen. »Sie sind der Architekt, der glaubt, dass Pries ihm seine Pläne gestohlen hat, stimmt's? Das hat mir Pries erzählt. Und Sie denken, dass ich in Ihrem Prozess gegen Pries einen Meineid geleistet habe. Aber Sie liegen vollkommen falsch. Ich habe damals die Wahrheit gesagt.«

Maisch wirbelte herum. »So, haben Sie das? Selbst jetzt, am Ende Ihres kümmerlichen Daseins, versuchen Sie noch, mit Lügen durchzukommen? Sie sind noch widerlicher, als ich dachte. Sie sind Abschaum, das Allerletzte. Sie haben dafür gesorgt, dass Pries meine Pläne ohne meine Zustimmung überhaupt erst gesehen hat. Dreitausend Euro hat er Ihnen dafür gegeben. Hören Sie auf, mich für dumm zu verkaufen.«

Maischs verbaler Ausbruch erschreckte Knoll. Sein Anflug von Hoffnung verflüchtigte sich so schnell, wie er gekommen war. »Hören Sie, Herr Maisch, ich zahle Ihnen das gesamte Honorar für Ihre damaligen Pläne, wirklich alles, auch mit Zinsen. Aber bitte, bitte verschonen Sie mich. Man muss einem Menschen doch auch einen Fehler verzeihen. Oder haben Sie in Ihrem Leben nie einen Fehler gemacht?«

Der Mann, der sich Chevalier nannte, ließ sich ermattet zu Boden sinken. Maisch hingegen grinste höhnisch. »Fehler? Das nennen Sie einen Fehler? Menschen um Hunderttausende von Euro zu betrügen, nennen Sie einen Fehler? Mir geht es trotz Ihrer Lügen noch gut, aber denken Sie an all die anderen Prozesse, in denen Sie sich haben schmieren lassen. Haben Sie sich je dafür interessiert, was aus Ihren Opfern geworden ist? Nein? Wir schon! Und darum, mein lieber Knoll, geht es uns. Nicht um Geld, mein Gott, wie erbärmlich, sondern um Recht. Recht im Sinne eines Gesetzes, das Menschen wie Sie missbrauchen. Wir sind die wahren Vertreter des Rechts. Wir sind unbestechlich, wir sind gerecht und achten das Recht. Und dieses Recht spricht jetzt das Urteil über Sie.«

Maisch bebte vor Zorn, doch bevor er weiterreden konnte, hörten sie plötzlich Geräusche vor dem Munitionsdepot. Maisch verstummte, und sie alle lauschten in Richtung der Geräuschquelle.

Gott sei Dank, das ist bestimmt die Polizei, dachte Knoll erleichtert, jetzt bin ich gerettet.

Wieder war das Geräusch zu hören, es war metallisch und schien direkt von der Tür zu kommen.

»Da versucht jemand einzubrechen«, stellte Maisch fest. Er sah zu seinem Komplizen. »Hattest du den Eindruck, dass uns jemand gefolgt ist?«

Rother zuckte mit den Schultern. Eigentlich war es ihm egal. Im Grunde war ihm jetzt alles egal. In dem Moment, als er Knoll wehrlos an die Säule gefesselt gesehen hatte, wusste er, dass er keinen weiteren Mord mehr begehen würde, auch nicht im Namen einer höheren Gerechtigkeit. Er hielt ihre Urteilssprüche nach wie vor für bedingungslos gerechtfertigt, aber er konnte sie nicht mehr vollstrecken. Bei Darb hatte er noch tiefe Genugtuung empfunden, doch schon in der schlaflosen Nacht, nachdem sie ihn verscharrt hatten, hörte er eine innere Stimme, die ihm sagte, dass er falsch handelte. Und während er dieser Stimme lauschte, merkte er, dass er und die Stimme nicht dieselben waren. Er war jemand anders. Er war jemand anders geworden. Aber diese Stimme, die gab es noch, und die gehörte seinem eigentlichen Ich. Danach ging es ihm Stunde um Stunde schlechter, auch wenn er es nicht sofort richtig zu deuten gewusst hatte, weil ihn jedes Mal, wenn ihnen einer in die Falle gegangen war, zuerst wieder dieser unbändige Hass und seine Rachegelüste übermannt hatten. Dagegen war er machtlos gewesen. Es war sein anderes Ich, das die Oberhand gewann und seinen eigentlichen Charakter in die Tiefen des Unterbewusstseins drängte. Doch mit jedem Mal machte sich sein wahres Wesen stärker bemerkbar, kehrte früher aus seinem Gefängnis zurück und sorgte dafür, dass Schuldgefühle und eine merkwürdige, rasch voranschreitende Form der Selbstentfremdung an die Stelle von Hass und Rachedurst traten. Seine Seele wurde von einem dunklen Schleier überschattet. Mit jeder Tat ging es mit ihm abwärts. Er war nur noch ein seelisches Wrack.

Maisch griff in den Korb und förderte einen Revolver zutage. Er drückte ihn Rother in die Hand. »Sieh doch mal nach, was da los ist. Einer sollte bei Knoll bleiben. Oder soll ich lieber gehen?«

Rother nahm die Waffe. »Nein, ich mache das. Wenn es die Polizei ist, darfst du dich über dich selbst ärgern. Ich habe dir gesagt, dass wir unsere letzte Chance zur Flucht nutzen sollten.«

Maisch sah Rother mit hängenden Schultern zur Tür schleichen, anstatt sie zielstrebig anzusteuern, bereit, für ihre Verteidigung bis zum Äußersten zu gehen. Die Veränderung, die er bei seinem Freund wahrgenommen hatte, schien sich rasch auszubreiten. Seine Skrupel hatten ihn inzwischen völlig zerfressen. Wahrscheinlich hoffte er insgeheim sogar, dass sie von einem riesigen Polizeiaufgebot umstellt waren, nur damit es vorbei war und er Knoll verschonen konnte. Ausgerechnet Knoll, diesen korrupten Beamten, am dem zwingend ein Exempel statuiert werden musste. Schlimm genug, dass ihnen Pries durch die Lappen gegangen war und sie nicht mehr die Urteile über den Rest der Bagage, die in ihren Zellen in Werpeloh dahinvegetierte, sprechen und vollstrecken konnten. Was Schmitz, dieser Ausgeburt der Hölle, allerdings nichts mehr nützte. Aber Knoll, ausgerechnet Knoll. Er blickte zu seinem Opfer an der Säule. Knoll hatte den Blick etwas gesenkt, aber Maisch konnte erkennen, dass er lächelte. Dieses miese Schwein, selbst jetzt zeigte er nicht den Ansatz eines schlechten Gewissens. Wahrscheinlich dachte er in diesem Moment schon über seinen nächsten Deal mit Pries nach.

Maisch blickte hinter Rother her, der die Tür gleich erreicht hatte und vermutlich als Erstes das Licht ausschalten würde. Der Krach hatte zugenommen. Er sah zu Knoll, dann wieder zu Rother, zu Knoll, zu Rother …

***

Altrogge stürmte hinter den mit Maschinenpistolen bewaffneten Polizisten in das Munitionsdepot, den Bundeswehrspezialisten hinter sich. Sofort schlugen ihnen eine unangenehme, klamme Kälte und ein muffiger Geruch entgegen. Obwohl die Beamten Stirnlampen trugen, wurde nur ein kleiner Teil der großen Halle davon erleuchtet. Er sah einige der Betonsäulen, die der Soldat exakt beschrieben und ihnen auf einem Plan der Halle gezeigt hatte. Die Polizisten und der Soldat gingen automatisch hinter diesen Säulen in Deckung. Aus der Halle war kein Geräusch zu hören.

Altrogge tastete sich zu dem Lichtschalter, der sich rechts vom Eingang befand. Er schaltete ihn an und ließ sich sofort zu Boden fallen, denn es bestand die Gefahr, dass jemand in dem Moment, in dem das Licht anging, auf ihn schoss. Nur langsam gewöhnten sich seine Augen an das erstaunlich helle Licht. Altrogge sah eine nahezu quadratische Halle, sie musste mindestens zwanzig mal zwanzig Meter groß sein. In regelmäßigen Abständen ragten insgesamt sechzehn dicke Betonsäulen in die Höhe, dick genug, um sich dahinter zu verstecken. An den Wänden standen noch diverse Regale, einige von ihnen waren gänzlich zusammengebrochen oder hatten zumindest einige Bretter eingebüßt. Altrogge schlich zu seinen Beamten und bedeutete ihnen, sich vorsichtig Säule für Säule vorzuarbeiten. Nach wenigen Minuten hatten sie alle Säulen kontrolliert.

»Hier ist nichts«, sagte einer der Polizisten mit Resignation in der Stimme.

»Doch!«, rief der andere Polizist, der ein paar Säulen weiter hinten stand. »Kommt mal hier rüber und seht euch das an.«

Altrogge ging zu der Säule. Dahinter lagen Seile auf dem Boden, der an dieser Stelle zudem weitgehend frei von Staub war. »Das heißt, dass sie wenigstens eines ihrer Opfer hier gefangen gehalten haben. Das wird die Spurensicherung später mit Sicherheit feststellen können. Aber was nützt uns das, wir sind so oder so zu spät gekommen. Vielleicht hatte Uli ja mehr Glück. Kommt, wir gehen rüber.«

In diesem Augenblick ertönte eine Salve aus einer Maschinenpistole. Die Männer sahen sich erschrocken an, dann rannten sie durch die Halle zurück zum Eingang und hinaus auf den Vorplatz. Der Bunker stand offen, es brannte Licht, aber es war niemand zu sehen. Altrogge zog seine Dienstwaffe und entsicherte sie.

***

Rother war am Eingangstor angekommen. Er hielt sein Ohr dagegen. Es war offensichtlich, dass jemand versuchte, das Schloss aufzubrechen. Er blickte zurück zu Maisch, der ihm aufmunternd zunickte. Rother griff nach dem Schlüssel. Es war unproblematisch gewesen, die alten Schlösser durch einfache, gebräuchliche zu ersetzen, die man überall kaufen konnte. In der anderen Hand hielt er die Waffe und richtete sie auf die Tür. Er wusste, dass er nicht schießen würde, wenn ein Polizist vor ihm stünde, aber er hoffte, dass der andere im Angesicht der auf ihn gerichteten Waffe abdrücken würde.

Maisch war extrem angespannt. Jede Sekunde würde Rother die Tür aufschließen und in die Mündung einer Polizeipistole blicken. Dann war es vorbei, dann waren sie gescheitert, und Knoll konnte den nächsten unschuldigen Menschen in den Ruin treiben, um sich an seinem Schicksal zu bereichern. Sein Blick erfasste Knoll, der es vermied, Blickkontakt zu ihm aufzunehmen. Er sah auf dem Boden neben Knoll den Trichter und die präparierte Wasserflasche. Dann fasste er einen Entschluss. Mit schnellen Griffen nahm er den Trichter vom Boden, riss Knolls Kopf nach hinten, steckte ihm den Trichter in den Mund, öffnete die Wasserflasche und ließ den Inhalt in den Trichter fließen. Knoll war so überrascht von diesem plötzlichen Angriff, dass er nicht sofort reagierte. Und dann war es zu spät. Mit der einen Hand presste Maisch den Trichter in Knolls Mund, mit der anderen ließ er das Wasser in seinen Rachen laufen, in dem fünfzig Kopfschmerztabletten aufgelöst waren, fünfundzwanzig Gramm reinen Wirkstoffs. Maisch ging dabei so brutal vor, dass Knoll keine Chance hatte, den Trichter oder das Wasser auszuspucken. Milliliter für Milliliter ergoss es sich in seinen Rachen und gelangte durch die Speiseröhre in den Magen. Dort angekommen, würde das Analgetikum in seiner gnadenlosen Überdosierung ganz langsam seine tödliche Wirkung entfalten.

In diesem Augenblick schaltete Rother das Licht aus, und die Halle war erfüllt von einer gespenstischen Dunkelheit. Maisch wusste nicht, bis zu welcher Menge Knoll noch zu retten sein würde, und hoffte inständig, dass er sein Werk vollenden konnte, bevor schlimmstenfalls ein Schuss fiel, der sein Leben anstatt das von Knoll auslöschte.

Das metallische Geräusch an der Außentür, das Gluckern des Wassers und das Würgen Knolls waren in diesem Augenblick die einzigen Laute in einer trostlosen, finsteren Einöde aus Beton.

***

Die Waffe im Anschlag näherte sich Altrogge unter höchster Anspannung dem offen stehenden Bunker, die beiden Polizisten direkt hinter ihm. Wem hatte die Salve aus der Maschinenpistole gegolten? Waren die Täter tot, oder hatten am Ende sie geschossen? »Uli«, rief er immer wieder, »ist alles klar bei euch da drinnen? Habt ihr sie?«

Aus dem Inneren des Bunkers ertönte von Ritterswürdens Stimme. Sie klang sehr gereizt. »Ihr könnt reinkommen. Und nehmt die Waffen runter. So ein selten dämlicher Vollidiot!«

***

Mit einem Ruck drehte Rother den Schlüssel im Schloss herum und zog die Tür auf, die sich nach innen öffnen ließ. Seine Waffe zielte direkt auf das Gesicht, aus dem ihn erschrockene Augen ansahen. Sein Gegenüber hatte eine Stirnlampe auf dem Kopf. Einen Augenblick sahen sie sich direkt in die Augen, wobei Rother durch das Licht geblendet wurde. Er wartete darauf, dass endlich ein Schuss fiel, der ihn für immer befreite. Doch es fiel kein Schuss.

Stattdessen stammelte die Gestalt mit der Stirnlampe im Angesicht der auf sie gerichteten Waffe: »Bitte tun Sie uns nichts. Wir konnten doch nicht wissen, dass hier jemand ist. Bitte lassen Sie uns gehen.«

Rother nahm die Waffe runter und trat ins Freie. Vor ihm standen fünf Jungen und drei Mädchen. Er schätzte ihr Alter auf etwa sechzehn bis zwanzig. »Was macht ihr denn hier?«

Die Jugendlichen, die vor Angst zitterten, erklärten ihm, dass sie mit Freunden gewettet hätten, dass sie sich trauen würden, nach Einbruch der Dunkelheit in das alte Munitionsdepot in Meppen einzubrechen, dort eine Party zu feiern und das Ganze als Beweis mit ihren Handys aufzunehmen. Rother glaubte nicht, dass sie logen. Neben ihnen stand eine Kiste Bier, einer hatte einen Ghettoblaster auf der Schulter, und eines der Mädchen hielt einen Korb in der Hand, aus dem ein Baguette ragte.

»Eure Wette werdet ihr leider verlieren«, sagte Rother. »Ihr müsst euch einen anderen Ort zum Feiern suchen. Verschwindet von hier.«

»Wir sagen auch ganz bestimmt niemandem etwas«, sagte das Mädchen mit dem Korb, das wohl noch nicht so recht glauben konnte, dass er sie einfach würde gehen lassen.

Rother lachte einmal kurz auf. Vielleicht wäre es besser gewesen, diese Jugendlichen wären ein paar Tage früher aufgetaucht, dachte er. Dann wandte er sich um und sagte mehr zu sich selbst als zu dem Mädchen. »Ihr könnt jedem alles sagen, was ihr wollt. Das ist mir egal.« Dann schloss er ab und schaltete das Licht wieder ein.

Das Erste, was er sah, war Maischs triumphierender Gesichtsausdruck. Er stand breitbeinig neben der Säule, an die Knoll gefesselt war. In der einen Hand hielt er den Trichter, in der anderen die leere Flasche in die Höhe.

***

Richter Peter Schmitz lag auf seiner Pritsche und war kaum noch zu Bewegungen fähig. Es hatte mit leichten Bauchschmerzen und einer schwachen, aber anhaltenden Übelkeit begonnen. Ansonsten spürte er zunächst nicht viel. Aber Tag für Tag, Stunde für Stunde wurde er schwächer. Er wusste, dass seine Mörder ihm Rattengift eingeflößt hatten, denn er erinnerte sich an jenen Tag im Oktober des Vorjahres, als er diese merkwürdige Lieferung bekommen hatte. Sie hatten ihm seinen Tod schon mehr als ein Jahr vorher angekündigt. Hätte er damals die richtigen Schlüsse gezogen und den Gedanken zugelassen, dass er in seinem Leben viel Unheil angerichtet und sich damit Feinde gemacht hatte, und wäre er nicht so selbstgerecht gewesen, ja, dann läge er wahrscheinlich jetzt nicht in dieser Zelle, die seit einiger Zeit von kompletter Dunkelheit umhüllt war. Er sähe dem Tod nicht auf diese grausame Weise ins Auge.

Welch eine perfide Tat! Er wusste, dass und wie er sterben würde, aber er wusste nicht, wann. Als er das erste Mal leichtes Nasenbluten bekommen hatte, hatte er zum letzten Mal geweint, wegen seiner Fehler, aber auch, weil ihn der sich nahende Tod auf merkwürdige Weise milde stimmte und demütig machte. Wenn er die Zeit nur zurückdrehen, wenn er noch einmal von vorn anfangen könnte, dann würde er alles anders machen. Er würde ein rechtschaffener Richter werden, der stets auf der Seite des Gesetzes stand. Er würde sich weder bestechen noch unter Druck setzen lassen. Er wäre mit seinem Gehalt zufrieden und würde versuchen, als Richter Karriere zu machen. Vielleicht würde er es bis zum Bundesverfassungsgericht schaffen. Und es gäbe in seinem Leben auch keine Barbaras. Er wäre seiner Frau treu, würde seine Familie und seinen Beruf schätzen und wüsste um all die Dinge, die das Leben lebenswert machten. Doch dafür war es jetzt zu spät, diese Weichen hätte er früher stellen müssen.

Ihn überfiel eine lähmende Müdigkeit, aber einschlafen konnte er nicht. Das Gift schien ihn wach zu halten. Er wusste, dass er bald nicht nur Nasenbluten, sondern auch Blut im Stuhl haben würde. Das Rattengift führte ganz allmählich zu Gerinnungsstörungen, nach und nach würde es zu inneren Blutungen kommen, sodass er letzten Endes innerlich verblutete. Wie grausam Menschen sein konnten! »Sie sind eine Ratte!«, hatte Brecht ihm gesagt. Wahrscheinlich hatte er recht.

Plötzlich zerstörte ein infernalischer Lärm die absolute Stille in seinem Gefängnis. Von irgendwoher drang ein schwacher Lichtschein ein, gleichzeitig waren viele Explosionen zu hören. Es konnte sich eigentlich nur um Schüsse handeln. Er wandte den Kopf zum Gitter seiner Zelle und zwang sich, die Augen offen zu halten. Auf die ersten Schüsse folgten sofort weitere, und diesmal konnte er ein deutliches Mündungsfeuer sehen, das den Raum wie Blitze für den Bruchteil einer Sekunde erhellte. Von irgendwoher war ein lauter Aufschrei zu hören. Dann wurde es für einen Moment ganz still. Sekunden später ging das Licht an, das am Anfang seiner Gefangenschaft stets gebrannt hatte. Er hörte Stimmen und Schritte, die rasch näher kamen.

Einer sagte: »Wo soll ich zuerst hin? Zu dem dahinten oder zu der Frau, auf die Ihr Kollege geschossen hat?«

»Zu der Frau natürlich. Hoffentlich kommt sie durch.«

Wenig später kamen mehrere Männer, zwei davon in Polizeiuniform, und brachen mit einem Bolzenschneider das Schloss seiner Zelle auf. Zu spät, dachte der Richter.

26

Lingen, 17. November 2013

Nach der Pleite in Lingen hatten sie sich aufgeteilt. Eine Gruppe war nach Meppen gefahren, die andere nach Werpeloh.

Einer der Polizisten in Uniform, ein junger Mann, war mit der Situation in Lingen überfordert gewesen. Er hatte im Bunker das Feuer eröffnet, weil er meinte, ein Geräusch gehört zu haben. Altrogge hatte ihn sich danach zur Brust genommen und sogar erwogen, den Mann nicht mehr mitzunehmen. Es war zwar verständlich, dass ein Polizist die Nerven verlor, wenn er zum ersten Mal einer tödlichen Bedrohung ausgesetzt war, aber er durfte deshalb nicht einfach um sich schießen. Letztlich aber hatte Altrogge ihn doch mit nach Werpeloh mitgenommen, um dem jungen Kollegen das Gefühl zu vermitteln, dass sein Vorgesetzter zu ihm stand. Ein Fehler, wie sich leider herausstellte.

Als sie das Tor der großen Halle aufgebrochen hatten und hineingestürmt waren, hatten sie einen Mechanismus ausgelöst. Rother und Maisch hatten unmittelbar über dem Boden einen dünnen Draht gespannt, der mit einem großen Ghettoblaster verbunden war. Als sie mit ihren Füßen den Draht abrupt unter Spannung setzten, wurde am anderen Ende die Play-Taste gedrückt. Auf der CD waren Schüsse zu hören. Und weil es noch dunkel war, nahm der Polizist an, dass auf sie geschossen wurde, und erwiderte das Feuer. Dabei traf er die Kölner Richterin Katrin Schenker in ihrer Zelle.

Altrogge war sofort klar gewesen, dass niemand wirklich auf sie schoss, denn dann hätten sie Mündungsfeuer sehen und Einschüsse hören müssen. Aber der Polizist hatte zum zweiten Mal panisch reagiert. Er hatte Glück im Unglück. Schenker erlitt keine tödlichen Verletzungen, aber eine Kugel hatte sie in die linke Schulter und eine in den linken Arm getroffen. Sie lag nun in Sögel in der Klinik. Auch wenn Altrogge niemals hätte vorhersehen können, dass die Täter mit einem simplen Trick einen

Angriff mit Feuerwaffen simulieren würden, hätte er sich ewig Vorwürfe gemacht, wenn Schenker von einem seiner Männer getötet worden wäre. Er wusste, dass er eine nicht unerhebliche Mitschuld daran gehabt hätte.

Auch Peter Schmitz war nach Sögel gebracht worden. Als er dem Arzt gesagt hatte, dass ihm vor einigen Tagen Rattengift eingeflößt worden war, hatte der Mediziner Altrogge angesehen und die Lippen aufeinandergepresst. Altrogge verstand. Schmitz war noch in derselben Nacht verstorben. Auch die Prognose für den Ersten Beigeordneten Raffael Knoll sah düster aus. Der Wirkstoff der Kopfschmerztabletten hatte schon die Leber angegriffen. Knoll war in ein künstliches Koma versetzt worden, seine Überlebenschancen waren gering. Außer Hans-Jochen Pries war nur noch Norbert Nelles unbeschadet aus diesem Drama hervorgegangen.

Bernhard Rother und Joachim Maisch waren zur Fahndung ausgeschrieben worden, aber bislang fehlte von ihnen jede Spur. Sie schienen keine Handys zu besitzen, die man hätte orten können, jedenfalls hatten sie keine Verträge mit einem der gängigen Anbieter von Mobilfunkdiensten. Möglicherweise nutzten sie Handys mit Prepaidkarten. Der einzige echte Hinweis, ein auf Rother zugelassener Ford Fiesta, mit dem sie laut Pries auch in Oldenburg unterwegs gewesen waren, war verlassen in einer Obstplantage bei Bonn aufgefunden worden. Niemand wusste, mit welchem Transportmittel den beiden ihre Flucht gelungen war, daher konnte man nicht mehr tun, als Autobahnen, Bundesstraßen und Flughäfen zu überwachen.

Die nach Köln abkommandierten Kollegen waren dabei, Menschen aus dem Umfeld der Täter zu befragen. Wohin konnten sie geflohen sein? Hatten sie bestimmte Ziele, die sie gut kannten oder die sie verbanden? Jeder Hinweis war von Bedeutung. Die Richterin, der damals eine Briefbombe geschickt worden war, konnte keine wichtigen Hinweise beitragen. Sie bestätigte nur, was die Polizei selbst schon herausgefunden hatte: Maisch war ihrer Ansicht nach von Pries betrogen worden, alle Beweise und Indizien hatten gegen den Unternehmer gesprochen. Sie selbst war davon überzeugt gewesen, dass Pries hinter dem Anschlag auf sie gesteckt hatte. Aber ihre Todesangst, die sie ausgestanden hatte, hatte dazu geführt, dass sie niemals zuvor mit jemandem darüber gesprochen hatte. Sie wachte noch heute regelmäßig aus fürchterlichen Alpträumen auf.

Der Rest der MoKo Teufelssteine hatte sich in der Polizeiinspektion in Lingen versammelt. Der Schrecken über die Ereignisse und die vielen schlaflosen Nächte waren allen anzusehen. Im Versammlungsraum herrschte eine unangenehm gedrückte Stimmung. Niemand wusste so recht, was er sagen sollte.

Altrogge wandte sich an Laura Winter. »Laura, wenn du dich in diese Männer hineinzuversetzen versuchst, wenn du alles berücksichtigst, was wir über sie und ihre Charaktere herausgefunden haben, was glaubst du dann, was sie unternehmen werden?«

Aber auch die Psychologin konnte nicht weiterhelfen. Sie konnte lediglich sagen, dass Rother und Maisch überdurchschnittlich intelligent waren und sie deshalb davon ausging, dass sie ihre Flucht ebenso wie ihre Taten von langer Hand vorbereitet hatten.

»Toll, das vereinfacht die Sache ungemein«, merkte Altrogge frustriert an. »Die beiden haben sicherlich jeden einzelnen unserer Schritte vorhergesehen und überraschen uns jetzt garantiert mit etwas, womit wir überhaupt nicht rechnen. Ich rufe jetzt erst einmal die Kölner an. Vielleicht haben die ja irgendwas herausgefunden.«

***

Wehmütig blickte Bernhard Rother über die ruhige See, über der dicke Nebelschwaden hingen, die sich mit dem Wasser der Nordsee zu einem bleiernen Einheitsgrau vermengten. Auch in Holland war es inzwischen frostig geworden, die Landschaft war von Eis und Raureif überzogen. Früher waren solche Stimmungen Labsal für seine Seele gewesen, er war jedes Mal regelrecht damit verschmolzen. Doch jetzt schürten sie seine Depressionen, weil ihm bewusst war, dass er diese Gefühle niemals wieder würde empfinden können. Er sah auf seine Uhr. Kurz vor elf. In zwanzig Minuten würde die Fähre nach Borkum ablegen. Er wusste ganz genau, was er tun würde, hatte schon seit Tagen einen exakten Plan, den nur er allein kannte.

Die Nacht hatten sie, schon auf niederländischem Staatsgebiet, sicherheitshalber im Wagen verbracht, der immerhin über eine Standheizung verfügte. Auf Frühstück und Kaffee hatten sie verzichtet. Wenn Joachim entkommen wollte, mussten sie jedes Risiko vermeiden.

»Du weißt also, wo die ›Sturmmöwe‹ liegt und was du zu tun hast?«

Bernhard nickte. »Das haben wir schon zigmal durchgekaut.«

Ihr Fluchtplan sah vor, dass sie von Eemshaven aus getrennt nach Borkum fuhren. Zuerst er, Joachim sollte dann mit der nächsten Fähre kommen. So bekam zumindest einer von ihnen die Chance auf einen weiteren Fluchtversuch, falls die Polizei Joachim oder ihn fassen sollte. Im Yachthafen von Borkum lag Joachims große Motoryacht, die er »Sturmmöwe« getauft hatte, im Gedenken an ihre gemeinsamen Strandwanderungen, am liebsten bei Sturm, weil sie es liebten, wenn das Meer in Aufruhr war. Dort wollten sie sich treffen und dann versuchen, mit dem Boot nach Dover zu kommen, um sich von dort nach Schottland durchzuschlagen. Joachim war häufig in Schottland gewesen und hatte dort einige nützliche Kontakte, insbesondere wenn es um die Frage nach neuen Papieren ging. Es gab dort viele Möglichkeiten, für immer unterzutauchen. Die deutsche Polizei würde Flughäfen, aber vor allem Straßen überwachen, vielleicht auch die großen Häfen. Aber auf die Idee, dass ihre Gesuchten von einem winzigen Hafen in Holland aus nach Borkum übersetzen würden, wo ihr eigenes Boot auf sie wartete, würden sie niemals kommen. Sie hatten eine realistische Chance zu entkommen.

»Trotzdem«, insistierte Joachim, »wir dürfen uns keine Fehler erlauben. Du gehst sofort unter Deck und lässt dich nicht mehr blicken, bis ich eintreffe. Und dann legen wir sofort ab. Hoffentlich fangen sie uns nicht doch noch auf hoher See ab.«

»Wenn wir nach Pries' Flucht sofort abgehauen wären, lieber Joachim, dann hätten wir einen entscheidenden Vorsprung gehabt. Aber du musstest ja auch noch Knoll erledigen, du konntest es einfach nicht lassen.«

»Wir schaffen das auch so.« Er drückte seinen Freund an sich. »Und jetzt sieh zu, dass du auf die Fähre kommst, Alter. Ich vermisse dich schon jetzt, aber in ein paar Stunden sehen wir uns wieder. Und dann fängt unser neues Leben an. Auf der Fahrt leeren wir als Erstes eine Flasche Champagner. Geiler Gedanke, oder?«

Bernhard sah seinen Freund traurig an. Ja, das war er wirklich, sein Freund. »Ja, ist es. Ich muss los.« Noch einmal drückte er Joachim fest an sich. Dabei lief ihm eine Träne über die Wange. »Leb wohl.«

27

Lingen, derselbe Tag

Matthias Altrogge hatte gebannt zugehört und mitgeschrieben, was ihm Jutta Paschek mitgeteilt hatte. Nachdem er das Gespräch beendet hatte, sah er in die müden Gesichter seiner Kollegen. Selbst der ewig agile Ulrich von Ritterswürden wirkte angeschlagen, sein Gesicht noch schiefer als sonst.

»So, Freunde, jetzt kommt Bewegung in die Sache. Unsere Kollegen haben herausgefunden, dass Rother und Maisch seit vielen Jahren dicke Freunde sind. Sie haben zusammen eine Firma gegründet und Häuser gebaut, und zwar mit selbstständigen Handwerksunternehmen. Hat wohl ganz schön für Furore gesorgt, dieses Konzept. Jutta und die anderen haben der Reihe nach alle Betriebe angerufen, die damals dabei waren. Und einer von ihnen kannte vor allem Maisch sehr gut, ist sogar nach eigener Aussage bestens mit ihm befreundet. Der Mann heißt … Moment.« Altrogge warf einen Blick auf seine Notizen. »Genau, Dieter Chorweiler. Er wusste unter anderem zu berichten, dass Maisch sehr wohl ein Handy besitzt, das er früher immer auf seinen Baustellen dabeihatte, um jederzeit erreichbar zu sein. Aber das ist seit Ewigkeiten ausgeschaltet. Chorweiler hat wohl oft versucht, ihn zu kontaktieren, hat ihn aber nie erreicht. Das stützt unsere These, dass die Täter Prepaidkarten benutzen. Interessant ist aber, dass Maisch laut Chorweiler eine Villa bei Bonn besitzt, die aber offiziell nicht ihm gehört, und dass er dort eine Luxuskarosse in der Garage hat, einen VW Phaeton. Unsere Leute sind natürlich gleich dorthin gefahren. Die Garage stand offen und war leer. Es ist zwar kein Phaeton auf einen Joachim Maisch zugelassen, vielleicht weil der Wagen abgemeldet war, aber dennoch könnten sie damit unterwegs sein. Diese Information geben wir gleich an die Streifen weiter. Und es kommt noch besser. Maisch besitzt eine Motoryacht. Groß genug, um damit weite Strecken zurückzulegen.«

Innerhalb kurzer Zeit fanden die Beamten heraus, dass die

»Sturmmöwe« in Emden ankerte. Aber dort war sie nicht, wie die Kollegen vor Ort feststellen mussten. Ein Phaeton mit den Insassen Maisch und Rother tauchte ebenfalls nirgendwo auf. Sie waren wie vom Erdboden verschluckt.

»Gestern Abend haben sie Knoll vergiftet«, resümierte Altrogge. »Das heißt, dass sie allerhöchstens etwas mehr als zwölf Stunden flüchtig sein können. Das bestätigen auch die Aussagen einiger Jugendlicher in Meppen, die versucht haben, in das Munitionsdepot einzubrechen, in dem Knoll gefangen war. Sie wurden dort von Rother abgefangen. Das war um achtzehn Uhr. Was können sie seitdem getan haben?«

Ulrich von Ritterswürden, der noch überhaupt nichts gesagt hatte, stand langsam auf, ging zu der großen Europakarte, die an der Wand hinter dem Rednerpult hing, und betrachtete sie intensiv, minutenlang. Minuten, in denen er nichts sagte, während die Augen aller Kollegen auf seinem eher schmalen Rücken ruhten. Immer wieder nickte er wissend.

»Mann, Uli, wenn du Ideen hast, lass uns daran teilhaben und hör auf, hier so eine Autistennummer abzuziehen!« Altrogge saß wie auf glühenden Kohlen. Er wollte Rother und Maisch aus dem Verkehr ziehen, spürte aber, dass sie drauf und dran waren zu entkommen. Die Zeit flog nur so dahin. Wenn sie es schafften, außer Landes zu kommen, konnte es Ewigkeiten dauern, bis man sie irgendwo auf der Welt dingfest machte. Vielleicht wurden sie aber auch nie gefasst.

Von Ritterswürden drehte sich um und stellte sich an das Rednerpult. »Ungeduld bringt uns nicht weiter. Ich habe mal logisch gedacht.«

»Aha. Das kannst du also auch«, foppte ihn Altrogge. »Und was ist das Ergebnis deiner sagenhaften Kopfarbeit? Würdest du uns großzügigerweise daran teilhaben lassen?«

Von Ritterswürden grinste. »Gern. Aber ich gebe zu, dass es eine Frage von Zuständigkeiten ist. Und weil ich noch nie einen solchen Fall hatte, habe ich folglich keine Ahnung, wie das abläuft oder ob das überhaupt so schnell machbar ist.«

***

Joachim Maisch wurde von Minute zu Minute nervöser. Die nächste Fähre ging erst in drei Stunden, und das auch nur, weil wegen einer Großveranstaltung auf Borkum an diesem Wochenende Sonderfahrten eingerichtet worden waren. Vielleicht wäre es doch klüger gewesen, zusammen zu fahren. So verloren sie wertvolle Zeit. Im Nachhinein fragte er sich, wie sie überhaupt auf diese Schnapsidee gekommen waren. Die Wahrscheinlichkeit, dass die holländische Polizei oder die Wasserschutzpolizei schon eingeschaltet waren, war minimal. Aber gerade die nächsten Stunden konnten entscheidend sein. Außerdem wäre es klüger gewesen, wenn wenigstens er die erste Fähre genommen hätte. Würden sie Bernhard in der Zwischenzeit festnehmen, hätte er zumindest noch versuchen können, mit seinem Boot zu entkommen. Sein Freund hingegen hatte nicht die leiseste Ahnung, wie man so ein Ding steuerte, von einem Bootsführerschein ganz zu schweigen. Sollte man ihn also gleich verhaften, würde Bernhard genauso dran sein.

Plötzlich ertönte aus der Ferne ein Martinshorn. War das ein Zufall, oder galt das etwa ihm? Das Geräusch kam näher, Panik erfasste ihn. Wie von Sinnen rannte er geradewegs zum Parkplatz, auf dem sie den Phaeton abgestellt hatten. Jetzt würde es sich vielleicht bezahlt machen, dass er damals Wert darauf gelegt hatte, die stärkste Maschine mit vierhundertfünfzig PS zu nehmen. Mit ihren Polizeiwagen hatten sie keine Chance gegen ihn.

Als er sein Auto erreicht hatte und sich umblickte, sah er schon zwei Polizeiwagen auf sich zurasen. Zu seiner Überraschung handelte es sich um einen deutschen und einen niederländischen Wagen. Entsetzt stellte er auch noch fest, dass das niederländische Auto ein Porsche war. Er sprang auf den Fahrersitz und startete den Motor. Der W12-Motor erzeugte ein beeindruckendes, tiefes und sattes Geräusch, als er das Gaspedal bis zum Anschlag durchdrückte. Mit quietschenden Reifen raste er auf die Straße, die von der Küste wegführte. Die beiden Einsatzwagen fuhren nebeneinander in einem Abstand auf ihn zu, durch den er nicht entkommen konnte. Die Straße war viel zu eng für drei Autos, sein Fluchtweg damit versperrt. Scheißegal, dachte er und hielt voll auf die entgegenkommenden Polizeiwagen zu. Er war gespannt, wie sie reagieren würden. Er schaltete das Radio ein und drehte die Lautstärke bis zum Anschlag auf. »Hells Bells« dröhnte so satt aus seinem Soundsystem, dass er merkte, wie seine Organe im Rhythmus der Bässe zu schwingen begannen. Was für ein Zufall, ausgerechnet AC/DC! Jawohl, so machte das richtig Spaß!

Er schaute auf den Tachometer. Schon hundertfünfzig. Die beiden Wagen kamen rasend schnell näher. Ich habe die Qual der Wahl, freute er sich. Porsche oder Volkswagen? Er entschied sich für den Holländer, denn wenn es krachte, sollte wenigstens der Porsche dran glauben. Er hielt voll auf den Wagen zu. Im letzten Moment drehte der Porsche ab, doch schon Sekunden später hatten beide Wagen gewendet und folgten ihm. Es war ihm nicht gelungen, einen nennenswerten Vorsprung herauszufahren.

Wie Lichtblitze jagten die Windräder an ihm vorbei, die im Nebel den Eindruck einer unheimlichen, fremdartigen Armee erweckten. Die Straße war in keinem sonderlich guten Zustand. Jedes Mal, wenn er mit bis zu zweihundert Stundenkilometern über eine Erhebung oder ein Schlagloch fuhr, hob der schwere Phaeton kurz ab. Außerdem konnte er nicht wissen, ob sich nicht irgendwo Glatteis gebildet hatte. Seine Flucht war lebensgefährlich, aber seine einzige Chance. Mit vollem Risiko fuhr er in die Kurven und hatte mehrfach Glück, nicht aus einer Kurve geschleudert zu werden. Aber er hatte keine Angst. In seinem Wagen fühlte er sich so sicher wie in Abrahams Schoß, dort war er unbesiegbar. Er warf einen Blick in den Rückspiegel und stellte zufrieden fest, dass sich sein Vorsprung nun doch erheblich vergrößert hatte. Sie gaben auf.

Maisch dachte angestrengt nach. Wohin sollte er fahren, nach Deutschland zurück oder weiter durch Holland? Und mit welchem Ziel? Er brauchte dringend einen Plan B. Außerdem musste er unbedingt Bernhard warnen, aber bei diesem Tempo war an Telefonieren nicht zu denken. Er spielte mit dem Gedanken, in die Schweiz zu flüchten. Dafür brauchte er jedoch ein anderes Auto. Wo sollte er das hernehmen? Denk nach, Joachim, denk nach und bleib ganz ruhig. Noch ist nichts verloren.

Ihm kam die Idee, einen Abstecher nach Deutschland zu machen, sich über Nacht in irgendeinem Wald zu verstecken und am Montag das Bargeld aus dem Schließfach zu holen, um bei einem kleinen Gebrauchtwagenhändler irgendein unauffälliges Auto zu kaufen. Er würde wieder irgendwo ein paar Nummernschilder abmontieren und bei sich anschrauben. So könnte er es in die Schweiz schaffen, wo er immerhin auch einige nützliche Kontakte hatte. Ganz zu schweigen von seinem Konto, das er direkt leer räumen würde, bevor sie begriffen, dass er sich in die Schweiz abgesetzt hatte. Und mit dem Geld, immerhin eine halbe Million Euro, würde er sich auf seine einsame Berghütte im Wallis zurückziehen, die er vor etlichen Jahren von einem uralten Senner bar gekauft hatte. Der Senner war wahrscheinlich längst verstorben, und nirgendwo war er als Eigentümer vermerkt. Niemals würden sie ihn dort finden, fast zweitausend Meter über dem Meeresspiegel. Und vielleicht würde es ja auch Bernhard dorthin schaffen. Sie beide zusammen in dieser herrlichen Berghütte. Was für eine Vorstellung! Eigentlich noch besser als Schottland, nur dass sie nicht ewig in dieser Hütte ohne jeglichen Komfort bleiben konnten.

Maisch schwelgte im Rausch seiner Träume und der Geschwindigkeit. Da tauchten sie plötzlich vor ihm aus den gemächlich dahinziehenden Nebelschwaden auf. Und dann begriff er, warum ihm die beiden Einsatzwagen nur noch mit großem Abstand gefolgt waren. Sie hatten keineswegs aufgegeben.

Ein Meer aus rotierenden blauen Lichtern tauchte den Nebel in ein unheimliches, surrealistisches Farbspektrum. Die Straßensperre musste aus mindestens zehn Polizeifahrzeugen bestehen. Wie hatten sie sich bloß so schnell länderübergreifend verständigen können? Es gab nur diese eine Straße. Links und rechts davon war nichts als Wiesen, Felder und kleine Bäche. Hinter ihm befanden sich die beiden Polizeiwagen und die Küstenlinie. Er hatte verloren. Ihm schoss der Gedanke durch den Kopf, mitten in die Sperre hineinzurasen. Doch dann siegte sein Überlebenswille. Es war immer noch besser, im Knast zu sitzen, als auf diese Weise zu sterben.

Er stoppte den Wagen, stieg aus und ging mit erhobenen Händen auf die Polizisten zu. Sein letzter Gedanke, bevor die Handschellen klickten, galt seinem Blutsbruder. Hoffentlich schaffte er es, irgendwie.

28

Lingen, 18. November 2013

Nachdem von Ritterswürden seine Vorstellung von den Fluchtplänen der Täter zum Besten gegeben und seine Kollegen damit überzeugt hatte, hatte Altrogge sofort Stijn van Leeuwen privat bei sich zu Hause angerufen. Der war zwar wenig begeistert gewesen ob der Störung am Wochenende, war aber dennoch sofort zu seiner Dienststelle gefahren und hatte sämtliche Hebel in Bewegung gesetzt, um einen raschen Zugriff auf Rother und Maisch zu ermöglichen.

Altrogge hatte van Leeuwen vor einigen Jahren bei einer Tagung in Holland kennengelernt und dem sympathischen Kollegen, dessen Frau aus dem Emsland kam, nahegelegt, sich beim Zentralen Kriminaldienst in Lingen zu bewerben. Dort wurde ein Holländer als Kontaktmann für die Verbindungsstelle gesucht, deren Aufgabe darin bestand, den permanenten Austausch zwischen deutschen und niederländischen Behörden und eine schnelle und reibungslose Zusammenarbeit sicherzustellen. Van Leeuwen hatte hervorragende Kontakte in den Niederlanden, zur Polizei, zu Richtern, Staatsanwälten und Hilfsstaatsanwälten. Außerdem kannte er sich bestens mit den einschlägigen grenzüberschreitenden Verordnungen und Regelungen aus. Das Schengener Abkommen konnte er nahezu wörtlich zitieren, er wusste, wen man für ein Rechtshilfeersuchen ansprechen musste, und kannte die Unterschiede zwischen den beiden Rechtssystemen. Auf der Tagung hatte er Altrogge damit beeindruckt, dass er ihm den Unterschied zwischen dem deutschen Opportunitätsprinzip und dem niederländischen Legalitätsprinzip erklärt hatte, das Altrogge zuvor ebenso wenig verstanden hatte wie die Abseitsfalle. Van Leeuwen machte die Verbindungsstelle binnen kürzester Zeit zu einer der wichtigsten Abteilungen in Lingen.

Am Vortag hatten ein paar Anrufe genügt, um einen perfekt harmonierenden deutsch-niederländischen Gemeinschaftseinsatz zu organisieren. Auf diese Weise hatten sie Maisch problemlos verhaften können, der keinerlei Widerstand geleistet und bei seiner ersten Befragung in Lingen sämtliche Taten lückenlos gestanden hatte. Er hatte nicht einmal einen Anwalt verlangt, sondern lediglich süffisant bemerkt, dass ihm mit Sicherheit kein Anwalt dieser Welt würde helfen können.

Bernhard Rother hingegen war verschollen. Nachdem die Wasserschutzpolizei noch auf offener See an Bord der Fähre gegangen war, fand sie dort auf einer Toilette ein leeres Fläschchen, das sie den deutschen Kollegen an Land übergab. Mehrere Reisende hatten Rother gesehen und konnten sich an ihn erinnern, weil er eine solch charismatische Ausstrahlung hatte. An der Bar war er den Kellnern aufgefallen, weil er binnen kurzer Zeit gleich mehrere Biere und Schnäpse bestellt und in beeindruckendem Tempo geleert hatte. Danach wurde er nicht mehr gesehen. Es stellte sich rasch heraus, dass in der kleinen Flasche die gleiche Substanz gewesen war, die Ossenkopp auch im Blut der Opfer gefunden hatte. Es lag also nahe, dass Rother sich zunächst betrunken, dann das Betäubungsmittel genommen und sich schließlich in die Nordsee gestürzt hatte.

Maisch hatte davon nichts gewusst. Als Altrogge ihm von Rothers wahrscheinlichem Freitod erzählt hatte, war er in Tränen ausgebrochen.

29

Sögel, Schloss Clemenswerth, irgendwann im Dezember 2013

Schon seit einer Weile saßen Matthias Altrogge und Ulrich von Ritterswürden Seite an Seite schweigend in ihren schweren Mänteln auf der Bank am Schlossteich, tranken Glühwein und schauten durch das leichte Schneegestöber, das mittags eingesetzt hatte, auf das Schloss, das mit Anbruch der Dämmerung romantisch beleuchtet wurde. Außer dem leisen Rascheln der zu Boden fallenden Eiskristalle waren keine Geräusche zu hören. In dieser Stimmung fühlte man sich um Jahrhunderte in der Zeit zurückversetzt und konnte sich bildlich vorstellen, wie Kurfürst Clemens August von Bayern mit seiner Jagdgesellschaft auf Pferden über die Wiese preschte.

So erleichtert die Polizisten einerseits darüber waren, dass sie diese grauenhafte Mordserie beendet hatten, so frustriert waren sie, dass die beiden Täter, die eine ungewöhnlich enge Freundschaft verbunden haben musste, den Großteil ihrer *Urteile* vollstrecken konnten.

»Ich mag die Adventszeit«, bemerkte Altrogge. »Sie ist immer so besinnlich. Genau richtig, um abzuschalten.«

Der Dortmunder nickte. Dann schwiegen sie wieder.

Anfangs war der Schnee noch getaut, aber inzwischen war es noch kälter geworden, und er blieb liegen. Eine sanfte, dünne Schicht weißer Kristalle bedeckte die lang gezogene Wiesenfläche zwischen Schloss und Schlossteich.

Von Ritterswürden schraubte den Verschluss der Thermoskanne auf und füllte seine Tasse wieder mit Glühwein. »Du auch?« Altrogge nickte und hielt ihm seine Tasse hin. »Schade«, stellte von Ritterswürden fest, »das war die letzte Tasse. Wir hätten vielleicht zwei Kannen mitnehmen sollen. Bei der Kälte frieren wir hier sonst fest.«

»Gibt Schlimmeres.«

»Die Sache hat dich wirklich ganz schön mitgenommen, oder?

Aber was ich dich unbedingt noch fragen wollte: Als wir heute das Präsidium verlassen haben und durch die Schranke gegangen sind, bist du auf der kleinen Schwelle an der Schranke kurz stehen geblieben und hast die Augen geschlossen. Hatte das einen bestimmten Grund?«

Altrogge trank einen großen Schluck Glühwein und atmete ein paarmal tief ein und aus. »Ja, hat es. Das ist mein Trick, um mit solchen Situationen fertigzuwerden.«

»Verstehe ich nicht.«

»Wie kommst du denn mit all diesen Verbrechen zurecht? Wie hast du es in Dortmund geschafft, nach Feierabend abzuschalten? Oder hast du all das Elend, das dir begegnet ist, jedes Mal mit nach Hause genommen?«

»Gute Frage. Ich habe grundsätzlich ein dickes Fell, so schnell bringt mich nichts aus der Fassung. Aber es hat natürlich auch Situationen gegeben, in denen es mir hundeelend ging. Einmal zum Beispiel hatte ich einen Fall, da war ein Kind missbraucht und ermordet worden. Das hat mich damals sehr mitgenommen, zumal ich ja selbst Kinder habe. Danach hatte ich wochenlang miese Laune. Darunter hat Sabine ganz schön gelitten.«

»Siehst du«, sagte Altrogge, »genau das meine ich. Ich habe kein allzu dickes Fell, deshalb passiert es mir häufiger, dass ich nicht richtig abschalten kann. Irgendwann bin ich dann auf den Trick mit der Schwelle gekommen. Es hört sich vielleicht komisch an, aber es ist tatsächlich so, dass ich in dem Moment, wenn ich nach Feierabend auf der Schwelle stehe, zu mir sage: Ab jetzt bist du privat. Und dann macht es klick in meinem Kopf, und ich bin nicht mehr Kriminalhauptkommissar, sondern einfach nur noch Matthias Altrogge, der gern Korallen häkelt und Bier trinkt. Das funktioniert gut, sonst wäre ich schon längst in der Klapse gelandet. Ich glaube, die meisten Kollegen bedienen sich solcher einfachen Tricks.«

Wieder blickten die Männer schweigend zum beleuchteten Schloss Clemenswerth.

»Schön ist das hier mit dem Schnee«, bemerkte von Ritterswürden schließlich. »Ich hätte nicht gedacht, dass es hier tatsächlich welchen gibt.«

Altrogge bückte sich und nahm ein wenig Schnee in die Hand, den er durch seine Finger rieseln ließ. »Gibt es eigentlich auch nicht. Das ist eine echte Rarität. Man hat den Eindruck, dass der Schnee all diesen Dreck der letzten Wochen und die damit verbundene Schuld einfach zudeckt. Ein reines, unschuldiges Weiß.«

Von Ritterswürden nahm einen großen Schluck. »Gut, dass wir ordentlich Rum dazugetan haben. Der wärmt schön und schmeckt köstlich. Das mit dem Dreck ist aber relativ. Ich meine, wenn das wirklich alles stimmt, was Maisch und Rother behaupten, und die Ermittlungen unserer Kollegen im Rheinland scheinen das ja tatsächlich zu bestätigen, dann waren die Opfer alles andere als Unschuldslämmer. Dann waren sie Opfer und Täter zugleich.«

»Willst du damit etwa andeuten, dass sie es nicht besser verdient haben?«

»Bist du bescheuert?«, rief von Ritterswürden lauter als nötig, sodass seine Stimme in dem Schneetreiben merkwürdig widerhallte. »Wenn ich Selbstjustiz befürworten würde, hätte ich doch wohl den Beruf verfehlt. Oder nicht?«

»Allerdings. Für Mord gibt es keine Entschuldigung, egal, aus welchem Motiv er begangen wird.«

Von Ritterswürden spitzte nachdenklich die Lippen. »Aha. Und wenn du Kinder hättest und jemand würde sich an ihnen vergreifen, ihnen etwas antun. Oder jemand bringt deine Ex um. Bist du sicher, dass du den dann nicht umlegen würdest?«

»Niemand hat den Familien oder Freunden der Mörder etwas angetan. Sie haben sich an diesen korrupten Menschen stellvertretend für das Gesetz gerächt. So lautet zumindest ihre eigene Interpretation ihrer Taten. Sie haben zwar auch Schmach durch einige der Opfer erlitten, aber sicherlich nicht so schwerwiegend, dass sie deshalb in eine Krise rutschen mussten. Maischs Pläne wurden von Hans-Jochen Pries gestohlen, und zwei Rechtsanwälte aus Köln sorgten aus Eigennutz dafür, dass die damaligen Geschäftspartner Maisch und Rother einen lukrativen Auftraggeber verloren. Aber ich bitte dich, das ist doch kein Grund für einen mörderischen Rachefeldzug. Nein, sie haben die Schicksale anderer Menschen benutzt, um sich selbst über das Gesetz zu stellen. So sieht es aus.«

»Eben. Die schweren Schicksale anderer Menschen haben sie

zum Handeln bewogen. Stell dir vor, dein Kind stirbt nach einem Unfall, weil dein im Gegensatz zu dir wohlhabender Insolvenzverwalter, in diesem Fall Hermann Lehm, deine Krankenversicherung gekündigt hat. Nur weil er nicht auf einen Euro seines Honorars verzichten wollte. Oder du verlierst einen Millionenprozess, weil der großspurige Unternehmer Hans-Jochen Pries deine Baupläne gestohlen und Richter und Beamte bestochen hat. Und nicht nur die, sondern auch deinen eigenen Anwalt, in diesem Fall Heiner Darb, der in deinem Prozess ungerührt zusieht, wie die Richter dich ins offene Messer laufen lassen. Danach bist du pleite, möglicherweise geht auch noch deine Ehe deshalb in die Brüche. Ich kann mir durchaus vorstellen, dass sich bei einem solchen Justizopfer ein ungeheurer Hass anstauen kann. Nach Rothers und Maischs eigener Interpretation haben sie stellvertretend für diese Menschen gehandelt. Und eines haben die beiden sogar bewirkt. Gegen Pries wird ermittelt, ebenso gegen Schenker und ProRecht. Möglicherweise ist das der Anfang einer weitreichenden, vielleicht sogar bundesweiten Aktion gegen korrupte Juristen und Beamte.«

»Ja, das stimmt, aber dafür hätten sie nicht morden und Familien zerstören müssen. Sie hätten ihr Wissen einfach an die Staatsanwaltschaft weiterleiten können. Dann würde jetzt auch gegen diese Leute ermittelt.«

»Eben nicht!«, protestierte von Ritterswürden. »Das haben sie ja versucht, wie diverse Schriftsätze bei der Staatsanwaltschaft Bonn belegen. Über Maischs gestohlene Pläne für diese Wiesenoase haben sogar die Zeitungen berichtet. Und was ist passiert? Nichts, weil diese Anwälte und Richter wie ein Mafiakrake die Fäden gezogen haben. Und da wussten sich Maisch und Rother nicht mehr anders zu helfen. Wie gesagt, das soll keine Entschuldigung sein, aber ich verstehe ihr Motiv. Außerdem wussten sie, dass es andere Justizopfer viel schlimmer getroffen hatte als sie selbst und dass sich einer von Arens' Klienten nach einem solchen Prozess sogar das Leben genommen hatte. Arens steckte mit dem Richtertriumvirat Held, Schmitz und Schenker unter einer Decke, die sich wiederholt haben schmieren lassen. Und eine rechtschaffene Richterin, geradlinig und unbestechlich, bekommt eine Briefbombe, weil sie sich weigert, in diesem dreckigen Spiel mitzuspielen. Danach landet sie in der Psychiatrie und kann wahrscheinlich nie mehr ihren Beruf ausüben. Du hast recht, Matthes, uns betrifft das nicht, und auch Rother und Maisch waren nur bedingt Opfer. Aber ist für dich ein Unrecht weniger schlimm, wenn du nicht selbst davon betroffen bist?«

Altrogge wurde sehr ernst. Mit ruhiger Stimme antwortete er: »Nein, natürlich nicht. Jedes Schicksal wiegt gleich schwer. Und natürlich könnte es sein, dass ich jemanden umbringe, wenn er meinen Nächsten etwas antun würde. Vor allem dann, wenn ich Zeuge seiner Tat wäre, wenn ich es mit eigenen Augen sehen würde. Im Affekt. Aber nicht von langer Hand geplant. Und bitte vergiss eines nicht: Rother und Maisch haben ihre Opfer in unvorstellbarer, unmenschlicher Art und Weise gequält. Das hat kein Mensch verdient, egal, was er getan hat. Und wie perfide und planmäßig sie gehandelt haben! Sie haben für ihre Zwecke Websites eingerichtet, und sobald die Opfer in die Falle gegangen waren, haben sie sie wieder gelöscht. Und noch etwas darfst du bei dieser Diskussion nicht außer Acht lassen. Die meisten Opfer hatten Familien. Zurück bleiben Witwen und Waisen, deren Leben jetzt nicht mehr dasselbe ist. Sie sind zu unschuldigen Mitopfern geworden, und das haben Maisch und Rother billigend in Kauf genommen. Nein, Uli, das waren Verbrechen der allerübelsten Sorte. Und letzten Endes hat Rother das auch so gesehen, sonst hätte er sich nicht selbst gerichtet.«

»Klar, und wenn dann irgendein beschissener Anwalt auftaucht und irgendwas von einer schweren Kindheit oder massivem Alkoholeinfluss faselt, und der Typ, der deine Frau vergewaltigt und umgebracht hat, geht straffrei aus oder kriegt zumindest viel weniger, als du für gerecht hältst. Was tust du dann?«

»Verdammt noch mal, Uli, was redest du da? Wir vertreten das Gesetz. Wir sind nicht dafür da, Schwächen und Missstände im System aufzudecken oder gar mit Lynchjustiz nachzuhelfen. Im Gegenteil, wir müssen so etwas verhindern. Wo kämen wir denn da hin, wenn jeder seine eigenen Gesetze macht? Dann kommt einer daher und ist der Meinung, dass auch ein Taschendieb die Todesstrafe verdient hat. Es ist nun mal so, dass kein System dieser Welt immer und für alle Gerechtigkeit schaffen kann. Und wo Menschen am Werk sind, wird immer auch Bestechung und Betrug möglich sein. Und ja, oft genug kommen sie damit durch. Damit müssen wir leider leben, aber doch auch mit dem beruhigenden Wissen, dass es in dieser Welt bei Weitem schlimmere Systeme gibt. Oder würdest du lieber im Libanon leben? Oder in Nordkorea? Würdest du wirklich zu solch einer bestialischen Rache imstande sein, selbst wenn du persönlich betroffen wärst?«

Von Ritterswürden schwieg eine Weile. Er schien nachzudenken. »Nein«, sagte er schließlich. »Ich denke, ich könnte es auch nicht.«

Schweigend leerten sie ihre Tassen.

Gerade als Altrogge aufstehen wollte, um der Kälte zu entgehen, die immer schärfer wurde, sagte von Ritterswürden: »Aber wenn ich ganz ehrlich bin, kann ich Rother und Maisch trotzdem ein bisschen verstehen. Um es klar zu sagen: Verstehen, nicht entschuldigen. Und du?«

Altrogge stand auf und ging langsam los in Richtung Schloss. Dabei hob er die Hand und deutete mit Daumen und Zeigefinger einen minimalen Abstand an. »Ja, aber wirklich nur ein klitzekleines bisschen.«

30

Lingen, Mai 2014

Franz Neuhaus deckte, wie so oft in letzter Zeit, den Tisch, um gemeinsam mit seiner Frau Angelika zu frühstücken. An diesem Wochenende war es nach dem lange andauernden Winter zum ersten Mal richtig warm. Das Thermometer hatte schon morgens über zwanzig Grad angezeigt, deshalb hatte er den Frühstückstisch auch draußen auf der Terrasse gedeckt. Er war selbst erstaunt, wie schnell er sich wieder an seine früheren Lebensgewohnheiten und seinen Rhythmus gewöhnt hatte, so als ob sie ihm wie ein Chip in seinen Genen eingepflanzt waren. Jahrelang hatte er teilweise bis in den Vormittag hinein im Bett gelegen, weil jeder Tag eine Qual für ihn gewesen war. Doch von einem Tag auf den anderen kehrte sein Leben in die gewohnten Bahnen zurück, so als wäre nichts geschehen. Er hatte in Lingen wieder ein Architekturbüro eröffnet. Mit dem unverhofften Geldsegen hatte er problemlos ein hypermodernes Büro mit der besten Technik finanzieren können. Sogar für eine Bürohilfe hatte es gereicht.

Er betrachtete den Tisch, den sie erst vor zwei Wochen gekauft hatten, eine Garnitur, bestehend aus einem großen Tisch und sechs Stühlen aus Teakholz. Darauf stand ein Korb mit frischen Brötchen, die er direkt nach dem Aufstehen beim Bäcker geholt hatte. Angelika hatte er schlafen lassen. Es bereitete ihm große Freude, sie mit einem Kuss zu wecken und sie an den fertig gedeckten Frühstückstisch zu führen. Die letzten Jahre waren für sie nicht weniger schwer gewesen als für ihn. Er war ihr zutiefst dankbar dafür, dass sie in dieser schweren Zeit zu ihm gestanden hatte, anstatt ihn im Stich zu lassen, wie es vielleicht eine andere Frau irgendwann getan hätte, weil sie mit der veränderten Persönlichkeit ihres Partners, seinem Hass, seiner Wut, aber auch seiner Antriebslosigkeit nicht länger zurechtgekommen wäre. Jetzt war es an der Zeit, dass er ihr zeigte, wie dankbar er ihr war.

Croissants, Aufschnitt vom Metzger aus dem Ort, Käse, Marmelade, Kaffee, Eier, Orangensaft, der Umschlag. Perfekt. Halt! Da fehlte ja noch etwas. Der Crémant. Alkohol zum Frühstück gehörte zwar nicht zu ihren Gepflogenheiten, das beschränkte sich auf die romantische Phase ihres Kennenlernens, und das war schon eine Weile her, aber nachdem das Schicksal ihn aus seiner Depression gerissen hatte, stand für ihn fest, dass man auch nach fünfzehn Jahren Ehe noch romantisch sein konnte. Außerdem wollte er mit Angelika auf das Geschenk anstoßen, das er ihr gleich überreichen würde. Er ging in die Küche, holte Sektkelche und entkorkte den Crémant von der Loire.

Er warf einen Blick auf die antike Wanduhr, die über der Arbeitsplatte hing. Es war noch nicht einmal neun Uhr. Er würde Angelika noch eine Stunde schlafen lassen. Gestern Abend waren sie ausgegangen, ganz gemütlich beim Italiener um die Ecke, hatten gegessen, Chianti getrunken, viel gelacht und über alte Zeiten gesprochen. Über die ganz alten glücklichen Zeiten, aber auch über die letzten Jahre, die keinen Anlass zum Lachen gegeben hatten. Als er auf Angelikas Frage, was eigentlich damals aus dieser Bewerbung geworden sei, geantwortet hatte, war sie noch einmal sehr ernst geworden. Er hatte ihr erklärt, dass sein damaliger Stimmungsumschwung nichts mit einem interessanten Stellenangebot in der Ems-Zeitung zu tun gehabt hatte, sondern mit dem Bericht über Darbs Ermordung. Er hatte zugegeben, dass das eine tiefe Befriedigung in ihm ausgelöst hatte, er das aber ihr gegenüber nicht zugeben wollte. Danach hatten sie nur noch auf die Zukunft angestoßen. Denn dank Joachim Maisch und Bernhard Rother würde es die jetzt wieder für sie geben. Sie waren zwar schon um elf im Bett gewesen, aber im Rausch ihrer Gefühle waren sie regelrecht übereinander hergefallen. Bis weit in die Nacht hatten sie immer wieder miteinander geschlafen. Es war so ein Glück, so ein Gefühl von unbändigem Glück und Hoffnung.

An einem Tag denkst du noch, alles sei aus und vorbei, sinnierte er, und am nächsten hat dein Leben neu angefangen. Seine eigene Frau sah er plötzlich wieder mit ganz anderen Augen. War sie vor einigen Wochen noch ein Mensch gewesen, der bemerkenswerterweise zu ihm stand, ihn aber dennoch permanent mit Argusaugen beobachtete, war sie für ihn jetzt wie eine neue Liebe. Wie selbstverständlich hatte er das, was das Leben ihm einst geschenkt hatte, hingenommen. Einzig sein Kinderwunsch war unerfüllt geblieben, aber das Leben bot auch so viele Chancen zum Glücklichsein. Und davon einmal abgesehen, warum sollte er diesen Wunsch aufgeben? Er war Mitte vierzig, Angelika gerade erst vierzig geworden. Wie viele Paare bekamen erst in diesem Alter ein Kind? Neuhaus musste grinsen, wenn er an die letzte Nacht dachte. Wer spricht hier von nur einem Kind, das werden eher Fünflinge!

Er stellte den entkorkten Crémant in den Kühlschrank zurück und ging mit den Gläsern auf die Terrasse. Was für ein herrliches Gefühl, wenn man aus der Tür ins Freie trat! Die Luft war erfüllt von jenem typischen Frühlingsduft, der die Lebensgeister weckte und ein Gefühl innerer Befreiung erzeugte. Von allen Seiten umwehten Düfte seine Nase, die Luft war mild und seidig, und es ging ein ganz leichter Wind, der die frischen Blätter und Blüten leise rascheln ließ.

Er schenkte sich eine Tasse Kaffee ein und blickte nachdenklich über den Gartenzaun und die angrenzenden Felder zum fernen Wald. Welch eine Ironie des Schicksals! Hans-Jochen Pries, der verbrecherische Unternehmer aus dem Rheinland, hatte nicht nur Neuhaus' Pläne veruntreut, sondern auch die seines Kollegen Joachim Maisch. Er wurde in seinem Prozess vom selben Anwalt vertreten wie Neuhaus, Heiner Darb, und hatte dieselben drei Richter. Und in beiden Fällen hatte Pries die Richter bestochen und Darb damit gedroht, seine Kontakte zur Stadt spielen zu lassen, die der Anwalt regelmäßig vertrat, wenn Darb den Fall nicht freiwillig verlor. Auf diese Weise hätte Darb die Stadt als Mandanten verloren. Mit ähnlichen Drohungen hatte Pries auch die Zeugen unter Druck gesetzt.

Neuhaus hatte immer geahnt, dass er nicht nur von Pries betrogen worden war, aber er konnte es nicht beweisen. Andererseits hatte er sich auch nicht weiter darum gekümmert, denn seine Angst, wieder zu verlieren, war zu groß gewesen. Bis Maisch und Rother auf den Plan traten. Jahrelang hatten sie in mühsamer Kleinarbeit Beweise gegen ihre späteren Opfer gesammelt, hatten sich, wie die Polizei erst nach Abschluss des eigentlichen Falles herausgefunden hatte, teilweise selbst als Rechtsanwälte, Staatsanwälte oder auch Polizisten ausgegeben. Auf diese Weise hatten sie eine ganze Sammlung von Akten voller Beweise angelegt. Genug, um zumindest einige ihrer Opfer hinter Schloss und Riegel zu bringen. Sie waren Meister der Tarnung geworden, so meisterhaft, dass es ihnen gelungen war, alle Opfer mühelos in die Falle zu locken. Alle bis auf Pries, dem die Flucht gelungen war. Doch ausgerechnet gegen ihn und die um ihn versammelten Juristenmarionetten Darb, Held, Schmitz und Schenker hatten Maisch und Rother unwiderlegbare Beweise für Bestechlichkeit in dem Prozess Neuhaus gegen Pries gefunden. Sofort nach Bekanntwerden dieser Beweise, die die Täter für die Polizei in einem Schließfach hinterlegt hatten, wurde gegen Pries und die einzig Überlebende seiner Spielfiguren, Katrin Schenker, ermittelt. Aufgrund seiner Brisanz und seiner Verkettung mit den schrecklichen Serienmorden wurde der folgende Prozess in Rekordzeit durchgeführt. Allein die Aussagen von Zeugen reichten aus, um Katrin Schenker hinter Gitter zu bringen. Ihre Zulassung als Richterin verlor sie auf Lebenszeit. Der nicht vorbestrafte Unternehmer Hans-Jochen Pries war zwar gemäß dem Paragrafen 334 des Strafgesetzbuches nur zu einer Bewährungsstrafe verurteilt worden, musste aber auch eine sehr hohe Geldstrafe hinnehmen. Und aufgrund des Straftatbestandes der Bestechlichkeit in einem besonders schweren Fall wurde er zusätzlich dazu verklagt, Neuhaus' Pläne im Nachhinein zu bezahlen, ebenso wie die Vorkosten, die ihm damals entstanden waren. Mit Zins und Zinseszins hatte er über eine Million Euro bekommen. Selbst nach Abzug der Steuern blieb ihm genug, um sein neues Büro einzurichten. Und für Angelikas Geschenk.

Er blickte auf den großen Umschlag, der vor ihm auf dem Tisch lag. Früher hatten Angelika und er immer davon geträumt, einmal mit einem luxuriösen Kreuzfahrtschiff eine Weltreise zu machen. Jetzt war es so weit. Es wäre vielleicht klüger, das Geld zurückzulegen, falls es mit seinem Büro wider Erwarten doch nicht so gut laufen sollte, aber schließlich hatten sie ja auf jeden Fall Angelikas Gehalt. Und warum sollten sie nach all dem Leid jetzt nicht einmal das Leben in vollen Zügen genießen?

Wieder schaute er auf die Uhr. Bald würde er Angelika wecken. Vor seinem inneren Auge sah er die Gesichter von Maisch und Rother, die er nur aus den Medien kannte. Zwei Menschen, die er nie kennengelernt hatte. Zwei Menschen, die er eigentlich hätte verachten müssen für das, was sie getan hatten. Er selbst verabscheute Gewalt, vergaß jedoch nicht, dass auch er Rachephantasien gegen Pries und Darb gehegt hatte. Zwei Menschen, die ihm, Franz Neuhaus, den sie nur von ihren Recherchen her kannten, eine goldene Zukunft geschenkt hatten. Nicht nur durch die späte Honorierung seiner Leistung in Form von Geld.

Vor etwas mehr als einem Monat hatte er ein großes Paket bekommen. Der Absender war ihm unbekannt, ein Mann namens Dieter Chorweiler. Aber als er das Begleitschreiben gelesen hatte, erfuhr er, dass die eigentlichen Absender Joachim Maisch und Bernhard Rother waren und dass Chorweiler ein Freund war, den sie gebeten hatten, das Paket aufzugeben, sobald das »Projekt Sterbenslang« abgeschlossen war. In dem Anschreiben bezeichneten die Täter ihn, Neuhaus, als eines der Opfer der Justiz, dessen Schicksal ohne großes Aufheben in der Versenkung verschwunden war. Mit diesem Paket wollte ihm deshalb vor allem Maisch ein »einmaliges und einzigartiges Geschenk« machen, als »späte Wiedergutmachung eines fürchterlichen Unrechts und als zusätzliches Startkapital für ein neues Leben«. Es war ihm selbst überlassen, das Geschenk anzunehmen oder es zur Polizei zu bringen, die damit aber ohnehin nichts mehr anfangen konnte. Neuhaus war hin- und hergerissen gewesen, hatte stundenlang mit Angelika darüber diskutiert. War es moralisch verwerflich, ein Geschenk von zwei Mördern anzunehmen? Von zwei Männern, die sich entschlossen hatten, Selbstjustiz zu verüben, bevor sie ihre Beweise Instanzen wie der Polizei, der Staatsanwaltschaft und Architektenkammern zur Verfügung stellten? Gab es irgendjemanden, der einen Nachteil hatte, wenn er das Geschenk annahm? Sie hatten in alle Richtungen diskutiert. Schließlich waren sie einhellig zu dem Schluss gekommen, dass es gerecht war, dieses Geschenk anzunehmen. Es war gerecht und widersprach in keiner Weise dem Recht und dem Gesetz. Denn es hatte mit den Morden nichts zu tun. In dem Paket befanden sich sämtliche Entwürfe und Pläne, die Maisch jemals erstellt hatte, in Papierform, auf Datenträgern, mit detaillierten Bauzeichnungen und Berechnungen. Maisch war ein begnadeter Architekt, gegen den er selbst nur blasser Durchschnitt war. Das musste er neidlos anerkennen. Die Pläne, überwiegend von Ein- und Mehrfamilienhäusern und damit genau sein geplantes Tätigkeitsfeld, waren die besten, die er je gesehen hatte. Maisch hatte es geschafft, eine einzigartige Architektur, die eine Hommage an die Werke des berühmten Architekten Walter Gropius waren, auch für weniger betuchte Kunden bezahlbar zu machen, also genau für Neuhaus' Klientel. Und jetzt war er im Besitz der Pläne eines genialen, von Gropius beeinflussten Architekten und durfte sie nach Belieben für seine eigenen Zwecke nutzen. »Von Kollege zu Kollege«, wie es Maisch in dem Anschreiben formuliert hatte. Was für eine märchenhafte Wendung, die ihm nun eine Zukunft eröffnete, von der er niemals zu träumen gewagt hätte. Allein die mediale Aufmerksamkeit, die er während des Prozesses gegen Pries erfahren hatte, brachte ihm die Kunden wie von selbst. Jetzt kamen auch noch diese Pläne dazu. Nein, es war kein Fehler, die Weltreise zu buchen.

Er ging nach oben ins Schlafzimmer. Angelika war schon wach und las in ihrem Bett ein Buch.

»Guten Morgen, mein Engel. Ich habe draußen den Frühstückstisch gedeckt. Und dort wartet auch ein Geschenk auf dich.«

Sie sah ihn mit einem verführerischen Lächeln an. »Wir haben heute doch nichts vor, oder?«

»Nein, warum fragst du?«

»Komm doch noch mal zu mir ins Bett.«

Epilog

Nun liege ich also tatsächlich auf der Pritsche einer Zelle und starre versonnen an die Decke. Unser schöner Plan ist nicht ganz aufgegangen. Vielleicht hätte ich Bernhards Rat, nach Pries' gelungener Flucht aufzuhören, folgen sollen. Aber meine Rachegelüste waren stärker als mein Fluchttrieb. Doch das hat sich bezahlt gemacht, denn schließlich haben wir die meisten Urteile verkündet und vollstreckt. Gut, Pries ist uns entkommen. Aber er ist uns nachträglich in die Falle gegangen, denn wir haben genug Beweismaterial gegen ihn zusammengetragen. Ich werde niemals den Augenblick vergessen, als ich mich am Rande des Laubwaldes versteckt hielt und ihn beobachtete, damals, vor langer Zeit. Als ich ihm dabei zusah, wie er aus seinem Auto stieg und mit seinen Marionetten die Wellnessoase betrat. Mein Werk!

Schenkers Urteil haben wir nicht mehr vollstrecken können, doch die wandert sicher für ein paar Jahre ins Gefängnis. Danach wird sie nur noch ein Häufchen Elend sein, ohne Perspektiven, und sie wird ihr verkorkstes Leben hassen. Vielleicht hat meine technische Spielerei aber auch funktioniert, und die Polizei hat ihr Todesurteil vollstreckt, weil sie dachte, sie werde beschossen, und daraufhin das Feuer erwidert hat. Leider sagt mir das hier niemand. Oder sie haben Nelles erwischt, bei dem Bernhard und ich uns allerdings nicht ganz wohlgefühlt haben. Er hat zwar bei mehreren großen Prozessen, die ProRecht übernommen hat, eine, sagen wir mal, etwas unglückliche Figur gemacht, aber hinreichende Beweise haben wir gegen ihn nicht gefunden. Insofern ist es nicht dramatisch, wenn ausgerechnet er ungestraft davonkommt. Die Schlimmsten von ihnen, den wahren Abschaum der Gesellschaft, haben wir gerichtet. Und das erfüllt mich mit höchster Genugtuung. Selbst die Aussicht auf eine lebenslange Haftstrafe kann meine Freude nicht trüben.

Auch die Tatsache, dass wir zumindest einem der Opfer nachträglich zu seinem Recht verhelfen konnten, erzeugt ein warmes, befriedigendes Gefühl in mir. Hoffentlich ist Neuhaus klug genug, mein Geschenk anzunehmen. Zusammen mit dem Geld, das er aufgrund unserer sauberen Arbeit sicherlich bekommen wird, wird sich ihm eine rosige Zukunft eröffnen. Und die hat er wahrhaftig verdient nach all dem, was die Boten der Hölle mit ihm gemacht haben. Es ist sein Recht, es ist gerecht. Aber auch die Vorstellung, dass mein eigenes Werk in seinen Plänen weiterleben wird, beflügelt mich.

Einen riesengroßen Wermutstropfen gibt es aber trotz aller Erfolge. Mein bester Freund, mein Wegbegleiter, mit dem ich durch dick und dünn gegangen bin, mein Blutsbruder, hat sich selbst gerichtet und sich in die eisigen Fluten der Nordsee gestürzt. Sein Gewissen hat ihn zu sehr gequält. Wir haben uns kennengelernt, als Bernhard eine Wohnung von mir gekauft hat. Da war er ein fröhlicher, sanftmütiger Mensch, der die Natur liebte und regelmäßig meditierte. Er lebte von gelegentlichen, dann aber eher großen und lukrativen Aufträgen als Berater. Bis er sich mit mir zusammentat. Wir gründeten eine erfolgreiche Baufirma. Über unsere Berufe wurden wir zu engen Freunden. Seit ich in dieser Zelle sitze, habe ich mich schon oft gefragt, ob ich Bernhards Tod hätte verhindern können, wenn ich nur besser hingehört und einigen seiner Kommentare mehr Beachtung geschenkt hätte. Wenn er von *deiner* Flucht sprach, anstatt von *unserer*. Aber ich wäre nie auf die Idee gekommen, dass mein Freund den Freitod als letzten Ausweg aus seiner Gewissensfalle sehen würde. Obwohl ich ihn so gut und lange kenne, habe ich ihn in dieser Hinsicht falsch eingeschätzt. Ein folgenschwerer Fehler, denn mit ihm habe ich auch einen Teil meines eigenen Lebens verloren. Wäre Bernhard noch am Leben, selbst wenn er wie ich in einer Zelle säße, würde ich das ganze Projekt als gelungen bezeichnen. So aber muss ich mich im Nachhinein fragen, ob dieses Opfer nicht doch zu groß war. Ein großartiger Mensch hat die Weltbühne vor seiner Zeit verlassen.

Was wird wohl aus mir werden? Werde ich tatsächlich lebenslang in dieser Zelle sitzen und irgendwann darin verrecken? Oder habe ich eine Chance, wegen guter Führung frühzeitig entlassen zu werden? Ich bin schließlich kein Wahnsinniger, der wahllos Menschen umbringt, und auch kein primitiver Triebtäter. Ich stelle keine Gefahr für die Öffentlichkeit dar. Das, was ich und Bernhard stets am Rechtssystem bemängelt haben, nämlich dass es viel zu lax ist, wird sich möglicherweise als Segen für mich herausstellen. Was für eine herrliche Vorstellung, welch eine Ironie des Schicksals! Bei diesem Gedanken muss ich unweigerlich lachen. Ich bin erst knapp fünfzig. Wenn ich rauskomme, bin ich vielleicht sechzig. Dann habe ich noch zwanzig Jahre vor mir. Unsere Taten haben mich zu einem Prominenten gemacht. Bin ich nicht aus Sicht vieler vom Rechtssystem verfolgter und ruinierter Menschen auch so etwas wie ein Held? Wie viele Menschen fühlen sich irgendwann einmal in ihrem Leben von Anwälten und Richtern düpiert, sei es bei einer Scheidung, einem Mietrechtsstreit, nach einem Autounfall oder einem Hauskauf. Vielleicht sind sie im Unrecht im Sinne des Gesetzes, jedoch im Recht im Sinne der Gerechtigkeit. Weil auch bei ihnen ein korrupter Richter das Recht gebeugt hat. Für sie bin ich vielleicht wirklich ein Held.

Was soll ich machen, solange ich in dieser Zelle sitze? Und was mache ich danach, aus welchem Baumaterial kann ich meine eigene Zukunft errichten? Ich frage mich, was ich noch kann außer Häuser planen. Ich weiß, dass ich über eine ausgeprägte Phantasie verfüge, ein regelrecht plastisches Vorstellungsvermögen, was mir nicht immer nur guttut. Manchmal muss ich nur meine Augen schließen, und schon sehe ich Szenen, die ich mir nach Belieben vorstellen kann, wie einen Film vor meinem geistigen Auge ablaufen. Ja, das kann ich gut. Und noch etwas kann ich gut: schreiben. Hunderte von Fachbeiträgen habe ich verfasst, meine Veröffentlichungen finden sich in allen renommierten Architekturzeitschriften.

Genau jetzt, in diesem Moment in meiner Zelle, habe ich eine klare Vorstellung, wie ich mich unsterblich machen kann. Es wird das nächste große Projekt in meinem Leben werden, nein das größte überhaupt! Und es wird ein Projekt sein, mit dem ich meinem Freund, Bernhard Rother, ein Denkmal errichten kann, so wie er es verdient. Wieder werde ich ein großes Werk vollbringen. Ich werde all meine Erlebnisse und Erfahrungen, unsere Taten und ihre Hintergründe in einem Roman umsetzen. Ich weiß natürlich nicht, ob das Werk jemals veröffentlicht werden wird, wären es doch in gewisser Weise die Memoiren eines Mörders, aber auch in diesem Zusammenhang kann meine neue Prominenz vielleicht von Vorteil sein.

Ja, ich werde einen Roman schreiben. Eine halb fiktive Geschichte, die auf einer Wahrheit basieren wird, einer Wahrheit, die jeden angeht, die aktueller ist denn je und den Nerv vieler Menschen trifft. Die meisten Protagonisten meiner Story kenne ich, weil sie mir auf meinem Weg begegnet sind oder mich sogar lange Zeit begleitet haben. Ihren Charakter, ihr Wesen muss ich nicht neu erfinden. Allerdings weiß ich noch nicht, ob ich bei meinen Schilderungen immer objektiv bleiben werde oder an der ein oder anderen Stelle vielleicht etwas übertreibe, vor allem zu Bernhards und meinen Gunsten. Das nennt man künstlerische Freiheit. Aber das ist ja gerade einer der großartigen Vorteile eines Romans: Nicht alles muss der Wahrheit entsprechen. Man kann je nach Belieben Dinge dazuerfinden oder weglassen. Man kann eine Geschichte, ihren Anfang oder ihr Ende so verändern oder neu erschaffen, wie es einem gefällt. Man kann gar den Verlauf der Zeit verändern und Ereignisse, die schon Jahre zurückliegen, einfach in die Gegenwart versetzen. Oder man kann Dinge geschehen lassen, die noch gar nicht passiert sind. Das finde ich wahnsinnig spannend. Ein Gedanke, der mich sogleich mit neuer Tatkraft erfüllt.

Den Protagonisten, die ich kaum oder gar nicht kenne, wie etwa die Polizisten, muss ich ein eigenes, unverwechselbares Profil schenken, mit Stärken und Schwächen, um sie zu vollständigen Persönlichkeiten zu machen. An der ein oder anderen Stelle werde ich, um meine Geschichte zu komplettieren, auch diesen oder jenen Darsteller gänzlich neu zum Leben erwecken. Es wird sein wie so oft im wirklichen Leben: Kaum etwas entspricht jemals der reinen Wahrheit, aber das wenigste ist ganz und gar erfunden. Die Wahrheit liegt meistens irgendwo dazwischen, ist mal mehr Fiktion, mal mehr Realität, wer weiß das schon so genau. Ähnlich verhält es sich mit Gut und Böse. Selten gibt es Weiß und Schwarz, dazwischen liegen unzählige Grautöne und noch mehr Nuancen, manche davon sind sogar rosarot. Das Schreiben wird für mich zu einem ungemein interessanten, anregenden und belebenden Spannungsfeld werden, ein idealer Nährboden für meine Kreativität. Sollte mein Buch jemals erscheinen, werde ich wohl selbst nicht mehr so genau wissen, was wahr war und was nicht, wer gut ist und wer böse, wer Täter und wer Opfer.

Wer weiß, denke ich mit einem Gefühl der Befreiung, vielleicht bin sogar ich nur eine Erfindung.

Danksagung

Ich bedanke mich bei allen, die mein Manuskript vorab gelesen und mir mit vielen guten und interessanten Anregungen geholfen haben. Ganz besonders danke ich einem speziellen Freund. Er weiß, warum.

Mein Dank gilt Carola, denn der Titel für diesen Roman war ihre Idee. Und kein anderer Titel könnte besser zur Handlung passen. Außerdem verdankt Kriminalhauptkommissar Matthias Altrogge Carola sein ungewöhnliches Hobby.

Ich bedanke mich bei den Menschen, die mir mit ihrer Kompetenz und ihrem Fachwissen dabei geholfen haben, den Roman realitätsnah zu gestalten. Diese Gespräche machen sehr viel Spaß und bieten neben wichtigen Informationen für mein Buch einen ebenso interessanten wie spannenden Einblick in die Arbeit bedeutender Organisationen. Neben den Institutionen, die ungenannt bleiben möchten, bedanke ich mich vor allem bei:

Dr. med. Benedikt Vennemann, Oberarzt in der Außenstelle Oldenburg des Instituts für Rechtsmedizin an der Medizinischen Hochschule Hannover. Er hat, wie schon bei meinen ersten drei Südtirolkrimis, die Todesfälle in meinem Roman ausführlich unter dem Aspekt der Realitätsnähe beurteilt. Diesmal hatte er besonders viel zu tun. Es ist jedes Mal ein Vergnügen, mit ihm zusammen die Taten und ihre Umstände in meinem Buch glaubwürdig zu gestalten. Ich hoffe, Dr. Vennemann unterstützt mich auch weiterhin.

Ludger Tetenborg, Erster Kriminalhauptkommissar, Leiter des 5. Fachkommissariats im Zentralen Kriminaldienst der Polizeiinspektion Emsland/Grafschaft Bentheim. Herr Tetenborg hat mich bei meinem Besuch im Zentralen Kriminaldienst in Lingen umfassend über die Ermittlungsmethoden der Kripo beziehungsweise des kriminaltechnischen Dienstes sowie der Spurensicherung informiert. Jedes Mal, wenn sich während des Schreibens weitere Fragen ergeben haben, reichte eine E-Mail, die er sofort beantwortet hat. Sehr interessant war es zu erfahren, dass es in Lingen eine besondere separate Verbindungsstelle gibt, die ausschließlich für die Zusammenarbeit mit den Behörden in den Niederlanden zuständig ist, wodurch eine reibungslose Kooperation bei länderübergreifenden Einsätzen sichergestellt wird. Diese Stelle spielt auch in meinem Buch eine wichtige Rolle.

Julia Seuser, meiner Lektorin. Mit ihrer Erfahrung und Sprachkompetenz hat auch sie einen ganz wichtigen Beitrag zu meinem Buch geleistet.

Burkhard Rüth
DAS MONSTER VON BOZEN
Broschur, 288 Seiten
ISBN 978-3-89705-904-7

»Burkhard Rüths Südtirol-Krimi ist sowohl eine spannende Lektüre als auch eine ganz spezielle Art von Reiseführer.« Westdeutsche Zeitung

»Ein temporeiches Krimidebüt.« Dolomiten

Burkhard Rüth
EISZEIT IN BOZEN
Broschur, 272 Seiten
ISBN 978-3-95451-037-5

»Ein spannender Psycho-Thriller mitten in den majestätisch anmutenden Gletschern der Dolomiten.« Westdeutsche Zeitung

www.emons-verlag.de

Burkhard Rüth
GOLDRAUSCH IN BOZEN
Broschur, 342 Seiten
ISBN 978-3-95451-187-7

»Hervorragend recherchiert und fesselnd erzählt Burkhard Rüths dritter Südtirol-Krimi. ›Goldrausch in Bozen‹ greift einen realen, spektakulären Goldfund im Aostatal durch den Südtiroler Forscher Michael Wachtler auf. Vom Entdecker selbst und weiteren Experten unterstützt hat Rüth das damalige Ereignis sorgfältig aufgearbeitet und mit einem spannenden Mordfall verknüpft. Commissario Bellini, sympathische Hauptfigur, ermittelt wieder in einem tempo- und actionreichen Fall.« Südtirol News